Leo Kanaris

DIE TOTEN

atb aufbau taschenbuch

LEO KANARIS ist griechischer und irischer Abstammung, er hat in Italien, Deutschland, Rumänien, der Türkei und Mexiko als Lehrer, Journalist und Animateur gearbeitet. Zurzeit lebt er im Süden Griechenlands.

Im Aufbau Taschenbuch liegt ebenfalls »Inseltod. Ein Fall für Detektiv Zafiris« vor.

George Zafiris, seines Zeichens Privatdetektiv im krisengeschüttelten Griechenland, und die turbulenteste Woche in seiner Laufbahn: Am Montag erfährt er, dass ein Freund bei einem mysteriösen Unfall ums Leben gekommen ist, am Dienstag verschwindet die Leiche; am Mittwoch beginnt Zafiris mit seinen heimlichen Ermittlungen – und am Donnerstag treffen die ersten Morddrohungen gegen ihn ein. Dann wird alles noch komplizierter. Eine junge brillante Cellistin verschwindet, und der Detektiv gerät in einen Strudel von Korruption, Betrug und Gewalt.

Leo Kanaris

DIE TOTEN VON ATHEN

Ein Fall für Detektiv Zafiris
Kriminalroman

Aus dem Englischen von Bela Wohl

atb aufbau taschenbuch

Die Originalausgabe unter dem Titel
Blood and Gold
erschien 2017 bei Dedalus Limited, Sawtry, Cambs.

Diese Geschichte ist frei erfunden.
Einzelne Verweise auf historische Ereignisse, Persönlichkeiten
und Orte dienen rein fiktiven Zwecken.

FSC
www.fsc.org
MIX
Papier aus verantwortungsvollen Quellen
FSC® C083411

ISBN 978-3-7466-3331-2

Aufbau Taschenbuch ist eine Marke
der Aufbau Verlag GmbH & Co. KG

1. Auflage 2018

Umschlaggestaltung U1 berlin, Patrizia Di Stefano
unter Verwendung eines Bildes von © Krzysztof Dydynski / getty images
Gesetzt aus der Garamond Pro
durch Greiner & Reichel, Köln
Druck und Binden CPI books GmbH, Leck, Germany
Printed in Germany

www.aufbau-verlag.de

TEIL I

DER MANN AUF DEM FAHRRAD

1

Treffen in Maroussi

Athen, September 2015. George Zafiris, Privatdetektiv, saß in einem Café in Maroussi und las einen Polizeibericht. Eine Tasse mit griechischem Mokka stand unberührt vor ihm auf dem Tisch. Der Tag war kühl für diese Jahreszeit, ein leichter Wind strich über das Blatt in seiner Hand.

Am Freitag, dem 29. August, fuhr ein Fahrradfahrer, ein fünfzigjähriger Mann im grauen Anzug, auf der Spyros Louis vom Olympiastadion Richtung Einkaufszentrum Golden Hall. Ein mit Feuerholz beladener Lastwagen befand sich hinter ihm. Aus unbekannten Gründen verlor der Radfahrer das Gleichgewicht und wurde von dem Lkw überfahren. Um 11.03 Uhr ging ein Notruf bei der Polizei ein. Um 11.15 Uhr erreichten die Einsatzfahrzeuge den Unfallort. Der Fahrer des blauen Magirus Deutz HK 4596, der siebenunddreißigjährige Gavrilis Pagakis aus Larissa, wurde wegen fahrlässiger Tötung festgenommen. Das Unfallopfer erlag seinen Verletzungen. Es handelt sich um Mario Filiotis, den Bürgermeister von Astypalea.

George las den Bericht ein zweites Mal, faltete ihn zusammen und legte ihn auf den Tisch.

Ihm gegenüber saß Kriminaldirektor Sotiriou, der Leiter des Dezernats für Gewaltkriminalität, und beobachtete ihn aufmerksam.

»Nun?«, fragte Sotiriou.

»Das hat ein Schwachsinniger geschrieben«, antwortete George.

»Ich gebe zu, es handelt sich nicht gerade um einen mustergültigen Polizeibericht«, erklärte Sotiriou. »Aber das heißt noch lange nicht, dass der Verfasser schwachsinnig ist.«

»Okay«, sagte George. »Vielleicht ist er nur schlecht ausgebildet. Oder auf Drogen. Vielleicht haben Todesstrahlen aus dem Weltall ihm den Kopf verwirrt. Aber darum geht es doch gar nicht.«

»Worum geht es denn?«

»Warum ist Mario Filiotis vom Fahrrad gestürzt? Das passt überhaupt nicht zu ihm.«

»Gute Frage.«

»Sie müssen doch wissen, wer das geschrieben hat.«

Statt einer Antwort starrte Sotiriou ihn ausdruckslos an.

»Also kennen Sie den Verfasser?«

Sotiriou zog eine indirekte Antwort vor. »Er ist kein Schwachkopf.«

»Warum sagen Sie das?«

»Er hat den Bericht persönlich an mich weitergeleitet.«

»Und was sollten Sie damit machen? Abgesehen von der üblichen Vorgehensweise?«

Sotiriou antwortete nicht.

»Es handelt sich um einen Verkehrsunfall«, bemerkte George, »nicht um ein Gewaltverbrechen.«

»Richtig.«

Sotiriou musterte ihn aufmerksam.

»Okay«, sagte George. »Also weiß er mehr.«

»Genau das nehme ich an.«

»Haben Sie ihn nicht gefragt?«

»Nein.«

»Warum nicht?«

Der Kriminaldirektor ignorierte die Frage. »Geben Sie mir den Bericht«, sagte er.

George schob das Papier über den Tisch. Sotiriou hielt ein Feuerzeug an eine Ecke des Blattes, das aufflammte und im Aschenbecher in sich zusammenschrumpfte.

»Wie heißt der Beamte?«, fragte George.

»Karás«, antwortete der Kriminaldirektor. »Polizeileutnant Nikolaos Karás.«

»Kann ich mit ihm sprechen?«

»Nur als Privatperson.«

»Wie soll ich das anstellen?«

»Er spielt Rugby.«

»Rugby?«

»Ganz richtig.«

George sah ihn verwirrt an.

»Das ist eine Art Fußball«, erklärte Sotiriou. »Man spielt es mit einem olivenförmigen Ball.«

»Himmeldonnerwetter, das weiß ich auch.«

»Er spielt bei den ›Kriegern von Attika‹. Seine Mannschaft trainiert dienstagabends auf dem Olympiagelände, Platz B. Gehen Sie morgen um 20.30 Uhr hin. Schauen Sie die letzten zehn Minuten zu. Er wird Sie finden.«

»Und falls ich morgen schon was anderes vorhabe?«

»Wenn Sie den Job wollen, seien Sie da.«

»Wer ist mein Klient?«

»Im Augenblick bin ich das.«

»Sie?«

»Streng vertraulich.«

»Bezahlen Sie mich auch?«

»Es werden Mittel bereitgestellt.«

»Öffentliche oder private?«

»Lassen Sie das meine Sorge sein.«

Sotiriou erhob sich. Sie schüttelten sich geschäftsmäßig die Hände, und der Kriminaldirektor eilte davon.

George blieb und trank seinen Kaffee aus. Er ließ das Gespräch in Gedanken noch einmal Revue passieren und sah dabei das Gesicht des Kriminaldirektors vor sich, seine graugrünen Augen und den kahlen Schädel, über den sich gelbliche Haut spannte. Was für ein merkwürdiger Mann. Kalt, systematisch, schwer zu begreifen. Er hatte darauf bestanden, sich in Maroussi zu treffen, kilometerweit von seinem Büro entfernt. George hatte gestern um Einblick in den Polizeibericht über Marios Tod gebeten und eine Abfuhr erwartet. Doch Sotiriou hatte sofort zugestimmt.

Er bezahlte die Rechnung und ging die Thiseosstraße hinunter, vorbei an einem bettelnden Kind, das ein leierndes *La Cucaracha* aus seinem Akkordeon herausquetschte, vorbei an leeren Geschäften, von deren Schaufensterscheiben die gelben »Zu vermieten«-Schilder nach und nach abblätterten, vorbei an einem weiteren Bettler – einem alten Mann in einem verschlissenen Anzug, der auf einer zusammengefalteten Zeitung kniete. Schließlich erreichte er den Platz und eine Bäckerei, aus der der Duft von frisch gebackenem Brot herüberwehte.

Er verlangte *horiátiko psomí* und zahlte zwei Euro. Dafür bekam er fünfzig Cent Wechselgeld zurück und das noch warme Bauernbrot in einer Papiertüte. Er drückte es an sich wie ein Baby. Draußen auf dem Bürgersteig ließ er die Fünfzig-Cent-Münze in die Handfläche des Alten fallen, der sich höflich bedankte. Er war kein professioneller Bettler, sondern wirkte wie ein gebildeter Mensch. Vielleicht ein pensionierter Lehrer oder Bankangestellter. Gott weiß, was ihm widerfahren sein mochte. George war nicht danach zumute, ihn zu fragen. Die nicht enden wollende, zermürbende Krise hatte zahllose Schicksale wie dieses hervorgebracht.

Sein Freund Mario war tot. Im Augenblick war in seinem Herzen kein Platz für andere.

George lief die Thiseosstraße zurück zu seinem Motorrad, schloss die Gepäckbox auf und verstaute das Brot zwischen allerlei Quittungen und Visitenkarten. Das Motorrad verdankte er Mario, der ihm geraten hatte, in der Stadt nicht mehr Auto zu fahren.

»Und wie zum Teufel soll ich mich dann fortbewegen?«, hatte George gefragt.

»Fahr Motorrad.«

»Motorrad, mitten in Athen? Glaubst du, ich will mich umbringen?«

Und dann Marios Satz: »Schon dadurch, dass du hier lebst, stirbt jeden Tag ein Stück von dir.«

George ließ die Ducati schwungvoll vom Ständer gleiten, betätigte den Kickstarter und spürte die unbändige Kraft des Motors, als er ihn aufheulen ließ. Er fädelte sich zügig in den Verkehrsstrom ein.

Während er die Kifissias-Avenue Richtung Süden fuhr, dachte er an seinen Freund. Hoch über den Fahrzeugen, den Glastürmen und dem dunklen Abgasschleier erblickte er den blauen Himmel und ein paar überdimensionale Regenwolken. Er stellte sich vor, dass Marios Seele dort oben im Weltraum schwebte, sah sie lautlos dahingleiten wie einen Adler und herunterschauen auf all die Mühsal, von der sie nun erlöst war. Für Mario würde Athen jetzt aussehen wie ein Spielzeugdorf, und die aberwitzigen Machenschaften der Menschen wären für ihn so belanglos wie für uns das Gewimmel in einem Ameisenhaufen.

George hoffte, dass etwas von diesem bemerkenswerten Mann erhalten bliebe. Sein innerstes Wesen, ein unverwüstlicher Kern aus Energie. Es erschien ihm unwahrscheinlich. Andererseits aber auch notwendig. Welchen Sinn sollte das alles sonst haben?

Rechts rückte das Olympiastadion ins Blickfeld, dessen weiße Stahlbögen aussahen wie die Knochen eines Vogels, der seine Flügel gen Himmel reckt. Einem Impuls folgend, bog er von der Kifissias in die Spyros Louis ab. Warum nicht mal nachsehen. Am Unfallort.

Auch diese Straße war stark befahren, Kolonnen von Pkw, Lastwagen und Bussen brausten vorbei. Das Stadion lag hinter einem Zaun zu seiner Rechten, die imposante schwebende Konstruktion wirkte wie ein Denkmal aus dem Zeitalter der Extravaganz. Wo war das alles nur geblieben? All der Ehrgeiz, Optimismus und Enthusiasmus der Griechen? Nur eine unvorstellbar hohe Rechnung war davon übrig, Zinsen, die sich permanent vervielfachten, sich unaufhaltsam vermehrten und Griechenland in ihrem Würgegriff erstickten.

An einer Haltebucht für Busse fuhr er rechts ran, stellte den Motor aus, nahm den Helm ab und blinzelte ins gleißende Licht. Ringsum eine Landschaft aus Beton. Der Verkehr bewegte sich mit siebzig bis achtzig Stundenkilometern. Ein merkwürdiger Ort, um mit dem Rad unterwegs zu sein. Praktisch eine Einladung an jeden Schwachkopf, der am Steuer mit seinem Mobiltelefon herumhantierte, dich über den Haufen zu fahren. Andererseits stand die ganze Stadt auf Kriegsfuß mit Radfahrern. Auch mit Fußgängern, Hunden, Vögeln, mit Lebewesen im Allgemeinen. George stieg vom Motorrad und folgte einem schmalen Bürgersteig. Überall lagen zerdrückte Coca-Cola-Dosen und leere Marlboro-Schachteln, deren Farben von der Sonne ausgebleicht waren. Unkraut drängte sich kampfeslustig durch die geborstenen Pflastersteine. Der Verkehr rauschte vorbei.

George blickte nach oben und suchte nach Überwachungskameras. Hier musste es doch welche geben. Die zahlreichen Fußballspiele im Stadion, die wildgewordenen Fans, die alles mit Farbe besprühten und auch schon mal Sitze anzündeten. Da schien ein bisschen Kontrolle angebracht. Aber an den Laternenpfählen war nichts zu sehen.

Außer an einem, genau gegenüber dem Eingang zum Stadion. Hoch oben baumelten drei lose Kabel wie Seetang vom Mast.

Er schoss mit seinem Smartphone rasch ein Foto davon, stieg aufs Motorrad und machte sich auf den Heimweg.

2

Begräbnis am Meer

George wohnte in der Aristotelesstraße, in einem Apartmentblock aus den siebziger Jahren, von denen es im Zentrum Athens Abertausende gab. Zwar war die Fassade aus Marmor, doch wurde das Gebäude nur unzureichend instand gehalten und machte nach außen hin einen nichtssagenden, verwahrlosten Eindruck. Das besserte sich, sobald man den schmuddeligen Eingangsbereich hinter sich ließ und durch das laut hallende Treppenhaus aufwärtsstieg. Die gepanzerte Eingangstür, die George vor einigen Jahren zur Abschreckung ungebetener Gäste hatte einbauen lassen, führte in eine Fünfzimmerwohnung, die mit seinen Büchern und Bildern, seiner Musik und seinen Sammlungen von Muscheln und alten Waffen behaglich eingerichtet war. Manchmal kam sein Sohn Nick, der in England Ingenieurwesen studierte, nach Hause. Manchmal auch seine Frau Zoë – wenn sie nicht gerade auf Andros dem Künstlerleben frönte. Sobald der Sommer zu Ende ging, würde sie sich häufiger in Athen aufhalten. Andros war im Winter kalt und feucht.

George schloss die Tür auf, legte den Brotlaib auf den Küchentisch und suchte im Kühlschrank nach einem Bier. Er fand eine Flasche Fix in der Kühlschranktür, entdeckte jedoch im selben Augenblick ein Päckchen auf der Ablage. Die Verpackung stammte von Lourantos, dem kleinen Feinkostladen auf Andros.

Er ließ das Bier stehen, schloss den Kühlschrank und ging leise nach hinten ins Schlafzimmer. Zoë schlief auf dem Bauch, nur mit einem Laken zugedeckt. Auf dem Nachttisch stand ein offenes Tablettenfläschchen.

Er las das Etikett: »Fermoxan«. Wozu das wohl gut war?

In der Küche öffnete er seinen Laptop.

Fermoxan: bei Angststörungen, Depression, Panikattacken, Zwangserkrankungen und posttraumatischer Belastungsstörung. Häufige Nebenwirkungen: Übelkeit, sexuelle Funktionsstörung, Erregung, verschwommenes Sehen, Verstopfung, Durchfall, Schwindelgefühl, Schläfrigkeit, Mundtrockenheit, Kopfschmerzen, Schlafstörungen, Appetitlosigkeit, Alpträume, Schwitzen, Zittern, Erbrechen, Kraftlosigkeit, Gewichtszunahme ...

Er las das mit Besorgnis. Nicht so sehr wegen der langen Liste der makabren Negativwirkungen, sondern wegen der daraus resultierenden Schlussfolgerung. Es handelte sich um ein starkes Medikament. Rezeptpflichtig.

George trat erneut zum Kühlschrank. Diesmal nahm er die Flasche Fix heraus. Er öffnete sie, trank in kleinen Schlucken, schaute in den Himmel und dachte nach.

Drei Tage zuvor war er auf Astypalea gewesen. In seinem Zimmer über der Taverne Australien hatte er sich unruhig auf dem Bett hin und her gewälzt, konnte jedoch nicht schlafen. Er erinnerte sich, wie er im Dämmerlicht nach der Armbanduhr getastet und sich bemüht hatte, die Zeit zu erkennen. 5.20 Uhr. Zu früh zum Aufstehen – er hatte sich erst um 2.00 Uhr hingelegt –, doch sein Geist war hellwach gewesen und arbeitete bereits.

Er hatte sich erhoben, war ins Bad gewankt und hatte ins Dunkel gefurzt. Sein Mund war trocken, sein Kopf glühte wie ein Hochofen.

Er zog an der Toilettenspülung; ringsherum plätscherte und gurgelte es in den Rohren. Er trat ans offene Fenster und starrte zum dunklen Firmament. Die Stadt lag weiter unten, geschwungen und stufig wie die Reihen eines antiken Theaters. Die Luft war kühl und feucht. Das kämpferische Gebell zweier Hunde hallte wie Salutschüsse durch die Nacht.

Während er im Halbschlaf hinausschaute, wurde es allmählich hell. Die ersten Sonnenstrahlen strichen über die Festung auf dem Bergrücken jenseits der Bucht und tauchten eine Fahnenstange, eine Reihe von Dächern und die weißgetünchte Kuppel einer Kirche in gleißendes Licht. Unten im noch dämmrigen Hafen lagen die Fischerboote reglos nebeneinander am Kai.

George hatte sich angezogen und sich Wasser ins Gesicht gespritzt.

In der Küche war Olga, die Inhaberin der Taverne, gerade dabei, ein riesiges Stück Lammfleisch zu salzen. Sie hielt inne und wischte sich die Hände an der Schürze ab.

»Guten Morgen, Herr Zafiris! Kaffee?«

»Bitte.«

Er sah zu, wie sie in dem kleinen Kupferkännchen rührte, das von blau goldenen Gasflammen umzüngelt wurde.

»Haben Sie Mario gekannt?«, fragte er.

»Wir alle haben ihn gekannt.«

»Was haben Sie von ihm gehalten?«

»Ein wirklich guter Mensch.«

»Und als Bürgermeister?«

»Er hat Großartiges geleistet.«

»Zum Beispiel?«

»Der Flughafen. Neue Straßen. Die Renovierung alter Gebäude. Er war ein Mann der Tat. Nicht wie die anderen Politiker, die immer nur reden.«

Sie begann, Kartoffeln in der Bratenform zu verteilen. Jede einzelne erschien ihm wie ein Symbol für Marios Errungenschaften. »Bildung. Achtung vor der Natur. Selbstachtung. Achtung für den anderen. Für die Gemeinschaft. Wir machten der Müllverbrennung ein Ende. Wir säuberten die Strände, das Hinterland. Wir verschönerten unsere Stadt.«

»Er hat einen Flughafen und Straßen gebaut«, sagte George,

»und andererseits die Natur geachtet. Wie hat er das denn hingekriegt?«

»Was ist eigentlich Ihr Problem?«

»Normalerweise geht entweder nur das eine oder das andere«, antwortete George.

»Mario hat uns auf öffentlichen Versammlungen erklärt, dass Beihilfen der EU untrennbar an Naturschutzmaßnahmen gekoppelt sind. Er sagte: ›Ihr bekommt das eine nicht ohne das andere. Ihr müsst euch an die Regeln halten.‹ Ordentliche Buchführung, Quittungen, alles. Haben Sie so was schon mal gehört? In Griechenland?«

»Noch nie«, erwiderte George.

»Wenn so ein Mann stirbt, fragst du dich, warum Gott ihn nicht beschützt hat. Immer das Gleiche: Die Guten holt er zu sich, und uns überlässt er die Kriminellen, die Zerstörer und die Idioten.«

»Wer wird ihn ersetzen?«

»Sein Stellvertreter.«

»Was ist das für ein Typ?«

»Nichts Besonderes. Ein Opportunist. Ein Mitläufer, kein Anführer.«

»Kommen Sie zur Beerdigung?«

»Selbstverständlich!«

Sie öffnete die Backofentür, aus der ihr eine Woge heißer Luft entgegenschlug, und schob das Blech mit Lamm und Kartoffeln hinein.

»Alle werden dort sein. Einen Mann wie ihn gibt es nur einmal pro Generation – wenn man Glück hat.«

Der Kaffee brodelte im Kännchen. Sie goss ihn in eine kleine weiße Porzellantasse und sagte: »Setzen Sie sich nach draußen auf die Terrasse. Es ist ein herrlicher Tag. Ich bringe ihn raus zu Ihnen.«

Um 10.00 Uhr tauchte ein Fischerboot hinter der Landzunge auf, dessen Mast als weißes Kreuz vor dem Blau des Meeres aufragte. George wartete am Kai. Mit ihm warteten all die Leute, die er am Vorabend in der Taverne gesehen hatte: der Polizeichef, der stellvertretende Bürgermeister, die Direktorin des archäologischen Museums … Keiner von Marios Schulfreunden aus Athen hatte es geschafft, herzukommen. Ein oder zwei hatten sich entschuldigt. Die anderen nicht einmal das.

Die Einheimischen dagegen waren zahlreich erschienen. Überwiegend ältere Menschen – gebeugt, sehnig, die derben Gesichter aus dem gleichen rostbraunen Stein gemeißelt wie die Bauernhäuser und Straßen der Insel. Die Jungen wirkten dagegen wie eine andere Spezies, aufgedunsen und blass und in enge schwarze Kleider und Anzüge gezwängt.

Eleni, Marios Witwe, hob sich gegen die anderen ab. Sie stand hochgewachsen und hager neben ihren zwei Söhnen im Teenageralter. Ihre Gesichter waren ausdruckslos wie Stein. Neben Eleni sah George einen untersetzten Mann Mitte vierzig mit wütender, nervöser Miene: Andreas, Marios Bruder.

Er trat zu ihnen und sprach sein Beileid aus. Eleni dankte ihm, ihre grünen Augen glänzten emotionsgeladen, sie murmelte: »Er ruht in Gott.«

Das Fischerboot legte an der Kaianlage an. Auf dem Vordeck stand der Sarg und verschwand fast unter unzähligen weißen Lilien. Sechs Männer in dunklen Anzügen und mit Sonnenbrillen lösten sich aus der Menge. Sie kletterten an Bord, hoben den Sarg auf ihre Schultern und traten ungeschickt zurück auf den Anlegesteg. Als sie sich Richtung Stadt wandten, formierte sich die Menge hinter ihnen.

George lief neben Andreas. Der Anstieg zur Kirche war anstrengend und führte auf einem betonierten Weg steil bergauf, während die Sonne ihnen auf den Rücken brannte. Sie trotteten mühsam voran und sprachen nicht. Viele Stadtbewohner sahen aus offenen Fenstern und Hauseingängen zu und bekreuzigten sich, als die Prozession an ihnen vorüberzog.

Endlich machte die Straße einen Bogen und lag nun im Schatten, so dass George wieder klar denken konnte.

»Es war ein Verbrechen«, sagte Andreas plötzlich.

»Was meinen Sie damit?«

»Sie haben ihn umgebracht.«

»Wer?«

»Alle. Alles.«

»Das ist kein Verbrechen.«

»Für mich schon. Die Leute haben seine Großzügigkeit ausgenutzt.«

»Sie können nicht eine ganze Gemeinde belangen.«

»Ich habe zu ihm gesagt: Jeder zweite Bittsteller, der zu dir kommt, versucht seinen Nachbarn übers Ohr zu hauen. Wenn etwas ungerecht ist, dann ihre Pläne – für die sie von dir auch noch Unterstützung verlangen. Er hat allen stets zugehört. Jedem Einzelnen! Selbst notorischen Lügnern und Betrügern. Warum? Warum, Gott verdammt noch mal?! Auf Kosten seiner Gesundheit und seiner Familie?«

»Alle sagen, er war ein guter Mensch.«

»Das hängt mir schon zum Halse raus.«

Die Straße führte wieder zurück in die Sonne.

»Was meinten Sie gerade?«

»Sie haben ihn umgebracht! Diese Leute, seine Freunde und Nachbarn, all diese Heuchler, die sich bekreuzigen und eine ach so gottesfürchtige und unglückliche Miene aufsetzen!«

Die Prozession geriet ins Stocken – als wäre seine Anschuldigung für alle deutlich vernehmbar über Lautsprecher verkündet worden. Einer der Sargträger, ein älterer Mann, war offensichtlich in Schwierigkeiten. Seine Kräfte schienen ihn zu verlassen, seine Füße gerieten ins Stolpern. Der Träger hinter ihm kam unter dem schwankenden Gewicht aus dem Rhythmus. Die Irritation setzte sich fort. Bevor sie es verhindern konnten, rutschte der Sarg nach hinten. Sie konnten ihn nicht mehr halten. Er glitt von ihren Schultern und schlug laut krachend auf dem Boden auf. Holz zersplitterte.

»Pah!«, schnaubte Andreas. »Nicht mal das kriegen sie hin.«

Die Sargträger hielten an und wischten sich, dankbar für die Pause, den Schweiß vom Gesicht.

»Sie können der Öffentlichkeit keinen Vorwurf machen«, sagte George. »Er hätte sich selbst schützen müssen.«

»Aber gewiss doch! Das sind bösartige, habgierige, betrügerische Mistkerle. Jeder Einzelne von ihnen!«

»Wir alle haben einen Freund verloren«, erwiderte George, »und Sie einen Bruder. Aber lassen Sie uns trotzdem vernünftig bleiben. Sie können diese Leute nicht für etwas verantwortlich machen, was in Athen passiert ist, beim Fahrradfahren.«

Andreas warf ihm einen mitleidigen, angewiderten Blick zu. »Sie werden noch sehen, wie die das hingekriegt haben«, sagte er. »Merken Sie sich meine Worte.«

Ein Murmeln lief durch die Menge, Verwirrung breitete sich aus. Der Priester sah sich irritiert um, seine Augen über dem langen grauen Bart flackerten angstvoll. Der Polizeichef trat vor. Zwei Männer begannen sich etwas zuzuschreien.

Andreas drängte sich nach vorn. »Was ist hier los?«

George folgte ihm. Zwischen den Trauergästen entdeckte er den Sarg, der an einer Ecke zerbrochen war und den Blick auf das blaue Seidenfutter freigab. Die Menschen wandten sich beschämt ab, aber George war etwas ins Auge gefallen, etwas Unerwartetes. Aus der Öffnung im Sarg hing der Zipfel einer durchsichtigen Plastiktüte heraus. Er konnte ihren Inhalt nicht erkennen, doch was immer es war, es wirkte völlig fehl am Platze. Der Polizeichef forderte die Menge auf zurückzutreten. Er kniete neben dem Sarg nieder, zog die Plastiktüte heraus, entfernte das Siegel und entnahm ihr eine schmale viereckige Schachtel. Er hob den Deckel an, stieß auf eine Schicht Seidenpapier und schob es behutsam beiseite. Ein Kranz aus winzigen goldenen Blättern funkelte in der Sonne.

Während die Anwesenden in den ersten Reihen ihr Erstaunen zum Ausdruck brachten, drängten andere nach vorn, um besser sehen zu können. Der Polizeichef übernahm unverzüglich das Kommando und verkündete: »Die Beerdigung findet nicht statt. Geht nach Hause. Wir haben es jetzt mit einer Straftat zu tun. Das ist Sache der Polizei!«

Er organisierte eine Absperrung rund um den beschädigten Sarg und wiederholte seine Aufforderung, nach Hause zu gehen.

Niemand rührte sich vom Fleck.

Er musterte die Menge voller Empörung. »Ihr solltet euch schämen«, rief er.

»Wir wollen wissen, was passiert ist«, erwiderte ein Mann.

»Ihr seht doch, was passiert ist!«

Die Menge blieb, und der Polizeichef zog mit verächtlicher Miene ein Mobiltelefon aus der Tasche.

»Schicken Sie einen Lastwagen«, bellte er hinein. »Zur Hauptstraße. Vor der Bank. Die Beerdigung des Bürgermeisters ist *tis poutanas.*«

Andreas schüttelte den Kopf und murmelte: »Hören Sie sich diesen Rüpel an! Er kennt nichts anderes als *poutanes.*«

Erneut wandte sich der Polizeichef an die Menge. »Ich sagte, ihr sollt gehen«, schrie er. »Tretet zurück! Haltet Abstand zum Sarg!«

Schon bald ertönte lautes Motorengeräusch. Am Fuß des Hügels tauchte der Polizeilastwagen auf und bahnte sich unter großem Geschrei und Gehupe seinen Weg durch die nur widerwillig beiseitetretende Menge.

Zwei junge Beamte sprangen heraus, öffneten die Heckklappe und hoben den Sarg mithilfe der Träger auf die Ladefläche.

»Wohin?«, fragte der Fahrer beim Einsteigen. »Zum Friedhof?«

»Sind Sie verrückt? Denken Sie mal nach, Mann! Wir haben es hier möglicherweise mit einem Verbrechen zu tun. Das erfordert eine Untersuchung, einen Bericht!«

»Sehr wohl, Chef. Also ... Wohin dann?«

»Zum Polizeirevier!«

»Fahren Sie mit uns mit?«

»Nein. Ich muss hierbleiben, mit dem Pfarrer sprechen, mich um das ganze Chaos kümmern. Bitte laden Sie den Sarg im Polizeirevier aus, stellen ihn in eine Zelle und schließen ab. Niemand darf in seine Nähe, und Sie beantworten keine Fragen! Ich komme bald nach.«

Eine Stunde später drängten sich Angehörige und Freunde im Polizeirevier und diskutierten, was zu tun sei. Fünf Stühle, zehn Personen, die Zigaretten qualmten. Alle fielen sich gegenseitig ins Wort und wiederholten dabei doch nur die wenigen offensichtlichen Fakten. Unterdessen stand der Sarg auf einer Pritsche in der Zelle nebenan.

»Ich muss eine offizielle Untersuchung anordnen«, verkündete der Polizeichef. »Es handelt sich um einen bedeutsamen Vorfall.«

»Mich interessiert nur eine Sache«, sagte Andreas. »Wo ist Mario? Denn eins steht doch verdammt noch mal fest: Er ist nicht in einem dieser Plastikbeutel!«

Diese Frage konnte niemand beantworten. Er rief beim Bestattungsunternehmen in Athen an, das angab, alle Formalitäten seien ordnungsgemäß erledigt worden. Andreas schrie: »Hier geht es nicht um Formalitäten, ihr Idioten. Hier geht es um einen Menschen! Meinen Bruder!«

Er knallte den Hörer auf.

Dann rief man das Krankenhaus an, in das Mario gebracht

worden war. Die Telefonistin in der Zentrale erklärte, in der Leichenhalle ginge niemand an den Apparat. Dort werde gestreikt, sagte sie und riet, es morgen erneut zu versuchen.

»Ein Streik in der Leichenhalle«, wiederholte Andreas. »Das sagt doch alles über unser Land. Tod umgeben von Tod. Ein öffentlicher Dienst, der niemand anderem dient als seinen eigenen Angestellten!«

»Man darf nicht übertreiben«, erwiderte der Polizeichef. »Es gibt eine Menge ehrliche Beamte in diesem Land.«

»Die sollte man in einer Ausstellung präsentieren«, entgegnete Andreas.

Der Polizeichef bat die Direktorin des archäologischen Museums, die Gegenstände im Sarg in Augenschein zu nehmen. Sie öffnete ein halbes Dutzend Tüten und begutachtete deren Inhalt unter einem Vergrößerungsglas. Es handele sich um eine Mischung von hellenistischen und römischen Fundstücken von herausragender Kunstfertigkeit, verkündete sie. Ungewöhnlich gut erhalten. Wahrscheinlich aus der Grabstätte eines Königs oder Adeligen. Sie hielt eines der Objekte hoch, eine Kette aus winzigen goldenen Bienen. Für einen Augenblick waren alle verzaubert von ihrer grazilen Schönheit.

Der Polizeichef fragte sie, was solche Kunstwerke in einem Sarg in Astypalea zu suchen hätten.

Sie legte die Kette vorsichtig zurück in die Schachtel.

»Illegale Ausfuhr«, antwortete sie. »Das ist die wahrscheinlichste Erklärung. Dafür gibt es immer genügend Käufer, besonders im Ausland. Falls das zutrifft und die Gegenstände unerlaubterweise von einer Grabungsstätte oder aus dem Tresor eines Museums entfernt wurden, wäre eine Beerdigung auf einer abgelegenen Insel ein durchaus geeigneter Zwischenstopp auf ihrer Reise; so könnten sie eine Weile verschwinden, bis Gras über die Sache gewachsen ist.«

»Aber wo ist Mario?«, wiederholte Andreas. »Worin zum

Teufel besteht die Verbindung zwischen all diesem Gold und meinem toten Bruder? Er war weder Schmuggler noch Archäologe! Wo ist er?«

»Das kann ich Ihnen nicht sagen. Ich kann allenfalls herauszufinden versuchen, woher die Kunstschätze stammen.«

»Nur zu«, entgegnete Andreas. »Mir nützt das allerdings herzlich wenig.«

Marios Frau bat ihn, sich zu beruhigen. Wütend herrschte er sie an: »Bin ich denn hier der Einzige, der Gefühle hat?«

»Nein«, konterte sie. »Du bist der Einzige, der rumschreit.«

»Wieso schreist du eigentlich nicht? Es geht schließlich um deinen Mann!«

Sie erhob sich abrupt.

»Ich bringe die Kinder nach Hause. Das Ganze hat sie schon genug mitgenommen. Du machst alles nur noch schlimmer – wie üblich.«

Sie verließen den Raum mit den gleichen ausdruckslosen Mienen, die sie bereits den ganzen Morgen zur Schau trugen.

Andreas wetterte weiter herum. Er drohte, dem Verbrecher persönlich die Eier abzuschneiden und sie an die Haie zu verfüttern.

George sah auf seine Armbanduhr. »Es tut mir wirklich leid«, sagte er, »aber ich muss zum Flughafen.«

»Ich bringe Sie hin«, erklärte Andreas. »Hier verschwenden wir sowieso nur unsere Zeit.«

George beobachtete, wie das Flugzeug aus dem gleißenden blauen Himmel nach unten schwebte. Nach einem kleinen Hüpfer stabilisierten sich die Räder, und es rollte mit ohrenbetäubendem Brummen Richtung Abfertigungshalle. Eine Seitentür öffnete sich, eine Treppe wurde ausgefahren. Ein Dutzend Passagiere trat blinzelnd ins grelle Licht, gefolgt von den beiden Piloten mit ihren blendend weißen Hemden und Sonnenbrillen. Sie standen auf der Rollbahn und ließen die Leere und Stille auf sich wirken.

Aus den Lautsprechern drang krächzend eine Ansage. George ging zusammen mit den anderen Passagieren auf die Maschine zu. In der Kabine quetschten sie sich in ihre Sitze; die Luft roch muffig, nach erhitztem Plastik und Polstersitzen. George war müde und deprimiert. Er hasste es, eine Insel zu verlassen – egal, welche Insel, selbst wenn er wegen einer Beerdigung angereist war. Er nahm ein Lutschbonbon von der dunkeläugigen jungen Stewardess und starrte hinaus auf eine Ansammlung von Felsen neben der Startbahn.

Das Flugzeug setzte sich mit lautem Dröhnen in Bewegung, raste holpernd über den Asphalt und stieg rasch in die Luft. George sah unter sich den schmetterlingsförmigen Umriss von Astypalea; er wirkte wie eine dieser seltsamen Nachbildungen, die die Natur manchmal produziert: Wolken in der Form eines bestimmten Landes, Seen, die wie durch Zauberhand an den Kopf eines Wolfes erinnern … Weiter vorn erhob sich Amorgos, ein von Wind und Wetter geschliffener, klingenförmiger blasser Fels, senkrecht aus dem Wasser. Dahinter meilenweit nur Meer. Jenseits des Meeres dann Athen, die gequälte, süchtig machende, unerträgliche Stadt … Er winkte ab, als Getränke gereicht wurden, und schloss erschöpft die Augen.

Die Veränderung des Motorengeräuschs ließ ihn wieder zu Bewusstsein kommen. Schläfrig sah er auf seine Armbanduhr. Fünfunddreißig Minuten waren vergangen, das Flugzeug setzte zur Landung an. Es glitt durch einen brutalen Hitzeschleier abwärts auf das Häusermeer zu, das unter einer senfgelben Staubschicht und aufwallenden Abgaswolken kaum zu sehen war. Warum, fragte er sich, lebe ich eigentlich dort, in all diesem Dreck?

3

*Gespräch mit einem Verbindungshalb**

Als George am Abend wieder zu Hause war, brauchte er nicht lange, um einen Rugbyklub zu finden – allerdings in Athens, Georgia, USA. Tatsächlich existierte dort eine vollständige Parallelstadt zu Athen, ein utopisches Athen mit funktionierenden Behörden und freundlichen Polizisten, mit einem nagelneuen Parthenon aus Marmor, das schimmerte wie frisch gegossener Kunststoff. Er verweilte einige Minuten an diesem unwahrscheinlichen Ort, dieser Parodie auf das »echte« Athen, das in der roten Erde Attikas verwurzelt war, wo einst ein Pakt mit den Furien geschlossen wurde, um die uralte Schuld aus Blut und Rache zu tilgen und stattdessen einen Staat zu errichten, der sich auf Gesetzen, Toleranz und gegenseitigem Respekt gründete. Ein frommes Märchen, falls es sich jemals so zugetragen hatte ... Irritiert von diesem schmerzlichen Gedankengang, verabschiedete er sich mit einem Mausklick von Athen in Georgia und kehrte in sein eigenes zurück. Er suchte weiter, bis er den Athener Rugby- und Fußballklub »Krieger von Attika« fand.

Die Homepage bestand aus einer einzigen Seite. Ein Mannschaftsfoto zeigte zwei Reihen muskulöser, grinsender junger Männer mit wilden Frisuren. Die Namen der Spieler waren nicht aufgeführt. Jeder von ihnen konnte Polizeileutnant Nikolaos Karás sein. Die Mannschaft trainierte dienstags und donnerstags abends. Für Interessierte war die Telefonnummer des Sekretariats angegeben.

* Position beim Rugbyspiel.

Am nächsten Abend beobachtete George auf dem Olympiagelände, einer Landschaft aus menschenleeren Schwimmbecken und verlassenen Sportplätzen, ein wirres Knäuel aus Körpern, die sich auf dem Rasen wanden. Plötzlich entschlüpfte der Ball den ineinander verknoteten Gliedmaßen. Eine einsame Gestalt nahm ihn schwungvoll an sich und spurtete blindwütig Richtung Freiheit. Ein Gegner versuchte sie mit gierig ausgestreckten Armen aufzuhalten. Der einsame Läufer wich nach rechts aus und rannte weiter. Ein zweiter Gegenspieler tauchte auf, warf sich auf seine Beine und riss ihn zu Boden. Im Fallen schleuderte der Läufer den Ball nach rechts. Ein Mitspieler schnappte ihn, raste weiter, passte, fing den Rückpass auf und hechtete über die Linie. Der Trainer ließ einen schrillen Pfiff ertönen, und die Mannschaft stieß einen Triumphschrei aus.

»*Bravo ré pousti!*«*

George wurde von einer Welle der Nostalgie erfasst. Winternachmittage in London. Sprühregen tröpfelt durch kahle Bäume. Feuchter Schlamm in Kleidung und Haaren. Ein seltsames Hochgefühl. Ein Glücksgefühl, das durch Kälte und Strapazen noch geschärft wird. Als er das seinen Freunden in Athen erklären wollte – jungen Männern, die an lauen Abenden Basketball spielten oder Wasserski liefen –, begriffen sie nichts und lachten verständnislos.

Nach dem Abpfiff schlenderten die Spieler vom Platz. George wartete ein Weilchen und sah zu, wie sie ihre Trainingskleidung auszogen und ihre Stiefel aufschnürten. Schließlich sprang einer von ihnen abrupt auf, winkte den anderen zu und joggte zu ihm herüber.

»Herr Zafiris?«

»Richtig. Nikos Karás?«

»Derselbe.« Sie schüttelten sich die Hände.

* (griech.) Bravo, du Schwuchtel.

»Haben Sie ein Auto?«

»Motorrad«, antwortete George.

»Oh, dann nehme ich meins. Fahren Sie hinter mir her.«

Sie schlängelten sich durch die Straßen südlich des Stadions zu einer Bar unter einer Gruppe von vier Platanen und bestellten zwei Flaschen Fix.

»Ich muss etwas essen«, sagte Karás. »Bringen Sie mir eine große Portion *Mezé**.«

»Ein energieraubendes Spiel«, bemerkte George.

»Schon mal zugeschaut?«

»Ich habe früher selbst gespielt.«

»Ach ja? In welcher Mannschaft?«

»London University.«

Karás nickte. »Dort lernt man das echte Rugby. Hier spielen wir zu grob. Wir lieben den Angriff, sind aber weniger geschickt, wenn's um Teamwork geht.«

»War immerhin ein netter Versuch heute.«

»Das war Thanasi. Ich habe ihm den Rückpass zugeworfen.«

»Genau das ist Teamwork.«

»Ich weiß. Und Übung. Heute haben wir diesen Spielzug bewusst trainiert. Unter Wettkampfbedingungen verfallen wir wieder in unsere übliche Taktik: Jeder für sich allein.«

Das Bier und die Vorspeisen wurden serviert. Sie füllten ihre Gläser und stießen auf die Gesundheit an. Karás schob George den Teller zu. »Bedienen Sie sich.«

»Essen Sie ruhig. Ich möchte nur etwas trinken.«

Karás spießte ein Stück gedünsteten Tintenfisch auf.

»Sie haben meinen Bericht gelesen?«

George nickte.

»Was halten Sie davon?«

* (griech.) Vorspeisen, Appetithäppchen.

»Er ließ eine Menge Fragen offen.«

»Natürlich.«

»Sie wussten das bereits, während Sie ihn schrieben?«

»Ja.«

»Warum haben Sie ihn dann zu den Akten gelegt?«

»Ich hatte keine andere Wahl.«

»Irgendjemand hat Sie unter Druck gesetzt.«

»Druck stimmt. Aber es war nicht ›irgendjemand‹. Schon eher die gesamte Polizeiführung.«

»Und warum?«

»Das weiß ich nicht. Aber es hat mir nicht gefallen.«

»Deshalb gingen Sie zu Sotiriou.«

»Wie Sie sehen ...«

»Warum gerade zu ihm?«

»Er ist ein Verwandter.«

»Ein naher Verwandter?«

»Ein Cousin meiner Mutter, ersten Grades. Ich kenne ihn seit der Kindheit. Seinetwegen bin ich Polizist geworden.«

»Ich verstehe«, erwiderte George.

Er überlegte, ob er sagen sollte, dass der Überfahrene ein Freund von ihm war.

»Ich möchte alles ganz genau verstehen«, erklärte er schließlich. »Waren Sie am Unfallort?«

»Ja.«

»Als Erster?«

»Ich glaube schon.«

»Was haben Sie gesehen?«

»Eine lange Bremsspur. An ihrem Ende stand der LKW quer zur Straße, das Fahrrad befand sich verbogen und zusammengedrückt etwa fünf Meter entfernt, und das Unfallopfer lag auf dem Boden, als ob es schliefe.«

»Was war mit dem Lastwagenfahrer?«

»Er saß zitternd im Führerhaus.«

»Haben Sie mit ihm gesprochen?«

»Zuerst habe ich das Opfer untersucht.« Karás verzog das Gesicht. »Nichts mehr zu machen.«

»Sind Sie sicher?«

»Kein Puls.«

»Was ist mit dem Notarztwagen?«

»Er kam wenige Minuten später. Alle Wiederbelebungsversuche waren vergeblich.«

»Erzählen Sie mir etwas über den Fahrer.«

»Ich bat ihn auszusteigen und erteilte ihm die üblichen Belehrungen. Er stand sichtlich unter Schock.«

»Was meinen Sie damit?«

»Er war benommen und völlig verängstigt.«

»Warum verängstigt?«

»Wären Sie das nicht?«

»Was hat er über den Unfall gesagt?«

Karás zögerte.

»Ich muss Sie etwas fragen, bevor ich antworte.«

»Fragen Sie.«

»Woher kennen Sie Kriminaldirektor Sotiriou?«

»Ich habe seit Jahren mit ihm zu tun.«

»Haben Sie eine gute Beziehung?«

»Gut genug. Es gibt durchaus Differenzen, aber wir respektieren uns gegenseitig.«

»Warum hat er sich ausgerechnet an Sie gewandt?«

»Ich bin mir nicht ganz sicher. Er kennt mich. Vertraut mir möglicherweise. Ich bin unabhängig von der Polizei ...«

»Mit Verlaub, Herr Zafiris, es gibt sicher eine Reihe von Privatdetektiven, die er hätte beauftragen können.«

»Die meisten von ihnen sind Ex-Polizisten.«

»Sie nicht?«

»Nein.«

»Das könnte der Grund sein.«

»Womöglich gibt es noch andere Gründe. Vertrauen ist etwas Unbewusstes. Ein Instinkt.«

Karás schien in einen komplizierten Gedankengang versunken.

»Ich dachte immer, ich könnte meinen Kollegen vertrauen. Bis der Unfall passierte«, sagte er schließlich.

George schwieg.

»Okay«, fuhr Karás fort. »Ich erzähle Ihnen von dem Fahrer. Unmittelbar vor dem Unfall hat er etwas Merkwürdiges beobachtet. Ein Wagen fuhr vor dem Fahrrad her. Auf der Beifahrerseite streckte jemand den Arm aus dem Fenster und warf etwas hinaus. Eine Handvoll ... Was? Er konnte es nicht erkennen, vielleicht Reißzwecken, Stahlkügelchen oder Glasscherben. Sie glitzerten in der Sonne und führten dazu, dass der Radfahrer plötzlich ins Schlingern geriet und genau vor den Lastwagen stürzte.«

»Wann hat er das erwähnt?«

»Am Ende seiner Aussage.«

»Freiwillig?«

»Ja. Ich fragte ihn, ob ihm noch irgendetwas einfiele. Diese Frage bringt häufig wichtige Zusatzinformationen.«

»Warum steht das nicht im Bericht?«

»Es gehörte nicht zur offiziellen Aussage.«

»Haben Sie es aufgenommen?«

»Nein. Das Aufnahmegerät war schon abgeschaltet.«

»Befanden Sie sich noch im Polizeirevier?«

Karás nickte.

»Warum haben Sie das Gerät dann nicht wieder angeschaltet und die Aussage festgehalten?«

»Weil er mich darum gebeten hat.«

»Sie hätten darauf bestehen können.«

»Ich weiß. Vielleicht hätte ich das tun sollen.«

»Fuhren Sie zurück zur Unfallstelle, um die Fahrbahn abzusuchen?«

»Das hatte ich vor, aber es kam etwas dazwischen.«

»Was meinen Sie damit?«

»Mein Vorgesetzter brauchte mich dringend für eine andere Aufgabe.«

»Wusste er, dass Sie noch mal zum Unfallort wollten?«

»Ja.«

»Und er hat Sie davon abgehalten?«

»Nicht direkt. Er sagte, er würde sich darum kümmern, und gab mir den anderen Job.«

»Also hat er Sie davon abgehalten.«

»Sieht so aus.«

»Fuhr *er* dann hin?«

»Nicht persönlich. Er schickte einen anderen Beamten.«

»Und?«

»Der hatte nichts Verdächtiges zu berichten.«

»Haben Sie ihm von dem Auto vor dem Fahrrad erzählt, aus dem etwas auf die Fahrbahn geworfen wurde?«

»Ja.«

»Wie hat er reagiert?«

»Überhaupt nicht. Er sagte einfach, er werde jemanden beauftragen.«

George fixierte ihn mit einem grimmigen Blick. »Sie haben's vermasselt, und zwar gründlich.«

»Das ist mir jetzt klar geworden.«

»Was ist mit dem Fahrrad?«

»Totalschaden.«

»Vielleicht steckten Glasscherben in den Reifen? Oder ein paar Nägel?«

»Ich habe nicht nachgesehen.«

»Herrgott noch mal! Das erledigt man doch zuallererst!«

»Sie haben recht. Das hätte ich tun sollen. Ich überprüfe das morgen.«

»Also, der Fahrer machte seine Aussage, unterschrieb sie, Sie fragten, ob er noch etwas hinzuzufügen hätte, er gab Ihnen einen wesentlichen Hinweis, und Sie ignorierten ihn?«

»Nein. Ich bat ihn, seine Aussage zu ändern, aber er weigerte sich.«

»Warum?«

»Er sagte, er sei nicht ganz sicher.«

»Erinnerte er sich an das Nummernschild des vorausfahrenden Wagens? Farbe? Fabrikat?«

»Nein. Als ich mich dafür interessierte, machte er dicht.«

»Wo befindet er sich jetzt?«

»Er wurde entlassen.«

»Ich dachte, er wäre festgenommen.«

»Nur kurz. Wir ließen ihn gehen.«

»Haben Sie seine Adresse?«

»In Larissa.«

»Wir müssen vielleicht noch mal mit ihm reden.«

Karás sah ihn verlegen an und trank hastig sein Bier.

»Reden Sie mit ihm. Ich bin dazu nicht autorisiert.«

»Warum nicht?«

»Ich wurde von dem Fall abgezogen.«

»Und wer bearbeitet ihn jetzt?«

»Niemand. Er ist abgeschlossen.«

»Abgeschlossen? Das ist doch verrückt!«

»Ich weiß.«

»Sie haben hoffentlich Einspruch erhoben?«

»Ganz entschieden sogar. Man legte mir nahe, die Sache zu vergessen. Es gibt Zeiten, sagte mein Vorgesetzter, in denen allzu viel Eifer tödlich ist.«

»Was zum Teufel soll das denn bedeuten?«

»Das weiß ich nicht.«

»Was hat er vor? Will er warten, bis sich der Mörder freiwillig stellt und sich entschuldigt?«

»Vielleicht geht es darum, wer den längeren Atem hat.«

George nahm nachdenklich einen Schluck Bier.

»Sind Sie bereit, mir zu helfen?«

»Ich werde tun, was ich kann«, erwiderte Karás. »Aber wenn ich meinen Job verliere, bin ich auch für Sie nutzlos.«

»Verstanden. Geben Sie mir eine sichere Nummer, unter der ich Sie erreichen kann.«

Der Polizist kritzelte eine Telefonnummer auf eine Karte. »Der Anschluss meiner Mutter. Sie wohnt eine Etage tiefer.«

»Besuchen Sie sie häufig?«

»Zweimal am Tag.«

»Okay«, sagte George und reichte ihm seinerseits eine Karte. »Geben Sie mir Namen und Adresse des Fahrers. Und finden Sie eine Möglichkeit, das Fahrrad zu inspizieren.«

»Wird gemacht.«

4

Der Anrufbeantworter

Als George zu Hause ankam, war Zoë aufgestanden und sah fern. Er fragte sie freundlich nach ihrem Befinden.

»Ich möchte jetzt nicht reden«, antwortete sie.

»Wann immer sich das ändert, bin ich da.«

»Irgendjemand hat angerufen«, sagte sie gleichgültig.

»Wer?«

»Das weiß ich nicht. Auf dem Anrufbeantworter ist eine Nachricht.«

George hörte die Aufzeichnung ab. Es war Andreas, Marios Bruder, und seine Stimme klang übellaunig und düster. »Kehren Sie zurück auf die Insel, George. Bald. Sehen Sie Marios Papiere durch. Seien Sie dort, bevor ein anderer Ihnen zuvorkommt.« Er hinterließ keine Nummer, lediglich ein paar Sekunden Schweigen, dann: »Das ist alles.«

George schaute in seinen Terminkalender. In den nächsten Tagen hatte er nichts vor. Aber Zoë ging es nicht gut. Er konnte sie nicht allein lassen.

Das Telefon klingelte. Er nahm den Hörer ab. Diesmal fragte eine andere Männerstimme nach George Zafiris.

»Das bin ich.«

»Mein Name ist Haris Pezas. Ich bin Hektors Bruder.«

George brachte vor Überraschung kein Wort heraus. Seine Stimme klang genau wie die von Hektor, seinem ehemaligen Kollegen, der jetzt mit fünf Kugeln in der Brust auf einem Friedhof in Korinth lag.

»Wie geht es Ihnen, Herr Zafiris?«, fragte er gut gelaunt.

»Alles in Ordnung.«

»Wir sind uns bei Hektors Beerdigung begegnet.«

»Ich erinnere mich. Schön, von Ihnen zu hören, Haris. Wie kann ich helfen?«

»Ich brauche einen Rat.«

»Selbstverständlich. Worum geht's?«

»Ich möchte lieber persönlich mit Ihnen sprechen.«

»Ich bin in Athen und kann momentan nicht hier weg.«

»Kein Problem, ich komme in die Stadt. Morgen Vormittag? Um elf?«

»Café Agamemnon, Aristotelesstraße 43.«

»In welchem Stadtteil ist das?«

»Im Zentrum. Zwischen Kolonaki und Exarchia.«

Er legte den Hörer auf und fragte sich, was Hektors Bruder wollte. Er fürchtete, es könnte um eine Entschädigungsforderung gehen. Hektor war bei einem Einsatz in seinem Auftrag ums Leben gekommen; allerdings hatte er gegen Georges Anweisungen verstoßen. Die Familie wusste das und schien nicht daran interessiert zu sein, aus dieser Gelegenheit Profit zu schlagen, aber heutzutage waren immer mehr Leute verzweifelt auf der Suche nach Geld. Man konnte nie wissen, wozu sie in extremer Not fähig waren.

Er setzte sich neben Zoë aufs Sofa. Sie sah sich eine Talkshow an, in der bekannte Persönlichkeiten über andere bekannte Persönlichkeiten redeten. Er fragte sich, wozu das gut war. Ihrem ausdruckslosen Gesicht nach zu urteilen fragte Zoë sich das ebenfalls.

Er bot ihr ein Bier an.

»Nein«, antwortete sie. »Das verträgt sich nicht mit den Tabletten.«

Er legte den Arm um ihre Schulter. »Verträgt sich das mit den Tabletten?«

»Das ist in Ordnung«, sagte sie und lächelte wehmütig.

Haris Pezas war eine etwas kürzer geratene Version von Hektor: der gleiche muskulöse Körperbau, die gleiche Adlernase und ebenso pfiffige blaue Augen. Er trug ein knallbuntes kariertes Hemd in Pink und Gelb. Seine stämmigen Beine steckten in hautengen blauen Hosen und endeten in smaragdgrünen Wildlederschuhen. Selbst Hektor mit seinem farbenfrohen Geschmack hätte sich schwergetan, diese Treter anzuziehen. Sie waren sichtlich teuer, standen ihm jedoch ganz und gar nicht. Kaum vorstellbar, dass sie überhaupt jemandem standen.

»Eines möchte ich sofort klarstellen: Ich mache Ihnen keinerlei Vorwürfe wegen Hektors Tod«, begann Haris.

»Das ist sehr freundlich von Ihnen«, erwiderte George.

»Er handelte manchmal unbesonnen.«

»Ich wünschte, ich wäre persönlich vor Ort gewesen, um ihn von seinem Vorhaben abzuhalten«, sagte George. »So konnte ich nur ins Telefon brüllen.«

»Was für ein sinnloser Verlust ...«

»Sie vermissen ihn bestimmt?«

»Ganz schrecklich.«

»Das geht uns allen so.«

Haris zog ein kleines Kettchen aus Perlen, ein Komboloi*, aus der Tasche, schwang es hin und her und starrte auf die andere Straßenseite.

Dimitri brachte Kaffee, begutachtete Haris mit einem einzigen skeptischen Blick und verschwand wieder in der Ecke hinter seiner Zeitung.

»Wie laufen die Geschäfte?«, fragte Haris.

»Nicht schlecht.«

»Macht sich die Krise bemerkbar?«

* Das Komboloi (Plur. Kombologia) ist ein Gegenstand der Herrenausstattung, erinnert an die Gebetsketten aus Christentum und Islam, hat jedoch keinerlei religiöse Bedeutung mehr. Es dient als Fingerspiel, Zeitvertreib, Meditationshilfe und Glücksbringer.

»Natürlich. Die guten Zeiten sind vorbei.«

»Was Sie nicht sagen!« Er musterte George mitfühlend. »Wenn wir doch nur einen vernünftigen Staatsführer hätten! Einen Venizelos, einen Karamanlís. Wenigstens ...« Er warf einen misstrauischen Blick über die Schulter. »Wenigstens einen Metaxás!«

»Interessante Idee. Unsere letzten Militärdiktaturen haben uns allerdings nicht wesentlich weitergebracht.«

»Wir brauchen jemanden mit einem großen Besen, der diesen Saustall von Staat mal ordentlich ausfegt.«

Der Satz erinnerte George an Hektors rechtsradikales Gerede, das ihm ziemlich auf die Nerven gegangen war. Er fragte sich, wann Haris zur Sache kommen würde.

»Wollen Sie mit mir über Politik diskutieren?«

»Ganz und gar nicht! Ich bin aus gutem Grund hier.«

»Dann lassen Sie mal hören«, antwortete George.

»Ich bin Inhaber eines Elektrogeschäfts in Korinth. Es lief die ganzen Jahre über gut, doch der Umsatz ist in letzter Zeit stark zurückgegangen. Schuld daran sind die großen Ladenketten, Mediamarkt, Kotsovolos ... Riesige Lagerhallen voller Waschmaschinen und Kühlschränke. Kein Mensch kauft mehr in den kleinen Fachgeschäften. Höchstens noch Stecker, Sicherungen und Glühbirnen. Kleinkram. Davon kann man nicht leben.«

»Ich weiß, dass es in Athen so aussieht.«

»In der Provinz ist es noch viel schlimmer. Die Leute fahren zwei Stunden, um an einer Waschmaschine dreißig Euro zu sparen. Die Benzinkosten fressen die Ersparnis gleich wieder auf. In Wirklichkeit zahlen sie drauf, aber das sehen sie nicht. Und für uns bedeutet es das Aus. Deshalb denke ich über eine Geschäftserweiterung nach.«

»In welche Richtung?«

»Genau dafür brauche ich Ihren Rat. Vielleicht Sicherheit und Überwachung.«

»Überwachungsanlagen? Damit konkurrieren Sie doch auch gegen den Mediamarkt. Und gegen Anbieter im Internet. Die verkaufen auf jeden Fall billiger als Sie.«

»Nein. Keine Überwachungs*anlagen*.« Er hielt inne und sah George in die Augen. »Einfach nur Überwachung.«

»Sie wollen einen Rat?«

»Wenn es das Einzige ist, was Sie für mich tun können.«

»Was könnte ich sonst noch tun?«

»Mir eventuell Arbeit anbieten.«

»Jetzt?«, fragte George ehrlich überrascht.

»Jetzt oder später.«

»Bringen Sie irgendwelche Erfahrungen mit?«

»Ich habe Hektor öfter geholfen.«

»Wobei genau?«

»Fotografieren. Gebäudeüberwachung, Personen-Observation ...«

»Haben Sie sich nicht gelangweilt?«

»Und ob!«

»Und was haben Sie in solchen Momenten gemacht?«

»Ich sagte mir: Was für ein Glück, dass ich Arbeit habe.«

»Na gut. Kennen Sie sich mit Buchhaltung aus?«

»Selbstverständlich. Wie eine Schweizer Bank! Aber das hatte ich eigentlich nicht im Sinn.«

»Was hatten Sie denn im Sinn?«

»Richtige Arbeit. Ihnen zur Hand gehen. Wie Hektor.«

»Hektor war ein Profi.«

»Er hat mir eine Menge beigebracht.«

»Wieso?«

»Mich hat das einfach interessiert. Wir haben sogar eine Teilhaberschaft erwogen. Pezas und Pezas, Privatdetektive. Klingt gut, nicht wahr?«

»Gut klingen allein reicht nicht.«

»Ich weiß!«

»Was hat Sie davon abgehalten?«

»Jemand muss sich um den Laden kümmern.«

»Sind Sie verheiratet?«

»Ja, seit zweiundzwanzig Jahren. Drei Kinder.«

»Was sagt Ihre Frau zu der Idee?«

»Sie unterstützt mich – solange ich kein Risiko eingehe.«

»Vergessen Sie's.«

»Ich habe versprochen, vorsichtig zu sein. Das werde ich auch. Aber sie möchte nicht, dass ich eine Waffe trage.«

»Das ist ein Argument. Können Sie mit Waffen umgehen?«

»Ja sicher.«

»Wie kommt's?«

»Ausbildung bei der Armee.«

George machte eine abschätzige Handbewegung. »Wehrdienst, das kenne ich. Dort habe ich gelernt, Lastwagen zu fahren und Toiletten zu putzen. Die Ausbildung an der Waffe war ein Witz.«

»Ich hatte Glück«, erwiderte Haris. »Ich war zwei Jahre in einer Eliteeinheit.«

»Dann haben Sie sich freiwillig gemeldet.«

»Selbstverständlich.«

»Wo haben Sie gedient?«

»Marine. Sondereinsatztruppe.«

»Sie sind gar nicht der Typ dafür«, bemerkte George.

»Es gibt keinen Typ dafür«, erklärte Haris.

»Ich meine, Sie wirken eher sensibel. Entspannt.« Er dachte an die grünen Wildlederschuhe. »Wie ein Künstler.«

»Genau das bin ich auch. Aber wenn Sie meine Medaillen sehen möchten ...«

»Das wird nicht nötig sein. Vielleicht sind Sie nützlicher, als ich ursprünglich annahm.«

»An was genau denken Sie?«

»An nichts ... Haben Sie auch so ein Faible für technische Spielereien wie Hektor?«

»Absolut!«

»Das ist von Vorteil. Alles andere, was Sie gesagt haben, lässt bei mir eher die Alarmglocken schrillen.«

»Ich repariere Ihnen absolut jedes Elektrogerät.«

George musste lachen. Haris ähnelte Hektor nicht nur im Aussehen, sondern auch in seiner Selbstüberschätzung.

»Ich helfe gern, wenn ich kann«, sagte George. »Für Hektor würde ich alles tun. Aber das Geld ist knapp und die Auftragslage dünn, ich erwirtschafte kaum genug für mich selbst.«

»Das glaube ich Ihnen«, erwiderte Haris. »Deshalb bin ich bereit, drei Monate umsonst zu arbeiten.«

»Und was genau?«

»Egal! Langweilige Tätigkeiten. Papierkörbe leeren. Telefone putzen.«

»Das sind schon die interessanteren Aufgaben.«

»Okay, dann geben Sie mir die wirklich langweiligen Jobs, was immer das sein mag.«

»Im Augenblick habe ich gar nichts für Sie.«

Haris erhob sich, schüttelte ihm die Hand und sagte mit strahlendem Lächeln: »Na ja, was soll's. Vielen Dank für Ihre Zeit. Rufen Sie mich an, wenn Sie Ihre Meinung ändern.«

»Es war mir ein Vergnügen, Haris.«

Er sah die grünen Schuhe immer wieder aufblitzen, die ganze Aristotelesstraße hinunter. Sollte ich ihn jemals einstellen, dann nicht mit diesen Schuhen.

5

Mangelware Information

Am Nachmittag rief ihn Nikos Karás aus der Wohnung seiner Mutter an.

»Ich habe schlechte Nachrichten.«

»Was ist passiert?«

»Das Fahrrad wurde entsorgt. Ebenso die Akte des Lastwagenfahrers.«

»Entsorgt? Was soll das heißen?«

»Keine Ahnung. Wahrscheinlich zur Mülldeponie in Keratea gebracht.«

»Das ist absolut illegal.«

»Ich weiß.«

»Können Sie mehr darüber in Erfahrung bringen? Wer hat das angeordnet? Wer hat es ausgeführt?«

»Damit würde ich nur Verdacht erregen.«

»Keratea – sind Sie sicher?«

»Dorthin wird der städtische Müll transportiert.«

»Und der Polizeimüll? Wird der einfach auf die Straße gekippt?«

»Nein. Eine Vertragsfirma holt ihn ab und kümmert sich um die sichere Entsorgung.«

»Wie heißt die Vertragsfirma?«

»Das weiß ich nicht.«

»Können Sie das herausfinden? Jetzt?«

»Okay.«

George legte auf. Der Fall wurde immer verworrener und schien überall in Sackgassen zu führen. Ihm fiel die Nachricht von

Andreas Filiotis auf dem Anrufbeantworter ein: »Kehren Sie zurück auf die Insel, George. Bald. Sehen Sie Marios Papiere durch. Seien Sie dort, bevor ein anderer Ihnen zuvorkommt.«

Er traf Zoë lesend im Schlafzimmer an.

»Ich muss nach Astypalea«, sagte er. »Aber ich möchte dich hier nicht alleinlassen.«

»Ich komm schon zurecht« erwiderte sie, doch das klang wenig überzeugend.

»Warum fährst du nicht einfach mit?«

»Um was zu tun?«

»Dich zu entspannen. Schwimmen zu gehen. Wir nehmen ein hübsches Hotel.«

»Was wirst du dort machen?«

»Ich muss Marios Papiere durchsehen.«

»Wie lange wird das dauern?«

»Ein bis zwei Tage.«

»Muss ich seine durchgeknallte Ehefrau treffen?«

»Nur wenn du möchtest.«

»Ganz bestimmt nicht!«

»Kein Problem. Dann halte dich einfach fern.«

»Und wenn sie mich sieht?«

»Wo?«

»Auf der Insel?«

»Dann sagst du, du wolltest sie nach diesem schweren Verlust nicht behelligen.«

Zoë überlegte. »Weißt du was? Ich hab keinen Bock.«

»Bitte komm mit, Zoë!«

»Zwing mich nicht.«

»Ich kaufe dir das Ticket.«

»Du verschwendest dein Geld.«

»Ich tue, was ich tun muss. Bitte pack deine Reisetasche.«

»Ganz sicher nicht.«

Sie widmete sich wieder ihrem Buch.

Vor seinem Aufbruch zum Flughafen suchte er Dimitri im Café Agamemnon auf und erklärte ihm die Situation.

»Ich werde sie im Auge behalten«, versprach Dimitri.

»Können Sie darauf achten, dass sie etwas isst?«

»Keine Sorge. Bei Ihrer Rückkehr ist sie wieder rund und gesund.«

»Schön wär's.«

Am Flughafen erreichte ihn ein Anruf von Karás, der mit der Abfallbeseitigungsfirma gesprochen hatte. Sämtliche Polizeiunterlagen wurden unverzüglich geschreddert. Hatte eine Akte das Polizeirevier einmal verlassen, war es unmöglich, ihren Weg zu verfolgen.

»Okay«, sagte George, »was ist mit Ihren Notizen über die Befragung des Lastwagenfahrers? Haben Sie die noch?«

»Ja.«

»Wir können ihn anhand des Nummernschildes ausfindig machen.«

»Vermutlich.«

»Immerhin etwas ... Was ist mit dem Fahrrad? Das kann man nicht schreddern.«

»Entsorgt. Er wollte nicht sagen, wo.«

George bedankte sich und bat ihn, die Adresse des Lkw-Fahrers herauszufinden.

Als Karás auflegte, wurde sein Flug ausgerufen.

Trotz aller Widrigkeiten genoss George die Reise nach Astypalea, das Surren der Propellermaschine, einer ATR 400, durch die Dunstschleier der Nachmittagssonne, die das Ägäische Meer bis zum Horizont in goldene Strahlen tauchte. Beim Landeanflug schimmerten die felsigen Berghänge der Insel rosarot im frühen Abendlicht.

Ein Taxi brachte ihn in sein Hotel am Stadtrand.

Sofort wurde ihm die Stille bewusst – eine tiefe, verschwenderische Stille, nur gelegentlich unterbrochen vom entfernten Plätschern der Wellen, von Vogelgezwitscher oder vom Wind, der durch die Bäume strich. Als er bei einem Glas Wein auf der Hotelterrasse saß, spürte er die Ruhe ringsum, die höchst angenehme Entschleunigung, die Befreiung des Geistes. Die Stadt mit ihrem Schmutz und Gestank und ihrem endlosen aufreibenden Getöse erschien ihm wie ein Alptraum, wie eine Folterkammer. Wie konnte man dort überhaupt klar denken? Wie konnte man fühlen, dass man auf der Erde lebte?

Das Anwesen der Familie Filiotis lag in einem von Mauern umgebenen Garten am Rande der Stadt. Ein imposantes weißes Herrenhaus aus dem neunzehnten Jahrhundert mit dunkelgrünen Fensterläden. Mario hatte es von seinen Eltern geerbt, hatte es modernisiert und seine Kinder dort großgezogen.

Er besaß auch eine Wohnung in Athen, die er für seine Geschäftsreisen genutzt hatte. George war zehn Jahre lang nicht mehr in dem Haus auf der Insel gewesen. Er wusste eigentlich nicht, warum, abgesehen davon, dass es einfacher war, sich in Athen zu treffen.

Er klopfte an die Eingangstür. Eleni öffnete ihm und streckte ihm ihre blasse Wange zum Begrüßungskuss entgegen. Ihr weißblondes Haar war zu einem strengen Knoten zusammengebunden, ihr Gesicht war ernst, ihre Augen wirkten trostlos und erschöpft und ließen keine Spur von Wiedersehensfreude erkennen.

Sie führte ihn durch die Diele in den *saloni*, den offiziellen Empfangsraum, in dem Familienfotos, selten benutzte Möbelstücke und Kombologia aus schweren Bernsteinperlen so sorgfältig arrangiert waren wie Ausstellungsstücke in einem Museum. Das Haus war nicht mehr so, wie er es von seinem letzten Besuch in Erinnerung hatte, als die Kinder noch klein waren und überall Spielsachen und Bücher sorglos herumliegen ließen.

Eleni setzte sich steif auf die Kante eines weißen Sofas. George fragte sie, wie sie zurechtkäme.

»Es geht schon«, antwortete sie.

»Was ist mit den Kindern?«

»Sie sind kurz nach der Beerdigung abgereist.«

»Bist du ganz allein hier?«

»Ja.«

»Zu viel Alleinsein ist nicht gut.«

»Ich weiß. Ich treffe mich mit Leuten.«

»Das freut mich zu hören ... Sag mal, gibt es Neuigkeiten über diese Gegenstände im Sarg?«

»Ja. Die Direktorin des archäologischen Museums war ausgesprochen tüchtig. Sie hat Fotos gemacht, die sie per E-Mail an ihre Kollegen in ganz Griechenland schickte. Eine von ihnen, die Leiterin der Abteilung für klassische Archäologie in Thessaloniki, hat sie wiedererkannt. Sie stammen aus einer Ausgrabungsstätte in der Nähe von Pella, einer antiken Goldschmiedewerkstatt, die vor drei Jahren entdeckt wurde. Niemand hat sie als vermisst gemeldet. Die Regierungsinspektorin kommt nächste Woche hierher, um sich mit dem Polizeichef zu treffen.«

»Gute Arbeit. Irgendetwas Neues über Mario?«

Sie sah ihn verblüfft an. »Was kann es über Mario denn Neues geben?«

»Ich meinte, über seinen Leichnam.«

»Wir haben mit dem Bestattungsinstitut gesprochen.«

»Und?«

»Sie sind nicht gerade hilfsbereit. Sie haben offensichtlich Angst, ihren Fehler einzugestehen. Besonders gegenüber den Behörden.«

»Ihr Fehler hat immerhin verhindert, dass die antiken Kunstschätze ins Ausland gebracht wurden«, sagte George.

»Die Polizei sieht das wohl anders.«

»Das wissen wir nicht.«

»Das Beerdigungsinstitut muss wegen dieser Sache womöglich schließen.«

»Und zwar zu Recht!«

»Ach komm«, sagte sie. »Was für ein Schlamassel.«

»Es ist mehr als das«, entgegnete George.

Er fragte, ob er irgendetwas für sie tun könne.

»Na ja ... Wenn *du* einen Weg findest, mit ihnen zu sprechen, kriegst du vielleicht etwas heraus.«

»Mit wem?«

»Mit dem Bestattungsunternehmen.«

George war überrascht.

»Andreas hat versucht, sie unter Druck zu setzen«, erklärte sie. »Leider ohne Erfolg. Sie haben sich stur auf ihre Schweigepflicht berufen. Du könntest zumindest mit ihnen reden, ohne ihnen zu drohen.«

»Da wäre ich mir nicht so sicher«, antwortete er.

»Warum versuchst du es nicht einfach?«

George war damit einverstanden, blieb jedoch skeptisch.

Sie saßen eine Weile schweigend da. Eleni wich seinem Blick aus.

»Eleni, ich brauche deine Hilfe«, begann er so behutsam wie möglich.

»Wobei?«

»Ich möchte herausfinden, ob Marios Tod ein Zufall war oder nicht.«

»Spielt das jetzt noch eine Rolle?«

»Selbstverständlich spielt es eine Rolle! Ich wundere mich über deine Frage.«

»Er ist jetzt bei Gott. Hoffentlich in Gottes Nähe. An einem Ort des Friedens. Dort zählen nur sein Gewissen und Gottes Gnade.«

»Das steht außer Frage. Aber ich denke da an weitaus praktischere Aspekte.«

»Erzähl.«

»Mit deiner Erlaubnis möchte ich mich in seinem Arbeitszimmer umsehen. Das könnte ein paar Stunden dauern. Zweitens würde ich gern mit einem absolut zuverlässigen Mitarbeiter im Rathaus sprechen, mit jemandem, der weiß, was Diskretion bedeutet. Drittens, und das ist mir am wichtigsten, möchte ich mit dir reden.«

»Worüber ...?«

»Womit er beschäftigt war, mit wem er sich getroffen hat, welche Richtung sein Leben nahm.«

»Das gefällt mir nicht so richtig.«

»Warum nicht?«

»Darüber möchte ich nicht reden.«

»Ich verstehe.«

George beobachtete sie. Obwohl sie reglos dasaß, schien ihre Seele von einer schrecklichen Unruhe gepeinigt.

»Können wir einfach anfangen«, schlug er vorsichtig vor, »und sehen, wie wir vorankommen?«

»Na schön«, antwortete sie bedrückt, »aber womit?«

»Wie wär's mit seinem Arbeitszimmer?«

Sie erhob sich. »Hier entlang.«

Er folgte ihr durch den düsteren Korridor, in dem es stark nach Bohnerwachs roch. Am Ende öffnete sie eine Tür in ein großes Arbeitszimmer voller Bücherregale. In der Mitte stand ein schwerer Mahagonischreibtisch, auf dem kein einziges Papier lag.

»Den hat er doch bestimmt nicht so verlassen?«, sagte George.

»Ich habe aufgeräumt.«

»So schnell?« Mario war noch nicht mal eine Woche tot.

»Ich hatte das Gefühl, das tun zu müssen.«

»Und wo ist alles hingekommen?«

»Ins Rathaus.«

»Warum gerade dorthin?«

»Alles, was er in diesem Raum tat, hatte mit seiner Arbeit zu tun. Er brachte sie jeden Abend mit und plagte sich nach dem

Abendessen weiter damit herum. Hier herrschte ein heilloses Durcheinander.«

»Es müssen doch auch persönliche Unterlagen dabei gewesen sein.«

»Die hob er getrennt auf.«

»In einem anderen Arbeitszimmer?«

»Eher in einem Schrank.«

»Darf ich den sehen?«

»Nein.«

»Dort könnte man vielleicht wichtiges Beweismaterial finden.«

»Dort wirst du gar nichts finden. Es ist alles durcheinander. Und privat.«

»Selbstverständlich. Wenn du lieber nicht ...«

»Dort ist nichts, was dich interessieren könnte.«

»Ich werfe nur einen kurzen Blick darauf.«

»Nein.«

George versuchte seine Enttäuschung zu verbergen. »Okay«, sagte er. »Ich respektiere deine Wünsche.«

»Vielen Dank.«

»Also ist dies hier der einzige Raum, in dem ich nachschauen kann?«

»Ja.«

»Darf ich?«

»Bitte.«

Er setzte sich an den Schreibtisch und begann, die Schubladen zu öffnen. Sie waren alle leer, abgesehen von ein paar Stiften und einem Notizblock aus einem Londoner Hotel. Er schielte zum Papierkorb hinüber. Ebenfalls leer. In den Regalen an den Wänden standen endlose Reihen juristischer Werke, alle in schweren braunen Einbänden mit Goldschrift.

»Das ist reine Zeitverschwendung«, sagte er.

Sie erwiderte seinen Blick mit ausdrucksloser Miene.

»Ich muss seine privaten Unterlagen sehen.«

»Das geht nicht.«

»Eleni, es ist wichtig! Er ist vielleicht ermordet worden.«

»Die privaten Unterlagen werden dir nicht weiterhelfen.«

»Das weißt du doch gar nicht.«

»Frag mich bitte nicht mehr danach!«

»In diesem Fall werde ich ins Rathaus gehen müssen, um mir anzuschauen, was du von hier dorthin gebracht hast.«

»Okay«, erwiderte sie.

»Kannst du mir dort eine Kontaktperson nennen? Jemanden, der vertrauenswürdig ist?«

Sie schien überrascht. »Vertrauenswürdig? Im Rathaus?«

»Du musst die Leute doch kennen.«

»Nur zu gut.«

»Sind denn keine Freunde darunter?«

»Manche nennen sich Freunde«, sagte sie. »Das sind Leute, die ihn ausgenutzt haben und keinen Moment zögern würden, ihn zu hintergehen, wenn sie einen Vorteil davon hätten. Ich habe eine andere Vorstellung von Freundschaft.«

»Ich auch. Und Mario ganz sicher ebenfalls.«

»Es war ihm nicht möglich, zwischen Ehrlichen und Falschen zu unterscheiden. Ein Lächeln genügte, und er hat jedem vertraut. Kein kluger Mann verhält sich so.«

»Ich bin überzeugt, dass er nicht so naiv war.«

»Er war sehr unsicher.«

»Das sehe ich anders.«

»Dann hast du ihn nicht gut gekannt.«

George fand ihren vorwurfsvollen Ton unangebracht.

»Vielleicht entschied er im Zweifelsfall zugunsten seines Gegenübers? Vielleicht erzielte er so Resultate?«

»Was für Resultate?« Ihre Stimme klang verächtlich.

»Sieh dir doch nur die Stadt an. Sie ist in hervorragendem Zustand, trotz der Krise.«

»Alles, was er erreicht hat, ist seiner harten Arbeit zu verdanken«, sagte sie. »Arbeit auf Kosten all der Dinge, die ein Mann wertschätzen sollte.«

»Du meinst die Familie?«

»Du weißt genau, was ich meine!« Ihr Ton wurde immer schriller.

George antwortete nicht. Er überlegte, wie er den Widerstand dieser Frau überwinden könnte. Ihre Feindseligkeit war unerbittlich. Da keiner etwas sagte, bemerkte er eine Fliege am Fenster, die immer wieder summend gegen die Scheibe flog, um nach draußen zu gelangen.

Eleni ging mit schleppenden Schritten hinüber und ließ sie frei. Jetzt war es wieder still im Zimmer. Sie starrte abwesend hinaus auf die Straße, als könnte jeden Moment jemand auftauchen. »Es tut mir leid, dass ich so bittere Erinnerungen in dir wecke«, sagte George.

Eleni schwieg.

»Wir werden nie erfahren, was mit Mario passiert ist, es sei denn, jemand ist bereit, über ihn zu sprechen.«

Jetzt rief sie aufbrausend: »Was haben wir seit deiner Ankunft hier denn die ganze Zeit gemacht? Du versuchst ununterbrochen, Beweise aus mir herauszuquetschen! Als hätte ich ihn ermordet!«

»Du hast mir nicht das Geringste erzählt«, entgegnete George kalt. »Alles, was ich schlussfolgern kann, ist, dass es Spannungen oder Unstimmigkeiten zwischen euch gab, die sich auch nach seinem Tod nicht aufgelöst haben.«

»Das könntest du über jede beliebige Ehe sagen.«

»Über einige mehr als über andere.«

»Na und?«

»Ich maße mir kein Urteil an.«

»Natürlich tust du das! Richtet nicht, auf dass ihr nicht gerichtet werdet! Sei nicht so feige und gib's wenigstens zu!«

»Wie könnte ich über dich zu Gericht sitzen? Wenn ich morgen sterbe, würde meine Frau genau das Gleiche über mich sagen wie du über Mario. Hier geht's doch nicht um Statuskonkurrenz.«

»Vielleicht willst du mich nur austricksen.«

»Du hast das völlig falsch verstanden. Ich möchte lediglich herausfinden, warum Mario gestorben ist.«

»Habe ich dich darum gebeten?«

»Nein.«

»Jemand anders?«

»Ja.«

»Wer?«

Jetzt wurde es kompliziert. Er durfte Sotiriou und die Polizei um keinen Preis erwähnen.

»Andreas. Und ein, zwei Freunde.«

»Wirst du dafür bezahlt?«

»Nur die Spesen. Ich tue das aus Freundschaft. Aus Liebe zu einem außergewöhnlichen Mann.«

»Falls du's aus Liebe tust, verschwendest du deine Zeit.«

»Manchmal muss man etwas einfach machen – aus Prinzip, nicht für Geld.«

»In diesem Fall kannst du beides vergessen.«

»Ich dachte, ich könnte auch dir damit helfen.«

»Ich habe dir erklärt, was ich davon halte.«

»Erklär's mir noch mal, Eleni.«

Sie stöhnte. »Sein Leben war vorbei, lange bevor er gestorben ist. Seine wirklichen Mörder sind die Umweltschützer. Greenpeace, der WWF, all die idiotischen Gruppen auf diesem Planeten, die seinen Kopf mit ihren unrealistischen Idealen vollstopften, während unsere Familie an Vernachlässigung zugrunde ging!«

»Auf mich habt ihr immer einen glücklichen Eindruck gemacht.«

»Dann bist du auch ein Idiot. Sieh mich doch an! Sehe ich aus wie eine glückliche Frau?«

»Wenn das so wäre, hätte ich allen Grund zur Beunruhigung«, antwortete George.

»Ich war schon lange vor seinem Tod unglücklich!«

»Und du gibst ihm die Verantwortung dafür?«

Ihre Augen funkelten zornig. »Wem sonst? Ich hatte nur einen Mann. Nur ein Leben. Das ich einem Menschen schenkte, der nichts damit anzufangen wusste.«

»Es tut mir leid« sagte George. »Das habe ich nicht gewusst.«

»Nun«, erwiderte Eleni, »jetzt weißt du's.«

Allmählich begriff George die leblose Atmosphäre im Haus. Plötzlich schien es kein Zufall zu sein, dass er zehn Jahre nicht zu Besuch gekommen war. Mitleid mit seinem langjährigen Freund erfasste ihn. War es das, was ihn jeden Abend zu Hause erwartete? Dieser vorwurfsvolle Blick? Diese lähmende, aggressive Selbstgerechtigkeit?«

Er spürte eine tiefe Verzweiflung. »Es gibt nichts, was ich hier noch tun könnte«, sagte er.

Sie antwortete nicht.

»Ich frage mich, was Mario deiner Meinung nach hätte machen sollen.«

»Tatsächlich? Das fragst du dich?«

»Ja.«

»Wie wär's mal mit Geldverdienen? Wäre das nicht ein Anfang gewesen?«

»Hier sieht's doch ziemlich komfortabel aus«, entgegnete George.

»Ich rede nicht über Komfort!«

»Worüber dann? Was kann ein vernünftiger Mensch denn noch verlangen?«

Sie winkte verächtlich ab. »Du bist genauso schlimm wie er.«

George erhob sich. »Es gibt eindeutig etwas, was ich nicht begreife«, sagte er.

Sie schwieg.

»Ich finde selbst hinaus.«

Sie drehte sich um und ging zur Haustür.

Beim Abschied sagte er: »Ich bin bis 17.00 Uhr im Hotel Ägäis. Wenn du mir noch irgendetwas mitteilen möchtest, hinterlass dort eine Nachricht für mich.«

Sie nickte und schloss die Tür.

6

Im Rathaus

George ging zu Fuß in die Stadt; die heiße Septembersonne brannte ihm auf den Rücken. Dieser Ausflug begann sich als vollkommen sinnlos zu erweisen. Er hatte das Gefühl, das irgendwie wettmachen zu müssen.

Er durchdachte seine Möglichkeiten. Eleni war ein hoffnungsloser Fall. Vielleicht würde sie ihre Meinung irgendwann ändern, nachdem Schmerz und Verbitterung verblasst waren, doch im Augenblick sah er hier kein Weiterkommen. Da müsste er sich schon gewaltsam Zugang zum Haus und zu Marios privaten Unterlagen verschaffen. Seine einzige Chance waren Marios Freunde und Kollegen auf der Insel. Es würde hier doch sicher Leute geben, die ihm sagen konnten, mit wem er Umgang pflegte, welche Risiken er eingegangen war, vielleicht sogar, warum er sterben musste. Die Schwierigkeit bestand darin, sie zu finden und sie, nachdem er sie gefunden hatte, zu befragen. An einer ruhigen Straßenecke blieb er im Schatten stehen und rief Kriminaldirektor Sotiriou an.

Die Begrüßung war abweisend. »Ich habe Ihnen gesagt, Sie sollen mich nicht anrufen.«

»Das haben Sie nicht.«

»Dann sage ich es Ihnen jetzt.«

»Es ist dringend«, erwiderte George.

»Was ist passiert?«

»Das Paket ist verschwunden.«

»Wo haben Sie nachgesehen?«

»Ich war beim Sportplatz und habe mit dem Platzwart gesprochen. Die Räume sind leer. Alles wurde fortgeschafft.«

»Wo noch?«

»Im Haus der Familie. Ebenfalls leer. Jetzt gehe ich zum Rathaus.«

»Treten Sie niemandem auf den Schlips.«

»Bestimmt nicht.«

»Wann sind Sie zurück in Athen?«

»Heute Abend.«

»Ich rufe Sie an.«

Der Kriminaldirektor legte auf.

Auf dem Weg zum Rathaus entwickelte George einen Angriffsplan.

Am Empfangsschalter fragte er nach dem stellvertretenden Bürgermeister, der jedoch nicht zu sprechen war. George hatte nichts anderes erwartet. Er fragte nach einer Reihe von anderen Beamten, die ebenfalls nicht verfügbar waren, bis die Dame an der Anmeldung Mitleid mit ihm bekam und wissen wollte, worum es eigentlich ging.

George sagte, er sei ein Freund des verstorbenen Bürgermeisters und engagiere sich für den Aufbau einer Radfahrer-Aktionsgruppe in der Innenstadt von Athen.

»Mit wem kann ich sprechen?«, fragte er. »Ich wollte Herrn Filiotis persönlich treffen, aber das ist jetzt offensichtlich nicht mehr möglich.«

Die Augen der jungen Frau füllten sich mit Tränen. »Es tut mir leid«, sagte sie. »So ein wunderbarer Mann!«

»Persönlichkeiten wie ihn, das ist es, was dieses Land braucht«, entgegnete George. »Wir haben ihn alle bewundert. Aber der beste Weg, sein Andenken in Ehren zu halten, ist, seine Arbeit fortzuführen.«

»Selbstverständlich.«

»Er muss hier ein gutes Team gehabt haben.«

»Das hatte er.«

»Werden sie weitermachen?«

»So gut sie können. Aber die Situation ist schwierig.«

»Gibt es denn einen Verantwortlichen?«

»Nicht wirklich. Noch nicht ... Lassen Sie mich überlegen, wer heute hier ist und Ihnen behilflich sein könnte ...«

Sie sah auf einer Liste nach. »Vielleicht seine Sekretärin, Frau Kyriakou?«

»Sie kennt seine Kontaktpersonen und weiß, worum es geht?«

»Ich denke schon. Lassen Sie mich bei ihr anrufen. Ihr Name bitte?«

Eine Minute später trat eine Frau in mittleren Jahren durch eine Tür ein Stück den Flur hinunter und ging mit freundlichem Lächeln auf ihn zu.

»Herr Zafiris? Ich glaube, ich habe Sie bei der Beerdigung gesehen.«

»Ich war dort«, erwiderte George.

Sie führte ihn in ihr Büro, in dem bemerkenswerterweise nirgendwo Akten herumlagen. George schloss daraus, dass hier entweder nicht gearbeitet wurde oder dass die Frau ausgesprochen ordentlich war.

Sie bat ihn, Platz zu nehmen. »Tasse Kaffee?«, fragte sie.

»Warum nicht? Einen griechischen, wenn's möglich ist.«

»Aber sicher. Wie möchten Sie ihn?«

»Métrio.«

Sie griff zum Telefon und bestellte zweimal mittelsüßen Mokka. Dann wandte sie sich George zu und fragte strahlend: »Wie können wir helfen?«

Ihr ganzes Verhalten war so vollkommen das Gegenteil von dem, was George mittlerweile von öffentlich Bediensteten erwartete, dass er einen Augenblick brauchte, um sich zurechtzufinden. Unhöflichkeit, Arroganz, Faulheit, Verschleppungstaktiken ... Das wäre normal gewesen. Aber Liebenswürdigkeit? Hilfsbereitschaft? Und Kaffee? Das war unerhört.

George schämte sich ein wenig wegen seiner Notlüge und erzählte ihr dann seine Legende. Frau Kyriakou stellte nicht allzu viele Fragen, sondern suchte schnell und effizient die Namen anderer Radfahrerverbände in Athen und in anderen Landesteilen heraus sowie die dortigen Ansprechpartner. George machte sich gewissenhaft Notizen und überlegte fieberhaft, wie er das Gespräch auf das Thema lenken konnte, über das er eigentlich reden wollte. Der Kaffee wurde hereingebracht. Er griff nach seiner Brieftasche, doch sie hatte das Geld bereits in der Hand.

»Gestatten Sie«, sagte George.

»Unterstehen Sie sich!«

Er nahm dankend an.

»Gastfreundschaft war für Herrn Filiotis eine Selbstverständlichkeit. Wir setzen diese Tradition fort.«

Jetzt hatte er sein Stichwort.

Er fragte sie, ob der neue Bürgermeister Marios Arbeit weiterführen werde. Nach kurzem Zögern antwortete sie: »Das hat er vor.«

»Er war ehrgeizig, nicht wahr?«

»Das war er.« Sie erzählte stolz von den Projekten und Initiativen, die Mario entwickelt hatte, von seinen Kontakten in aller Welt, von Argentinien bis Kanada, vom Senegal bis nach Japan. »Hunderte von Kontakten«, sagte sie.

»Hat er sich denn keine Feinde gemacht?«

»Das fragen viele. Sie würden sich wundern: ausgesprochen wenige. Er hatte ganz klare Vorstellungen und eine starke Überzeugungskraft. Alles, was er sagte, war einleuchtend. Wir können nicht so weiterwirtschaften wie bisher, die Ressourcen unserer Erde verbrennen, die Atmosphäre zerstören, den Planeten erwärmen. Wir vernichten uns selbst! Wir werden ertrinken oder ersticken. Und wofür? Damit die Ölgesellschaften zufrieden sind!«

»Genau wegen dieser Kapitalinteressen mache ich mir Sorgen«, sagte George.

»Führungskräfte kennen die Wahrheit. Es war ein Geniestreich von Mario – Verzeihung, ich meine Herrn Filiotis –, dass er sie ihnen deutlich vor Augen führte. Er wollte sie als Partner, nicht als Gegner.«

»In Athen wird behauptet, er sei ermordet worden.«

»Das wundert mich nicht.«

»Wie meinen Sie das?«

»Athen gilt als Welthauptstadt der Verschwörungstheorien.«

»Ich dachte, Sie meinten etwas anderes.«

»Was denn?«

»Dass er *tatsächlich* ermordet wurde.«

Sie hielt inne und musterte ihn aufmerksam. George begann sich zunehmend unbehaglich zu fühlen.

Als sie weitersprach, wählte sie ihre Worte mit Bedacht.

»Ich möchte keine Spekulationen über den Tod von Herrn Filiotis anstellen. Soweit wir wissen, war es ein Unfall.«

»Das ist die offizielle Version.«

»Und die glauben Sie nicht?«

»Das habe ich nicht gesagt«, antwortete George. »Doch wenn man die möglichen Auswirkungen von Marios politischen Zielen auf Kapitalinteressen bedenkt, würde es mich nicht überraschen.«

»Sind Sie sicher, dass Sie wegen einer Radfahrer-Aktionsgruppe hier sind?«

George wurde stutzig. »Warum fragen Sie?«

»Ich dachte, Sie haben vielleicht Angst, selbst ermordet zu werden.«

»Nein«, sagte George. »Ich habe keine Angst.«

»Gut«, erwiderte sie. »Je mehr Menschen sich für die Sache einsetzen, umso mehr Macht haben wir.«

»Das ist richtig. Aber ich weiß noch immer nicht, was Sie wirklich denken.«

»Was ich wirklich denke, geht niemanden etwas an«, sagte sie. »Habe ich Ihre Fragen beantwortet?«

»Ja. Nur …«

»Was?«

»Ich würde gern wissen, was Mario sonst noch alles vorhatte. Das hat nichts mit meiner Aktionsgruppe zu tun. Ich frage als Freund.«

Frau Kyriakou wirkte verblüfft. »Was genau meinen Sie?«

»Ich meine, abgesehen von Radfahrer- und Umweltschutz-Initiativen, mit welchen anderen Projekten war er beschäftigt?«

»Ich verstehe nicht, wofür das von Relevanz ist.«

»Für gar nichts«, antwortete George. »Es interessiert mich einfach, weil er mein Freund war.«

»Kennen Sie seine Website?«

»Nein.«

»Dann sehen Sie dort nach.«

»Unter welcher Adresse?«

»Mariofiliotis.gr.«

»Ans Internet habe ich gar nicht gedacht.«

»Er hat es sehr intensiv genutzt.«

George erhob sich. »Sie waren sehr freundlich«, sagte er.

Sie tat das Kompliment mit einem Achselzucken ab. »Für Mario würde ich alles tun«, erwiderte sie.

7

Fäden im Netz

Nach seiner Rückkehr ins Hotel machte sich George daran, Marios Website zu erkunden.

Die Bandbreite seiner Ideen und Interessen war gewaltig. Transportsysteme, alternative Technologien, Recycling, Wasseraufbereitung, Wanderwege, Folk-Musik, biologische Landwirtschaft, Gesundheitswesen, Stadterneuerung, Ökohäuser, Schiffsmotoren, Artenschutz, ethische Geldanlagen, Gesetzes- und administrative Reformen, erneuerbare Energien, Schulbildung, Sportanlagen, fairer Handel, die Medien – es gab kaum einen Bereich menschlicher Aktivitäten, den er nicht irgendwo berührte. Er bezeichnete seine Website als »weltweites Zentrum für Nachhaltigkeit«. Sie enthielt eine Fülle von Fotos und Diskussionsbeiträgen. Alles sehr beeindruckend, doch George hatte das Gefühl, von einem Übermaß an Möglichkeiten und Informationen überflutet zu werden. Das brachte ihn nicht weiter. Irgendwo in dieser Anhäufung von Einzelheiten mochte vielleicht ein Schlüssel zu Marios Tod liegen. Aber wo? Und woher würde er wissen, wann er ihn gefunden hatte? Jede einzelne dieser Aktivitäten konnte ihn, wenn er den falschen Leuten in die Quere gekommen war, das Leben gekostet haben.

Er stellte sich vor, wie Mario durch Athen radelte. Falls man ihn vorsätzlich überfahren hatte, mussten die Täter ihm gefolgt sein. Sie mussten gewusst haben, wo er losfuhr. Möglicherweise fuhren sie sogar gleichzeitig los. Hatten sie sich unmittelbar vorher getroffen? Oder war das zu einfach, um wahr zu sein?

Er brauchte Marios Terminkalender oder Telefon. Wahrscheinlich hatte er beides bei sich gehabt, als er starb. Also lag beides jetzt bei der Polizei. Unerreichbar für ihn.

Dann fiel ihm Frau Kyriakou ein. Vielleicht hatte sie Marios Termine irgendwo eingetragen?

Er wählte ihre Nummer.

Sie war überrascht, so bald wieder von ihm zu hören.

»Ich habe etwas Wichtiges vergessen«, begann er. »Mario hatte mir versprochen, mich mit einem Unterstützer für meine Kampagne zusammenzubringen. Wir sollten uns am Tag seines Todes treffen. Ich war leider verhindert, doch er wollte mir anschließend davon berichten. Er muss von diesem Termin gekommen sein, als er überfahren wurde.«

»Sie wollen wissen, mit wem er verabredet war?«

»Das wäre sehr nützlich.«

»Lassen Sie mich im Kalender nachsehen.«

Für einige Augenblicke war es still. Dann: »Herr Zafiris?«

»Ja?«

»Hier stehen drei Buchstaben und eine Adresse: EAP, Leoforos Kymis 136.«

»Was bedeutet EAP?«

»Keine Ahnung. Ich sehe diesen Eintrag zum ersten Mal.«

»Macht nichts, ich finde es heraus. Herzlichen Dank.«

»Er hatte an diesem Tag noch zwei weitere Verabredungen. Möchten Sie die Namen ebenfalls notieren?«

»Warum nicht?«

»Petros Karagounis und Dr. Milton Skouras.«

»Stehen die Adressen dabei?«

»Bei Karagounis nicht. Bei Dr. Skouras steht das Rot-Kreuz-Krankenhaus.«

George schrieb alles auf. Mit Gewissensbissen wegen seiner Unehrlichkeit einer so hilfsbereiten Frau gegenüber bedankte er sich und legte auf.

Gleich darauf recherchierte er Skouras und EAP auf seinem Laptop. Petros Karagounis dagegen musste er nicht suchen, er war ein alter Freund. Trotzdem fragte er sich, welche geschäftliche Beziehung zwischen ihm und Mario bestanden haben mochte.

Die Abkürzung EAP gab ihm Rätsel auf. Sie konnte für vieles stehen, zum Beispiel für Ehrenamtliche Athener Personalvertretung, Englisch für Akademische Projekte, Europäisches Athletenförder-Programm oder die Europäische Arbeitsgemeinschaft für Psychotherapie ... Er sah keinen Zusammenhang zu irgendeinem von Marios Themen, trotz ihrer Bandbreite, und keine Firma oder Organisation mit diesem Namen war in der Leoforos Kymis 136 angemeldet. Er würde hinfahren und EAP einen persönlichen Besuch abstatten müssen.

Dr. Skouras war leichter zu finden, wenngleich ebenso schwer zu erklären. Ein erfolgreicher Arzt, der im Lauf seiner Karriere in den USA und Großbritannien gearbeitet hatte und gegenwärtig als Gastprofessor in Thessaloniki und London tätig war. Mario konnte ihn aus privaten oder beruflichen Gründen aufgesucht haben. Skouras schien nicht gerade der Typ zu sein, der einen Auftragskiller anheuerte. Aber selbst darauf konnte man sich nicht verlassen. Der Mensch ist unberechenbar.

An diesem Abend kaufte er bei seiner Rückkehr nach Athen einen Blumenstrauß für Zoë. Sie war vor dem Fernseher fast eingeschlafen und lächelte matt, als er ihr den Strauß überreichte. In der Wohnung herrschte eine deprimierende Atmosphäre. Es war stickig, heiß und dunkel.

George küsste Zoë auf die Stirn und sagte: »Ich stelle die Blumen ins Wasser.«

Der Kühlschrank in der Küche war leer. »Hat Dimitri dir nichts zu essen gegeben?«, fragte er.

»Er hat's versucht.«

»Wie ernsthaft hat er's versucht?«

»Sehr ernsthaft. Ich musste ihn rausschmeißen. Aber er kann nichts dafür. Ich mag es einfach nicht, wenn man mir Vorschriften macht.«

»Du musst etwas essen!«

»Ich weiß«, antwortete sie müde.

»Ich besorge uns was zum Abendbrot. Ich habe Hunger. Und du musst auch was zu dir nehmen.«

»Ich werd's versuchen.«

Beim Lieferservice um die Ecke bestellte er Brathähnchen, dazu Fladenbrot, Salat, Tsatsiki und Bier. In einer halben Stunde sollte alles gebracht werden. Während er telefonierte, blinkte die Anzeige des Anrufbeantworters. Jemand hatte eine Nachricht hinterlassen.

Er drückte auf den Wiedergabeknopf: Haris Pezas bat dringend um ein weiteres Treffen. Die zweite Nachricht stammte von einer ihm nicht bekannten Frau namens Anna Kenteri.

Er befand, dass beide bis morgen warten konnten, ging in die Küche und deckte den Tisch.

8

Unter Ärzten

Am nächsten Morgen, als George noch mit Zoë im Bett lag, bat sie ihn, ihr eine Tasse Kaffee zu bringen. »Ich muss dir etwas erzählen«, sagte sie.

George öffnete in der Küche eine Packung *Mousto*-Kekse, die mit Traubensaft und Zimt gesüßt waren und gut zum Kaffee passten. Noch im Halbschlaf trug er das Tablett ins Schlafzimmer.

»Irgendwas stimmt nicht mit mir«, sagte Zoë feierlich.

»Erzähl mir mehr.«

Sie begann mit einer verworrenen Schilderung. Vor einem Monat fühlte sie sich unwohl und konsultierte Pierris, den langjährigen Hausarzt der Familie auf Andros. Er hatte ihr zugehört, sie untersucht, Fragen gestellt und sie mit einem Rezept für ein leichtes Beruhigungsmittel nach Hause geschickt, das sie bei Ängsten einnehmen sollte.

Der Arztbesuch beschwichtigte sie nicht, so dass sie einen Spezialisten in seiner Privatpraxis in Athen aufsuchte. Dieser Arzt veranlasste Untersuchungen. Sie zog einen zweiten Athener Arzt zurate. Einen Konkurrenten des ersten, der andere Tests veranlasste.

Die Ergebnisse waren »nicht gut«. Zoë sagte nicht, welche – die ersten, die zweiten oder beide. Die Situation löste Angst und Niedergeschlagenheit bei ihr aus. Einer der Spezialisten verschrieb stärkere Anti-Depressiva: Fermoxan. Außerdem empfahl er eine Operation.

Der andere Spezialist warnte, eine Operation sei riskant und würde das Problem nicht lösen, sondern es womöglich noch verschlimmern.

Was also war das Problem? Sie machte keine näheren Angaben, deutete jedoch auf ihren Bauch und erklärte, es sei »in« ihr.

Als George fragte, warum sie ihm nicht schon früher davon erzählt hätte, sagte sie, um ihn nicht zu beunruhigen.

»Jetzt hast du mich beunruhigt«, erwiderte er.

»Das ließ sich nicht länger vermeiden.« Panik flackerte in ihren Augen. »Ich bin von irgendetwas besessen. Ich nenne es die Kraft des Todes.«

»Es gibt keine Kraft des Todes«, rief er entschieden.

»Sie ist überall!«

»Es geht hier nicht um eine Kraft. So verhält sich der Körper nun mal, wenn er Energie verliert.«

»Wieso spüre ich es dann in mir drin, wie eine Präsenz?«

»Das ist deine Phantasie.«

»Ich fühle es sehr intensiv.«

George hasste solche Gespräche. »Ich glaube nicht an die Existenz dieser Kraft. Das ist eine Phantasievorstellung.«

»Du glaubst nicht daran? Du hast dich schon zu sehr an den Tod gewöhnt.«

»Ich begegne ihm häufig, ja, aber innerlich zerreißt es mich jedes Mal.«

»Genau das macht es mit mir. Tief in meinem eigenen Körper. Ich werde von meinen eigenen Zellen aufgefressen, bei lebendigem Leib.«

»Das ist eine grauenvolle Vorstellung.«

»Es ist ein grauenvolles Gefühl.«

»Es tut mir leid«, sagte George. »Geht es um Krebs oder um etwas anderes? Etwas Psychisches?«

»Wir wissen es noch nicht genau. Aber es könnte durchaus Krebs sein.«

»Wo?«

»Im Magen.«

»Sind sich die Ärzte da einig?«

»Nein. Dr. Pierris denkt nach wie vor, dass es sich um etwas anderes handelt.«

»Und was?«

»Etwas Psychosomatisches ... Aber er ist kein Spezialist. Außerdem ist er altmodisch.«

»Und er verlangt keine ungeheuerlich hohen Honorare.«

»Darum geht es nicht.«

»Du hast recht.«

»Kannst du nicht mit ihnen sprechen? Ich bin so durcheinander. So viele Meinungen!«

George strich ihr übers Haar und sagte, er werde sich darum kümmern.

Später am Vormittag hinterließ er Nachrichten bei den Sekretärinnen von Zoës drei Ärzten. Alle hatten gerade Patienten oder »eine Besprechung«, und er war sicher, dass sie ihn niemals zurückrufen würden. Vielleicht mit Ausnahme des altmodischen Pierris – falls er es nicht vergaß. Bei den anderen würde er fünf oder sechs Anläufe benötigen. Bei ihnen standen die Patienten Schlange, daran änderte auch die Krise nichts.

Er informierte seinen Sohn Nick per E-Mail, dass es Zoë nicht gut ging. Dann rief er Haris Pezas an und fragte, ob er arbeiten wolle. Er wollte.

»Eine einfache Aufgabe«, erklärte George. »Finden Sie so viel wie möglich heraus über eine Person, eine Firma oder einen Verband mit den Initialen EAP. Die Adresse lautet Leoforos Kymis 136. Im Internet habe ich bereits recherchiert, also verschwenden Sie Ihre Zeit nicht damit. Sie werden persönlich hinfahren und sich umsehen müssen, vielleicht von der anderen Straßenseite oder aus einem Café in der Nähe; behalten Sie den Eingang im Auge und beobachten Sie, wer dort ein- und ausgeht. Alles ist wichtig. Am wichtigsten ist jedoch, dass Sie unbemerkt bleiben.«

»Wonach suche ich?«

»Nach allgemeinen Informationen.«

»Wann brauchen Sie die Ergebnisse?«

»So bald wie möglich.«

»Ich bin schon unterwegs.«

Noch ein Anruf: Anna Kenteri, die junge Frau auf dem Anrufbeantworter. Er hörte sich die Stimme noch einmal an. Sie klang gereizt, aufgeregt und voller Selbstmitleid – sie klang nach Ärger. Aber Ärger bedeutete Geld. Mürrisch gab er ihre Nummer ein, um es hinter sich zu bringen. Ihre Stimme irritierte ihn. Wahrscheinlich war sie ein Mensch, der andere gern umsonst arbeiten ließ.

Sie nahm sofort ab.

»Sie haben zurückgerufen!«, rief sie.

»Das ist normal.«

»Ich kann Ihnen gar nicht sagen, wie viel mir das bedeutet.«

»Worum geht es?«

Sie erklärte ihm, dass ihre Schwester, eine Geigerin, vor fünf Tagen spurlos verschwunden sei. Ohne irgendeine Nachricht oder einen Hinweis zu hinterlassen.

»Ist das schon mal vorgekommen?«, fragte George.

»Noch nie.«

»Würden Sie sie als psychisch stabil bezeichnen?«

»Absolut.«

»Könnte sie sich verliebt haben?«

»Sie ist verheiratet.«

»Das ist nicht notwendigerweise ein Hindernis.«

»Es geht hier nicht um Liebe, Herr Zafiris! Es ist etwas Schlimmes passiert. Ich weiß es.«

»Wie können Sie da so sicher sein?«

»Sie ruft mich jeden Tag an. Jetzt hat sie sich seit fünf Tagen nicht gemeldet.«

George fand sie irgendwie verstörend, ohne genauer definieren zu können, wieso. Ihre Hartnäckigkeit. Ihre Vertraulichkeit. Er wollte das Gespräch beenden.

»Meine Nachforschungen kosten fünfhundert Euro pro Tag«, sagte er.

»Okay«, antwortete sie.

»Bezahlung im Voraus.«

Das hatte endlich den gewünschten Effekt. »Ich muss darüber nachdenken«, sagte sie.

»Gut«, entgegnete George. »Zuzüglich Spesen. Sie haben meine Nummer. Denken Sie nach, solange Sie wollen.«

Wenige Minuten später meldete sich Nick; er machte sich Sorgen um seine Mutter. George beruhigte ihn, bat ihn jedoch, mit ihr zu sprechen und sie zu beschwichtigen. Dann brachte er das Telefon ins Schlafzimmer.

9

Abendessen mit Petros

An diesem Abend war er zum Essen mit Petros Karagounis verabredet. Sie saßen unter einem Dach aus Weinreben in einem Hof, an dessen Seite mehrere Reihen Weinfässer übereinandergestapelt waren. Es gab nicht mehr viele solcher Orte im Zentrum von Athen. Eines Tages in naher Zukunft würden die Inhaber in den Ruhestand gehen und in ihr Dorf auf dem Peloponnes zurückkehren. Aus der Taverne würde dann wahrscheinlich eine überteuerte Café-Bar mit Sofas und amerikanischer Musik werden. Mit Bossa nova, wenn sie Glück hatten. Mit Techno oder Rap, wenn nicht.

Spyros kam und erläuterte ihnen das Tagesangebot. Sie bestellten gegrillten Fisch, Tomatensalat, Röstkartoffeln und einen halben Liter Retsina.

Petros hatte früher als leitender Angestellter für einen US-Konzern gearbeitet, Universal Ceramics. Er hatte am Stadtrand eine Fabrik gebaut und sie zwölf Jahre lang höchst erfolgreich geleitet; das Gleiche wiederholte er im Fernen Osten, mit niedrigeren Lohnkosten und dreifachem Profit. Vor zehn Jahren, als er nach Griechenland zurückkehrte, ordneten die Bosse in Illinois an, den Betrieb in Athen zu schließen. Sie führten die Globalisierung ins Feld und die Notwendigkeit, die Kosten zu senken, und zwangen ihn, sein eigenes Werk zu demontieren und die Leute zu entlassen, die er eingestellt und im Sinne der Firma geschult hatte nach dem Motto: »Gebt niemals weniger als zweihundert Prozent«. Er hatte sich wie ein Verräter gefühlt und kaum noch schlafen können. Eines Morgens kam er zum Dienst und stellte fest, dass nur noch ein einziger Mitarbeiter übrig war, den er feuern konnte. Mit einem flauen Gefühl im Magen öffnete er den Brief der Direktion. »Sehr geehrter Herr Karagounis, bedauerlicherweise müssen wir Ihnen mitteilen ...« Eine Woche später, als er durch den Park joggte, um abzunehmen, explodierte in seinem Körper all die Spannung und Verbitterung der vergangenen Jahre. Ein Arzt, der in der Nähe seinen Hund spazieren führte, diagnostizierte einen Herzanfall und stabilisierte seinen Kreislauf, bis der Krankenwagen eintraf. Das war jetzt zwei Jahre her. Seit damals hatte er sein Leben neu organisiert.

Sein neues Lebensmotto lautete »Stressvermeidung« – ein bisschen viel verlangt in einem Staat wie Griechenland.

»Was hast du für Pläne?«, fragte George.

»Ich beschäftige mich mit Solarenergie.«

»Kann man denn damit Geld verdienen?«

»Theoretisch schon. Alle europäischen Länder müssen bis 2020 ein Fünftel ihrer Elektrizität aus erneuerbaren Energiequellen produzieren. Die Regierung verteilt Lizenzen an private Investoren und garantiert für eine bestimmte Zeitspanne die Abnahme von Strom zum Festpreis.«

»Und wo ist der Haken an der Sache?«, fragte George.

Petros nickte und trank einen großen Schluck Wein. »Klar. Geschäfte mit der Regierung sind kein Zuckerschlecken. Die Behörden sind desorganisiert, ineffektiv, undurchsichtig und arrogant. Ständig ändern sie die Regeln. Sie nennen dir einen Stichtag für die Anträge, du rennst wie ein Irrer durch die Gegend, um alles rechtzeitig zu erledigen, und plötzlich, eine Woche vor Ablauf der Frist, erlassen sie neue Bestimmungen. Also kannst du alles wegwerfen und von vorn anfangen.«

»Ist dir das schon passiert?«

»Schon zweimal.«

»Warum machst du weiter?«

»Ich habe Zeit und Geld investiert. Wenn ich jetzt aufgebe, war alles umsonst.«

»Dann haben sie dich an der Angel.«

»Das haben sie doch immer!«

»Ich würde durchdrehen in deiner Situation.«

»Genau das scheinen sie zu beabsichtigen.«

»Dann steig aus.«

»Nein. Ich möchte sie besiegen. Immerhin kenne ich die Dritte Welt und weiß, was ich zu erwarten habe.«

»So schlimm?«

»Schlimmer! Viel schlimmer! Angeblich sind wir eine Industrienation. Aber wir haben zwei unterschiedliche Standards: den offiziellen und den inoffiziellen.«

»Das ist nichts Neues.«

»Seit die Europäische Union angefangen hat, Geld in unsere Wirtschaft zu pumpen, tun wir so, als wären wir ein moderner Staat. In Wirklichkeit geht aber alles so weiter wie zuvor, nur verdeckt unter dicken Schichten aus Bürokratie und Verschwendung.« Petros fuhr sich mit der Hand über die Augen. »Ehrlich gesagt, werde ich allmählich zu alt für diesen Blödsinn.«

»Wie hältst du das nur aus?«

»Ich weiß auch nicht.«

»Du könntest jemanden einstellen?«

Petros nickte müde. »Das sollte ich wahrscheinlich tun. Aber wenn du so viele Arbeiter entlassen musstest wie ich – Freunde, Kollegen, gute Leute –, denkst du zweimal darüber nach, bevor du jemandem einen Job anbietest.«

Plötzlich dachte George an Haris und bekam Gewissensbisse. Er hätte ihn anrufen sollen. Seit heute Morgen hatte er nichts mehr von ihm gehört.

»Du hast mich gerade an etwas erinnert«, erklärte er. »Ich habe heute jemanden angestellt und muss kurz mit ihm telefonieren.«

»Kein Problem«, erwiderte Petros.

Er wählte Haris' Nummer. Keine Antwort. Er hinterließ eine Nachricht und wandte sich wieder seinem Freund zu.

»Ich wollte dir von Marios Beerdigung erzählen.«

Petros zuckte zusammen. »Ich habe ein schlechtes Gewissen, weil ich nicht gekommen bin«, sagte er, »aber ich hatte einen Termin im Ministerium.«

George riet ihm, nicht mehr daran zu denken. »Es waren eine Menge Leute da. Seine Frau war viel zu sehr von Trauer überwältigt, um die Anwesenden zu bemerken.«

»Ich kann nicht glauben, dass er tot ist«, sagte Petros.

»Das geht uns allen so.«

»Er war viel zu jung!«

»Viel zu jung!«

»Wenigstens ist er als glücklicher Mann gestorben.«

»Woher willst du das wissen?«, fragte George.

»Er hatte eine wunderbare Familie und eine erfolgreiche Karriere, er war Bürgermeister auf seiner Insel und allgemein beliebt. Und er ist sauber geblieben. Ein Mann mit Prinzipien. Er hat eine Menge erreicht.« Petros sah ihn wehmütig an, voller Schmerz und Nostalgie. »Warum hat es Mario getroffen und nicht eine von diesen Abertausend Kakerlaken, die unser Land regieren?«

»Das«, entgegnete George, »fragen wir uns alle.«

Sie aßen eine Weile schweigend.

»Hast du mit Mario über Sonnenenergie gesprochen?«, fragte George.

»Ich hatte gerade damit begonnen.«

»War er interessiert?«

Petros nickte. »Natürlich. Die Insel ist noch wild und unberührt. Bietet jede Menge Platz. Ich habe überlegt, dort ein Stück Land zu kaufen.«

»Fand er die Idee gut?«

»Sagen wir mal, er war verhalten offen dafür.«

»Warum verhalten?«

»Bei Windparks hätte er nein gesagt.«

»Wirklich?«

»Er hat sie gehasst. ›Hässliche weiße Propeller‹ nannte er sie. Solaranlagen sind etwas anderes. Sie fallen nicht so auf.«

»Dann installiert man also überall auf den Bergen Photovoltaik-Module statt Propeller?«

»Man kann sie besser verstecken. Sie in entlegenen Gebieten aufstellen. In den Tälern, nicht auf den Gipfeln.«

»Aber das waren doch genau die Orte, die Mario schützen wollte.«

Petros zuckte die Achseln. »Er wollte alles schützen. Die Natur, alte Gebäude, Bäume. Selbst Ausblicke, Herrgott noch mal! Beim Thema Naturschutz war er ein Fanatiker.«

»Wie hätte er dir also behilflich sein können?«

»Ich habe dir doch erklärt, dass ich grünen Strom produziere. Wir stehen auf derselben Seite.«

»Er hätte jeden deiner Bauanträge blockiert.«

»Vielleicht nicht.«

»Wieso nicht?«

Petros runzelte die Stirn. »Das ist kompliziert.«

»Hättest du ihn zu deinem Partner gemacht?«

»So was in der Art.«

»Ich versuche herauszufinden, welche anderen Geschäftsinteressen er eventuell noch hatte«, sagte George.

»Warum?«

George war im Begriff, es ihm zu erklären. Er durfte jedoch nicht zu viel verraten.

»Mario war eine weitaus komplexere Persönlichkeit, als wir dachten.«

Petros wirkte verblüfft. »Tatsächlich? Gib mir ein Beispiel.«

»Zunächst einmal sein Familienleben.«

»Inwiefern?«

»Seine Ehe war nicht gerade glücklich.«

»Woher weißt du das?«

»Eleni hat's mir gesagt.«

»Bei der Beerdigung?«

»Nein. Ich habe gestern mit ihr gesprochen.«

»Also seid ihr weiterhin in Kontakt?«

»Das bin ich ihr schuldig.«

»Sie ist natürlich verrückt. Wusstest du das?«

»Ich habe nie etwas davon bemerkt.«

»Eine religiöse Fanatikerin. Sie hat Mario damit sehr zugesetzt.«

Petros schwieg einen Moment. Nachdenklich schwenkte er den Wein in seinem Glas.

»Ich habe so ein Gefühl«, sagte er, »als wären Mario manche seiner Projekte über den Kopf gewachsen.«

»Warum sagst du das?«

»Bei bestimmten Leuten spürt man, dass sie mit zu vielen Bällen jonglieren. Einer davon muss einfach irgendwann runterfallen. Nach und nach fallen sie alle. So ähnlich war es auch bei Mario in letzter Zeit. Vermutlich war er dem Ganzen nicht mehr gewachsen.«

»Und mit welchen Bällen hat er jongliert?«

Petros zählte sie an seinen Fingern ab. »Die Insel regieren, den Flughafen vergrößern, eine Fakultät der Ägäischen Universität aufbauen, biologische Fischzucht, alternative Technologien ... Jede Woche ein neues Projekt. Er predigte Nachhaltigkeit, aber sein persönliches Programm war alles andere als nachhaltig.«

George dachte darüber nach, als sein Telefon klingelte.

Auf dem Display erschien die Nummer von Haris Pezas, doch die Stimme gehörte zu jemand anderem.

»Kommen Sie her und holen Sie Ihren Freund ab.«

»Wer sind Sie?«

»Das tut nichts zur Sache. Kommen Sie einfach her, und zwar schleunigst.«

»Wo ist er?«

»Sie wissen, wo er ist.«

Dann war die Leitung tot.

George erhob sich. »Ich muss gehen«, sagte er und legte ein paar Scheine auf den Tisch. »Kannst du das erledigen?«

»Was ist passiert? Du siehst schrecklich aus.«

»Etwas Schlimmes.«

Er suchte eine Nummer in seinem Mobiltelefon und kritzelte sie auf die Tischdecke. »Wenn du bis Mitternacht nichts von mir hörst, ruf diese Nummer an. Sprich mit Kriminaldirektor Sotiriou. Mit niemand anderem. Sag ihm, er soll zu dieser Adresse kommen: Leoforos Kymis 136. Und er soll Verstärkung mitbringen.«

10

EAP

George rannte nach Hause, um seine Beretta, ein Knöchelhalfter und eine Handvoll Patronen zu holen. Ein Blick ins Schlafzimmer zeigte ihm, dass Zoë schlief. Das ersparte ihm umständliche Erklärungen. Er hinterließ eine Notiz mit Sotirious Telefonnummer und raste die Treppe hinunter.

Auf der Straße winkte er ein vorbeifahrendes Taxi heran und nannte die Adresse. Der Fahrer gab sie in sein Navi ein. »Ein Gebrauchtwagenhändler?«

»Könnte sein«, antwortete George. »Bringen Sie mich einfach hin.«

»So steht es hier zumindest. Um diese Uhrzeit ist dort bestimmt geschlossen.«

»Vermutlich. Ich habe eine private Verabredung.«

»Wie Sie wünschen«, sagte der Fahrer.

Er fuhr schweigend weiter, aus dem Radio plätscherte leise Bouzouki-Musik. George sah die Gebäude auf der Leoforos Alexandras vorbeirasen – das Polizeipräsidium, den Obersten Gerichtshof, die mit Einschusslöchern übersäten Arbeiter-Wohnblocks. Seine Gedanken überschlugen sich, er versuchte zu verstehen, was passiert sein mochte und wie er noch Schlimmeres verhindern konnte.

Das Taxi hielt vor einem Autosalon in einem dunklen Geschäftshaus mit Spiegelglas-Fenstern; der Vorplatz war in Flutlicht getaucht und mit Ketten abgesperrt. Im Verkaufsraum sah George im Scheinwerferlicht eine Kollektion von glänzenden schwarzen Limousinen und superteuren Sportwagen: Ferraris, Lamborghinis, Maseratis.

»Hier ist es«, sagte der Fahrer. »Soll ich warten?«

George blickte die Straße hinunter, auf der noch reger Verkehr herrschte.

»Nein«, erwiderte er. »Ich komme klar.«

Er zahlte und stieg aus. Am rechten Rand des Vorplatzes erhob sich ein hoher Zaun und bildete die Grenze zum Nachbargrundstück, wo eine Firma Feuerholz verkaufte. Links führte ein betonierter Weg zu einer Gasse. Er wandte sich dorthin, bewegte sich so lässig wie möglich und spürte das Gewicht der Beretta im Halfter über seinem linken Knöchel.

In der Gasse herrschte undurchdringliches Dunkel. Als er sie betrat, ging eine Sicherheitsleuchte an. Vor ihm stand ein Mann in schwarzer Kampfhose und T-Shirt. Ein Mann wie ein Rammbock, mit einer Pistole und einem langen Holzknüppel bewaffnet.

»Wohin wollen Sie?«

George antwortete so ruhig wie möglich, während sein Herz in der Brust hämmerte: »Ich suche meinen Freund.«

»Name?«

»Zafiris.«

Der Mann deutete zur Tür. »Da drinnen.«

George betrat einen engen Korridor mit hohen Wänden aus Beton. Er ging weiter, roch abgestandenen Kaffee und Zigarettenrauch und näherte sich langsam dem Ende des Ganges, der scharf nach links bog. Beklommen hörte er, wie der Kerl hinter ihm die Tür schloss und ihm folgte.

An der Ecke stand ein zweiter Wachmann und versperrte ihm den Weg.

George stoppte. Die Schritte des ersten näherten sich.

Der Kerl vor ihm streckte ihm die Handfläche entgegen, als erwarte er eine Bezahlung.

»Was wollen Sie?«, fragte George.

»Leeren Sie Ihre Taschen.«

George zog Banknoten und Münzen aus der Hose.

»Jacke?«

Er räumte die Seiten- und Vordertaschen aus. Telefon, Visitenkarten, Notizbuch, Klappmesser, Stift. Die Dose mit der Munition steckte in der Innentasche. George hoffte, dass sie nicht auffiel.

Der Wachmann befahl: »Arme und Beine spreizen.«

Sie würden ihn also abtasten. Um Ärger zu vermeiden, sagte George schnell: »Und das hier.« Er überreichte ihm die Patronendose.

Der vordere Wachmann nahm sie, ohne mit der Wimper zu zucken.

»Wo ist die Waffe?«, fragte er und fixierte ihn kalt.

George deutete auf seinen Fußknöchel. Er spürte, wie starke Hände sein linkes Bein von hinten packten, zügig bis nach unten zum Halfter strichen, rasch das Hosenbein hochklappten und die Pistole herausgezogen. Sein restlicher Körper wurde eilig untersucht. Der Wachmann trat beiseite. »Gehen Sie rein«, sagte er.

Der Korridor erweiterte sich zu einem geräumigen, komfortablen Büro – polierter Schreibtisch, Ledersessel, Poster mit Formel-1-Rennwagen in verchromten Bilderrahmen und signierte Porträts ihrer Fahrer. Am Schreibtisch saß ein hünenhafter bärtiger Mann Mitte vierzig in cremefarbenem Hemd und dunklem Blazer, ein schweres Goldarmband am Handgelenk. Alles hier war luxuriös und teuer. Der Mann schaute mit gequälter Miene zu ihm auf.

Georges Besitztümer wurden auf die Tischplatte gelegt. Der große Mann befingerte sie widerwillig.

»So so«, sagte er. »Sie tragen ein Messer und eine Beretta bei sich?«

George antwortete: »Ganz normale Vorsichtsmaßnahmen.«

Das schien dem Mann zu missfallen.

»Ich mag keine bewaffneten Besucher. Was machen Sie hier?«

»Meine Arbeit«, entgegnete George.

»Und die wäre?«

»Privatdetektiv.«

Das schien dem Mann noch mehr zu missfallen.

»Weswegen ermitteln Sie bei uns?«

»Ich bin gekommen, um meinen Freund abzuholen, Herrn …«

»Ich weiß, wie er heißt!«

Der Mann starrte ihn wütend an.

»Warum interessieren Sie sich für EAP?«

»Ich hatte einen Freund, Mario Filiotis. Er hatte eine Verabredung mit Ihnen, kurz bevor er getötet wurde. Das war vorletzten Freitag.«

Die Miene des Mannes blieb reglos.

»Und?«

»Ich habe mich gefragt, was er hier wollte.«

»Was kann man hier schon wollen? Wir verkaufen Autos.«

»Er war kein Autonarr.«

»Deshalb haben Sie den kleinen Kerl geschickt, um hier rumzuschnüffeln.«

George zuckte mit den Schultern. »Und habe offensichtlich Ärgernis erregt.«

»Das haben Sie«, antwortete der Mann leise.

»Ich hoffe, ich konnte die Sache klären«, antwortete George.

»Nein.«

Der Mann nahm die Beretta in die Hand und zielte beiläufig auf Georges Kopf.

»Funktioniert die?«, fragte er.

»Ja«, erwiderte George. »Es wäre mir lieber, wenn Sie nicht auf mich zielten.«

»Tatsächlich?« Der Mann wirkte amüsiert, richtete die Waffe jedoch weiterhin auf George.

»Nur für den Fall, dass sich ein Schuss löst – was leicht passieren könnte –, erzählen Sie mir am besten jetzt sofort, wer Sie beauftragt hat und was Sie suchen.«

»Die Familie hat mich beauftragt.«

»Welche Familie?«

»Die Familie Filiotis.«

»Und was suchen Sie?«

»Ich weiß es noch nicht. Vielleicht können Sie's mir sagen.«

Der Mann entsicherte die Waffe. »Da müssen Sie sich schon was Besseres einfallen lassen.«

George gefiel sein Tonfall ganz und gar nicht, aber noch weniger gefiel ihm das kleine schwarze Loch im Lauf der Beretta. »Ich untersuche die Umstände seines Todes.«

»Ich habe gehört, dass es ein Unfall war.«

»Vielleicht nicht.«

»Warum sagen Sie das?«

»Ich habe meine Gründe. Und ich kann mir nicht erklären, was er hier wollte, weil er sich absolut nicht für Autos interessiert hat.«

Der Zeigefinger des Mannes begann sich zu bewegen. George duckte sich, als die Mündung aufblitzte. Das Zimmer schien zu explodieren, der Knall erschütterte sein Trommelfell und machte ihn fast taub. Die Kugel krachte in das Bild hinter ihm, Glas zersplitterte.

Langsam richtete George sich wieder auf. Er erwiderte den Blick des Mannes und bemühte sich, keine Angst zu zeigen.

Der Mann sagte: »Wir haben eine ausgesprochen wohlhabende Kundschaft. Sicherheit hat deshalb höchste Priorität. Unsere Klienten mögen solche Arschlöcher wie Ihren kleinen gedungenen Schnüffler nicht, der Fragen über sie stellt. Verstehen Sie das?«

»Selbstverständlich.«

»Nein, nicht ›selbstverständlich‹, Sie Klugscheißer! Wenn es ›selbstverständlich‹ wäre, hätten Sie's gleich beim ersten Mal kapiert.«

»Vermutlich. Aber ich wusste von nichts.«

»Und jetzt wissen Sie's!« Die Hand bewegte sich erneut. George schreckte zurück, aber der Mann schoss nicht. Er musterte ihn amüsiert.

»Herr Filiotis kam hierher wegen einer Finanzierung. Das ist Ihre Geschichte für die Familie.«

George dachte darüber nach und beobachtete währenddessen die Finger seines Gegenübers, die jeden Augenblick erneut abdrücken konnten.

»Finanzierung«, wiederholte George. »Gehört das zu Ihrem Geschäft?«

»Natürlich. Wir handeln mit sehr teuren Autos.«

George riskierte noch eine Frage. »Ich verstehe nicht ganz. Wollte er ein Auto kaufen?«

»Nein«, erwiderte der große Mann müde. »Er war hier, um einen Klienten zu treffen – einen bestimmten Klienten von uns, der *eventuell* daran interessiert gewesen wäre, in eines seiner Projekte zu investieren. Unglücklicherweise erschien der blöde Scheißkerl hier auf seinem Fahrrad. Keine gute Idee. In der Finanzwelt hat man doch etwas erhabenere Vorstellungen von Personenbeförderung.«

Es kostete George immense Anstrengung, ruhig zu bleiben. »Was für ein Projekt?«

Der Mann schüttelte den Kopf. »Sie haben genug Fragen gestellt. Verschwinden Sie, bevor das Ding noch mal losgeht.«

»Was ist mit meinem Freund?«

»Sie finden ihn draußen in der Gasse.«

»Kann ich meine Sachen wiederhaben?«, fragte George.

Der Mann sicherte die Pistole, öffnete das Magazin und leerte die Patronen auf seinen Schreibtisch. Er fegte sie zusammen mit der Munitionsdose in eine Schublade und schob George die Waffe zu. »Ich will Sie hier nicht mehr sehen«, sagte er. »Oder Ihren Schnüffler.« Er lehnte sich in seinem Sessel zurück und zündete eine Zigarette an.

»Raus jetzt«, blaffte er und stieß eine Rauchwolke aus.

George sammelte schweigend seine Besitztümer ein.

Einer der Wachmänner führte ihn zurück durch den Korridor und schloss die Tür auf.

»Wo ist mein Freund?«

Der Kerl deutete ins Dunkel jenseits des Scheinwerfers.

»Wo?«

»Sie werden ihn schon sehen.«

Er verschwand im Gang und zog die Tür hinter sich zu. Der Schlüssel drehte sich im Schloss.

11

Eingepackt

George trat aus dem Lichtkegel. Die Dunkelheit dahinter schien zu brodeln im silbrig blendenden Scheinwerferlicht der Leoforos Kymis, das durch die feuchte Luft waberte. Er wartete, bis seine Augen sich angepasst hatten, und versuchte die quälenden Schuldgefühle zu verdrängen: Warum hatte er Haris eine so riskante Aufgabe übertragen? Der Mann war ein Anfänger. Ein Lehrling. Wollte er zwei Tote auf dem Gewissen haben? Zwei Brüder?

Allmählich zeichneten sich die Umrisse der Gasse ab. Zwei hohe schwarze Mauern, zwischen denen ein hellgrauer gerader Pfad sichtbar wurde. Nach dreißig Metern mündete er in einen Parkplatz voller Fahrzeuge. George lief darauf zu, angespannt und wachsam, ganz auf den gegenwärtigen Augenblick und seine Gefahren konzentriert. Das Verkehrsrauschen von der Straße schien sämtliche Spuren der Vergangenheit auszulöschen.

Am Ende der rechten Mauer erspähte er ein dunkles viereckiges Gebilde, einen tiefschwarzen, etwa einen Meter hohen Würfel, der den Weg halb versperrte. Er streckte die Hand aus und berührte ihn. Ein Pappkarton. Er zog sein Telefon heraus und schaltete die Taschenlampe ein. Der Deckel des Kartons war zugeklebt, die Seiten nach außen gewölbt. Jemand hatte mit einem dicken roten Textmarker ›Zurück an den Absender‹ draufgeschrieben.

George entfernte das Klebeband und öffnete das Paket. Darin befand sich ein schwarzer Müllsack, der oben leicht auseinanderklaffte und süß-säuerlichen Uringestank ausströmte. Er musste kurz zurücktreten und Luft holen. Dann bemerkte er in der Öffnung Strähnen hellbrauner Haare. Sein Herz begann heftig zu klopfen. Das Haar gehörte zu einem Kopf. Der Kopf gehörte, wie er sofort erkannte, als er den Sack herunterzog und den Lichtstrahl auf das fleckige, zerschlagene Gesicht richtete, zu Haris Pezas.

Er tastete die Plastikplane ab, rollte sie über die Schultern abwärts und löste vorsichtig mehrere Streifen Paketband, die über Haris' offenen Mund geklebt waren. Ein leises pfeifendes Zischen strich über seine Hand – wie aus einem Reifen, der Luft verliert.

»Haris?«, fragte er behutsam.

Keine Antwort. Er versuchte es erneut und fühlte am Hals nach dem Puls. Die Haut war warm. Immerhin etwas.

»Haris, ich bin's, George. Sie sind jetzt in Sicherheit.«

Ein langsamer krächzender Atemzug. Die Augenlider zuckten, öffneten sich, die Augen nahmen nichts wahr und fielen wieder zu. Noch ein Atemzug. Erschöpft und ängstlich klappten die Lider erneut nach oben.

»Keine Sorge, es ist vorbei«, sagte George.

Wieder pfeifendes Atmen. Husten. Der Versuch zu spucken.

»Wo sind sie?«, flüsterte Haris.

»In dem Gebäude dort. Wir sind allein hier draußen. Ich bringe Sie nach Hause.«

»Holen Sie mich aus diesem Sarg raus.«

»Natürlich«, antwortete George.

Er schob den Müllsack weiter nach unten, fand noch mehr Klebeband an Haris' Hand- und Fußgelenken und löste es mit seinem Klappmesser. Haris stöhnte und fluchte laut, während er seine Finger und Schultern bewegte. George half ihm beim Aufstehen. Er taumelte wie ein neugeborenes Fohlen.

»Wie lange waren Sie da drin?«

»Keine Ahnung«, murmelte Haris. »Stunden. Ich bringe diese Mistkerle um!«

»Nicht jetzt« sagte George. »Legen Sie Ihren Arm um meine Schultern. Gehen wir.«

Sie humpelten zur Leoforos Kymis und stoppten ein Taxi.

»Wohin?«, fragte der Fahrer.

»Nach Korinth«, antwortete George.

»Nein!«, rief Haris. »Meine Frau darf mich auf keinen Fall so sehen, sonst macht sie mich zur Schnecke. Auch meine Schwester nicht. Ich brauche ein Hotel.«

»Planänderung«, sagte George zum Fahrer. »Vergessen Sie Korinth. Bringen Sie uns in die Aristotelesstraße 43.« Er drehte sich zu Haris um. »Sie bleiben heute Nacht bei mir.«

»Nicht nötig«, entgegnete Haris.

»Sie tun, was ich sage.«

Haris murrte. »Das ist mir heute nicht gut bekommen.«

»Es tut mir sehr leid«, sagte George. »Ich hatte keine Ahnung, dass sie so unangenehm werden könnten.«

»Ich wette, Sie wussten das verdammt gut. Genau deshalb haben Sie mich doch vorgeschickt!«

»Nicht im Geringsten!«, erwiderte George betroffen. »Ich wollte Ihnen eine Chance geben.«

»Eine Chance wozu? Zum Sterben?« Er zog ein Taschentuch heraus und spuckte hinein. »Dieses verfluchte Klebeband, es ist zum Kotzen.«

»Sie sollten es auch nicht essen.«

»Ich hatte keine Wahl.«

»Wie fühlen Sie sich?«

»Mordlustig.«

»Können wir reden?«

»Nur zu.«

»Was haben Sie herausgefunden?«

Haris traten fast die Augen aus dem Kopf, als er sich zu George umdrehte. »Was ich herausgefunden habe?«, wiederholte er fassungslos.

»Sie waren doch mindestens sechs Stunden dort.«

»Zwei Dinge. Zwei eindeutig ersichtliche Dinge. Sie verkaufen Autos. Und sie sind Gangster.«

»Das ist alles? Das wusste ich schon nach fünf Minuten.«

»Ich auch.«

»Womit haben Sie dann die restliche Zeit verbracht?«

»Ich habe das Gebäude überwacht und in der Nachbarschaft rumgefragt ...«

»Von wo aus haben Sie sie beobachtet?«

»Aus der Café-Bar gegenüber.«

George musterte Haris' Füße. »In diesen Schuhen?«

»Ich hatte keine anderen dabei.«

»Genau das ist Ihr Fehler. Tragen Sie nichts, was Sie von der Masse abhebt. Schon gar nicht smaragdgrüne Wildlederschuhe, die von der letzten Modenschau in Mailand stammen könnten. Wer die sieht, vergisst sie nie wieder.«

»Das hätten Sie mir sagen sollen.«

»Ich hatte es vor. Jetzt wissen Sie's.«

»Verdammt richtig. Noch irgendwelche anderen Ratschläge, wo wir gerade beim Thema sind?«

»Seien Sie unsichtbar. Unauffällig. Sobald die Leute Sie als Detektiv entlarvt haben, sind Sie erledigt. Die Schuldigen sagen keinen Piep mehr, und die Unschuldigen wollen sich über Montalbano und Poirot unterhalten.«

»Was soll das denn sein?«

»Vergessen Sie's. Was haben Sie also bei Ihren Beobachtungen herausgefunden?«

»Nichts.«

»Ist irgendjemand gekommen oder gegangen?«

»Nein.«

»Hat sich niemand ein Auto angeschaut?«

»Nein.«

»Das ist vielleicht nicht unerheblich.«

»Wieso?«

»Es legt nahe, dass die Geschäfte nicht gut gehen. Haben Sie darüber Erkundigungen eingeholt?«

»Ich habe im Café gefragt.«

»Was genau haben Sie gesagt?«

»Ich sagte: Ist wohl nicht viel los beim Autohändler.«

»Irgendeine Reaktion?«

»Das Mädchen hinter der Bar kam aus Osteuropa. Eine kalte Weißblonde. Hautenge Jeans mit Strass, pinkfarbene Sportschuhe.«

»Was hat sie geantwortet?«

»›Ein ganz normales Geschäft‹, sagte sie. ›Wahnsinnig interessant.‹«

»Haben Sie gefragt, welche Art von Geschäft? Und welche Art von Kunden?«

»Nein, hab ich nicht.«

»Warum nicht?«

»Weil diese zwei Sicherheitstypen auftauchten. Dann ging's los mit dem Ärger.«

»Was genau passierte? Wie fing es an?«

»Sie bestellten nicht mal Getränke. Traten einfach auf mich zu und sagten ›Kommen Sie mit.‹ Ich fragte: ›Wohin?‹, sie antworteten: ›Über die Straße. Der Boss will Sie sprechen.‹«

»Der Große mit dem Bart? In dem schicken Büro?«

»Genau der. Er fragte, warum ich in der Nachbarschaft rumschnüffele, und hielt mir einen Vortrag über seine VIP-Klienten und deren Sicherheit. Als ich mit der Wahrheit rausrückte, hetzte er seine zwei Schwachköpfe auf mich.«

»Was genau haben Sie ihm erzählt?«

Haris entgegnete aufbrausend: »Die Wahrheit! Das sagte ich bereits!«

»Ich möchte wissen, was Sie wortwörtlich gesagt haben.«

»Spielt das eine Rolle, Himmelherrgott noch mal?«

»Ich würde nicht fragen, wenn es nicht so wäre!«

»Ich sagte, Sie hätten mich engagiert, um etwas über seine Firma herauszufinden.«

»Sagten Sie ihm auch den Grund?«

»Wie zum Teufel hätte ich das tun können? Den weiß ich ja gar nicht! Aber egal, was ich sagte, der Mistkerl glaubte mir sowieso kein Wort. Hören Sie, George, die hätten mich da drinnen umbringen können! Und ich fange gerade an, mich zu fragen, ob Hektor starb, weil Sie ihn auch auf so ein Himmelfahrtskommando geschickt haben ...«

George reagierte wütend. »Hektor hat sich für sein eigenes Selbstmordkommando entschieden. Ich flehte ihn an, von dort zu verschwinden, weil ich wusste, dass es eine tödliche Falle war, aber er hörte nicht auf mich. Er ging ein irrsinniges Risiko ein, um eine Frau zu beschützen, und beide kamen ums Leben. Es war seine Entscheidung, nicht meine.«

Haris verzog das Gesicht. »Er hat für Sie gearbeitet.«

»Er hat *mit* mir gearbeitet, er hatte einen eigenen Vertrag.«

Haris warf die Hände in die Luft. »Das ist Haarspalterei.«

»Absolut nicht. Er war sein eigener Chef.«

»Er war ein tapferer Mann, kein Idiot.«

»Er war tapfer, das stimmt. Aber in dieser Situation hat er sich wie ein Idiot verhalten. Und er hat dafür bezahlt. Viel zu teuer ...« George spürte, dass er gleich die Fassung verlieren würde. »Gott, wie ich ihn vermisse!«

»Sie können ihn nicht so sehr vermissen wie ich.«

»Was soll das werden, ein Trauer-Wettbewerb?«

Haris antwortete nicht. Er schlug die Hände vors Gesicht.

Das Taxi bog von der Kymis in die Spyros Louis ab. Sie folgten der Strecke, die Mario auf seiner letzten Fahrt genommen haben musste. Als links von ihnen das Olympiastadion aufragte, bedrohlich wie ein von Flutlicht angestrahltes Skelett, legte George seine Hand auf Haris' Arm und sagte: »Hören Sie, es tut mir wirklich leid. Alles.«

»Lassen Sie's gut sein«, erwiderte Haris. »Er ist tot, und es ist vorbei.«

George wollte noch mehr über das Verhör wissen, beschloss jedoch, seine Fragen auf einen späteren Zeitpunkt zu verschieben.

Erst weit nach Mitternacht erreichten sie die Aristotelesstraße. In Georges Wohnung war es still und dunkel, nur die Straßenlampen schienen herein. Er führte Haris leise in die Küche und schloss die Tür, bevor er Licht machte. In der unbarmherzigen Helligkeit sah er zum ersten Mal deutlich, wie die »Schwachköpfe« Haris zugerichtet hatten.

Sein Gesicht erinnerte ihn an das eines Rugbyspielers nach einer besonders brutalen Partie. Die Haut war verfärbt, stellenweise violett, das Fleisch geschwollen und deformiert. Eine Lippe war gespalten, getrocknetes Blut bedeckte das halbe Kinn.

»Gut, dass Sie nicht nach Hause gefahren sind«, sagte George. »Gehen Sie ins Bad und waschen Sie sich. Ich bringe Ihnen saubere Kleidung und mache Ihnen einen Drink.«

Er nahm eine Whiskyflasche und zwei Gläser aus dem Schrank.

»Ich trinke nicht«, sagte Haris.

»Heute Abend sollten Sie aber einen Schluck nehmen.«

»Warum?«

»Um den Schmerz zu betäuben.«

Haris zuckte mit den Schultern und verschwand im Bad.

12

Ausgepackt

Während George in der Küche wartete, klingelte sein Telefon. Es war Kriminaldirektor Sotiriou.

George fluchte. Plötzlich fiel ihm wieder ein, dass er Petros hätte anrufen müssen.

»Was ist das Problem?«, fragte der Polizist.

George fasste die Ereignisse des Abends zusammen und betonte dabei die Gewalttätigkeit. »Haben Sie mich wecken lassen, um mir das zu erzählen?«

»Es war ein Irrtum. Ich wollte einen Freund anrufen und Entwarnung geben.«

»Und Sie haben ihm meine Nummer verraten?«

»Nur für den Notfall.«

»Da wählt man 112.«

»Das war eine Ausnahme. Möglicherweise hätten wir Ihre Hilfe gebraucht.«

»Hätten gebraucht? Wagen Sie es nicht, das noch mal zu tun.«

»Ist schon in Ordnung. Mein Freund weiß nicht, wer Sie sind.«

»Ich sage Ihnen, was in Ordnung ist!«

»Sehr wohl«, erwiderte George.

Er erwartete, dass der Kriminaldirektor das Gespräch beenden würde, doch der blieb schweigend und irritiert am Apparat.

George hörte, wie ein Streichholz angezündet und ein erster Zug an einer Zigarette genommen wurde.

»Wo führt uns das hin?«, fragte der Kriminaldirektor gedehnt.

»Ich habe lediglich Vermutungen«, antwortete George.

»Dann fangen wir damit an.«

»EAP ist möglicherweise eine seriöse und unbescholtene Firma. Allerdings war ihre Reaktion total übertrieben. Sie verhalten sich, als hätten sie etwas zu verbergen.«

»Sie haben ein Motiv dafür.«

»Und das wäre?«

»Extrem vermögende Kunden.«

»Das ist Blödsinn.«

»Woher wissen Sie das?«, fragte der Kriminaldirektor.

George ruderte zurück. »Okay, ich *weiß* nicht, dass es Blödsinn ist. Aber meine Erfahrungen mit solchen Luxusgeschäften sind genau gegenteilig. Man schafft dort keine Atmosphäre der Angst.«

»Welche Art von Atmosphäre schafft man denn dann?«

»Eine freundliche. Reibungslose. Jeder hält sich an die Regeln. Jeder ist höflich.«

»Bis jemand die Regeln bricht oder eine Bedrohung darstellt. Dann ist der Teufel los.«

»Haris Pezas stellte für niemanden eine Bedrohung dar.«

»Das können die doch nicht ahnen.«

»Sollten sie aber. Herrgott noch mal, er trägt smaragdgrüne Wildlederschuhe! Kann man in so einem Aufzug eine Bedrohung darstellen?«

Sotiriou inhalierte. »Es ist die Person, die die Bedrohung verkörpert, nicht das Schuhwerk.«

»Er ist ein kleiner Ladenbesitzer und sieht auch so aus! Man muss schon mit Steroiden vollgepumpt und paranoid sein, um anzunehmen, dass dieser Mann etwas im Schilde führt.«

Sotiriou blieb hartnäckig. »Ihr Mann schnüffelte dort herum und stellte peinliche Fragen.«

»Ich wünschte, sie wären peinlich gewesen! Tatsächlich hat er nicht einmal Fragen gestellt. Er sagte zu der Bedienung in der Café-Bar: ›Ist wohl nicht viel los bei EAP.‹ Worin besteht denn da die Bedrohung?«

Sotiriou antwortete nicht sofort, und als er sprach, wirkte er erschöpft. »Hören Sie, Zafiris. Ich habe keines dieser Individuen kennengelernt und habe das auch ganz bestimmt nicht vor. Aber nehmen wir einmal an, Sie hätten recht. Wohin führt uns das als Nächstes?«

»Ein paar Informationen konnte ich sammeln. Mario war angeblich wegen einer Finanzierung dort und sollte einen ihrer reichen Klienten kennenlernen. Da müssen wir anknüpfen.«

»Was schlagen Sie vor?«

»Die Polizei muss EAP gründlich durchleuchten: Steuererstattungen, Geschäftsbücher, Vorgeschichte plus Überwachung.«

»Das wird nicht passieren. Und Sie wissen sehr genau, warum. Es handelt sich hier um eine äußerst heikle Angelegenheit.«

»Dafür habe ich Verständnis.«

»Tun Sie einfach Ihre Arbeit. Und halten Sie mich aus der Sache raus. Ich muss im Hintergrund bleiben, oder das war's.«

George legte auf und goss zwei Gläser Whisky ein. Er starrte auf die knackenden Eiswürfel, die zu schmelzen begannen, als Haris wieder auftauchte.

»Nettes Duschgel«, sagte er, »aber es brennt wie Feuer auf Sie-wissen-schon.«

»Dann benutzen Sie's dort nicht.«

»Nächstes Mal weiß ich Bescheid.«

»Sie sehen wesentlich besser aus«, bemerkte George.

Sie stießen mit den Gläsern an.

»Mit wem haben Sie gesprochen?«, fragte Haris.

»Mit jemandem, über den Sie nichts erfahren werden.«

Haris sah ihn beleidigt an. George versuchte ihn zu beschwichtigen.

»Was wir hier machen, ist eine verdeckte Ermittlung. Ich würde Ihnen gern mehr erzählen, aber ich kann nicht. Je weniger Sie wissen, desto besser.«

Haris wirkte nicht sehr beeindruckt. »Meiner Meinung nach ist es hilfreich zu verstehen, was man tut und warum.«

»Im Allgemeinen schon. In diesem Fall absolut nicht!«

»Okay«, erwiderte Haris skeptisch. »Dann werde ich mir nicht weiter den Kopf zerbrechen. Nur noch eine Frage – haben Sie morgen Arbeit für mich?«

George reagierte irritiert: »Daran habe ich noch gar nicht gedacht. Aber wenn es Ihnen ernst ist …«

»Selbstverständlich ist es mir ernst!«

»Ich brauche noch mehr Informationen über EAP.«

Haris vergrub den Kopf in seinen Händen.

»Dafür müssen Sie nicht noch mal hingehen.«

»Keine Sorge! Das tue ich bestimmt nicht.«

»Haben Sie Freunde im Gebrauchtwagenhandel?«

»Nicht in Athen.«

»In Korinth?«

Haris überlegte einen Moment. »In Korinth schon.«

»Jemand, dem Sie vertrauen können?«

»Solange ich dort kein Auto kaufe.«

George lachte. »Okay … Fragen Sie Ihren Bekannten nach EAP. Aber wahren Sie strikte Diskretion.«

Sie tranken schweigend ihren Scotch, bis Haris gähnend sagte: »War ein verdammt harter Tag heute. Ich möchte jetzt gern schlafen …« Er lehrte sein Glas und wollte es gerade auf den Tisch stellen, als ihm noch etwas einfiel. »Übrigens, da ist noch was, was ich Ihnen nicht erzählt habe.«

George fragte: »Tatsächlich?«

»Ich war nicht nur in dem Café«, erklärte Haris, »sondern auch in den anderen Geschäften in der Umgebung: eine Lackiererei, eine Tankstelle, eine Werkstatt für Werbetechnik, eine Holzhandlung, eine Druckerei …«

»Ich erinnere mich an die Holzhandlung«, antwortete George. »Gleich rechts neben dem Ausstellungsraum.«

»Richtig.«

»Sie ist durch einen hohen Zaun von EAP getrennt.«

»Nein. Es sieht zwar aus wie ein Zaun, aber in Wirklichkeit ist es ein Käfig.«

»Ist das wichtig?«

»Nein. Ich wollte nur erwähnen, dass es kein Zaun ist.«

»Wie auch immer.«

»In Wirklichkeit erstreckt sich das Gebäude mit dem Autosalon über beide Grundstücke, die miteinander verbunden sind.«

»Tatsächlich?«

»Und zwar in vielfältiger Weise. In allen anderen Geschäften reagierten sie auf meine Fragen nach EAP, als hätten sie nicht das geringste Interesse. Es bestand keinerlei Kontakt zu ihnen. In der Holzhandlung war es anders. Das Mädchen dort, dunkelhaarig, hübsch gekleidet, Superfigur, lobte sie in den höchsten Tönen. »Erstklassige Leute, die besten Autos in Athen.« Natürlich völliger Blödsinn, aber doch eine interessante Beobachtung. Unmittelbar danach ging ich in das Café, und die beiden Gorillas kamen mich abholen.«

George hörte jetzt aufmerksam zu. Der Lastwagen, der Mario überfuhr, hatte eine Ladung Feuerholz transportiert.

»Das ist möglicherweise ein Ansatzpunkt.«

Haris runzelte die Stirn. »Wenn ich wüsste, worauf wir hinauswollen, würde ich Ihre Freude vielleicht teilen.«

»Tut mir leid, aber das kann ich Ihnen nicht sagen.«

»Geht in Ordnung«, erwiderte Haris. »Doch so einen Tag wie heute möchte ich nicht noch mal erleben. Ich bin nicht zum Paket geboren.«

13

Eine Leiche im Gebüsch

Am nächsten Morgen saß George im Café Agamemnon und wartete darauf, dass Dimitri ihm seinen Kaffee brachte, als sein Telefon klingelte.

»Herr Zafiris? Anna Kenteri. Es gibt schlechte Nachrichten. Die Polizei hat den Leichnam meiner Schwester gefunden.«

»Das tut mir leid.«

»Ich wusste, dass sie tot ist. Ich wusste es!«

»Wo hat man sie entdeckt?«

»In einem alten Steinbruch zwischen Galatsi und Filothei. An einem Hügel namens Tourkovounia.«

Er kannte die Stelle. Tagsüber waren dort Hundehalter und Mountainbike-Fahrer unterwegs, nachts Drogendealer. Ein seltsamer Ort. Eigentlich sehr hübsch, mit Ausblick auf die Berge rund um Athen, nach Süden bis zum Meer und sogar auf den Peloponnes in der Ferne. Und doch hatte er etwas Bedrückendes, denn er grenzte an die tristen Vorstädte Athens. Einsame und Hoffnungslose lungerten dort herum. Die Atmosphäre war düster. George erinnerte sich an einen Felsen in Form eines Fez, der teilweise die Aussicht versperrte. Den nannte man ebenfalls ›Tourkovounia‹, türkischer Berg, nach den alten osmanischen Baracken an seinem Fuße – zur Erinnerung an die fremden Besatzer, die das griechische Volk vier Jahrhunderte lang verkümmern ließen, sein Denken entscheidend prägten und seit damals für jegliches Scheitern verantwortlich gemacht wurden.

»Ist die Polizei sicher, dass es sich um Ihre Schwester handelt?«, fragte er.

»Ganz sicher.«

»Was ist passiert?«

»Sie ist von einer zwanzig Meter hohen Klippe gestürzt. Sie lag mit gebrochenem Genick im Gebüsch.«

»Wer hat sie gefunden?«

»Ein Mann, der mit seinem Hund spazieren ging.«

Sie versuchte weiterzusprechen, brachte jedoch nur noch Schluchzen heraus.

George wartete einen Augenblick, bevor er fragte: »Wäre es Ihnen eine Hilfe, wenn wir uns treffen?«

»Im Augenblick nicht. Ich bin in einem fürchterlichen Zustand.«

»Natürlich. Lassen Sie sich Zeit.«

»Was machen Sie, Herr Zafiris, wenn jemand stirbt? Jemand, den Sie mehr lieben als sich selbst?«

»Ich weiß nicht. Das ist sehr schwierig.«

»Ich glaube, dass sie ermordet wurde.«

»Tatsächlich? Haben sie einen Grund für diese Behauptung?«

»Allerdings.«

»Sprechen Sie mit der Polizei. Das ist alles, was Sie tun können. Sagen Sie ihnen alles, was Sie wissen.«

»Können Sie uns vielleicht helfen?«

»Ich sehe nicht, in welcher Hinsicht. Lassen Sie die Polizei mit den Ermittlungen anfangen. Sie werden die Familie befragen. Warten wir ab, wie sie vorankommen.«

»Können Sie sie im Auge behalten?«

»Wen?«

»Die Polizei.«

»Das ist nicht ganz einfach.«

»Bitte versuchen Sie es. Sie haben doch sicher Kontakte.«

»Ich tue, was ich kann.«

»Vielen Dank, Herr Zafiris. Ich verlasse mich auf Sie.«

Sie legte auf, und ein Gefühl der Leere und Übelkeit überkam

George. Als sein Kaffee serviert wurde, brachte er keinen Schluck herunter.

Er ging zu Fuß hügelabwärts Richtung Panepistimioustraße und hoffte, seine sorgenvollen Gedanken besänftigen zu können. Unterwegs passierte er die vertrauten Geschäfte, die nach sechs Jahren Wirtschaftskrise um die nackte Existenz kämpften: der Polsterer und Innenausstatter, in dessen Schaufenster früher luxuriöse italienische Stoffe drapiert waren, während heute ein schäbiger Stuhl einsam in der Auslage stand mit einem vergilbten Schild darauf: *Wir übernehmen jede Arbeit.* Der Laden für Modellflugzeuge mit den verstaubten Kartons voller Ladenhüter; das Musikgeschäft, das schon lange nicht mehr von hoffnungsvollen jungen Gitarristen und Schlagzeugern frequentiert wurde; der Buchladen, das Schuhgeschäft, die Druckerei – nirgendwo Kundschaft. Die einzige Ausnahme bildete Evantheia, die Blumenhändlerin. Zwischen den Geschäften und an den Wohnblocks war jedes freie Stück Mauer mit Graffiti besprüht: *Eigentum ist Diebstahl. Banken sind Terroristen. Merkel ist Hitler. Zahlt oder wir verlassen den Euro* ... Grob vereinfachende Sprüche und scheußliche Karikaturen und Grafiken. Der Tod als vermummte Gestalt, Hakenkreuze und Dollarzeichen. Glaubte eigentlich jemand diesen Quatsch?

Er bog rechts in die Panepistimiou ein. Früher hatte sich hier eine Flut von hupenden Fahrzeugen durch flirrende Abgaswolken gequält, heute lag sie relativ verlassen da. Nur vereinzelte Autos und Busse rumpelten über den großzügig angelegten Boulevard, die Jalousien vor den Schaufenstern waren heruntergelassen. Er lief einen Block Richtung Omoniaplatz, beschloss jedoch, sich die dort herrschende Atmosphäre der Verzweiflung zu ersparen, und wandte sich wieder nach rechts, hügelaufwärts.

Der Tag war heiß, alles wirkte still und wie erstarrt. George fühlte sich getrieben und beschleunigte seinen Schritt. Er dachte über sein Leben nach. Am Ende eines ruhigen Sommers wurden die Dinge wieder kompliziert. Zoë war krank, Mario tot, dessen Ehefrau Eleni ein verbittertes Wrack … Und die bedauernswerte Geigerin, die man am Tourkovounia ins Gebüsch geworfen hatte wie einen Müllsack. Streng genommen war sie noch nicht seine Angelegenheit – aber wenn die Polizei so arbeitete wie sonst, würde sie es bald sein.

Zu Hause traf er Zoë, die aufgestanden war und in der Küche Obst schälte. Er fragte, wie sie sich fühlte.

»Unverändert«, sagte sie niedergeschlagen. Aus unerfindlichem Grund hielt er das Obst für ein gutes Zeichen.

Er beschloss, erneut bei Dr. Pierris anzurufen. Zwei Tage waren vergangen, ohne dass er einen Rückruf erhalten hätte.

Zu seiner Überraschung wurde er direkt verbunden.

»Gerade hat jemand einen Termin abgesagt«, erklärte der Arzt. »Was kann ich für Sie tun?«

George erläuterte, dass er mit Zoë gesprochen habe und von den Untersuchungen und gegensätzlichen Behandlungsplänen wisse, und bat ihn um Rat. Dr. Pierris antwortete äußerst zurückhaltend.

»Es gibt heutzutage weitaus fortschrittlichere und komplexere Diagnosetechniken als zu meiner Zeit. Die beiden Spezialisten in Athen haben einen guten Ruf. Ich kann Ihnen nicht sagen, wer recht hat.«

»Was würden Sie tun?«

Pierris schwieg einen Moment. »Das ist schwierig«, begann er schließlich. »Wenn Geld keine Rolle spielte, würde ich empfehlen, einen Allgemeinmediziner aufzusuchen, der Erfahrung hat und im Gegensatz zu mir auf dem neuesten Stand ist. Erwähnen Sie nicht die anderen Diagnosen, sondern nur die Symptome, und hören Sie, was er sagt.«

»Mit anderen Worten: eine vierte Meinung?«

»Das klingt unglaublich, ich weiß.«

»Wissen Sie, was das alles kostet?«

»Natürlich. Billig ist es nicht.«

»Was macht man, wenn man kein Geld hat?«

Pierris seufzte. »Das ist lediglich ein Vorschlag.«

»Können Sie jemanden empfehlen?«

»Versuchen Sie es bei Arapaglou oder Skouras ...«

»Skouras?«

»Im Rot-Kreuz-Krankenhaus. Er ist sehr gut. Aber lassen Sie ihn zu einer eigenen Einschätzung kommen. Beeinflussen Sie ihn nicht.«

George dankte ihm und legte auf. Skouras war eine der Personen, die Mario an seinem letzten Tag getroffen hatte. Seine Anrufe bei ihm waren bisher erfolglos geblieben. Vielleicht hatte er heute mehr Glück.

Die Sekretärin im Rot-Kreuz-Krankenhaus war höflich. Sie entschuldigte sich für den noch nicht erfolgten Rückruf, da Dr. Skouras wegen dringender Verpflichtungen verreist sei.

»Sie stehen auf seiner Liste«, sagte sie, »und liegen ihm auf dem Gewissen.« Das hörte George gern. »Er kommt heute Abend zurück«, fügte sie hinzu. »Ich bin sicher, dass er sich morgen bei Ihnen meldet.«

George erklärte, dass er statt des Anrufs lieber einen Termin vereinbaren wolle. Etwas überrascht nannte sie eine Uhrzeit am Freitag – schon in zwei Tagen. Er stimmte zu. Allerdings war ihm noch unklar, wie er seine beiden Rollen bei diesem Besuch, die private und die berufliche, in Einklang bringen konnte, aber ihm würde schon etwas einfallen.

14

Drei Brüder

Gegen Abend meldete sich Haris bei George und berichtete, dass Christos, der Autohändler, ihm einige nützliche Informationen über EAP gegeben habe. Er sei dabei allerdings sehr nervös gewesen und wollte wissen, wer danach fragte und warum. Haris hatte ihm strengste Vertraulichkeit zugesichert.

»Ich verlasse mich auf Sie«, fügte er hinzu, »denn wenn das in irgendeiner Weise auf ihn zurückfällt – in welcher Weise auch immer! –, wird es die Beziehungen in unserer Familie für die nächsten fünf Generationen vergiften.«

»Wieso in Ihrer Familie?«

»Er ist mein Cousin.«

George gab ihm sein feierliches Versprechen.

»Okay!«, sagte Haris. »Nehmen Sie Papier und Bleistift. Hier die Fakten:

1. EAP ist ein Unternehmen, das tatsächlich Autos verkauft, mit einem Ausstellungsraum in Athen und einem weiteren in Thessaloniki. Doch selbst bei ihren hohen Preisen glaubt niemand, dass sie Gewinn erzielen.

2. Sie verfügen über andere Einkommensquellen. Eine davon ist die Finanzierung von Autokäufen und Privatkrediten, die sie Kunden offerieren, ohne allzu viele Fragen zu stellen. Die Zinsen sind hoch.

3. Sie bieten außerdem Sicherheits-Dienstleistungen an, speziell zugeschnitten auf berühmte Persönlichkeiten und reiche Leute, was gut zum Handel mit Luxusautos passt. Das Sicherheitspersonal stammt überwiegend aus Russland und erweist sich auch

als durchaus nützlich, wenn jemand sein Darlehen nicht zurückzahlt.

4. Die Inhaber sind drei Brüder: Efthimios, Andonis und Pavlos Marangós. Daher die Abkürzung EAP.

5. Efthimios ist bekannt als der Schlaue (Exypnos), Andonis als der Hässliche (Aschimos) und Pavlos als der Schwule (Poustis). Das ist die inoffizielle Version von EAP.

6. Die Familie besitzt Wohnhäuser in Athen sowie Beteiligungen an Banken und im Kunst- und Mediengeschäft.

7. Die anderen Autohändler mögen sie nicht und vermeiden es, mit ihnen Geschäfte zu machen.«

George sagte: »Ihr Cousin scheint gut informiert zu sein.«

»Das sollte er auch. Er ist Vorsitzender des Autohändlerverbandes.«

»Weiß er, mit welchem der Brüder wir das Vergnügen hatten?«

»Mit Pavlos.«

»Wieso?«

»Efthimios ist klein und drahtig, Andonis ist dick, und Pavlos ist groß und durchtrainiert.«

»Und ein Psychopath?«

»Das hat er nicht erwähnt.«

»Okay. Ich muss nachdenken, was das alles zu bedeuten hat«, sagte George. »Lassen Sie mir Zeit bis morgen.«

»Solange Sie wünschen«, antwortete Haris.

Im Lichtschein der Leselampe ging George die Liste der Fakten noch einmal durch. Objektiv betrachtet war die Geschichte, die Pavlos Marangós ihm erzählt hatte, durchaus plausibel. Mario suchte eine Finanzierungsmöglichkeit, und für Geld gehen Menschen seltsame Wege, vor allem, wenn sie es auf normalem Wege nicht bekommen. Zum Beispiel, wenn sie in Schwierigkeiten stecken. Oder schon zu hoch verschuldet sind. Aber warum EAP? Das erschien ihm nach wie vor rätselhaft.

Er rief Eleni an und fragte ohne Umschweife, ob ihr Mann Schulden gehabt habe.

Sie verneinte.

Ihre Stimme klang jedoch zögerlich. Genauso abwehrend wie zuvor, aber auch verwundbarer und vorsichtiger. Er sprach sie darauf an.

»Ich bin so an schlechte Nachrichten über Mario gewöhnt, dass ich jeden Tag neue erwarte«, erklärte sie.

»Du hast die schlimmsten schon gehört«, sagte George. »Schlimmer kann's doch nicht werden.«

»Sag das nicht! Jeder Tag bringt furchtbare Überraschungen.«

George wollte nicht in ein therapeutisches Gespräch einsteigen und kam auf das Schuldenthema zurück. Wusste sie über Marios finanzielle Situation Bescheid? Hatte er Kreditkarten oder -verträge? Gab es größere Projekte, die die Unterstützung einer Bank benötigten?

Sie wiederholte stets die gleichen vagen, unverbindlichen Antworten. Finanzielle Angelegenheiten waren seine Sache gewesen.

Hatte sie seit seinem Tod seine Post geöffnet?

»Nein. Das habe ich nicht fertiggebracht.«

»Mach bitte alle Briefe auf und ruf mich sofort an, wenn es in einem davon um Geld geht.«

»Warum interessiert dich das eigentlich?«, fragte sie plötzlich. »Hatte er Schulden bei dir?«

»Nein.«

»Warum dann?«

George erläuterte kurz die Rolle von EAP.

Sie hatte noch nie von dieser Firma oder von Marangós gehört. Auch nicht von Dr. Skouras, als er sie danach fragte. Erstaunlich, wie wenig sie über Marios Leben wusste.

George holte sich ein Bier aus dem Kühlschrank. Als er daneben eine Packung Schinken sah, merkte er, wie hungrig er war. Er machte sich ein Sandwich mit Feta und eingelegten roten Paprikaschoten, breitete die Tageszeitung auf dem Küchentisch aus und begann zu lesen, während er aß. Das Sandwich war gut, die Nachrichten dagegen waren es keineswegs. Premierminister Tsipras hatte Neuwahlen anberaumt. Experten versuchten, den Sieger vorherzusagen. Es fiel George schwer, sich zu konzentrieren. Bei innenpolitischen Themen beschlich ihn immer dieses tödliche Gefühl von *déjà vu*. Eine Bande von Parasiten löste die vorherige ab, saugte dem Volk die letzten Lebensgeister aus und speiste es mit leeren Versprechungen ab. Wie viel hatten die Menschen in Griechenland überhaupt noch zu geben?

Die anderen Nachrichten waren noch schlimmer. Die Inseln in der östlichen Ägäis wurden von Flüchtlingen überflutet, von verzweifelten Familien aus Syrien, dem Irak und Afghanistan, die von der Türkei aus in Schlauchbooten übers Meer kamen. Das ging schon seit dem Frühjahr so. Manche ertranken – die Zeitung zeigte das Foto eines toten Kindes in den Armen eines Polizisten –, aber Hunderttausende schafften es, reisten weiter nach Mazedonien, Serbien oder Ungarn und versuchten, in die reichen Länder Nordeuropas zu gelangen, die sie nicht gerade begeistert empfingen.

Unter diesen Umständen wäre Griechenland so oder so bald mittellos. Er war zu deprimiert zum Weiterlesen, schob die Zeitung beiseite, aß das Sandwich auf und trank sein Bier. Er starrte auf den Stundenzeiger der Küchenuhr.

Dann kehrte er an den Schreibtisch zurück, zu den sieben Punkten auf Haris' Liste. Irgendetwas ließ ihm keine Ruhe. Er wählte Haris' Nummer.

»Ich wollte Sie etwas fragen«, begann er.

»Was denn?«

»Sie haben in einer Eliteeinheit gedient, richtig?«

»Richtig.«

»Mich wundert, dass Sie sich bei EAP nicht heftiger gegen Ihre Misshandlung gewehrt haben.«

»Das wäre keine gute Idee gewesen.«

»Die haben Sie reichlich provoziert.«

»Sicher.«

»Also?«, fragte George.

»Sie waren in der Überzahl.«

George dachte an die zwei kräftig gebauten Bodyguards und ihr Auftreten, das skrupellos und einschüchternd wirkte.

»Hätten Sie«, fragte er, »die beiden Muskelprotze ausschalten können, wenn Sie gewollt hätten?«

Haris schnaubte verächtlich.

»Bedeutet das ja oder nein?«

»Darauf antworte ich nicht.«

»Warum nicht?«

»Weil es eine dumme Frage ist.«

»Mir kommt sie durchaus vernünftig vor!«

»Denken Sie doch mal nach, Herr Zafiris! Ich gehe da rein, unbewaffnet und unvorbereitet, und treffe diese Typen. Sie sind groß und stark, sehen aus wie Psychos und sind wahrscheinlich mit Steroiden oder Kokain vollgepumpt. Und sie haben Schießeisen. Würden Sie versuchen, sie ›auszuschalten‹, wie Sie es genannt haben?«

»Natürlich nicht. Aber ich bin nicht dafür ausgebildet.«

»Ausgebildet oder nicht«, antwortete Haris, »man trifft eine Entscheidung – entweder man kann die Situation kontrollieren, oder man haut ab. Sie haben mich nicht dort hingeschickt, um sie ›auszuschalten‹. Vergessen Sie das nicht. Sie sagten ›Finden Sie so viel wie möglich heraus.‹ Das habe ich getan. Danach war es eine Frage des Überlebens.«

»Es tut mir leid«, sagte George. »Ich hatte keine Ahnung, in was wir da hineingeraten würden.«

»Nächstes Mal, Kollege, sorgen Sie dafür, dass Sie Ahnung haben. Das ist nicht so wahnsinnig schwer. Es sind nur drei Wörter: ›Kenne deine Zielperson‹. Gut gemachte Hausaufgaben können ungemein nützlich sein.«

»Ich respektiere Ihren Hinweis, Haris.«

»Freut mich zu hören. Sollten Sie mal wieder einen Einsatz gegen EAP planen, sagen Sie Bescheid, dann machen wir's richtig.«

»Selbstverständlich.«

»Gute Nacht«, schloss Haris. »Schlafen Sie gut.«

15

Dr. S.

Am nächsten Morgen fuhr George Zoë zum Rot-Kreuz-Krankenhaus zu ihrem Termin bei Doktor Skouras. Seine Privatklinik war eine Überraschung. Mit ihren frisch gestrichenen Wänden, der Sauberkeit, den bequemen schwarzen Lederstühlen, dem Trinkwasserspender und den gepflegten Zimmerpflanzen hätte sie direkt aus der Schweiz importiert sein können, komplett und vakuumverpackt. Zoë nannte am Empfang ihren Namen, dann nahmen sie Platz. George hielt ihre Hand, die sich schlapp und kraftlos anfühlte.

Zoë war nicht erfreut gewesen über diesen Arztbesuch, er hatte sie nur mit Mühe dazu überreden können. Das Letzte, was sie wollte, waren noch weitere Meinungen.

George erklärte noch einmal: »Skouras hat einen guten Ruf. Lass uns hören, was er zu sagen hat.«

»Er ist doch nur ein weiterer Spezialist, der sein Honorar kassieren will.«

»Genau das ist er nicht.«

»Warten wir's ab.«

Nach kurzer Zeit wurden sie hereingerufen. Skouras war groß, bärtig und sorgfältig gekleidet; unter dem strahlend weißen Kittel trug er ein frisch gebügeltes Hemd und eine seidene Krawatte. Seine blauen Augen beobachteten Zoë aufmerksam, während sie ihre Symptome beschrieb.

Er bat sie, sich auf einer Liege auszustrecken, und zog einen Vorhang zu. George hörte seine Aufforderung, ihm zu zeigen, wo die Beschwerden anfingen, ob es sich um konstante oder unregelmäßige Schmerzen handelte und ob die Intensität gleich blieb oder sich veränderte. Dann fragte er: »Hier? ... Und hier?« Einmal schrie sie auf. »Ja! Genau da!«

Danach redete er leise mit ihr und öffnete den Vorhang.

Jetzt wandte er sich an beide.

»Haben Sie noch einen anderen Arzt konsultiert?«

Zoë war unsicher, wie sie antworten sollte, und schaute hilfesuchend zu George.

»Das haben wir«, antwortete er, »aber ...«

»Wer hat Sie an mich verwiesen?«

»Mein Arzt in Andros«, antwortete Zoë. »Dr. Pierris.«

»Ich kenne ihn nicht«, erwiderte Skouras.

»Spielt das eine Rolle?«

»Nicht im Geringsten. Haben Sie Untersuchungen durchführen lassen?«

Wieder sah Zoë unschlüssig drein.

»Falls ja, würde ich gern die Ergebnisse einsehen.«

George erwiderte: »Wir ziehen es vor, dass Sie mit Ihrer eigenen Diagnostik anfangen.«

»Schön. Ich bin jedoch sicher, dass bereits Untersuchungen gemacht wurden. Sollten Ihnen Ergebnisse von einem angesehenen Krankenhaus vorliegen, könnten Sie mich einen Blick darauf werfen lassen, dann sparen wir Zeit.«

»Sind wir denn in Zeitnot?«, fragte Zoë ängstlich.

»Möglicherweise«, antwortete Skouras und hob dabei leicht seine Augenbrauen.

»Wir haben schon eine Menge Laufereien hinter uns«, erklärte George. »Gegensätzliche Meinungen, einander widersprechende Behandlungen, die Tausende von Euro kosten. Wenn es Ihnen nichts ausmacht, stellen Sie lieber Ihre eigene Diagnose, unbeeinflusst von anderen Meinungen.«

»Durchaus verständlich«, erwiderte Skouras. »Aber so läuft es in diesem Fall nicht. Angesichts der Symptome haben wir drei mögliche Diagnosen, nicht dreiundfünfzig. Es könnte sich um einen Tumor handeln, um eine chronische Infektion oder eine Zyste. Eine der Diagnosen würde eine sofortige Intervention rechtfertigen, die kostspielig und möglicherweise schädlich sein könnte. Die zweite erfordert Antibiotika, und zwar schnell. Die dritte behandelt man am besten, indem man nichts unternimmt. Die Testergebnisse würden bestätigen, um welche der Diagnosen es sich handelt. Die Entscheidung liegt bei Ihnen. Möchten Sie neue Tests anberaumen oder mir die bereits vorliegenden Befunde zeigen?« Zoë antwortete: »Gib ihm die Auswertungen, George! Großer Gott, bringen wir die Sache hinter uns!«

George öffnete seine Aktentasche und reichte dem Arzt einen großen weißen Umschlag. Skouras prüfte die Unterlagen. An einer bestimmten Stelle reagierte er überrascht und schüttelte bestürzt den Kopf.

»Vielen Dank«, sagte er und gab die Papiere zurück. »Wirklich sehr interessant.«

»Was ist das Problem?«, fragte Zoë.

»Meiner Meinung nach handelt es sich um eine Zyste.«

»Was bedeutet das?«

»Zysten sind ungefährlich.«

»Gott«, rief sie, »sind Sie sicher?«

»Ja.«

»Ich habe solche Angst! Ich glaubte die ganze Zeit, dass es Krebs ist.«

Skouras erwiderte: »Sie haben keinen Krebs. Sie können die Zyste operativ entfernen lassen, aber das drängt nicht. Und ich bitte Sie, mir in ein bis zwei Tagen mitzuteilen, ob die Schmerzen nach meiner heutigen Diagnose aufhören.«

»Selbstverständlich.«

Zoë griff in ihre Handtasche und zog einen verschlossenen Umschlag heraus.

Skouras warf einen Blick darauf und hob eine Hand.

»Das ist nicht nötig.«

»Ich weiß, aber es ist üblich, und ich wollte ...«

»Vergessen Sie's. Viel dringender ist, dass Sie Beschwerde gegen die zwei Spezialisten einreichen, die Ihnen eine Notfallbehandlung empfohlen haben. Das sind eindeutig Gangstermethoden.«

»Muss ich die Polizei einschalten?«

»Nein. Schreiben Sie einen Brief an die Ärztekammer. Wenn Sie einen Beitrag leisten möchten, dann das. Zeigen Sie die beiden an.«

»Mit öffentlichen Behörden will ich nichts zu tun haben.«

»Das kann ich Ihnen nicht verdenken.« Plötzlich zog ein Schatten von Müdigkeit über sein Gesicht. »Aber Sie würden uns allen einen Dienst erweisen.«

Zoë lächelte. »Ich würde Ihnen lieber den Umschlag geben.«

»Das ist einfacher, nicht wahr? Aber die Antwort bleibt nein. Irgendwann muss dieses ekelhafte System doch ein Ende haben.«

George erhob sich. »Es warten sicher noch viele Patienten auf Sie«, sagte er.

Auch Skouras stand auf.

»Ich wollte Sie noch etwas anderes fragen«, begann George, »aber vielleicht ein andermal?«

Skouras erwiderte: »Warum nicht jetzt?«

»Es geht um eine persönliche Angelegenheit. Um Mario Filiotis ...«

»Oh.« Augenblicklich veränderte sich Skouras' Miene. Seine professionelle Gelassenheit war verflogen. Sein Blick wurde verstört und unsicher. »Was möchten Sie wissen?«

»Ich weiß, dass Sie sich wenige Stunden vor seinem Tod mit ihm getroffen haben«, sagte George.

»Erklären Sie mir zunächst, worum es überhaupt geht.«

»Mario war ein Schulfreund von mir, seitdem hatten wir immer eine enge Verbindung. Ich bin von Beruf Detektiv. Ich bin nicht überzeugt, dass sein Tod ein Unfall war.«

»Haben Sie irgendwelche Beweise?«

»Indizien. Überzeugende Indizien.«

»Ich verstehe. Das wusste ich alles nicht«, sagte Skouras.

»Würden Sie mir erzählen, welche geschäftlichen Verbindungen Sie mit ihm unterhielten, Doktor?«

»Geschäftlich?«

»Oder kam er als Patient, als Freund ...«

Skouras überlegte kurz. »Dieses Gespräch behagt mir nicht. Ich weiß von Ihnen lediglich, dass Sie der Ehemann einer Patientin sind. Vielleicht noch nicht einmal das.«

»Was kann ich sagen, um Ihre Bedenken zu zerstreuen?«

»Ich würde die Unterredung lieber später fortsetzen.«

»Selbstverständlich. Vereinbaren wir einen Termin.«

»Geben Sie mir Ihre Karte, ich rufe Sie an.«

George reichte ihm seine Visitenkarte.

»Wenn Sie Referenzen wünschen«, sagte er, »habe ich eine reichliche Auswahl.«

»Zweifellos«, erwiderte Skouras. Er streckte ihm seine Hand entgegen und machte damit unmissverständlich klar, dass ihre Unterredung beendet war.

Während er mit Zoë den Krankenhausflur hinunterging, sagte sie: »Was für ein wunderbarer Mann.«

»Warten wir's ab«, entgegnete George.

Zoë verbrachte den Abend am Telefon und verkündete Verwandten und Freunden, dass sie außer Gefahr sei. Plötzlich war sie jugendlich und energiegeladen wie immer, das Licht der Hoffnung ließ ihre Augen wieder strahlen. Sie wirkte euphorisch, wie berauscht von ihrem neu erblühten Optimismus. George war besorgt, verkniff sich jedoch jeden Kommentar. Er schickte eine SMS an Nick: »Deine Mutter ist aus dem Schneider.«

Kurz danach klingelte sein Telefon. Er erwartete Nicks Stimme und war überrascht, die von Dr. Skouras zu hören.

»Ich hoffe, an Ihrer Diagnose hat sich nichts geändert«, sagte er.

»Absolut nicht«, antwortete Skouras. »Ich rufe auch nicht deshalb an, sondern wegen der anderen Sache.«

»Ja?«

»Ich habe mir die Mühe gemacht, Ihre Qualifikationsnachweise zu überprüfen.«

»Gut«, sagte George, »vollkommen verständlich.«

Skouras sprach weiter: »Mario und ich waren seit einigen Jahren wegen eines Projekts im Gespräch.«

»Welche Art von Projekt?«

»Ich kann Ihnen keine Einzelheiten mitteilen.«

»Warum nicht?«

»Es ist vertraulich.«

»Wieso ist es vertraulich?«

»Das war ein Teil unserer Abmachung.«

»Aber jetzt ist er tot.«

»Eine Abmachung bleibt eine Abmachung.«

»Und wird das Projekt auch ohne ihn weiterverfolgt?«

»Das weiß ich nicht. Kann schon sein. Es wird allerdings schwer, ihn zu ersetzen.«

»Warum genau kam er an diesem Tag zu Ihnen?«

»Wir wollten uns gegenseitig auf den neuesten Stand bringen.«

»War er besorgt? Machte er sich Gedanken?«

»Er war immer besorgt.«

George widersprach: »Meiner Erfahrung nach war Mario ein ruhiger, logisch denkender Mann, der stets das Positive sah – ein Problemlöser.«

»Das war er ganz sicher auch, aber er hatte noch eine ganz andere Seite«, erwiderte der Arzt. »Es ging um ein großes Projekt. Keine einfache, alltägliche Sache. Er hat eine Menge Zeit und Energie investiert. Wir beide.«

»Ich wünschte wirklich, Sie würden mir mehr verraten.«

»Zweifelsohne.«

George versuchte es mit einer anderen Methode: »Was war das Letzte, was er zu Ihnen sagte?«

Skouras dachte einen Moment nach. Seine Stimme wurde sanfter. »Ich glaube, er sagte ›Diesmal schaffen wir's.‹ «

»Also gab es Schwierigkeiten? Enttäuschungen?«

»Selbstverständlich.«

»Das Übliche?«

»Was meinen Sie damit?«

»Bürokratie, amtliche Urkunden, Verzögerungen ...«

»Natürlich.«

»Noch andere?«

Skouras' Stimme klang allmählich gereizt. »Mehr kriegen Sie nicht aus mir heraus, Herr Zafiris.«

»Nur noch eine letzte Frage. Wissen Sie, wohin Mario nach Ihrem Treffen fuhr?«

»Nein.«

»Zu einem Gebrauchtwagenhändler namens EAP.«

Skouras schwieg.

»Sagt Ihnen das irgendetwas?«

Als der Arzt erneut zu reden begnn, hatte sich seine Stimme verändert. »Ich wünschte, Sie hätten diesen Namen nicht erwähnt. Das ist die denkbar schlimmste Neuigkeit, die Sie mir anvertrauen konnten.«

»Warum?«

»Ich werde noch nicht einmal das Wort aussprechen.«

»Welches Wort?«

»Beenden Sie Ihre Ermittlungen, Herr Zafiris. Das ist meine ausdrückliche Empfehlung.«

»Welches Wort?«

»Lassen Sie Mario in Frieden ruhen.«

»Welches Wort, Doktor?«

»Andernfalls seien Sie äußerst vorsichtig. Und bringen Sie Ihre Angelegenheiten in Ordnung.«

»Ich frage Sie noch einmal: Welches Wort?«

»Es gibt kein Wort«, antwortete Skouras erschöpft. »Von mir sowieso nicht.«

»Sie könnten selbst in Gefahr sein.«

Aber da war die Leitung schon tot.

TEIL II

NORDEN UND SÜDEN

16

Memento Mori

Von allen Grünflächen in Athen mochte George am liebsten den Ersten Athener Friedhof. Eine Insel der Ruhe inmitten von unaufhaltsamen Blechlawinen. Die Wege zwischen den Gräbern und Statuen lagen im Schatten der Zypressen und dufteten nach Zitronenblüten. Vögel zwitscherten in den Zweigen und schossen im Sturzflug durch das gesprenkelte Zwielicht. Totengräber, Priester, Trauernde mit Blumengebinden, Gärtner mit Schubkarren und Harken, Lieferanten der Floristikgeschäfte – sie alle bevölkerten den Friedhof bei Tag. Wer wusste schon, welche Geister hier in der Nacht herumspukten? Vielleicht die von Palamas, Trikoupis und Venizelos, die ruhelos durch ihr von Sorgen geplagtes Land wanderten.

Der Erste Athener Friedhof lag am Ende der Straße. Hier wurden schließlich sämtliche Träume und Hoffnungen begraben, und doch war es ein tröstlicher Ort. Eine Stadt der Toten, in der das Leben pulsierte und sogar weitaus strahlender flimmerte und glänzte als in der wild gewordenen Betonwüste ringsum. Das Leben im Tod klang hoffnungsvoller als der Tod im Leben. Freunde und Verwandte von George lagen dort in kühlen Gärten, ihre Gesichter erstrahlten noch lebhaft vor seinem inneren Auge, er hatte ihre Stimmen noch im Ohr. Er genoss es, zwischen ihnen zu wandeln, sich niederzulassen und an sie zu denken.

Im Vorraum der Kapelle saß die Familie von Keti Kenteri steif auf den Bänken entlang der Wände. In der Mitte des Raumes, auf Ketis Sarg, lag ihre Geige mit einer weißen Lilie quer über den Saiten. Die Luft war getränkt von Weihrauch und Blumenduft.

Freunde standen Schlange, um Anna und ihren Eltern die Hand zu schütteln. Die gramvollen, von Tränen zerfurchten Gesichter der Hinterbliebenen sahen aus, als hätte die Trauer sie zerfleischt wie eine Messerklinge. Hinter den drei stand Ketis Ehemann, Paris, mit erstarrter, ausdrucksloser Miene, zurückgezogen hinter seiner bleichen Maske. George reihte sich ein, rückte langsam voran und murmelte seine Beileidsbekundung. Er mischte sich unter die Freunde. Ihre jugendlichen Gesichter, ihre lebhaften Augen, alles an ihnen wirkte ernst, gedämpft, erschüttert.

Ein Priester kam hereingerauscht – eine eindrucksvolle Gestalt in goldbestickten Gewändern. Er begann die Liturgie zu singen. Er hatte es offensichtlich eilig, denn Beerdigungen gab es hier wie am Fließband, durchgehend bis zum Jüngsten Tag. »Möge Katerina, die Dienerin Gottes, deren unsterbliche Seele nun befreit ist vom Fleische, die ewige Ruhe unter den Heiligen finden. Hab Erbarmen, o Herr, und vergib ihr ihre absichtlich und unabsichtlich begangenen Sünden …« Während er sang, schwang das Weihrauchfass an seinen silbernen Ketten und stieß duftende Rauchwolken aus. Die Trauergäste bekreuzigten sich und starrten in den vernebelten Raum. Georges Gedanken wanderten von der Geige der Verstorbenen hin zur unermesslichen Weite eines Ortes, an dem alle toten Seelen versammelt waren.

Unverhofft war der Gottesdienst zu Ende und mündete in ein beklommenes Schweigen, in dem anscheinend keiner wusste, was zu tun war. Der Priester blieb reglos stehen, bis die Stille alle erreicht hatte. Dann war der Bann gebrochen, die Sargträger traten vor und hoben den Sarg auf ihre Schultern. Die Türen wurden geöffnet, strahlendes Sonnenlicht flutete herein. Die Trauergäste zerstreuten sich draußen im Hof, geblendet vom weißen Marmor. Sie folgten dem Hauptweg. Vorbei an blumenübersäten Gräbern schwebten sie wie Gespenster durch die Hitze.

Am Kenteri-Familiengrab türmte sich rote Erde am Rand der ausgehobenen Grube. Der Sarg wurde an langen Gurten hinuntergelassen. Die Ersten warfen eine Handvoll Erde hinterher, dann prasselten Schaufeln voll Erdreich polternd auf den Sarg, bis er mitsamt Geige und Lilien darunter verschwand. Paris ließ eine rote Rose hineinfallen und senkte den Kopf.

George beobachtete die Angehörigen. Manche weinten, andere hatten keine Tränen mehr. Annas Mutter konnte sich kaum noch aufrecht halten. Ihr Mann stützte sie. Paris stand etwas abseits und strahlte eine strenge, eindrucksvolle Ruhe aus, als wäre seine Seele seiner Frau ins Jenseits gefolgt und nur sein Körper als leere Hülle im Diesseits zurückgeblieben.

Dann kehrten die Trauergäste allmählich auf dem von Sonnenflecken gesprenkelten Weg zurück. Im Ehrenhof stand ein Mann im grauen Anzug vor einem Eingang und dirigierte sie in einen Saal voller Tische; darauf überall Vasen mit Blumen, hübsche kleine Reihen von gefüllten Kaffeetassen, Gläsern mit Brandy und gelben Kuchenscheiben auf weißen Porzellantellern. George nahm ein Glas Brandy und ein Stück Kuchen. Am Ende des Tisches sah er Paris, allein.

George versuchte ein Gespräch mit ihm anzufangen. Paris legte eine Hand auf seinen Arm und sagte freundlich: »Es tut mir leid, ich kenne Ihren Namen nicht, es ist nett von Ihnen, sich zu bemühen, aber verzeihen Sie. Ich kann jetzt nicht sprechen.«

George überließ ihn seinem Kummer. Er nahm einen Schluck Brandy, genoss das Brennen in der Kehle und fragte sich, was er hier eigentlich tat.

Er schlenderte eine Weile umher und nickte zu Anna hinüber, die in ein ernstes Gespräch mit einem rothaarigen Mädchen vertieft war. Sein Gefühl, hier fehl am Platze zu sein, wurde von Minute zu Minute stärker.

Zur Averoffstraße war es nur ein kurzer Fußweg. »H. M. Karyotakis & Söhne, Bestattungsinstitut« stand auf dem Schild. Ein gepflegter Ort, der von Wohlstand und florierenden Geschäften kündete. Der Marmorfußboden war blitzblank poliert, an den Wänden hingen Muster von Grabsteinen und ein Ölgemälde des Firmengründers, Haralambos M. Karyotakis (1910–1996), das ihn in einem gut geschnittenen Anzug darstellte, aalglatt und diensteifrig.

Die junge Frau am Empfang lächelte, als George eintrat. George lächelte nicht zurück. »Ein Onkel ist gerade verstorben«, sagte er. »Sein Leichnam muss zur Beerdigung nach Stockholm geflogen werden. Können Sie das erledigen?«

»Selbstverständlich«, antwortete die Frau.

»Kosten?«

Sie griff zum Telefon.

»Herr Karyotakis? Hier ist ein Herr mit einer Frage bezüglich Stockholm.«

Sie legte den Hörer auf und sagte: »Folgen Sie mir.«

Sie führte ihn in ein großzügig ausgelegtes Büro, in dem ein beleibter Herr mit Dackelblick hinter einem riesigen, unglaublich aufgeräumten Schreibtisch saß. Er erhob sich und schüttelte George die Hand.

»Manolis Karyotakis. Wie kann ich Ihnen behilflich sein?«

George erläuterte sein Anliegen. Es sei kompliziert, sagte er. Die Witwe seines Onkels, eine Schwedin, glaube nicht, dass ein griechisches Unternehmen in der Lage sei, den Toten wohlbehalten ans Ziel zu bringen. Sie wolle ein schwedisches Bestattungsinstitut beauftragen.

Karyotakis schien den Köder zu schlucken. »Die Bedenken Ihrer Tante sind durchaus verständlich«, sagte er, »aber unbegründet, das kann ich Ihnen versprechen.«

»Stockholm ist weit weg«, erwiderte George.

»Es könnte ebenso gut gleich nebenan sein. Sagen Sie uns, wo der Verstorbene abzuholen ist, wir kümmern uns um den Rest, alles inklusive.«

»Verzeihung«, sagte George, »inklusive was?«

»Einbalsamieren, Ankleiden, Einsargen, Zollabfertigung, Gebühren, Sondergenehmigung für die Beförderung, Kühlung, alles. Wo befindet sich Ihr Onkel im Augenblick? Im Krankenhaus?«

George schüttelte den Kopf. »Er ist zu Hause gestorben.«

»Mein Beileid für die Familie.«

»Ich fürchte, meine Tante wird sich mit mündlichen Zusicherungen nicht zufriedengeben. Haben Sie Nachweise über Ihre internationale Erfahrungen?«

»Nachweise?«

»Genau.«

Karyotakis sah ihn verblüfft an. »Was meinen Sie damit? Zollunterlagen? Frachtbriefe?«

»Belege dafür, dass Sie solche Aufträge öfter ausführen.«

»Noch nie hat jemand etwas Derartiges verlangt«, entgegnete Karyotakis.

»Also?«

»Überlegen Sie doch mal. Athen ist eine weltoffene Stadt, voller Touristen, Auswanderer und Geschäftsleute. Jedes Jahr sterben eine Reihe von ihnen und müssen in ihre Heimat geschickt werden.«

»Ich möchte lediglich einen Nachweis dafür.«

»Logisch! Die Menschen denken nicht gern an den Tod, auch wenn er allgegenwärtig ist. Wir betrachten ihn als unseren größten Feind, doch in Wirklichkeit ...«

»Ersparen Sie mir Ihre Predigt, Herr Karyotakis. Zeigen Sie mir Dokumente, die Ihre Erfahrung belegen.«

Die Halsmuskeln des Bestattungsunternehmers spannten sich. Er war offensichtlich wütend.

»Es gehört nicht zu meinen Gepflogenheiten, Kunden, die einfach so von der Straße hereinspazieren, Einsicht in Firmenunterlagen zu gewähren.«

»Okay«, sagte George und erhob sich. »Dann versuche ich's woanders.«

Karyotakis bedeutete ihm, sich wieder zu setzen. Er griff zum Telefon. »Roula, bringen Sie das Kundenbuch herein.«

Nach kurzem Klopfen an der Tür trat die Empfangsdame mit einem unförmigen blauen Buch unter dem Arm ein.

»Bitte geben Sie es dem Herrn.«

George nahm das Verzeichnis und schlug es auf. Die Eintragungen begannen im Januar 2008.

»Letzte Woche«, sagte Karyotakis, »hatten wir eine Sendung nach Moskau und vor ungefähr zehn Tagen eine nach Sydney, Australien. Davor gab es, wenn ich mich recht entsinne, Zustellungen nach New York, Buenos Aires, Chicago, Mailand ... Ich kann Ihnen versprechen, dass jede Einzelne davon sicher angekommen ist!«

George überprüfte die Eintragungen um den 30. August. Sein Blick fiel auf die Buchstaben ›NY, USA‹. Der Leichnam von Philip Medouris, überstellt an das Beerdigungsinstitut Bartley & Corrubbio, Brooklyn.

»Vielen Dank«, sagte er und legte das Buch auf den Schreibtisch. »Wie hoch sind Ihre Gebühren?«

Karyotakis antwortete wie einstudiert: »Zunächst erfragen wir die Wünsche der Familie, dann erfüllen wir sie. Zu einem konkurrenzlos günstigen Preis.«

»Könnten Sie bitte etwas konkreter werden.«

»Unsere Angebote beginnen bei 2500 Euro, ausgenommen Luftfracht-Gebühren und unvorhergesehene Ausgaben wie beispielsweise zusätzliche Kühlung aufgrund von Verspätungen.«

»Welche Garantien bieten Sie?«

»Der gesamte Transport ist voll versichert.«

»Deckt das sämtliche Kosten?«

»Was meinen Sie mit ›sämtliche‹?«

»Ich habe schon die reinsten Horrorgeschichten gehört«, antwortete George. »Verschwundene Urkunden, sogar verschwundene Leichname.«

»Machen Sie sich darüber keine Sorgen«, entgegnete der Bestatter. »Wir arbeiten mit den besten Speditionen und Fluglinien zusammen.«

»Ich habe gerade miterlebt, dass ein Toter verschwunden ist. Und zwar erst vor Kurzem.«

»So was hat es bei uns noch nie gegeben.«

George bewunderte die Verlogenheit dieses Mannes. »Tatsächlich?«, fragte er. »Was würden Sie tun, wenn ein Leichnam verschollen wäre?«

»Wir würden alle Anstrengungen unternehmen, um ihn zu finden. Wir würden jeden Stein umdrehen und Tag und Nacht arbeiten! Von Schadenersatz und Versicherungsleistungen ganz zu schweigen.«

»Eines möchte ich genau wissen: Sie schwören, das so etwas bei Ihnen noch niemals vorgekommen ist?«

Karyotakis zögerte. »Ich habe natürlich von solchen Fällen gehört …«

»Lassen Sie mich einen beim Namen nennen.«

»Warten Sie einen Augenblick, was soll das werden?«

»Filiotis. Der Bürgermeister von Astypalea. Sein Sarg wurde letzte Woche auf die Insel gebracht, aber ohne den Toten. Es stellte sich heraus, dass er mit archäologischem Raubgut gefüllt war.«

»Ach, jetzt erinnere ich mich …«

»Das sollten Sie auch! Ihr Unternehmen war damit beauftragt.«

Karyotakis wurde plötzlich ganz aufgeregt. »Was wollen Sie?«

»Ich will eine Erklärung.«

»Also ist die Geschichte mit dem Onkel frei erfunden?«

»Vergessen Sie den Onkel. Filiotis war ein Freund von mir. Seine Familie ist zutiefst bestürzt. Von Ihnen hat sie nur eine Abfuhr bekommen. Und das, nachdem seine Beerdigung abgebrochen werden musste!«

Karyotakis blieb ruhig. »Lassen Sie mich nachsehen.« Er

nahm das Buch, schlug bedächtig die entsprechende Seite auf und fuhr mit dem Zeigefinger die Spalte entlang; er überprüfte die Namen und griff erneut zum Telefon.

»Roula, bitte bringen Sie mir die Akte Filiotis. Von diesem Jahr, 30. August.«

Wieder zu George gewandt, sagte er versöhnlich: »Wir werden der Sache auf den Grund gehen. Es tut mir leid, wenn Sie sich im Stich gelassen fühlen.«

»Ich tue das nicht für mich, Herrgott noch mal! Sondern für die Familie.«

»Selbstverständlich ...«

Roula erschien von Neuem und legte eine graue Akte auf den Schreibtisch. Karyotakis schlug sie auf und begann, die Seiten durchzublättern.

»Totenschein, Notizen über Telefongespräche, die Bestellung des Sarges, Grabstein, Modalitäten der Überführung, Blumenschmuck, Sargträger ... Alles hier drin.«

»Nur der Leichnam hat gefehlt! Haben Sie ihn nicht abgeholt?«

»Ich sehe nach ... Hier steht, dass wir den Sarg in das Krankenhaus brachten, wo ... Das hier ist schon etwas ungewöhnlich, das muss ich zugeben. Normalerweise holen wir ab und ... Okay, lassen Sie mich mit unseren Mitarbeitern sprechen.«

George hörte aufmerksam zu, während Karyotakis telefonierte. Er stellte eine Menge Fragen. Wohin fuhren Sie? In welches Krankenhaus? Waren Sie in der Leichenhalle oder in einem gesonderten Zimmer? Haben Sie den Leichnam gesehen? Wer hat Ihnen den Sarg übergeben? War er geschlossen? War der Deckel festgeschraubt? Sie waren zweimal dort? Einmal, um den Sarg abzuliefern, und dann ...? Okay, einmal. Er wurde vom Tischler hingebracht, unabhängig von Ihnen, und Sie holten den Sarg mit dem Toten später ab. Da war er fest zugeschraubt? Sie haben ihn nicht geöffnet? Warum nicht? Wir haben schließlich Vorschriften! Das

Gewicht stimmte, sagen Sie? Sonst noch was? ... In Ordnung. Alles schien normal, aber das war es nicht! Wie zum Teufel wollten Sie wissen, wer darin lag? Oder was? ... Fragen Sie nicht, was sich im Sarg befand, ich sage Ihnen, dass es nicht die Person war, die es sein sollte! Sie haben einen Fehler gemacht, und ich habe es jetzt mit sehr aufgebrachten Angehörigen zu tun! Die Prozeduren sind aus gutem Grund von vornherein festgelegt! Gehen Sie zum Teufel!«

Er knallte den Hörer auf. »Da haben wir die Bescherung«, sagte er. »Sie haben nichts nachgeprüft!«

»Warum nicht?«

»Die Anweisung kam von einem leitenden Arzt. Den mochte er nicht näher befragen.«

»Und wer war dieser leitende Arzt?«

»Das weiß er nicht.«

»Darf ich in der Akte nachsehen?«

»Sie ist vertraulich.«

»Entweder ich oder die Polizei.«

Karyotakis schob sie erschöpft über den Schreibtisch.

George überflog rasch die Seiten. Er fand die Abhol-Adresse und notierte sie: die Hermes-Privatklinik in Chalandri. Der Name des Arztes stand unleserlich hingekritzelt unter dem Frachtbrief und dem Totenschein. Er fotografierte beides mit seinem Telefon.

»Das dürfen Sie nicht«, wandte Karyotakis resigniert ein.

»Und Sie dürfen keine Leichen verlieren«, konterte George und gab ihm die Akte zurück.

»Falls ich Ihnen in irgendeiner Weise behilflich sein ...«, sagte Karyotakis.

»Ich melde mich«, erwiderte George.

Er nahm ein Taxi nach Maroussi und dachte während der Fahrt über Mario nach. Anscheinend war sein Leichnam irrtümlicherweise nach New York verschifft worden, anstelle eines Sarges voll mit antikem Gold. Wer also war ›Philip Medouris‹? Vermutlich nur ein Name. Und die Leute in New York? Sie handelten mit illegalen Antiquitäten, waren zweifellos fachkundig und kultiviert und dennoch Gauner. Wie würden sie reagieren? Das hing davon ab, wer sie waren, wie viel sie bezahlt hatten und wie sie arbeiteten. Mit Gewalt oder ohne. Auf alle Fälle wären sie äußerst ungehalten. Er hatte einmal einen solchen Händler kennengelernt, einen klugen Mann aus London, gebildet, gerissen und redegewandt; die eine Hälfte seiner Zeit reiste er auf der Suche nach antiken Schätzen rund ums Mittelmeer, die andere Hälfte verbrachte er in Zusammenkünften mit seinen Sammlern. Er behauptete, Archäologie sei nichts anderes als ›Grabräuberei durch Akademiker‹ und könne ohne die Finanzierung durch den Antiquitätenschmuggel kaum existieren. »Vor 150 Jahren gab es Archäologie noch nicht einmal als Begriff, geschweige denn als Wissenschaftszweig.« George fand ihn neunmalklug und absolut skrupellos.

Möglicherweise handelte es sich nicht um eine direkte Transaktion, sondern um ein ausgeklügeltes Manöver mit drei oder vier Beteiligten, die nicht unbedingt international sein mussten. Auch das war denkbar! Er überprüfte die Fotos auf seinem Handy. Das Bestattungsinstitut hatte am fraglichen Tag fünf Beerdigungen durchgeführt. Jede davon könnte in die Verwechslung verwickelt sein, absichtlich oder auch nicht. Vielleicht befand sich Marios Leichnam immer noch in Griechenland? Das alles zu entwirren war auf jeden Fall kein Kinderspiel.

Er stieg am Rathaus in Maroussi aus dem Taxi und ging zu Fuß zum Platz. Kriminaldirektor Sotiriou saß an dem gleichen Tisch, an dem sie sich vor drei Wochen getroffen hatten. Inzwischen lag Herbstlaub auf der Erde, und ein zerlumpter alter Mann in einem verdreckten Anorak lief auf und ab und führte ein sinnloses Gespräch mit Zuhörern, die nur in seiner Vorstellung existierten.

Sotiriou wirkte heute gesünder. Seine Augen strahlten, seine Haut war weniger schlaff und blass. George fragte ihn, wo er gewesen sei.

»Amsterdam.«

»Im Urlaub?«

»Polizei-Kongress.«

»Das hat Ihnen gut getan«, bemerkte George.

»Zweifellos! Und ich sage Ihnen auch, warum. Ich treffe dort Kollegen aus Ländern, wo die Polizei die Möglichkeit hat, tatsächlich ihre Arbeit zu erledigen. Ich höre ihnen mit Freuden zu, ihren Berichten von Teamwork und Kooperation, ihrem Optimismus. Auch wenn ich selbst nichts dergleichen anzubieten habe. Nur bürokratische Prozeduren, Politik und Papierkram. Methoden aus dem neunzehnten Jahrhundert für eine Welt im einundzwanzigsten Jahrhundert!«

George wunderte sich über Sotirious Gesprächigkeit. Eigentlich war er ein Minimalist: Wortkarg, zurückhaltend und ausgefuchst. Aus Angst, ihn zu entmutigen, machte George keine weiteren Bemerkungen. Er bestellte nur einen Kaffee und fragte nach dem Wetter.

»Kalt«, antwortete Sotiriou. »Im Norden hat der Herbst schon angefangen. Man trägt Handschuhe und Schals. Wenigstens das gibt mir ein gutes Gefühl, in Griechenland zu leben! Jetzt erzählen Sie, warum Sie mich treffen wollten.«

George brachte ihn in Bezug auf Marios Fall auf den neuesten Stand. Er beobachtete ihn aufmerksam, während er seine Besuche bei Eleni, dem Bestattungsinstitut und EAP beschrieb, und wartete gespannt auf eine Reaktion. Doch Sotiriou zeigte keinerlei Überraschung. Er hörte ernst und gelassen zu. Am Ende fragte er, ob George die Gewalttätigkeit bei EAP nur für Theater hielte, für ›eine Show, um Ihnen Angst zu machen‹.

»Sie haben jemand anderem Angst gemacht«, entgegnete George und sah den Augenblick gekommen, um Doktor Skouras zu zitieren: »Beenden Sie Ihre Ermittlungen, Herr Zafiris. Das ist meine ausdrückliche Empfehlung.«

Sotiriou sagte dazu lediglich: »Das ist eine naheliegende Bemerkung.«

»Mag sein, aber Fakt ist, dass diese Kerle gefährlich sind. Würden Sie in Betracht ziehen, EAP beobachten zu lassen?«

»Das kommt nicht in Frage.«

»Warum nicht?«

»Ich habe nicht genug Personal für die offiziellen Fälle und schon gar nicht für inoffizielle Angelegenheiten wie diese. Falls EAP in die Sache verwickelt ist, kann ich nichts unternehmen, bevor wir sie am Kanthaken haben.«

»Was meinen Sie mit ›am Kanthaken‹?«

»Dass hieb- und stichfeste Beweise vorliegen.«

»Das ergibt doch keinen Sinn.«

»O doch, durchaus, denken Sie darüber nach.«

»Welche Möglichkeiten habe ich denn ohne Ihre Hilfe?«

»Die Möglichkeiten jedes Staatsbürgers.«

»Gegen Leute, die über genügend Macht verfügen, um eine polizeiliche Ermittlung zu verhindern! Was kann ich gegen die schon ausrichten?«

Sotiriou steckte eine Zigarette in eine Bernsteinspitze. Er zündete sie an und sagte ruhig: »Sie, Herr Zafiris, können sich geräuschlos und unauffällig bewegen. Anders als ich. Was immer ich unternehme, ist öffentlich und für jeden sichtbar. Ich habe sehr wenig Freiheit. Sie dagegen haben sowohl Freiheit als auch meine Unterstützung.«

»Ich wüsste gern, worin diese Unterstützung besteht, weil ich nichts davon sehe.«

»Ich bin an Ihrer Seite. Das wissen Sie.«

»Sie könnten zumindest Ihre Erkenntnisse mit mir teilen.«

»Das habe ich bereits. Falls Filiotis ermordet wurde, genießt sein Mörder Protektion von höchster Ebene.«

»Ist es vielleicht EAP?«

»Sagen Sie's mir.«

»Sie sind unmöglich«, entgegnete George.

»Sie fragen nach Dingen, die ich Ihnen nicht geben kann«, erwiderte Sotiriou.

»Ich werde Geld brauchen.«

»Wie viel?«

»Siebentausendfünfhundert.«

»Die bekommen Sie. Für wie viele Tage Arbeit?«

»Fünfzehn.«

»So viele können es noch nicht sein.«

»Mit meinem Mitarbeiter zusammen sind es acht. Wir benötigen noch mindestens weitere sieben.«

»Bis fünfzehn können Sie gehen. Danach brauchen Sie erneut grünes Licht.«

»Von wem?«

»Von weiter oben.«

George nickte. Das war typisch für Sotiriou. Er sammelte gierig Informationen und behielt sie wie ein Geizhals für sich. Er gab nie etwas preis.

»Was wissen Sie über Keti Kenteri?«, wechselte George das Thema.

»Warum fragen Sie?«

»Ich war gerade auf ihrer Beerdigung.«

»Sind Sie ein Freund der Familie?«

»Nein. Ich stelle Nachforschungen über ihren Tod an.«

»Ich verstehe ... Schwieriger Fall. Keine Zeugen, keine Waffe, kein Motiv.«

»Er ist Ihnen also bekannt?«

»Nur aus den wöchentlichen Polizeiberichten.«

»Kommen Sie gut voran?«

Sotiriou wedelte mit der Hand den Zigarettenrauch gen Himmel.

»Warum nicht?«, wollte George wissen.

»Das braucht alles seine Zeit.«

»Kann ich die Aufzeichnungen sehen?«

»Natürlich nicht!«

»Können Sie mir sagen, wen Ihre Leute befragt haben?«

Sotiriou lächelte verbittert. »Ich bin sicher, das erfahren Sie früher als ich.«

»Sie geben mir das Gefühl, dass ich meine Zeit verschwende.«

»Nicht im Geringsten! Unser Gespräch war überaus informativ für mich. Melden Sie sich, wenn Sie Neuigkeiten haben.«

17

Die Musiker

Wenige Tage später, am Sonntag, machten Zoë und George einen Spaziergang entlang der Promenade am Fuße der Akropolis. Vorbei am neuen Akropolis-Museum und am Odeon von Herodes Atticus, dann hügelabwärts Richtung Theseion und Keramikos. Rechts von ihnen erstreckte sich eine bedeutende Ansammlung antiker Architektur, die wie durch ein Wunder unzerstört geblieben war. Vor ihnen lag eine gesegnete Insel der Schönheit, die mit ihrem geheimnisvollen Zauber auf die Stadt ausstrahlte und sie mit Hoffnung, Reinheit, Vertrauen und Stärke erfüllte.

Doch weiter außerhalb, hinter den Häusern von Plaka, ballten sich die Betonsiedlungen zusammen und verunzierten die Ebene bis hin zu den Bergen – Parnis, Penteli, Hymettus –, wo sie sich die felsigen Hänge hinaufzogen wie die Wellen eines verschmutzten Meeres. Das war die trostlose Seite Athens: Quartiere, in denen die Menschen große Anstrengungen unternahmen, um aus erbarmungslosen Asphaltwüsten, Glas und von Ruß geschwärztem Zement so etwas wie Wohnviertel zu machen.

In den Gärten rings um das Theseion saßen schlecht gekleidete Straßenhändler hinter Ständen, auf denen sich veralteter Krempel stapelte: vorsintflutliche Armbanduhren mit ausgebleichten Zifferblättern, Farbkästen, billige Vasen, angeschlagene Weingläser, Besteck, Bücher, abgenutzte Tabletts. Niemand kaufte etwas oder sah sich die Sachen auch nur an. Die Verkäufer wirkten selbst wie ein trauriger, mutloser Haufen: Männer mit strähnigem grauem Haar, Frauen mit erschöpftem Blick, die alle darauf warteten, sich die nächste Zigarette anzuzünden.

Zoë sagte: »Warum sollte man hier etwas kaufen?«

George antwortete nicht. Jemand winkte ihm von einem Kaffeehaustisch auf der Adrianou zu. Er kniff die Augen zusammen, um besser zu sehen. Es war eine Frau im schwarzen Kleid und mit wilder Mähne.

»Wer ist das?«, rief Zoë aus.

»Ich glaube, Anna Kenteri. Die Schwester der Geigerin.«

»Du musst mit ihr sprechen«, sagte Zoë.

Anna begrüßte sie. »Was machen Sie hier?«

»Die Stadt genießen«, antwortete Zoë.

»Es ist so ein schöner Tag heute. Trinken Sie einen Kaffee mit mir?«

»Ich bedaure Ihren schweren Verlust«, sagte Zoë.

Annas Augen füllten sich mit Tränen.

»Wie geht es Ihnen?«, fragte George.

»Ich wollte Sie ohnehin anrufen«, erklärte Anna. »Ich hatte ein äußerst verstörendes Gespräch – mit einer von Ketis Freundinnen.«

George warf Zoë einen Blick zu. »Ihr könnt das gern besprechen«, sagte Zoë. »Kein Problem.«

»Erzählen Sie«, forderte George sie auf.

»Wenige Tage vor ihrem Verschwinden gestand Keti dieser Freundin, dass sie Angst hatte.«

»Wovor?«

»Vor ihrem Mann Paris. Und seiner Eifersucht. Seiner *krankhaften* Eifersucht.«

»Okay. Wissen Sie mehr darüber?«

»Er fragte sie andauernd aus, Tag für Tag: wohin sie ging, wen sie traf, mit wem sie probte, welche Lokale sie besuchte. Endlose Einzelheiten.«

»Hatte er denn Grund zur Eifersucht?«

»Sie war sehr beschäftigt.«

»Das ist keine Antwort auf meine Frage.«

»Wenn ich darüber nachdenke ... Ich glaube kaum.«

»Hat sie Ihnen irgendetwas davon erzählt?«

»Nein. Sie sprach nicht über ihre Ehe.«

»War sie glücklich verheiratet?«

»Davon bin ich immer ausgegangen. Aber wie glücklich kann man mit jemandem sein, der einen ständig verhört?«

»Sie haben das Wort *krankhaft* benutzt. Hat Keti das so formuliert?«

»Nein, ihre Freundin.«

»Was genau war daran krankhaft?«

»Es geriet mehr und mehr außer Kontrolle. Er ist ihr gefolgt und hat ihre Freunde und Kollegen angerufen. Er tauchte bei Proben auf, angeblich, um ihr eine Nachricht zu überbringen, aber in Wirklichkeit, um zu überprüfen, ob sie tatsächlich dort war ...«

»Sonst noch etwas?«

»Sie verspürte ein zunehmendes Unbehagen. Er erschien ihr wie ein Fremder, der sich so verhielt, um sie zu bestrafen.«

»Obwohl sie nichts Falsches tat?«

Anna nickte.

»Haben Sie die Geschichte dieser Freundin überprüft?«

»Inwiefern?«

»Haben Sie mit Ketis Kollegen gesprochen? Haben sie seine Eifersucht bestätigt?«

Anna fand den Gedanken absurd. »Die Freundin würde darüber doch keine Lügen verbreiten. Sie ist absolut ehrlich.«

»Seien Sie da nicht so sicher. Womöglich hegt sie irgendeinen Groll gegen Paris.«

»Ich kenne sie. Das sieht ihr nicht ähnlich.«

»Wir müssen achtsam sein. Beschuldigungen ohne Beweise sind manchmal genauso schlimm wie das Verbrechen selbst.«

»Vielleicht. Aber wie soll ich das nachprüfen? Viele von Ketis Freunden sind auch *seine* Freunde.«

George überlegte. Anna nahm eine Schachtel Zigaretten aus ihrer Tasche und zündete sich eine an.

»Was soll ich für Sie tun?«, fragte George.

»Mit Paris sprechen.«

»Er wird alles abstreiten.«

»Natürlich. Aber Sie könnten trotzdem etwas in Erfahrung bringen.«

»Es ist nicht einfach, mit ihm ins Gespräch zu kommen.«

»Das weiß ich ...« Sie lächelte ihn unerwartet an. Ein elektrisierendes Lächeln. »Mit Ihnen dagegen ist das ausgesprochen einfach ...«

»Ich werde tun, was ich kann«, antwortete George. »Geben Sie mir seine Adresse.«

»Stephanou Delta 44, Filothei. Die Telefonnummer ist 376 9852.«

»Ist das seine Privatadresse oder sein Büro?«

»Beides.«

»Noch eine Frage: Ist er ebenfalls Musiker?«

»Er ist Komponist und Klavierlehrer.«

»Erfolgreich?«

Anna runzelte die Stirn. »Teils, teils.«

»War er auch in dieser Hinsicht eifersüchtig?«

»Ich glaube schon.«

»Ich werde ihm einen Besuch abstatten«, sagte George.

Am späten Nachmittag nahm George den Autobus nach Filothei. Eine unangenehme Fahrt. Nachdem der Bus durch Nebenstraßen und über Plätze voller Herbstlaub geholpert war, hielt er seufzend vor einer Bretterbude an, in der Lotterielose und Eis verkauft wurden – ein befremdliches Überbleibsel zwischen riesigen weißen Villen und eleganten Apartmentblocks. George lief den Hügel hinunter und kam an üppigen Gärten und Sicherheitstoren vorbei sowie an Geländewagen und Geländelimousinen, die in der Oktobersonne schimmerten. Er fragte sich, wie viele ihrer Besitzer jemals Steuern zahlten.

Die Stephanou Delta lag rechts von ihm und führte über sanfte Hügel; auf der einen Straßenseite standen Häuser, auf der anderen lag ein dicht mit Kiefern bepflanzter Park. Die Nummer 44 war ein einfacher, aber solider großer Altbau mit cremefarbenem Stuck und Fensterläden in zartem Grau. Durch seinen dezenten guten Geschmack hob er sich von den Nachbarhäusern ab.

George klingelte und wartete auf Antwort. Eine private Sicherheitspatrouille fuhr wachsam im Schritttempo vorbei. Er klingelte erneut. Immer noch keine Reaktion. Er schaute nach oben. Im ersten Stock stand ein Fenster offen. Er hörte, wie jemand Klavier spielte und wieder und wieder eine schwierige Passage von Beethoven in Angriff nahm. Wer auch immer sich im Haus aufhielt, musste entweder taub oder ausgesprochen halsstarrig sein. Beim nächsten Klingeln ließ George den Finger auf dem Knopf liegen, bis er wehtat.

Paris trat mit zerzaustem Haar und unrasiert ans Fenster.

»Was wollen Sie?«, rief er wütend.

»Ich muss mit Ihnen sprechen.«

»Wer sind Sie?«

George erklärte es ihm.

»Ich gebe eine Unterrichtsstunde!«

»Dann warte ich.«

Paris erwiderte schroff: »Ich komme runter.«

George übte sich in Geduld. Zehn Minuten später erschien Paris und wirkte jetzt frischer und ordentlicher. Ein Blutfleck am Hals verriet, dass er sich noch rasch rasiert hatte.

»Verzeihen Sie die Verzögerung«, sagte er, »aber ich war noch nicht vorzeigbar.«

»Was ist mit Ihrem Schüler?«

»Alles in Ordnung.« Seine wohlgeformte Hand winkte ab. »Wie kann ich Ihnen helfen?«

»Bleiben wir hier draußen auf der Straße stehen?«

»Ich fürchte, ich kann Sie nicht hereinbitten.«

»Warum nicht?«

»Das Haus ist in einem schrecklichen Zustand.«

»Das stört mich nicht.«

»Nein, aber mich.«

»Ich verstehe. Nun ja. Dieses Gespräch eignet sich nicht dazu, in der Öffentlichkeit geführt zu werden, aber das ist Ihre Entscheidung. Ich möchte, dass Sie mir alles erzählen, was Sie über Ketis Tod wissen.«

Paris zuckte überrascht zusammen. »Einfach so?«

»Warum nicht?«

»Was geht Sie das eigentlich an?«

George verriet ihm nicht, dass Anna ihn angeheuert hatte. Er erklärte einfach, er sei ›beauftragt‹.

»Ich habe die ganze Geschichte bereits der Polizei erzählt«, sagte Paris.

»Was Sie dort behauptet haben, klingt immer unglaubwürdiger.«

»Warum sagen Sie das?« Die Augen des jungen Mannes sahen ihn ruhig an.

»Ketis Kollegen haben angefangen zu reden.«

»Sie haben schon immer geredet. Es sind schließlich Künstler. Freunde. Sie tratschen nun mal.«

»Das ist nicht nur Getratsche. Nach und nach kommen böse Geschichten ans Licht.«

»Tatsächlich?«

»Geschichten von eifersüchtigem Verhalten.«

Paris schüttelte sich angeekelt. »Verzeihen Sie, aber genau das nenne ich Tratschen! Ihnen ist gar nicht bewusst, welchen Schaden sie damit anrichten.«

»Es geht um ernste Vorwürfe. Um mögliche Beweise.«

Paris seufzte. »Ich weiß nicht, was Sie von mir erwarten. Die

Leute sagen gehässige Dinge über meine wunderbare Keti, damit muss ich nun mal leben. Nicht allein mit dem Schmerz ihres Verlustes – ein Schmerz, der mich ein Leben lang begleiten wird –, sondern auch mit dem Kummer über diese Gerüchte, die von ihren sogenannten Freunden verbreitet werden!«

»Sie hören nicht zu, Paris. In den Geschichten geht es nicht um Keti. Es geht um Sie. Sie könnten Ihnen sehr schaden.«

»Da steht ihr Wort gegen meines! Wie kann ich mich verteidigen?«

»Vergessen Sie das Verteidigen. Das ist Sache Ihres Anwalts. Ihre Entscheidung ist eine moralische: Wollen Sie lügen oder die Wahrheit sagen?«

Das Gesicht des Musikers verzerrte sich vor Wut. »Sie haben sich Ihre Meinung schon längst gebildet!«

»Nicht im Geringsten. Aber ich nehme die Geschichten ernst, und das wird die Polizei genauso sehen.«

»Die Geschichten sind erlogen. Erstunken und erlogen. Auch das ist eine Frage der Moral!«

»Sie sind sehr gut darin, vom Thema abzulenken.«

»Bin ich das?« Paris schäumte plötzlich vor Zorn. »Wissen Sie, was mit Keti passiert ist?«

»Ja.«

»Dann erzählen Sie mal!«

»Warum?«

»Erzählen Sie einfach!«

»Sie stürzte von einer Klippe oder wurde gestoßen.«

»Wo?«

»Am Tourkovounia.«

»Das wissen Sie? Schön für Sie! Denn ich wusste sechs Tage lang gar nichts! Sechs Tage unbeschreiblicher Qualen!«

»Das kann ich mir vorstellen.«

»Das glaube ich nicht. Das kann sich kein Mensch vorstellen. Eine Folter für die Seele! Eine eiskalte Leere, die immer weiter um sich greift bis in die Unendlichkeit des Weltalls! Wie sollten Sie sich das vorstellen können? Sind Sie Dichter? Haben Sie schon mal jemanden unter genau diesen Umständen verloren?«

»Nein.«

»Und dann wird sie gefunden. Der schrecklichste Tag meines Lebens. Wie konnte jemand diesem entzückenden Wesen etwas antun?«

George sah den Schmerz in Paris' Augen, den Appell an sein Mitgefühl. Er war entschlossen, ihm zu widerstehen.

Er zog eine Karte aus der Tasche und sagte kalt und förmlich: »Hier steht meine Telefonnummer. Ich gebe Ihnen eine Stunde.«

»Wofür?«

»Für Ihre Entscheidung.«

»Es gibt keine Entscheidung. Ich sage die Wahrheit.«

»Eine Stunde. Dann rufe ich die Polizei an.«

Paris sah ihn erschrocken an. »Ich weiß nicht, warum Sie mir drohen und was Sie dadurch zu gewinnen hoffen. Zweifellos steckt jemand aus Ketis Familie dahinter. Das sind die bösartigsten Menschen der Welt – Gift in süßer Umhüllung. Wer ihnen vertraut, muss sich vorsehen! Man weiß nie, woher der Stich kommen wird, aber er wird kommen, glauben Sie mir! Und richten Sie ihnen von mir aus – ganz offiziell! –, dass ich Ihren Besuch bei mir als einen Akt der Belästigung betrachte. Sollte ich jemals wieder von Ihnen hören, gehe ich zur Polizei.« Mit herausforderndem Blick hielt er Georges Karte in die Höhe. »Vielen Dank dafür. Ich werde sie behalten, damit ich weiß, wo ich Sie finden kann.«

George fixierte ihn. »Machen Sie sich nichts vor, Paris. Es wird alles noch viel schlimmer für Sie.«

»Schlimmer kann es nicht werden!«

»O doch, es kann.«

Paris hielt seinem Blick stand. In seinen Augen lag blindwütiger Zorn, aber auch eine Autorität, die George für einen Augenblick an seiner Marschrichtung zweifeln ließ.

Dann sagte Paris: »Sie glauben, dass ich Keti getötet habe, und Sie irren sich. Und während Sie mich belästigen, läuft der Schuldige frei herum, um erneut zuzuschlagen.«

»Hoffen wir, dass er weiß, wann er aufhören muss«, antwortete George. Er drehte sich um, ging die Straße hinunter und hörte, wie das Tor hinter ihm ins Schloss fiel.

18

Vermisst

Als George wieder zu Hause am Schreibtisch saß, schaltete er seinen Computer ein und suchte das Bestattungsinstitut Bartley & Corrubbio. Er fand es sofort: 145 Henry Street, Brooklyn. *Wir sind stolz auf unsere sechzigjährige Geschichte: Erd- und Feuerbestattungen im Dienste der Gemeinde.* Die Website strotzte nur so vor Lilien, in Purpur drapierten Familienportraits und Anerkennungsschreiben von dankbaren Kunden.

Eine verschlafene Stimme antwortete am anderen Ende der Leitung. George entschuldigte sich für seinen frühen Anruf – es musste in New York 9.00 Uhr morgens sein – und erläuterte sein Problem. Die Stimme klang schlagartig wacher. »Lassen Sie mich rasch den Namen in unser System eingeben«, sagte sie. Und gleich darauf: »Okay, hier habe ich's. Philip Medouris. Ankunft am 3. September. Überstellt ans Krematorium Brooklyn am 4., Bestattung und Einäscherung am 5.«

»Dann ist inzwischen nur noch ein Häuflein Asche von ihm übrig.«

»Er wurde verbrannt.«

George fluchte.

»Wie bitte?«

Er fragte, ob sie ihn mit der Familie von Herrn Medouris in Kontakt bringen könne.

»Das ist nicht möglich, Sir, aber wenn Sie einen Brief an unsere Adresse schicken, leiten wir ihn gern weiter.«

»Gibt es denn eine Familie?«, hörte er sich fragen.

»Sir?«

»Es ist nämlich etwas Merkwürdiges ...«, begann er, überlegte es sich jedoch anders. »Ich nehme an, Sie haben den Sarg nicht geöffnet?«

»Das tun wir normalerweise nicht.«

»Hat die Familie ihn geöffnet?«

»Das weiß ich wirklich nicht. Wir haben den Sarg ans Krematorium überstellt, wie im Vertrag vereinbart.«

»Aber Sie haben ihn über Nacht aufbewahrt, zwischen dem 3. und 4. September.«

»Das ist richtig.«

»Ich muss wissen, ob sich ein Familienmitglied lange genug in dem Raum aufgehalten hat, um ihn zu öffnen und hineinzuschauen.«

»Das kann ich Ihnen nicht sagen, Sir.«

»Haben Sie ein Familienmitglied gesehen?«

»Nicht persönlich.«

»Ich habe Grund zu der Annahme, dass der Sarg den falschen Leichnam enthielt.«

»Das läge nicht in unserer Verantwortung.«

»Nein. Das verstehe ich vollkommen. Aber vielleicht hätte die Familie das überprüft.«

»Das bezweifle ich.«

George erklärte: »Die Familie Medouris stammt aus Griechenland, und die Tradition bei uns schreibt vor, dass ein Sarg bis zum Zeitpunkt der Beerdigung geöffnet bleibt.«

»Wir sind hier in den Vereinigten Staaten von Amerika.«

»Möchten die Menschen in Amerika denn ihre Lieben nicht anschauen? Sie ein letztes Mal sehen?«

»Das hängt von den Leuten ab, Sir. Ich weiß nicht, warum Sie das alles fragen, aber ...«

»Hat *irgend*jemand in dem Raum, ein Mitarbeiter, ein Familienmitglied oder jemand anders, den Inhalt des Sarges überhaupt kontrolliert?«

»Das kann ich Ihnen nicht sagen.«

»Aber genau das muss ich unbedingt wissen.«

»Das ist eine private Familienangelegenheit. Wir diskutieren darüber nicht mit Dritten.«

George war frustriert. »Ich gebe Ihnen meine Telefonnummer«, sagte er. »Sollten Sie irgendetwas Neues in Erfahrung bringen, egal was, wäre ich äußerst dankbar und die Familie hier in Griechenland ebenfalls. Ihr Sarg war bei der Beerdigung leer, das hat sie entsetzlich mitgenommen.«

»Das ist verständlich.«

»Ich möchte keine großen Geheimnisse erfahren, nur dieses eine Detail … In welchem Krematorium, sagten Sie?«

»Lavender Lawn. In Brooklyn Heights.«

»Vielen Dank«, antwortete George. »Ich freue mich auf Ihren Rückruf.«

Er legte auf, suchte das Krematorium im Internet und rief die Nummer an, die auf der Website angegeben war. Eine gut geschulte Dame mit einer blechern klingenden Stimme bestätigte, dass Herr Medouris am 5. September eingeäschert worden war. Sie wollte weder über die Totenfeier noch über die Anzahl der Trauergäste diskutieren. George sagte, er sei ein Freund der Familie und wolle etwas zum Gedenken an den Toten schicken. Die Dame schlug vor, er könne es ans Krematorium adressieren, sie würden es an die Familie weiterleiten.

George legte auf. Alles hatte seine Ordnung. Und gleichzeitig war alles verkehrt. Mario Filiotis war in einer weit entfernten Stadt zu Asche verbrannt worden, während seine Angehörigen vor einem leeren Sarg trauerten. Und irgendjemand in Brooklyn mit dem tatsächlichen oder angeblichen Namen ›Medouris‹ hatte eine Lieferung Gold aus der Antike erwartet, aber stattdessen einen Leichnam vorgefunden. Er würde jetzt, im Gegensatz zu Mario, sicher nicht in Frieden ruhen.

George rief Eleni an und erzählte ihr die Neuigkeiten.

»Bist du ganz sicher?«, fragte sie.

»Wir können niemals sicher sein«, antwortete er. »Es ist nur ein Häuflein Asche geblieben.«

Sie schwieg eine Weile.

»Die Leute in New York haben Gold erwartet«, sagte sie schließlich. »Stattdessen bekamen sie einen Toten. Haben sie keine Erkundigungen eingeholt? Haben sie die Sache einfach durchgezogen und ihn verbrannt?«

»Offensichtlich ist genau das passiert.«

»Sie müssen doch irgendwie reagiert haben.«

»Im Privaten ganz bestimmt. Aber offiziell blieb ihnen nichts anderes übrig, als das Spiel zu Ende zu spielen.«

»Da steckt doch mehr dahinter«, sagte sie.

»Höchstwahrscheinlich. Aber wenn wir nicht jemanden nach New York schicken ...«

»Würdest du hinfahren?«

»Das würde ich, aber vielleicht ist es besser, jemanden vor Ort anzuheuern.«

»Natürlich.«

Sie dankte ihm für seine Bemühungen. George verabschiedete sich, wohl wissend, dass das noch nicht das Ende war.

Um 17.30 Uhr rief er Sotiriou an und berichtete von Paris Aliveris. Der Kriminaldirektor hörte geduldig zu, tat Georges Verdachtsmomente keineswegs ab, gab ihm jedoch zu verstehen, dass er sie unbeachtet lassen und ignorieren musste, bis irgendjemand in seiner überlasteten, unterfinanzierten und demoralisierten Abteilung die Zeit fand, sich darum zu kümmern. George erklärte warnend, dass ein Mann, der seine eigene Frau von einer Klippe stoßen und danach so überzeugend lügen konnte, nicht frei herumlaufen sollte, aber Sotiriou erinnerte ihn daran, dass eine Hypothese, selbst von einem anerkannten Ermittler, nicht als Begründung für eine Verhaftung ausreichte.

»Sie sollten wenigstens Kriminaltechniker hinschicken.«

»Kriminaltechniker? Was könnten sie Ihrer Meinung nach finden?«

»Spuren von Erde an seinen Schuhen, an seiner Kleidung oder im Auto.«

»Sehr gut! Damit er sagen kann, es sei sein gutes Recht, im Tourkovounia spazieren zu gehen!«

»Und Leute zu ermorden?«

»Das behaupten Sie.«

»Jede Geschichte, die er uns auftischt, muss überprüft werden. Falls es eine Verbindung zu diesem Todesfall gibt, haben Sie eine Chance. Andernfalls haben Sie gar nichts.«

Sotiriou schwieg einen Augenblick.

»Und?«, drängte George ungeduldig. »Was werden Sie tun?«

»Sie sind wirklich der lästigste Informant, den ich je hatte.«

»Nun machen Sie mal halblang, Herr Kriminaldirektor! Ich tue Ihnen einen Gefallen.«

»Das wird sich noch zeigen.«

»Also schicken Sie ein Kriminaltechniker-Team.«

»Lassen Sie mich darüber nachdenken.«

»Aber nicht zu lange! Er wird ...«

»Ich habe hier noch einen Anruf, Herr Zafiris. Wir sprechen uns bestimmt bald wieder.«

Damit legte er auf.

Was George wegen der Unterbrechung durch den Kriminaldirektor nicht mehr sagen konnte, war »... versuchen zu fliehen«. Er überlegte, ob er erneut anrufen sollte, um diesen einen Satz zu vollenden, doch Wut und Frustration hielten ihn davon ab. Stattdessen ging er nach Hause, um einen ruhigen Abend mit Zoë zu verbringen. Er kochte *Penne all'arrabbiata*. Sie tranken eine Flasche roten Naoussa und sahen sich einen alten Fernsehfilm an, eine Komödie in Schwarz-Weiß, um sich vom Ernst des Lebens abzulenken.

Am nächsten Morgen um zehn rief Sotiriou ihn an. Über Nacht

war etwas geschehen. Er hatte die Angelegenheit noch einmal gründlich überdacht und beschlossen, ein kriminaltechnisches Team in Keti Kenteris Haus in der Stephanou Delta zu schicken. Es traf früh um 6.30 Uhr vor Ort ein. Der Hausbesitzer war nicht da. Seine Hauswirtschafterin, eine Filipina, die ebenfalls dort wohnte, behauptete, er sei verreist. Das Team hatte trotzdem mit der Untersuchung begonnen. Inzwischen ergaben Nachfragen am Flughafen, dass Paris am Vorabend die Maschine nach Bukarest genommen hatte.

»Warum ausgerechnet Bukarest?«, fragte George.

»Ich dachte, das könnten Sie mir sagen.«

»Nein«, antwortete George. »Aber welchen Unterschied macht das schon? Er ist verschwunden.«

»Scheint so«, erwiderte der Kriminaldirektor. »Hoffen wir, dass er nicht zu lange wegbleibt.«

George rief sofort bei Anna Kenteri an. Hatte Paris irgendwelche Verbindungen nach Rumänien? Ihr fiel keine ein, außer, dass Rumänien für seine Musiker bekannt war; schon möglich, dass er dort Freunde und Kollegen kannte. War Paris ein geselliger Typ? Knüpfte er schnell Kontakte und Freundschaften, oder war er ein Einzelgänger? Wie viel wusste sie ganz allgemein über ihn? Anna antwortete eindeutig: Er war ein guter Kommunikator, hatte einen großen Freundeskreis und war früher ausgesprochen unterhaltsam. George hakte sofort nach: warum *früher*? Sie antwortete, dass er sich in den letzten Jahren verändert habe.

»Zeitgleich mit Ketis Erfolg als Geigerin?«

»Darüber muss ich erst nachdenken.«

»Erzählen Sie mir von seiner Veränderung.«

Sie zögerte. »Schwer zu beschreiben. Sein Humor schien ihn zu verlassen. Seine Leichtigkeit. Früher war er ein großartiger Koch, lud Leute nach Hause ein, machte improvisierte Sessions mit allen Instrumenten, die zufällig verfügbar waren; man spielte Jazz, Folksongs, orientalische Melodien. Aber nach und nach hörte das auf. Lag es an der Krise? Ich weiß es nicht …«

George fragte nach seiner Herkunft. Er stamme aus Edessa, sagte sie, in Nordgriechenland. Aus einer Familie von Landbesitzern mit einem großen alten Gutshaus wenige Kilometer außerhalb der Stadt. Er habe einen älteren Bruder und eine Schwester. Der Bruder sei leitender Angestellter in einer Bank, die Schwester Universitätsprofessorin in Boston.

»Leben seine Eltern noch?«

»Ich glaube schon.«

»Haben sie sich gut mit Keti verstanden?«

»Sie mochte sie total gern!«

»Und umgekehrt?«

»Genauso.«

Das klang nach einem fast unwahrscheinlichen Glücksfall. Er beschloss, selbst mit ihnen zu sprechen. Sie gab ihm die Adresse.

Als George das Wort ›Edessa‹ schrieb, tauchte eine vage Erinnerung auf. Er wusste, dass er den Namen der Stadt vor Kurzem gehört hatte, aber von wem? In welchem Zusammenhang? Er kam einfach nicht drauf. Also ging er sein Notizbuch durch, in das er jeden Tag das Wichtigste eintrug: besondere Vorkommnisse, Namen, Adressen, Telefonnummern, Verbindungen, Ideen, gelegentlich eine Mindmap, eine Art Landkarte seiner Gedanken. Er fand Notizen über die griechische Marine und ihre Sondereinheit Kampfschwimmer, über sein Gespräch mit Doktor Skouras und davor die sieben Punkte, die Haris über EAP zusammengestellt hatte … Und dann stieß er darauf. Edessa war einer der Orte, an denen Georges Familie einst Immobilien besaß … Falls Paris' Eltern in Edessa wohnten, konnten sie ihm vielleicht nützliche Informationen geben. Ein zweiter Grund, sie aufzusuchen. Außerdem lag Edessa in der Nähe von Pella, wo die goldenen Kränze entdeckt worden waren. Das war Grund Nummer drei.

Aber was war mit Zoë?

Er erläuterte ihr seinen Plan und fragte, ob sie Lust hätte, mitzufahren. Sie sagte, das sei nicht nötig, sie fühle sich schon bedeutend besser. Sie wollte sogar Doktor Skouras anrufen und ihm berichten, da er darum gebeten hatte.

George sagte: »Bitte erzähl ihm nicht, dass ich nach Edessa gefahren bin.«

»Warum nicht?«, fragte sie verblüfft.

»Erzähl's einfach nicht. Es ist eine persönliche Angelegenheit.«

»Ich kann es nicht leiden, wenn du mir die Dinge nicht erklärst«, antwortete sie.

»Er könnte mir in die Quere kommen.«

»Mit Absicht?«

»Nein. Das glaube ich nicht. Oder vielleicht doch. Ich weiß es nicht. Erwähne es einfach nicht, okay?«

19

Edessa

Georges Wagen, ein roter Alfa Romeo Spider, stand in einer Garage in der Ippokratousstraße. Unter finanziellen Gesichtspunkten war es unsinnig, so ein Auto zu fahren, aber das Leben bestand schließlich nicht nur aus Zahlen und Bilanzen. Die Menschheit ist geradezu davon besessen, alles quantitativ zu erfassen; das erzeugt zwar Wohlstand, übergeht aber Gefühle, schreibt falsche Bedeutungen zu und könnte letztlich das Leben selbst zerstören. Genau deshalb hatte George seine Stelle bei der Nationalbank aufgegeben und das geisttötende, selbstgefällige Betriebsklima, in dem es immer nur ums Rechnen ging, seither keine Sekunde vermisst. Wie kann man den Genuss in Geld beziffern, wenn der Sommerwind dir ins Gesicht weht und der Motor in deinen Ohren dröhnt? Wie viel wäre so eine Fahrt auf freier Strecke überhaupt wert? In welcher Währungseinheit würde man das angeben? Fünfhundert Dollar pro Minute? Zehn Millionen?

Er wusste genau, wie viel der Unterhalt dieses Wagens kostete. Er kannte seinen Marktpreis. Doch er hatte nie versucht festzulegen, wie viel er ihm wert war. Neben der Freude am Fahren war er einfach ein Relikt aus seiner Jugend. Schon wenn er einstieg und den Schlüssel im Zündschloss umdrehte, war er mit seinem jüngeren Selbst verbunden – ein Gefühl, als ob das Benzin und die flackernden Zündfunken unmittelbar durch seinen Körper flossen, als ob der Motor ein Teil von ihm wäre.

Angesichts der anhaltenden Wirtschaftskrise und seiner Einkommenseinbußen würde er bald neu überlegen müssen. Geld kann man nur ignorieren, wenn man genug davon hat. Er hatte inzwischen zu wenig. Der Alfa war ein Luxus, das wusste er. Vielleicht müsste er ihn abschaffen und mit ihm die ganze Freude, die er daran hatte.

Das Auto war zudem, wie seine Freunde immer wieder betonten, ein bisschen zu auffällig für einen Privatdetektiv.

Die Ausfallstraße aus Athen Richtung Norden war ein Geschenk der Europäischen Union. Eine breite, sechsspurige moderne Autobahn von Piräus bis Thessaloniki, auf der man zu fliegen schien und das Labyrinth der Vororte und die mit Schlaglöchern übersäten Landstraßen vergessen durfte. Die s-förmige Umgehungsroute um den nördlichen Zipfel von Evvia, an Lamia und Volos vorbei, war zwar lästig, aber nur ein kleiner Preis dafür, dass man danach richtig durchstarten konnte. Die Kulisse, durch die man fuhr, war atemberaubend und majestätisch – eine Rundfahrt durch die Geschichte und durch sämtliche griechischen Sagen. Theben, die Thermopylen, der Olymp ... Er glitt auf Meereshöhe an der Küste entlang und umrundete Bergmassive, deren Gipfel in ihren eigenen blaugrauen Schatten verschwanden. Er hielt an, aß in einer am Wasser gelegenen Taverne in Arkitsa gegrillten Tintenfisch und brauste weiter in den goldenen Nachmittag.

Als er Richtung Edessa ins Landesinnere bog, kam er durch fruchtbare Hügel voller Weinberge und Obstplantagen. Die Stadt thronte auf einem großartigen Felsplateau, das aus dem grünen Tal steil in die Höhe ragte; über den Felsrand schoss wie aus einem überfließenden Regenspeier ein rauschender Wasserfall. Plötzlich überkam ihn ein überwältigendes Gefühl von *déjà-vu*, eine schmerzliche Kindheitserinnerung. Intensiv, aber ungenau. Wann war er schon mal hier gewesen?

Er parkte am Straßenrand, schloss die Augen und versuchte den Erinnerungen freien Lauf zu lassen. Schließlich tauchte aus grauer Vorzeit ein Besuch bei Onkel und Tante in seinem Gedächtnis auf: Er spielte im Hof mit einem Cousin, einem Jungen in blauen kurzen Hosen und weißem Hemd, mit angeklatschten Haaren. Sie hatten nicht gewusst, was sie voneinander halten sollten. Das betraf auch seine jüngere, blondgelockte Schwester, die lustiger und sympathischer war. Er roch wieder die Buchsbaumhecken im Garten und schmeckte die mit Zimt bestreute *krema*, die es jeden Tag nach der Mittagsruhe für die Kinder gab. Er sah, wie der Fluss aus der Stadt über den schroffen Abhang schoss, ein wild schäumender Wasserfall, der ihn als Junge faszinierte; die furchterregende Kraft, mit der er sich ins Leere stürzte, ließ ihn ehrfurchtsvoll erstarren.

Aus einem Fach seiner Reisetasche zog George sein Adressbuch. Vielleicht wohnten seine Cousins noch hier?

Er fand die Telefonnummer und rief an. Eine Bandansage informierte ihn, dass der Anschluss nicht mehr existierte. Wohl kaum überraschend nach so vielen Jahren. Doch er hatte auch eine Adresse. Er würde es dort versuchen.

Auf dem Weg in die Stadt war er unangenehm berührt, Wahlplakate des früheren Innenministers Byron Kakridis zu sehen, der von der sozialistischen Partei inzwischen zur Syriza gewechselt hatte. Kakridis war kein Mensch, an den er gern erinnert wurde – ein Betrüger und Tyrann, der ihm noch mehrere Tausend und dem Land sogar mehrere Millionen Euro schuldete. Sein auf trügerische Weise attraktives Gesicht grinste mit vorgetäuschter Nächstenliebe von Laternenmasten, Mauern und Geländern und versprach Griechenland eine strahlende Zukunft, trotz des Staatsbankrotts, für den er maßgeblich mitverantwortlich war. Daneben hingen die Plakate mit Kandidaten der anderen Parteien: Neue Demokratie, PASOK, KKE oder Chrysi Avgi, der Goldenen Morgendämmerung*. Kakridis hatte sie alle aus dem Feld geschlagen und war, ungeachtet seiner beklagenswerten Vor-

* Konservativ-liberale, sozialistische, kommunistische und neofaschistische Partei.

geschichte, wiedergewählt worden. George fragte sich, wie er das wohl geschafft hatte.

Das Hotel Pindos, ein umgebautes Wohnhaus, verfügte über gerade mal fünf Gästezimmer. Es lag in der Altstadt, in einer Häuserzeile hoch oben auf dem Rand des Felsplateaus, und bot unvergleichliche Ausblicke über die Ebene, die sich unter einem Dunstschleier in der Ferne verlor.

Der Inhaber, ein junger Mann namens Gavrilis, öffnete die Fensterläden zum Balkon und sagte: »Hier fühlt man sich, als könnte man fliegen.«

George fragte, ob dieses Gefühl auch auf die Geschäftslage übertragbar sei.

»Nein«, antwortete Gavrilis entschieden. »Wir kämpfen. Keine Wochenendgäste mehr aus Thessaloniki, überhaupt niemand mehr aus Athen. Ein paar Geschäftsreisende wie Sie und gelegentlich Touristen, die sich auf den Spuren von Alexander dem Großen hierher verirren. Kommen Sie runter, ich mache Ihnen einen Kaffee.«

George folgte ihm hinunter in die große Küche, wo neben einem Stapel Etiketten reihenweise gefüllte Marmeladengläser auf dem Tisch standen.

»Feigenmarmelade«, erklärte Gavrilis. »Für Gäste, Freunde, Verwandte – und zum Verkauf.«

»Ich kaufe eins«, sagte George.

»Hoffentlich nicht nur eins«, entgegnete Gavrilis. »Griechischer Mokka oder Espresso?«

»Griechisch.«

»Ich bin froh, dass Sie das sagen. Seit wir uns angewöhnt haben, italienischen Kaffee zu trinken, geht hier alles den Bach runter.«

»Daran ist nicht der Kaffee schuld!«

»Ich weiß. Wir sind schuld. Alles wird importiert. Jetzt sogar schon die Schulden!«

George schwieg. Er hatte es satt, über Politik zu reden.

Gavrilis rührte den Kaffee im Topf um, wartete, bis er kochte, und goss ihn in weiße Tässchen. Auf die Unterteller legte er ein kleines Stück mit Puderzucker bestäubtes *loukoumi.**

George fragte ihn, ob er zufällig seine Cousins kenne, Aliki und Philippos Zafiris.

»Natürlich«, antwortete Gavrilis. »Sie wohnten in einem wunderschönen Haus, einem der besten in Edessa.«

»Leben sie immer noch hier?«

»Nein. Sie haben es verkauft und sind fortgezogen.«

»Warum?«

Gavrilis sah ihn mit unbestimmter Miene an. »Sie haben versucht, ein Hotel daraus zu machen. Irgendwas ging schief.«

»Was genau?«

»Sie haben es nicht richtig angepackt. Sie versuchten es im Alleingang, traten Leuten auf die Füße und hatten einen schlechten Zeitpunkt erwischt. Mitten in der Krise war plötzlich Schluss.«

»Wo sind sie jetzt?«

»Keine Ahnung. Vielleicht in Frankreich. Oder Kanada.«

»Wem sind sie denn auf die Füße getreten?«

»Vielen Leuten.« Gavrilis schien nur ungern darüber zu sprechen. »Es war eine Affenschande.«

»Und das Hotel?«

»Niedergebrannt.«

George nickte. »Eine Affenschande, in der Tat.«

Nach dem Kaffee ging George in die Stadt und suchte das Haus der Aliveris.

Es entsprach nicht ganz dem, was er sich vorgestellt hatte. Tatsächlich bewohnten sie kein eigenes Haus, sondern ein Apartment in einem teuren Wohnblock. Mit Tiefgarage, breiten, üppig bepflanzten Veranden und gut gekleideten Paaren, die hier ein-

* Lokum, türkische Süßigkeit.

und ausgingen. Er drückte auf die Klingel am Tor, ein Lämpchen leuchtete auf. Eine Videokamera scannte sein Gesicht.

»Wer ist da?«, fragte eine ältere Stimme.

»George Zafiris, Privatdetektiv.«

»Ich kenne Sie nicht.«

George begann sich zu erklären, doch das Lämpchen erlosch.

Verärgert klingelte er noch mal.

Sobald die Lampe wieder anging, redete er drauflos: »Ihr Sohn ist in Gefahr«, sagte er. »Ich muss dringend Kontakt mit ihm aufnehmen.«

»Unser Sohn ist nicht hier.«

»Das weiß ich, aber ich muss mit ihm sprechen.«

»Er hat ein Telefon.«

»Er antwortet nicht auf meine Anrufe.«

»Dann möchte er nichts von Ihnen hören.«

Das Licht erlosch erneut.

George drückte zum dritten Mal den Klingelknopf. »Er wird von der Athener Polizei gesucht.«

»Und?«

»Er scheint nicht mehr in der Stadt zu sein.«

»Wir kennen Sie nicht.«

»Rufen Sie Anna Kenteri an. Sie weiß, wer ich bin.« Er wiederholte seinen Namen, falls sie ihn vergessen hatten.

Wieder erlosch das Lämpchen. George harrte vor dem Tor aus und dachte, es könnte durchaus Familientradition sein, Leute draußen auf der Straße warten zu lassen. Eine demütigende Situation. Er kam sich lächerlich vor, wenn er vom Bürgersteig aus in die Türsprechanlage schrie. In solchen Augenblicken bereute er es, das Rauchen aufgegeben zu haben. Ein Großteil des Lebens in Griechenland besteht aus Warten. Dafür waren Zigaretten doch perfekt geeignet. Auch eine Art, die ungeheuren Energiereserven des Volkes in Asche zu verwandeln.

Das Lämpchen blinkte. »Sind Sie noch da, Herr Zafiris?«

»Ich bin hier.«

»Wir haben mit Anna gesprochen. Sie sagt, dass Sie Nachforschungen über Ketis Tod anstellen.«

»Ganz genau.«

»Also weshalb möchten Sie mit Paris sprechen?«

»Ich habe gute Gründe dafür, aber ich werde nicht länger hier rumstehen und mich mit einer Maschine unterhalten.«

»Wir lassen keine Fremden ins Haus.«

»Dann treffen wir uns in einer halben Stunde in einem Café. In der Parkanlage, gleich neben dem Wasserfall.«

»Einverstanden. Wie erkennen wir Sie?«

»Ich werde allein an einem Tisch sitzen, mit einer Dose Mineralwasser. Ich trage ein blaues Hemd.«

»Ja. Ich sehe Sie unten am Tor. Das Hemd ist eher graublau als blau.«

»Richtig. Bis in einer halben Stunde.«

Der Weg zu den Gärten führte George durch Straßen, in denen Orangenbäume und Zypressen Schatten spendeten und Tauben in den Zweigen gurrten. Er wurde durch einen Anruf von Kriminaldirektor Sotiriou gestört. Der Leiter des Dezernats für Gewaltkriminalität war verblüfft, ihn fünfhundert Kilometer entfernt vorzufinden, so dass er sich nicht mit ihm treffen konnte. Es gäbe einiges zu bereden. »Dann reden Sie«, sagte George. Sotiriou antwortete gereizt, manches eigne sich nicht fürs Telefon, er könne jedoch berichten, dass das Handy von Keti Kenteri im Gebüsch beim Tourkovounia gefunden worden sei. Das könnte ein Durchbruch sein. Spezialisierte Techniker arbeiteten daran, sichteten und analysierten die Daten. Eines sei jedoch höchst auffällig: ein aufgezeichnetes Gespräch zwischen Keti und ihrem Ehemann, in dem er sie wütend beschimpfte. Es war nicht ganz eindeutig, wann die Aufnahme gemacht wurde, möglicherweise sogar unmittelbar vor ihrer Ermordung.

»Sieht so aus, als hätten Sie recht gehabt, Herr Zafiris«, schloss der Kriminaldirektor. »Hier haben wir den Beweis!«

George fragte ihn nach seinem weiteren Vorgehen.

»Wir stehen in Kontakt mit der Polizei in Rumänien. Dort wird bereits nach Paris gefahndet.«

George setzte sich an einen Tisch im Park und bestellte ein Mineralwasser. Aufgrund von Sotirious Neuigkeiten überschlugen sich seine Gedanken. Während er zusah, wie der Fluss durch sein Betonbett eilig auf den Abgrund zuströmte, fragte er sich, wie er Paris' Eltern diese Wendung beibringen sollte. Ihr Sohn war ein Mörder. Sein Vater und seine Mutter konnten nicht viel tun, außer, Paris davon zu überzeugen, dass er sich freiwillig stellte und mit der Polizei kooperierte. Er durfte hoffen, dass bei der Urteilsfindung auf einen Mord aus Eifersucht erkannt wurde oder dass er – mit Hilfe von Ärzten – auf Unzurechnungsfähigkeit plädieren konnte. Das war zwar keine großartige Aussicht, aber immer noch besser als ein »Lebenslänglich« wegen Mordes.

Er hatte das Wasser fast ausgetrunken, als ein alter Herr in einem ausgebeulten braunen Anzug an seinen Tisch trat. George erhob sich und schüttelte ihm die Hand.

Der Alte bestellte Limonade – »Loux, falls Sie die haben, mit zwei Eiswürfeln im Glas, bitte« –, lächelte George freundlich an und fragte, wie er ihm helfen könne.

George tastete sich langsam an das Thema heran. Zunächst erkundigte er sich nach allgemeinen Dingen: nach Paris' charakterlichen Eigenschaften, nach seinen Hoffnungen und Zielen. Der Alte erzählte ganz ungezwungen. Er war pensionierter Musiklehrer, sanftmütig, amüsant, wortgewandt und einfühlsam. »Für ein Musik liebendes Volk sind wir schon außergewöhnlich grausam zu unseren Musikern«, sagte er. »Nur wenige können von der Musik leben. Ein Musiker muss entweder Unterricht geben, sich kommerziell vermarkten oder ins Ausland gehen.« Die Beschreibung seines Sohnes war, selbst wenn man den subjektiven Blick eines Vaters berücksichtigte, nur schwer mit dem wütenden Mann in Einklang zu bringen, den George in Filothei getroffen hatte, einem Mann, der wegen Mordes aus Eifersucht gesucht wurde. Sein Leben lang, bis zu dieser Tragödie, wurde Paris stets bewundert und geliebt. Er arbeitete hart und war stets hilfsbereit und großzügig – »beseelt von einem tiefen christlichen Glauben, der sich mit Erkenntnissen aus der buddhistischen Lehre mischte. Er interessiert sich sehr für die Traditionen der Mönche und ihre Verbindungen zur fernöstlichen Kultur in Meditation und Gebet …« George hörte zu und wusste nicht, was er glauben sollte, schien es sich doch um zwei völlig verschiedene Menschen zu handeln. Aber er hatte Fotos von Keti gesehen und ihre Schwester kennengelernt. Die beiden jungen Frauen strahlten eine derart elektrisierende erotische Spannung aus, dass dadurch durchaus der Seelenfrieden eines Mannes zerstört und er von seinem besseren Selbst getrennt werden konnte, egal, wie intensiv er beten und meditieren mochte.

George konnte sich nicht überwinden, dem Alten die Wahrheit zu sagen. Er würde damit alles zerstören, seinen Stolz, sein Glück, seine gesamte Existenz.

»Wenn Paris anruft, müssen Sie ihn auffordern, sich bei mir zu melden.« Er überreichte ihm seine Karte. »Möglicherweise ist er nicht bereit dazu, aber Sie sollten ihm versichern, dass es nur zu seinem Besten ist.«

Plötzlich versteifte sich der Körper des Alten. »Sie haben es nicht ausdrücklich erwähnt, aber: Steht Paris unter Tatverdacht?«

George antwortete vorsichtig: »Wie Sie wissen, sucht die Polizei immer zuerst in der Familie. Dann im Freundeskreis. Nur wenige Menschen bringen einen völlig Fremden um. Auf jeden Fall ist Weglaufen kein guter Plan. Das wird ausnahmslos als Schuldbekenntnis gewertet.«

»Er könnte auf einer Geschäftsreise sein.«

»Stimmt«, sagte George. »Jedenfalls soll er mich anrufen. Das Schlimmste, was er tun kann, ist unterzutauchen.«

»Ich werde Ihre Nachricht weitergeben«, sagte sein Vater mit trauriger Stimme. »Falls er anruft.«

20

Alexanders Gold

Während George am nächsten Morgen eine Tasse Kaffee und Gavrilis' Feigenmarmelade auf frischem Brot genoss, studierte er die Landkarte der näheren Umgebung. Wenn er bald aufbrach, konnte er sowohl Vergina als auch Pella an einem Tag erreichen. Diese Orte hatte er schon lange besuchen wollen, bisher jedoch nie Zeit dafür gefunden. In Vergina waren in den siebziger Jahren mehrere mazedonische Gräber entdeckt worden, darunter die mutmaßliche Ruhestätte von König Philipp II., dem Vater von Alexander dem Großen. Unweit davon lag Pella, die Hauptstadt von Alexanders Reich. Aus einer Werkstatt ganz in der Nähe stammten die erlesenen goldenen Kränze. Wer auch immer sie in einem Sarg nach Amerika exportieren wollte, musste Zugang zu diesen Ausgrabungsstätten haben.

George überlegte, dass er das Problem sowohl von der Spitze der Hierarchie als auch vom unteren Ende aus in Angriff nehmen konnte. Normalerweise galt: Je bedeutender die Position, umso gespaltener die Zunge. Mit zunehmendem Wissen und höherem Rang nahmen auch das Misstrauen und die Vorliebe für Intrigen zu. Wohingegen man von den Arbeitern und Angestellten Dinge erfuhr, die der Wahrheit näher kamen – sofern sie ihnen bekannt war.

Gavrilis interessierte sich für seine Pläne und riet ihm zu einem Besuch bei seinem Onkel Thanasi, einem Tavernenwirt in Pella. »Er kennt wirklich jeden.«

George machte sich hoffnungsvoll auf den Weg. Der Alfa schnurrte nur so dahin, der Tag war warm, das Verdeck geöffnet.

Nach einer Stunde erreichte er Vergina, stellte den Wagen auf dem leeren Parkplatz ab und ging hinüber zur Ausgrabungsstätte.

Die Gräber lagen unter einem niedrigen Hügel. In der düsteren Atmosphäre dieses Ortes waren die Kunstschätze mit theatralischem Effekt arrangiert: In einzelnen, voneinander getrennten Lichtkreisen sah man Waffen aus Bronze, Streitwagen, Trinkschalen, Dreibeine, Lampen und Statuetten. Eine der Vitrinen enthielt die Grabbeigaben von König Philipp: eine goldene Truhe für seine Knochen, auf deren Deckel ein Stern mit sechzehn Spitzen prangte. Einen eisernen Brustharnisch mit goldenen Streifen. Einen Kopf aus Elfenbein mit dem bärtigen Gesicht eines einäugigen Kriegers, gerissen, kraftvoll und erschöpft. Daneben einen goldenen Kranz, übervoll mit Eichenblättern und Eicheln, grazil wie junge Blüten. Ein Wunderwerk handwerklichen Könnens. Dem Katalog zufolge waren an diesem Kranz, der von sämtlichen Fundstücken aus der Antike der schwerste und am aufwendigsten gearbeitete war, leichte Spuren von Versengung erkennbar sowie fehlende Eicheln und Blätter. »Offensichtlich trug der König ihn auf dem Kopf, während die Flammen rings um seine Totenbahre zu züngeln begannen, und der Priester riss ihn rasch an sich, rettete ihn vor der Zerstörung und begrub ihn zusammen mit der Asche seiner Knochen, die man mit Wein gespült und in kostbaren Purpurstoff gewickelt hatte. Die in Homers *Ilias* beschriebenen Bestattungsrituale wurden sorgsam befolgt.«

George war fasziniert von dieser Stätte und kaufte ein Buch von ihrem Ausgräber, Manolis Andronicos. Er war eine legendäre Gestalt und vor zwanzig Jahren in die unsichtbare Welt hinübergegangen, die er sein Leben lang erforscht hatte. Ein Foto auf der Umschlaginnenseite zeigte ihn mit Ziegenbart, schwerer schwarzer Brille und nachdenklichem Blick. Er schien dem Tod zu trotzen – oder weit über ihn hinaus zu schauen.

Beim Kauf des Buches versuchte George, den Museumswärter in ein Gespräch zu verwickeln. Der Mann antwortete höflich, aber wortkarg. George erfuhr, dass die Besucherzahlen in diesem Jahr rückläufig waren und dass man die Gehälter des Museumspersonals in den letzten sieben Jahren um sechzig Prozent gekürzt hatte – alles dank der »nicht enden wollenden Krise«. Seine Einstellung wirkte besonnen und schicksalsergeben: »Wir haben uns selbst in die Klemme gebracht und müssen auch selbst einen Ausweg finden. Es wird schon eine Lösung geben. Schließlich kann man zehn Millionen Menschen nicht verhungern lassen.«

Auf dem Rückweg zum Wagen bemerkte George am anderen Ende des Parkplatzes einen schwarzen Skoda mit offenen Fenstern. Darin saßen zwei Männer, rauchten und redeten. Sie hatten die Ausstellung nicht besucht, und George fragte sich, was sie hier machten. Vielleicht warteten sie auf jemanden? Es war ein merkwürdiger Ort dafür. Doch sie zeigten keinerlei Interesse an ihm, und er fuhr davon.

In Pella entdeckte er eine weitere Ausgrabungsstätte, ebenso menschenleer und außergewöhnlich wie die in Vergina. Hier stand ein neu erbautes Museum, geräumig und elegant, mit einer Sammlung von Gegenständen des täglichen Lebens: Möbel, Werkzeug, Keramiken, Mosaike, alles angeordnet wie im Alltag … Als Wärterinnen arbeiteten hier zwei junge Mütter, die in ein Gespräch über ihre Probleme vertieft waren. »Irgendetwas läuft verkehrt«, sagte die eine, eine große junge Frau mit dichtem schwarzem Haar, stark geschminkten Augen und blasser Haut. »Wir gehen arbeiten, kochen, putzen, kaufen ein, kümmern uns um die Kinder und um unsere verrückten Schwiegermütter, und samstagabends sollen wir toll aussehen und Bock auf Sex haben. Allzeit bereit, Tag und Nacht, egal, wie wir uns fühlen – ob müde, sorgenvoll oder deprimiert. Wir sollen ihn auch noch genießen! Und einfallsreich sein! Wohin ist eigentlich die befreite Frau verschwunden? Was ist aus ihr geworden? Sind wir befreit oder nur noch unterdrückter als zuvor?«

Die andere, blond und zierlich, mit aufgeweckten dunklen Augen, erklärte ruhig und beharrlich, dass sie sich mit einem Universitätsabschluss und einem Job immerhin in der Lage fühlte, für ihre Interessen einzutreten. »Früher hatten wir solche Rechte gar nicht erst.«

George unterbrach die beiden und fragte nach den Mitarbeitern, die für Fundstücke zuständig waren.

»Thessaloniki«, antwortete die Blonde. »Die Aufsichtsbehörde. Von dort aus wird alles gesteuert.«

Er kaufte ein paar Postkarten, erkundigte sich nach dem Weg zu Thanasis Taverne und fuhr ins nächste Dorf. Die Taverne lag am Dorfplatz, der Inhaber erwartete ihn bereits.

Beim Mittagessen erfuhr er den neuesten Klatsch und Tratsch. Thanasi liebte es, Geschichten zu erzählen. Jeder im Ort wusste über den vermissten Goldschmuck Bescheid, obwohl die Information angeblich geheim gehalten wurde. Niemand konnte sagen, wer dafür verantwortlich war oder wie das Gold herausgeschmuggelt worden war, aber in Thessaloniki hatte man eine neue Regierungsinspektorin für klassische Archäologie ernannt, die versprach, der Sache auf den Grund zu gehen. Thanasi zufolge würde das höchstwahrscheinlich niemals geschehen, denn die Regierungsinspektorin war aus politischen Gründen eingesetzt worden und hatte »nicht die geringste Ahnung von irgendetwas außer ihrer Partei und dem sozialistischen Paradies, das sie erschaffen sollte«. Unglücklicherweise, fügte er hinzu, sei das griechische Volk dumm genug gewesen, diese Scharlatane zu wählen, und so machten sie sich jetzt an die Zerstörung des Landes. »Das sozialistische Paradies bedeutet doch lediglich Arbeitsplätze für Parteimitglieder und eine allgemeine Vernichtung der Wirtschaft.«

»Kommen diese Leute zum Essen zu Ihnen?«, fragte George.

»Wer?«

»Regierungsinspektoren, Parteifunktionäre?«

»Natürlich! Jeder kommt hierher.«

George überlegte ein Weilchen.

»Wenn ich über dieses Gold nachdenke«, sagte er schließlich, »und über die Art und Weise, wie es in dem Sarg gelagert wurde, wahrscheinlich für den Export bestimmt, ...«

»Eindeutig für den Export bestimmt!«

»... erscheint es mir unmöglich, dass ein Archäologe in Pella, ein Mitarbeiter mit einem Schlüssel zum Lagerraum oder irgendjemand anders vor Ort das alles ganz allein organisiert haben soll. Es muss einen Kunsthändler geben, einen erstklassigen Schmuggler, irgendeine Art von Mittelsmann mit internationalen Kontakten, der weiß, wo man solche Dinge verkauft. Was nicht gerade einfach sein dürfte, denn wir reden hier von Diebesgut.«

»Richtig«, erwiderte Thanasi. »Es gibt immer einen Mittelsmann.«

»Irgendeine Ahnung, wer das sein könnte?«

Thanasi legte die Stirn in Falten. »Jemand aus der Gegend? Oder irgendwo aus Griechenland?«

»Fällt Ihnen jemand ein?«

»Ich habe mit solchen Leuten nichts zu tun.«

»Sie sagten, jeder kommt hierher. Meines Erachtens wäre hier ein idealer Ort – abgelegen, jede Menge brauchbares Material ...«

Thanasi wurde abgelenkt. Zwei Männer hatten sich ans andere Ende des Gastraums gesetzt.

»Einen Augenblick. Kundschaft.«

Thanasi trat an ihren Tisch; sie bestellten kurz und knapp, ohne ein überflüssiges Wort. Offensichtlich kannten sie sich, schienen sich jedoch nicht gerade wohlgesonnen zu sein. Thanasi eilte mit besorgter Miene in die Küche. Die zwei Männer zündeten sich Zigaretten an.

George beobachtete sie unauffällig. Sie wirkten wie Geschäftsleute aus der Provinz, zynisch und selbstgefällig. Sie schwiegen. Er ließ den Blick die Straße hinunter schweifen und war überrascht, direkt hinter seinem Alfa den schwarzen Skoda zu entdecken.

»Worüber sprachen wir gerade?«

Thanasi war wieder da.

»Den Mittelsmann.«

Er grinste. »Fangen Sie doch mit den zwei da drüben an.«

»Tatsächlich? Wer sind sie?«

»Sie arbeiten für ein großes Tier hier aus der Gegend.«

»Sein Name?«

»Man nennt ihn *O Kókoras*.«

»Der Gockel? Worauf bezieht sich das?«

»Keine Ahnung. Vermutlich auf seinen Status.«

»Sein richtiger Name?«

»Wird nicht laut ausgesprochen.«

»Aber Sie kennen ihn?«

»Ich würde ihn trotzdem nicht sagen.«

»Ist er unabhängig oder gehört er zu einem Netzwerk?«

»Wer weiß?«

»Was ist mit den beiden dort? Was machen sie?«

»Geschäfte.« Er sprach das Wort betont verächtlich aus.

»Könnte es sein, dass sie mir folgen?«

»Warum fragen Sie?«

»Ich habe sie auf dem Parkplatz in Vergina gesehen. Merkwürdiger Zufall.«

»Woher könnten sie etwas über Sie wissen?«

»Das ist es ja gerade …«

»Das hängt davon ab, was Sie beruflich machen. Sind Sie geschäftlich hier, wenn ich fragen darf?«

»Nicht wirklich«, antwortete George. »Mein Freund Mario Filiotis war Bürgermeister von Astypalea. Es war sein Sarg, der mit Goldschmuck aus Pella gefüllt wurde. Seine Familie möchte wissen, wo sein Leichnam geblieben ist.«

»Und Sie sind hier, um das herauszufinden?«

George nickte.

»Bravo …« Thanasi wirkte beeindruckt. »Ein verdammt weiter Weg von Astypalea bis hierher.«

»Ich komme aus Athen.«

»Immer noch ein weiter Weg. Und wie läuft's so?«

»Heute ist mein erster Tag.«

Thanasi nickte nachdenklich. »Gavrilis hielt Sie für einen Handlungsreisenden.«

»Tatsächlich? Wie ist er denn darauf gekommen?«

»Er hat selbst mal in dieser Branche gearbeitet. Jeder, den er mag, ist für ihn ein Vertreter.«

»Dagegen ist nichts einzuwenden.«

»Also, was machen Sie beruflich?«

»Ich bin Detektiv.«

Thanasis Augenbrauen schossen nach oben. »Versicherung, Polizei, privat?«

»Privat.«

»Oh … Das erklärt Ihr Interesse für das Gold.«

»Ich sagte es bereits. Mario war mein Freund, mein sehr guter Freund.«

»Ich verstehe.«

Doch Thanasi wirkte bekümmert und abgelenkt. Er schaute über die Schulter nach hinten. »Geben Sie mir ein paar Minuten. Ich muss den Kerlen ihr Essen bringen.«

»Warum sind sie hier?«

»Das erzähle ich Ihnen gleich.«

George wartete. Thanasi verschwand in der Küche, ging gleich darauf mit einem Tablett mit Gläsern, Wein und Speisen zu ihrem Tisch, setzte sich mit einem kurzen Blick in Georges Richtung zu ihnen und begann ein Gespräch. Sie redeten leise, doch die Körpersprache war eindeutig. Sie setzten Thanasi unter Druck. Er gestikulierte aufgeregt. Sie starrten ihn ungerührt an. Er redete schnell. Sie wirkten gelangweilt. Schließlich erhob sich Thanasi mit entnervtem Achselzucken und lief in die Küche. Die zwei Männer begannen in ihrem Essen herumzustochern.

George wartete noch ein wenig. Er sah auf die Uhr. 16.00 Uhr. Zeit zu gehen. Da Thanasi nicht mehr auftauchte, ging er in die Küche, um ihn zu suchen.

Ein heftiger Streit war entbrannt. Eine Frau, vermutlich Thanasis Frau, sagte gerade: »Nächstes Mal mische ich ihnen Gift ins Essen!«

»Rede nicht solchen Blödsinn«, entgegnete Thanasi.

»Ich tu's. Du wirst schon sehen.«

George sagte: »Entschuldigen Sie bitte, Thanasi, ich möchte zahlen.«

Thanasi drehte sich mit vor Zorn gerötetem Gesicht um.

»Okay«, sagte er. »In zwei Minuten.«

Thanasis Frau schlüpfte an ihm vorbei und murmelte: »Ich werde diesen Mistkerlen jetzt die Meinung sagen.«

»Nein, Rena, lass das.«

Doch sie war schon durch die Tür verschwunden.

»Ich muss sie aufhalten«, rief er und eilte hinterher.

George folgte ihnen. Rena war bereits mit wüsten Beschimpfungen auf die beiden losgegangen. Sie versuchten sich den Anschein von Gleichmut zu geben, waren jedoch sichtlich erschrocken.

»Was für eine Gemeinheit! Sie wissen doch, wie die Geschäfte heutzutage laufen. Wie viele Gäste sehen Sie hier im Lokal? Einen? Zwei? Was wollen Sie von uns? Versuchen Sie's doch mal mit ehrlicher Arbeit! Wir haben Ihnen nichts mehr zu geben! Nichts, verstehen Sie? Richten Sie Kókoras von mir aus, dass ich ihn umbringe, wenn er noch einmal hierherkommt oder Sie schickt. Haben Sie verstanden? Ich reiße ihm die Augen aus dem Kopf und töte ihn!«

»Reden Sie nicht so«, mahnte der eine. »Der Chef ...«

»Der Chef! Ich weiß, wo er wohnt. Ich gehe persönlich hin und ramme ihm ein Messer ins Herz. Passen Sie bloß auf.«

Der zweite Mann sagte: »Stopp, Rena. Das ist kein Scherz. Sie wissen genau, wie es läuft.«

»Aber es läuft nicht mehr! Begreifen Sie das nicht? Alles geht bei uns den Bach runter. Sogar Ihr beschissener Job.«

»Gehen wir« sagte der Erste und schob seinen Stuhl fort.

»Sie bringe ich auch um! Alle beide!«

Die Männer ignorierten ihre Worte und traten ins Freie.

Thanasi war blass geworden und schaute ihnen beunruhigt hinterher.

»Du darfst nicht so mit ihnen reden«, ermahnte er sie.

»Sollen sie sich doch zum Teufel scheren, und du gleich mit! Sie können uns gar nichts.«

»Sie können den Laden hier dichtmachen, einfach so.«

»Und von wem kriegen sie dann ihr Geld? Wach auf, Thanasi! Sie sind nicht blöd.«

»Du darfst ihnen nicht drohen.«

»Von denen lasse ich mich nicht einschüchtern. Ich bringe sie um, wenn sie noch mal hier aufkreuzen.«

Thanasi wandte sich an George. »Entschuldigen Sie«, sagte er. »Wir machen gerade eine schwere Zeit durch.«

»Das sehe ich«, erwiderte George.

»Rena regt sich auf ...«

»Zu Recht.«

»Aber das ist keine Lösung.«

»Seien Sie da nicht so sicher«, sagte George.

»Die Kerle machen nur Ärger.«

»Die existieren doch nur, weil wir ihnen das ermöglichen«, rief Rena wütend.

Thanasi schüttelte den Kopf. »Wenn du gesehen hättest, wie sie mit anderen umgesprungen sind: niedergebrannte Restaurants, eingeworfene Fensterscheiben, Raubüberfälle. So einfach ist das nicht.«

»Sie brauchen uns, Thanasi! Wenn wir sterben, sterben sie auch! Krieg das doch endlich in deinen Schädel!«

Es war bereits dunkel, als sie die Taverne verließen. Bis dahin hatten die drei zusammengesessen, Kaffee und *tsipouro* getrunken und die Zustände in Griechenland beklagt. George erfuhr, wie Kókoras vorging: Er verlieh Geld, forderte den einen oder anderen Gefallen ein und arbeitete mit Einschüchterung, Bestechung oder Zerstörung. Seine beiden Geldeintreiber waren in der gesamten Region gefürchtet und verhasst.

George fragte sich, ob es einen Zusammenhang zu seinen Cousins und deren Hotel gab. Die Wirtsleute wussten nichts darüber, wären aber keineswegs überrascht. Alles, was mit Immobilien und Grundstücken zu tun hatte, gehörte zu Kókoras' Kerngeschäft.

Und Archäologie? Hehlerei?

»Warum nicht?«, sagte Rena. »Der Immobilienmarkt ist tot, seien wir doch mal ehrlich. Er muss sich was Neues einfallen lassen, um Geld zu machen. Drogen, Waffenhandel, wahrscheinlich hat er schon überall seine Finger drin. Als Nächstes sind die Flüchtlinge dran. Ihr werdet sehen.«

George fuhr zurück ins Hotel und rief bei Zoë und Dimitri in Athen an. Dort schien alles in Ordnung zu sein. Dann beauftragte er Haris per Telefon, möglichst viel über den illegalen Antiquitätenhandel herauszufinden. Er sollte darauf achten, ob der Name *Kókoras* irgendwo auftauchte. George konnte fast hören, wie Haris sich die Hände rieb.

»Mit Vergnügen!«, rief er.

George ging nach unten in die Bar. Gavrilis war in ein Telefonat vertieft, das er unterbrach, damit George eine Flasche Bier und eine Portion Brot, Käse und geräucherte Wurst bestellen konnte.

»Hier oder in Ihrem Zimmer?«, fragte Gavrilis.

»In meinem Zimmer«, antwortete George.

»Ich lasse es Ihnen gleich bringen.«

George ging zurück nach oben. Es war so still im Haus, dass Gavrilis' Stimme seine Schritte übertönte, obwohl er sehr leise ins Telefon sprach.

Fünf Minuten später klopfte es an der Tür. Eine ältere Dame stand mit einem Tablett davor.

»Vielen Dank«, sagte George. »Wo ist Gavrilis?«

»Er ist ausgegangen.«

George schenkte sich ein Glas Bier ein und machte es sich bequem, um in seinem neuen Buch zu lesen.

Schon bald war er von den dramatischen Ereignissen bei den Ausgrabungen in Vergina vollkommen in Anspruch genommen. Ein junger französischer Archäologe, Léon Heuzey, hatte den Palast in Vergina als Erster entdeckt – im Jahre 1855 während einer Wanderung in Nordgriechenland. 1861 war er zurückgekehrt, hatte mit einer aus Seeleuten bestehenden Arbeitskolonne sechs Wochen lang Ausgrabungen durchgeführt und ein Buch über seine Entdeckungen geschrieben, »Mission Archéologique de Macédoine«, das 1876 in Paris veröffentlicht wurde. Darin standen prophetische Worte: »Wie auch immer der Name dieser unbekannten Stadt lautet, die Bedeutung ihrer Ruinen für Mazedonien wird mit der Bedeutung von Pompeji vergleichbar sein.« In den folgenden sechzig Jahren wurde die Grabungsstätte von Altertumsforschern ignoriert und von den Dorfbewohnern der näheren Umgebung als Quelle für Baumaterialien benutzt. Die anschließenden Ausgrabungen verliefen schleppend und mit häufigen Unterbrechungen. Anfang der fünfziger Jahre hatte Andronicos seine Arbeit dort aufgenommen, ganz allein, so dass er nicht nur als Archäologe fungierte, sondern auch als »Zeichner, Fotograf, Buchhalter und Vorarbeiter«. 1957 brachte er freiwillige Helfer mit, Studenten und Mitarbeiter der Universität. Sie erkundeten die Stadt, ihre Tempel und den Friedhof, ahnten die Grandiosität dieser Entdeckung, konnten sie jedoch historisch nicht einordnen. Dann, 1976, gelang den Ausgräbern ein spektakulärer Fund: ein Königsgrab – höchstwahrscheinlich die letzte Ruhestätte von Philipp II., dem König von Mazedonien und Vater von Alexander dem Großen. Hier musste seine Hauptstadt gewesen sein, Aegae. Andronicos, ein Wissenschaftler allerersten Ranges, gestattete sich einen spekulativen Gedanken: Er war sicher, dass eine obskure Macht, die mit dem rationalen Verstand nicht zu fassen war, ihn hierher geführt hatte.

George, der mit Ausgrabungen ganz anderer Art beschäftigt war, verspürte bei dieser Geschichte eine unerklärliche Genugtuung.

21

In die Stadt

Am nächsten Morgen fuhr er nach Thessaloniki. Auf einer modernen, schnellen Landstraße, durch goldene Herbstlandschaften. Dann eine Ansammlung von Tankstellen, Reparaturwerkstätten, Supermärkten und Badausstattern, bevor er die Altstadt erreichte: die lange geschwungene Promenade, von der aus man nach Süden aufs Meer blickte, und die Hügel mit ihren zahlreichen Kirchen und Synagogen unter roten Ziegeldächern.

In einem Gebäude neben dem archäologischen Museum hatte er eine Verabredung mit der Stellvertretenden Regierungsinspektorin für klassische Archäologie, Frau Dr. Mylona. Sie ließ ihn eine Dreiviertelstunde warten – ohne ein Wort der Entschuldigung: eine Frau in mittleren Jahren mit gelblicher Haut, die erschöpft, geistesabwesend und wehleidig wirkte. Obwohl sie über ein eigenes Büro verfügen musste, wählte sie als Treffpunkt einen Flur, der ständig von Mitarbeitern frequentiert wurde, die Kaffee kochen, rauchen oder plaudern wollten. In Hörweite standen vier Bürotüren offen. Von Ungestörtheit konnte nicht die Rede sein.

George erklärte ihr, wonach er suchte: nach der Spur, die aus der antiken Werkstatt eines Goldschmieds in Pella zu einem Bestattungsinstitut in Brooklyn und einem Friedhof in Astypalea führte.

Dr. Mylona hörte ihm ohne das geringste Anzeichen von Interesse zu. Sie runzelte die Stirn. Seufzte tief. Dies sei ein komplexes Thema, verkündete sie. Zahllose Fragen tauchten auf und ebenso viele Hürden bei dem Versuch, sie zu beantworten.

George bat sie, etwas mehr ins Detail zu gehen. Wieder legte sie die Stirn in Falten. Die Polizei ermittele in dieser Angelegenheit, erklärte sie. Zudem seien die Objekte noch nicht offiziell katalogisiert worden, so dass ihre Maße sowie Zustand, Herkunft, Status usw. nicht genau definiert waren. Ein nicht definiertes Objekt kann logischerweise nicht Gegenstand einer Ermittlung sein. Leider würde die Definition der Objekte sich verzögern, da die Abteilung durch einen Ministerialerlass reorganisiert worden sei und die Aufsichtsbehörden für byzantinisches und klassisches Altertum gerade zu einer Behörde zusammengelegt würden. In der gegenwärtigen Wirtschaftskrise werde Personal abgebaut, alles dauere noch länger als sonst. Zudem sei die für Pella zuständige Archäologin derzeit nicht verfügbar – eine längere Abwesenheit wegen gesundheitlicher und familiärer Probleme. Die Unterlagen in ihrem Büro durften aufgrund der Ermittlung selbstverständlich von niemandem angefasst werden. Dr. Mylona konnte sich zu den Recherchen der Polizei in ihrer Behörde nicht äußern, da es sich um eine unabhängige und vertrauliche Angelegenheit handele. Gab es, fragte sie mit erschöpftem Blick, sonst noch etwas, womit sie ihm behilflich sein könne?

George bejahte. Soweit er verstanden habe, hätten die in Marios Sarg gefundenen Objekte eine bemerkenswerte Ähnlichkeit mit einer Reihe von Kunstschätzen, die 1976 von Professor Andronicos in Vergina ausgegraben worden waren. Was sie dazu zu sagen hätte?

Dr. Mylona zuckte zusammen. »›Ähnlichkeit‹ ist ein sehr ungenauer Begriff!«, erwiderte sie gereizt. »Möglicherweise könnte man sagen, dass es ›gewisse Ähnlichkeiten‹ gibt, aber eine allgemeine Ähnlichkeit? Das wäre eine Übertreibung.«

»Einer Ihrer Kollegen äußerte diese Meinung.«

»Ich kann nicht für einen Kollegen sprechen!«

»Haben Sie die fraglichen Gegenstände selbst gesehen?«

Sie zögerte und sagte dann: »Ich kenne Fotos davon.«

»Was mich überrascht«, sagte George, »ist die große Zahl dieser Objekte. Man hielt die goldenen Kränze für Unikate, Meisterwerke, die speziell für König Philipp und seine Gattin angefertigt wurden. Warum hat man in dieser Werkstatt mehrere Varianten davon hergestellt?«

»Möglicherweise für den Export? Oder für andere Anlässe außer Bestattungen?«

»Wie zum Beispiel?«

»Für die Ehrung der Sieger nach einer Schlacht oder bei sportlichen Wettkämpfen?«

»Merkwürdig, dass man dafür königliche Kränze verwendete. Noch dazu aus Gold!«

»Durch Alexanders Eroberungen war Gold im Überfluss vorhanden.«

»Das mag durchaus stimmen, aber dennoch wurden in der Antike die Kränze für athletische oder militärische Auszeichnungen meist aus Lorbeer und Olivenblättern gefertigt, die man praktisch umsonst bekam. Von Lorbeer zu Gold – das ist ein überaus sprunghafter Anstieg.«

Plötzlich wurde die Archäologin lebhaft. »Ich sehe, Sie haben sich informiert«, sagte sie. »Aber vergessen Sie nicht, die Objekte könnten auch römischen Ursprungs sein. Wir wissen, dass Kaiser Nero gern an Wettkämpfen in Griechenland teilnahm. Selbstverständlich ging er jedes Mal als Sieger hervor. Er kann durchaus auf goldenen Kränzen bestanden haben.«

»Welche Zeitspanne liegt zwischen Alexander dem Großen und Nero?«

»Ungefähr vier Jahrhunderte.«

»Können Sie die Fundstücke präzise datieren?«

Jetzt kehrte das Stirnrunzeln zurück. »Das ist schwierig. Die Datierung ist eine der vielen Fragen, über die wir Näheres zu erfahren hoffen. Doch angesichts von Personal- und Mittelkürzungen und zunehmender Arbeitsbelastung sind unsere Möglichkeiten extrem beschränkt.«

»Ich verstehe. Das muss äußerst frustrierend sein.«

»Ich war Ihnen keine große Hilfe.«

George tat ihre Entschuldigung mit einer Handbewegung ab. »Sie haben mir bereits sehr viel erzählt«, entgegnete er.

Sie zuckte verblüfft zusammen. Tatsächlich? Sie habe das Gefühl, ihm kaum etwas Nennenswertes gesagt zu haben. Nein, beharrte George, ihr Gespräch sei ausgesprochen aufschlussreich für ihn gewesen.

Dr. Mylona war perplex. Er konnte fast zusehen, wie sie die Unterhaltung in Gedanken noch einmal durchging, um das Krümelchen nützlicher Information, das ihr möglicherweise versehentlich entschlüpft sein mochte, dingfest zu machen. George erhob sich und musste hektisch beiseitetreten, um einen vorbeihastenden Mann im Laborkittel passieren zu lassen. Er wollte schon gehen, als ihm noch eine letzte Frage einfiel.

»Kennen Sie jemanden, sei es hier aus der Gegend oder anderswo, der mit solchen Kunstschätzen handelt?«

Dr. Mylona erschauderte. »Ich kann nicht einmal versuchen, darauf zu antworten! Bestimmt gibt es solche Barbaren, aber ich bin noch nie einem begegnet. Zumindest nicht bewusst. Wer Antiquitäten kauft oder verkauft, begeht ein Verbrechen, wie Sie sicherlich wissen.«

»Gewiss«, erwiderte George und fixierte sie mit festem Blick. »Ein schweres Verbrechen. Eine mögliche Erklärung für das Verstecken dieser Gegenstände in einem Sarg könnte sein, dass sie für den illegalen Export vorgesehen waren.«

»Das bezweifle ich keinen Moment!«

»Die Frage ist, wer hier in Thessaloniki derartige Geschäfte organisiert.«

»Für diese Frage bin ich der falsche Ansprechpartner.«

»Wer ist dann der richtige?«

Diese Überlegung schien sie in Erstaunen zu versetzen. »Das ist absolut nicht mein Gebiet! Gehen Sie zur Polizei. Oder zu den *Antiquaren* in der Altstadt. In ihren Kreisen ...«

»Hatten Sie noch nie Kontakt zu diesen Leuten?«

»Absolut nicht! Ich bin Wissenschaftlerin, Herr Zafiris! Diese Subjekte handeln mit illegalen Waren. Sie könnten mich genauso gut fragen, ob ich Ihnen einen Drogendealer empfehlen kann.«

George registrierte den aggressiven Unterton in ihrer Entrüstung und fragte sich, ob er als Zeichen von Schuld zu deuten sein könnte. Er dankte ihr für ihre Zeit – auch wenn sie wenig genug davon geopfert hatte – und trat aus dem schattigen Gebäude ins gleißende Licht hinaus.

Sein nächstes Ziel war das Bestattungsinstitut. Die Adresse lag unweit des archäologischen Museums, aber der Laden war geschlossen. Einem ans Fenster geklebten Zettel entnahm er eine Telefonnummer für Nachfragen. George gab sie ein und hinterließ eine Nachricht auf dem Anrufbeantworter. Er erkundigte sich in den Nachbargeschäften, ob jemand den Inhaber vor Kurzem gesehen habe. Nicht in den letzten Tagen, erfuhr er. War das ungewöhnlich? Durchaus. Normalerweise hätten sie jeden Tag geöffnet. Als er weitere Fragen stellte, begegnete ihm das unvermeidliche Misstrauen. Was wollen Sie von ihnen? Gibt es irgendein Problem? Ist jemand gestorben? Wer sind Sie?

Frustriert durch diesen Fehlschlag lief George am Meeresufer entlang, bis er ein Café fand, wo er nachdenken konnte, ohne andauernd von nervtötender Popmusik abgelenkt zu werden. Er bestellte eine Flasche Bier und *Mezé* mit gegrilltem Tintenfisch, öffnete sein Notizbuch und kritzelte seine Gedanken hinein. Mit der Archäologie war er nicht wirklich vorangekommen, doch das erschien ihm eher nebensächlich. Er zweifelte an einem Zusammenhang zwischen Marios Tod und dem Antiquitätenschmuggel. Viel wahrscheinlicher schien ihm eine Verbindung zu dem ominösen Projekt, das er mit Dr. Skouras plante – womöglich hatte es mit Medizin zu tun –, aber bevor er nicht mehr darüber wusste, brauchte er diesen Gedankengang nicht weiter zu verfolgen.

Schließlich blieb ihm noch Paris. George hoffte, dass der Musiker sich bald bei seinem Vater meldete und dieser ihm seine Nachricht übermittelte.

Einer spontanen Eingebung folgend rief er den alten Musikprofessor an, der sofort sagte: »Zufällig habe ich gerade mit meinem Sohn gesprochen.«

»Haben Sie ihm geraten, Kontakt mit mir aufzunehmen?«

»Ja.«

»Und?«

»Er wollte nicht.«

»Hat er gesagt, warum nicht?«

»Er beschrieb Sie als aggressiv.«

»Tatsächlich? Hartnäckig vielleicht, aber ...«

»Nein. Er hat das Wort *aggressiv* verwendet.«

»Ich verstehe. Und was haben Sie dazu gesagt?«

»Ich habe ihn ermutigt, sich trotzdem bei Ihnen zu melden. Aus den Gründen, die Sie mir genannt hatten.«

»Das war sehr freundlich von Ihnen. Ist er wieder in Griechenland?«

»Noch nicht.«

»Wissen Sie, wann er zurückkommt?«

»Heute Abend.«

»Zu Ihnen oder nach Athen?«

»Weder noch.«

»Also wohin?«

»Er wird den Berg Athos besuchen.«

Den *Berg Athos*? George befürchtete sofort das Schlimmste. Die Halbinsel Athos, die auch als Heiliger Berg bezeichnet wurde, gilt als extraterritoriales Gebiet; geographisch ist sie zwar ein Teil Griechenlands, juristisch ist sie jedoch unabhängig und liegt im Zuständigkeitsbereich der Kirche, für die das Landesrecht keine Gültigkeit hat. In ihren zwanzig Klöstern gewährt sie angeblich hin und wieder auch Kriminellen Unterschlupf: all jenen, die ihr

Leben lieber in Gebet und Entsagung fristen möchten als in einer Haftanstalt.

»Hat er gesagt, was er dort vorhat?«

»Er verbringt jedes Jahr einige Zeit im Kloster.«

»In welchem Kloster?«

»Ich weiß nicht … Obwohl …« Der Professor zögerte. »Herr Zafiris, der Verlauf unseres Gesprächs gefällt mir ganz und gar nicht.«

»Das tut mir leid. Warum nicht?«

»Ich muss sicher sein, dass Sie Paris keine Falle stellen oder ihn in Gefahr bringen werden.«

»Durch sein Versteckspiel bringt er sich selbst in Gefahr. Ich glaube, das habe ich mehr als deutlich gemacht.«

»Verdächtigen Sie ihn des Mordes an Keti?«

George fühlte sich nicht in der Lage zu antworten.

»Sagen Sie's mir ohne Umschweife, Herr Zafiris! Verdächtigen Sie ihn des Mordes an Keti? … Ihr Schweigen lässt nichts Gutes ahnen.«

»Es gibt Beweise …«

»Beweise! Warum antworten Sie mir nicht direkt?«

»Das versuche ich ja gerade. Es existieren Beweise für eine Verbindung zwischen ihm und ihrem Tod. Vielleicht gibt es eine harmlose Erklärung dafür, aber die Indizien und seine Reaktionen – sein Verschwinden nach Bukarest, seine Ungehaltenheit gegenüber Fragen, jetzt sein Rückzug auf den Heiligen Berg –, das alles zusammen kann als Schuldbekenntnis aufgefasst werden. Wenn er unschuldig ist, muss er sich stellen und sich erklären.«

»Wer ist im Besitz dieser Beweise?«

»Die Polizei.«

»Ich verstehe …«

»Sie werden ihn verfolgen.«

»Falls sie wissen, wo.«

»Das stimmt.«

Der Professor seufzte. »Ich befinde mich in einer unmöglichen Position. Mehr kann ich Ihnen nicht sagen.«

»Das verstehe ich.«

George beendete das Telefonat und beobachtete den vorbeifließenden Verkehr, der im gleißenden Sonnenlicht gespenstisch wirkte. Die unmögliche Position des Vaters war das eine, der Tod einer unschuldigen Frau das andere. Er rief Anna an.

»War Paris schon mal auf dem Berg Athos?«

»Jedes Jahr.«

»Wissen Sie zufällig, in welchem Kloster?«

»Im Osiou Grigoriou.«

»Hat er dort Freunde?«

»Ich glaube schon. Und einen spirituellen Berater. Warum fragen Sie? Haben Sie ihn gefunden?«

»Ich suche noch. Aber das könnte eine Spur sein.«

Am Nachmittag, auf der Rückfahrt nach Edessa, bekam er einen Anruf von Haris. Er hielt an und schlug sein Notizbuch auf. Haris nannte ihm zwei Namen: Christophe Lakiotis, mit Wohnsitz in Genf, und Philip Ventouris, ansässig in New York. Beides Antiquitätenhändler. Die Übereinstimmung des Namens dieses New Yorker Händlers fiel ihm sofort auf. Ventouris und Medouris waren beinahe identisch. Auch Haris hatte die Ähnlichkeit bemerkt.

»Okay«, sagte George. »Was noch? Handeln die zwei mit griechischen Kunstgegenständen?«

»Dafür sind sie bekannt. Sie rangieren am oberen Ende des Marktes: Christie's, Sotheby's, Dorotheum ...«

»Sind sie Konkurrenten oder Kollegen?«

»Sowohl als auch.«

»Sie müssen Agenten in Griechenland haben.«

»Ganz bestimmt.«

»Können Sie Kontakt zu ihnen aufnehmen? Herausfinden, wie sie vorgehen?«

»Wie soll ich das anstellen?«

George zögerte. »Ich bin mir nicht ganz sicher. Vielleicht versuchen Sie, ihnen etwas zu verkaufen?«

»Was zum Beispiel?«

»Die goldenen Kränze, die in Marios Sarg lagerten.«

»Auf keinen Fall«, antwortete Haris. »Wenn sie ihr Geschäft verstehen, werden sie längst wissen, was mit diesen Kunstschätzen passiert ist, und mich sofort durchschauen.«

»Sie könnten sagen, dass Sie anderes Material aus der gleichen Quelle besitzen.«

»Das ist ja noch schlimmer! Ich weiß nicht einmal, aus welcher Quelle.«

»Wie wär's mit einer indirekten Annäherung?«

»Hören Sie, Zafiris, das sind alles übereilte Vorschläge. Die Großen kann man nicht täuschen. Um die in Versuchung zu führen, brauchen wir etwas wirklich Originelles. Ich lasse mir was einfallen.«

»Okay, Haris. Tun Sie das. Rufen Sie mich an, wenn sie fertig sind.«

22

Kókoras I

An der Stadtgrenze von Edessa sah George Wegweiser zum Krankenhaus und beschloss spontan, sich dort umzusehen. Der Neubau am Stadtrand war beeindruckend und von einem riesigen Parkplatz umgeben – noch unfertig, aber bereits in Betrieb. Ärzte eilten durch die gigantische Eingangshalle, wo Kabel aus dem nackten Putz der Wände ragten und Patienten sowie Besucher orientierungslos umherirrten. Ein verlassener Informationsschalter half auch nicht weiter. Nur die Bar, ein stark frequentierter kleiner Raum voller Sandwiches, Getränke und Kuchen, schien vernünftig zu funktionieren.

George trat ein und orderte einen Kaffee beim Kellner, einem stämmigen Burschen mit Bart und langem lockigem Haar, der ein Telefonat beendete, um ihn zu bedienen.

»Ist dies das einzige Krankenhaus in Edessa?«, fragte er.

»Möchten Sie zwei?«, entgegnete der Kellner mit lautem Lachen.

»Ich kannte es noch gar nicht.«

»Es ist neu.«

»Das sehe ich. Gibt es ein altes?«

»Im Stadtzentrum.«

»Was ist damit passiert?«

»Geschlossen. Zum Abriss freigegeben.«

»Und Privatkliniken?«

»In Edessa? Machen Sie Witze?«

»Falls ich eine Privatklinik suchte, wohin müsste ich dann fahren?«

Der Kellner zuckte die Achseln. »Ioannina, Thessaloniki?«

George trank einen Schluck Kaffee.

»Gibt es denn Pläne, eine Privatklinik zu bauen?«

»Das weiß ich nicht. Sie sollten im Rathaus nachfragen.«

»Ich dachte, Sie hätten vielleicht davon gehört.«

»Falls Sie ein Krankenhaus brauchen, warum dann nicht dieses? Es ist gut. Und kostenlos.«

George tat den Vorschlag mit einer Handbewegung ab. Der Mann beäugte ihn irritiert. »Es sei denn, Sie hätten eine seltene Krankheit und brauchten die besten Spezialisten.«

»Ist schon gut«, sagte George, »ich bin nicht krank.«

»Was ist dann das Problem?«

»Es gibt kein Problem.«

»Warum fragen Sie dann so interessiert?«

Allmählich wünschte George, er hätte die Unterhaltung niemals angefangen. »Das gehört zu meinem Beruf«, antwortete er unbestimmt.

Der Kellner sah ihn scharf an: »Tatsächlich? Und was machen Sie beruflich?«

»Baugewerbe.«

Der Kellner schien zufrieden.

»Hier ist noch nicht alles ganz fertig«, bemerkte George.

»Richtig. Der Bauunternehmer wartet noch auf die letzte Zahlung. Die Regierung ist pleite, den Rest kennen Sie.«

»Wer ist der Bauunternehmer?«

Der Kellner unterbrach seine Arbeit. »Wozu möchten Sie das wissen?«

»Ich frage nur.«

»Das glaube ich nicht.«

George hob die Schultern. »Das macht keinen Unterschied. Es ist ohnehin in der Öffentlichkeit bekannt.«

»Für Großaufträge wie diesen gibt es nur eine Baufirma. Wenn Sie von hier wären, wüssten Sie das.«

»Ich bin nur auf der Durchreise.«

»Dann stellen Sie nicht so viele Fragen.«

»Wie wär's mit ein paar Namen?«

Der Kellner antwortete nicht. Er begann, Gläser aus der Spülmaschine zu räumen.

»Na?«

»Es gibt Namen, aber einige sind öffentlich und andere nicht. Ich möchte das nicht durcheinanderbringen.«

»Gehört Kókoras dazu?«

Der Kellner warf ihm einen vielsagenden Blick zu. »Wenn Sie diesen Namen kennen«, sagte er, »sind Sie nicht so unwissend, wie Sie tun.«

»Gehört er dazu?«

»Warum fragen Sie ihn nicht selbst?«

»Wie könnte ich das bewerkstelligen?«

»Er ist dort drüben in der Eingangshalle. Der mit dem roten Hemd.«

George warf einen Blick über die Schulter und sah einen kräftig gebauten Mann Mitte sechzig mit gerötetem Gesicht und in Arbeitskleidung: kariertes Hemd, ausgebeulte Jeans und Arbeitsschuhe.

»Das ist Kókoras?«

»Sagen Sie ihm nicht, dass Sie's von mir wissen.«

George legte einen 10-Euro-Schein auf den Tresen.

»Vielen Dank«, sagte er. »Stimmt so.«

Kókoras schien nicht sehr erfreut über die Störung.

George setzte ein freundliches Lächeln auf und ließ es drauf ankommen. »George Zafiris, internationaler Gesundheitsdienst«, stellte er sich vor. »Wir sind uns vor einigen Jahren schon mal begegnet.«

Sein Gegenüber kniff die Augen zusammen. »Internationaler Gesundheitsdienst. Was zum Teufel soll das sein?«

»Wir bauen Krankenhäuser und medizinische Einrichtungen, weltweit.«

»Und was machen Sie hier?«

»Ich bin aus privaten Gründen hier, aber ich habe Sie gerade gesehen und dachte, ich sage mal hallo, Herr ...?«

»Ich kenne weder Sie noch Ihre Firma.«

»Wir sprachen über Joint Ventures in Griechenland.«

»Ich erinnere mich nicht.«

»Ich erinnere mich ganz genau. Hier in Edessa, außerdem in Ioannina und Thessaloniki.«

»Das muss vor der Krise gewesen sein.«

»Richtig. Aber meine Firma ist nach wie vor interessiert. Bei uns denkt man langfristig.«

Kókoras grinste schief. »Viel Glück dabei!«

George gab nicht auf. »Jetzt, auf dem Tiefpunkt des Konjunkturzyklus, sind die Preise in Griechenland klein, die Möglichkeiten dagegen groß. Zumindest sehen wir das so. Aber hier sind alle so deprimiert, dass sie glauben, es werde für immer so weitergehen. Wir brauchen Menschen mit Weitblick und Verbindungen, die uns aus diesem Schlamassel herausholen. Ich habe ausländische Investoren an der Hand, die sofort einsteigen würden.«

Hinter dem bösartigen, misstrauischen Funkeln in Kókoras' Augen erkannte George durchaus Interesse.

»Geben Sie mir Ihre Karte«, sagte Kókoras kalt.

»Ich habe leider keine dabei. Aber ich wohne in einem kleinen Hotel, im Pindos. Sie erreichen mich dort heute Abend.«

»Wie war noch gleich Ihr Name?«

»George Zafiris. Und Ihrer?«

»Jemand wird Sie anrufen«, erwiderte Kókoras. »Und fragen Sie nie wieder nach meinem Namen.«

»Verzeihung, ich habe ihn vergessen ...«

»Nein, Sie haben ihn nicht vergessen, denn Sie haben ihn nie gewusst. Lassen Sie mich jetzt allein, ich habe zu tun.«

George nahm ihn beim Wort. Als er aus der Eingangshalle ins grelle Sonnenlicht trat, fragte er sich voller Unbehagen, ob er gerade eine Dummheit begangen hatte. Kókoras würde nicht lange brauchen, um herauszufinden, dass er log. Und dann? Er mochte gar nicht daran denken. Er schloss seinen Alfa auf, startete den Motor und fuhr rückwärts aus der Parklücke. Während er noch grübelte, bemerkte er ganz in der Nähe den schwarzen Skoda.

In den sieben Minuten, die er für die Fahrt ins Hotel brauchte, sah er den Skoda ununterbrochen im Rückspiegel und suchte verzweifelt nach einem Plan. Er brauchte eine verdammt gute Story oder eine plausible Drohung, um damit durchzukommen.

»Gavrilis«, sagte er, als er seinen Schlüssel abholte, »würden Sie mir einen Kaffee machen?«

»Selbstverständlich. Jetzt gleich?«

»In zehn Minuten. Ich möchte nur schnell telefonieren.«

Er ging hinauf in sein Zimmer und öffnete die Fensterläden. Unten auf der Straße parkte der Skoda nur wenige Meter hinter dem Alfa. Er beobachtete den Wagen und rief Sotiriou an.

Der Kriminaldirektor reagierte skeptisch. Er sah keine Verbindung zwischen Kókoras und Mario, allenfalls Vermutungen. George erklärte, darum ginge es nicht. Er wolle nur wissen, ob er mit seinem Schutz rechnen könne, falls Kókoras bösartig wurde. Wieder hielt sich Sotiriou bedeckt. »Sie genießen den gleichen Schutz wie jeder andere Staatsbürger« war alles, was ihm dazu einfiel.

George antwortete wütend: »Ich versuche Ihnen nur zu sagen, wo zum Teufel ich bin, falls Sie mich nicht erreichen.«

»Ist registriert«, antwortete Sotiriou. »Lassen Sie uns wissen, wenn Sie etwas herausfinden.«

George schäumte immer noch vor Wut, als er die Küche betrat, wo Gavrilis gerade die Kaffeemaschine füllte.

»Ich muss noch einmal auf das Gespräch über meine Cousins zurückkommen«, begann er. »Sie sagten, sie traten Leuten auf die Füße. War einer dieser Leute Kókoras?«

Statt einer Antwort fragte Gavrilis: »Wo haben Sie diesen Namen gehört?«

»Ich höre ihn anscheinend überall.«

Gavrilis runzelte die Stirn. »Geht es um Ihre Cousins oder um etwas anderes?«

»Was mit meinen Cousins anfing, stellt sich inzwischen wohl als Teil eines größeren Problems dar.«

»Warum erzählen Sie mir nicht mehr darüber?«

»Ich möchte Sie nicht gefährden.«

»Das spielt keine Rolle.«

»Ich glaube, es könnte sehr wohl eine Rolle spielen.«

»Ich versichere Ihnen das Gegenteil.«

George überlegte. Gavrilis schien eine privilegierte Beziehung zu diesem Mann zu haben. Er erzählte ihm das Gleiche, was er Thanasi berichtet hatte. Dann fügte er hinzu: »Ich bin Kókoras gerade begegnet, und seine Männer sind mir hierher gefolgt.«

Gavrilis hörte aufmerksam zu. »Ich glaube nicht, dass Sie in Schwierigkeiten stecken. Es sei denn, Sie versuchen ihm ein bestimmtes Verbrechen anzuhängen?«

»Ich hänge Unschuldigen keine Verbrechen an«, erwiderte George.

»Okay, dann halten Sie ihn also für schuldig ...«

»Ich bin da völlig unvoreingenommen. Aber wenn ich die Worte ›Bauwesen‹ und ›öffentliche Großaufträge‹ höre oder beobachte, wie Männer versuchen, die Inhaber einer Taverne einzuschüchtern, befürchte ich das Schlimmste.«

»Er ist kein schlechter Mensch«, bemerkte Gavrilis versonnen.

»Dann kennen Sie ihn also?«

»Jeder hier kennt ihn.«

»Aber Sie kennen ihn besser als die meisten ...«

»Warum sagen Sie das?«

»Ich spüre eine Verbindung.«

Gavrilis antwortete nicht direkt. »Das Problem mit Kókoras ist, dass er sich manchmal in schlechte Gesellschaft begibt.«

»Zum Beispiel?«

Gavrilis schwieg.

»Menschen, die sich in schlechte Gesellschaft begeben, werden am Ende selbst schlecht«, fuhr George fort.

»Lassen Sie mich jemanden anrufen« sagte Gavrilis, erhob sich, ging in den Nebenraum und schloss die Tür.

George wartete, bis er, nach wie vor mit beunruhigter Miene, zurückkam.

»Ich habe erklärt, womit Sie sich beschäftigen.«

»Wem, Kókoras?«

Gavrilis presste die Lippen aufeinander.

»Ich werte das als Ja«, fuhr George fort. »Was sagt er?«

»Er hat nichts zu verbergen.«

»Und die schlechte Gesellschaft, in die er sich begibt?«

»Das habe ich nicht gefragt.«

»Wie hat er reagiert, als Sie ihm von mir erzählten?«

»Er sagte, er wusste sofort, dass Sie lügen.«

»Okay ... Und wie geht's jetzt weiter?«

»Er ist bereit, die Sache auf sich beruhen zu lassen.«

»Wie großzügig von ihm. Und falls nicht?«

Gavrilis reagierte angespannt. »Es gibt kein *falls nicht*.«

»Was meinen Sie damit?«

»Ich meine, das sollten Sie nicht einmal denken.«

»Ich habe es aber schon gedacht.«

Gavrilis schüttelte den Kopf. »Eins müssen Sie sich klarmachen. Kókoras ist ein kleinstädtischer Geschäftsmann. Nicht mehr und nicht weniger. Zum Überleben braucht er Verbindungen. Er stellt nicht allzu viele Fragen, und am besten tun Sie das auch nicht.«

»Verbindungen? Mit wem?«

»Ich habe keine Ahnung. Aber ich wiederhole: Hören Sie auf, Fragen zu stellen. Er kann Ihnen nicht helfen. Und ich genauso wenig.«

»Erklären Sie mir, was das Problem ist?«

»Jetzt reicht's aber!«

»Nein«, sagte George, »ich möchte, dass Sie es aussprechen.«

»Okay. Es gefährdet seine Geschäfte.«

»Nur, wenn es sich um illegale Geschäfte handelt.«

»Nein! Sein ganzes Modell ist in Gefahr. Es ist ein System. Sobald man einen Teil stört, bricht alles zusammen.«

»Mit anderen Worten, Mafia.«

»Kókoras ist nicht die Mafia! Und er ist verdammt viel besser als die Alternativen.«

»Welche Beweise haben Sie dafür?«

»Jede Menge.«

»Geben Sie mir ein Beispiel.«

»Mein Wort wird Ihnen genügen müssen.«

»Ich habe gesehen, wie Thanasi und seine Frau behandelt wurden«, entgegnete George. »So was macht man einfach nicht, wenn man ein Gewissen hat.«

»Er wird sie nicht weiter unter Druck setzen. Er weiß, dass sie in Schwierigkeiten sind.«

George stutzte. »Woher nimmt er überhaupt das Recht, Druck auf sie auszuüben? Das ist Schutzgelderpressung!«

»Wären wir in einem gut organisierten Land wie Schweden«, antwortete Gavrilis, »dann würde ich Ihnen zustimmen. Aber hier liegen die Dinge anders. Wir leben in einem Dschungel. Das wissen Sie genau. Hier braucht jeder Schutz.«

George lachte höhnisch. »Nur vor den sogenannten Beschützern!«

Gavrilis wirkte alles andere als amüsiert. »Wenn Sie weiterhin solche Fragen stellen, Herr Zafiris, werden Sie Ärger bekommen.«

»Wie mein Freund Mario?«

»Ich kenne Ihren Freund Mario nicht. Ich rede von Ihnen.«

George dachte darüber nach. Jetzt wurde es interessant. Eine Drohung, mindestens.

»Ich weiß zu schätzen, was Sie mir erzählen«, sagte er.

»Das ist klug«, antwortete Gavrilis.

»Nennen Sie mir die Namen der Leute, mit denen Kókoras zu tun hat …«

»Sie machen wohl Witze!«

»Nein. Ich meine es ernst … Ich kann ihn und Sie aus dem Spiel lassen.«

Gavrilis schien am Ende seiner Kräfte. »Sie müssen wahnsinnig sein. Selbst wenn sie mir bekannt wären, würde ich sie Ihnen nicht sagen.«

»Sind sie Ihnen bekannt?«

»Nie und nimmer!«

»Ich glaube Ihnen kein Wort.«

»Das ändert nichts. Ich kümmere mich um Ihre Rechnung.«

»Ich reise heute noch nicht ab.«

»Doch, das werden Sie.«

»Ich hatte vor …«

»Vergessen Sie, was Sie vorhatten. Es ist Zeit zu gehen.«

»Ich verstehe. Wenn ich in ein anderes Hotel ziehe …?«

»Werden Sie feststellen, dass kein Zimmer frei ist.«

»Ach ja? Ihr Freund, Herr Kókoras, geht kein Risiko ein.«

Gavrilis nickte. »Das ist sein Stil. Und übrigens ist er nicht mein Freund.«

»So? Vielleicht ein Verwandter?«

Gavrilis lächelte und setzte eine Unschuldsmiene auf. »Egal, in welchem Verhältnis er zu mir steht. Das Wichtigste ist, dass man ihn nicht zum Feind hat.«

23

Der Heilige Berg

Wie ein schwächer werdendes Funksignal nahm auch Kókoras' Einfluss etwa sechzig Kilometer östlich von Edessa ab. Immerhin war er bis zu diesem Punkt deutlich spürbar gewesen. George hatte es zweimal versucht – in ruhigen Kleinstadthotels, die verrammelt und verriegelt und menschenleer waren und deren Inhaber wie betäubt wirkten vor Langeweile und Untätigkeit –, nur um zu erfahren, dass sämtliche Zimmer vermietet seien. Schließlich fand er in einem Dorf außerhalb von Kókoras' Machtbereich eine Pension, wo er übernachten durfte. Als er nach einer *taverna* in der Nähe fragte, verneinte die Frau des Besitzers, lud ihn jedoch zu ihrem Abendessen ein – in Rotwein geschmortes Hähnchen, *Kókoras krasátos*, was George als himmlisches Omen auffasste. Am nächsten Morgen machte er sich nach einer Tasse Kaffee, einem Zwieback und einem Stück Käse auf den Weg zum Berg Athos.

Er hatte keine Vorstellung davon, was ihn bei seiner Ankunft erwarten würde. Bilder schossen ihm durch den Kopf: Klöster, die sich hoch über dem Meer wie Schwalbennester an die Klippen klammerten, bärtige junge Mönche in weißgetünchten Zellen, von Kerzen erleuchtete Kapellen, Eselspfade durch den Wald. Ganz sicher erwartete er kein Büro, in dem zügig eine Besuchserlaubnis nach der anderen abgestempelt wurde. Auch keine Überfahrt in einem rumpelnden alten *Kaik** oder Mönche, die, in der einen Tasche ihr Gebetbuch, in der andern ein Mobiltelefon, angeregt mit den Pilgern plauderten. Sie legten unterwegs an

* Schiffstyp der Levante.

mehreren Orten an: an einem kleinen Holzsteg nahe einem bewaldeten Strand; in einem Hafen, der, von einer soliden Steinmauer umgeben, vor einem gewaltigen, festungsartigen Kloster lag; und an einer Kaianlage mit baufälligen Schuppen und einer Maultierkarawane, die am Ufer entladen wurde. Grigoriou war der vierte Halt. Als der *Kaik* festmachte, sprangen mit George noch drei andere Reisende an Land. Sie folgten einer steilen gepflasterten Zufahrt bis zum Klostertor, dessen massive Holzflügel offen standen. Das Klatschen der Wellen unter ihnen ebbte ebenso ab wie das Brummen des Bootsmotors.

Ein attraktiver rothaariger Mönch mit osteuropäischem Akzent begrüßte sie und führte sie in ihren Schlafraum. Er gab ihnen den Zeitplan für Mahlzeiten und Gottesdienste und sagte: »Lassen Sie keine Wertsachen im Zimmer. Bei uns arbeiten Drogenabhängige, die eine Entwöhnungsbehandlung machen; wir möchten sie nicht in Versuchung führen.« Dann schritt er schnell davon und ließ die Besucher auspacken.

»Und was passiert jetzt?«, fragte einer von ihnen.

»Ich gehe erst mal eine rauchen«, sagte ein anderer.

»Gehen wir doch zusammen.«

Also blieb noch ein weiterer Mann mit George im Zimmer, ein farbloser, schwermütiger Kerl, der ihn wiederholt neugierig musterte.

»Hier darf man nicht rauchen«, bemerkte er schließlich. »Sie sollten sich schämen. Das ist respektlos.«

George zuckte mit den Achseln. Ihm war es egal, ob sie rauchten oder nicht. Er wollte vor allem Paris Aliveris finden.

»Waren Sie schon einmal hier?«, fragte er.

»Schon oft.« Der Mann streckte ihm eine Hand entgegen. »Ich heiße Stephanos und komme aus Preveza.«

»George. Athen.«

»Aha, Athen.« Dabei schwang in seinem »Athen, Athen …« ein beinahe vorwurfsvoller Unterton mit.

George spürte, dass der Mann Probleme hatte. Am besten beließ er es bei einem unverbindlichen Gespräch.

»Also, was macht man jetzt?«, fragte er. »Bis zum Abendessen bleibt noch eine Dreiviertelstunde.«

»Oh, es gibt eine Menge zu tun. Laufen, nachdenken, lesen, mit einem der Geistlichen sprechen …«

»Wo kann ich die denn finden?«

»Überall. In diesem Kloster arbeiten alle, so dass einige im Gemüsegarten anzutreffen sind, andere in der Küche, bei der Instandhaltung der Gebäude, beim Gebet oder Bibelstudium oder beim Abnehmen der Beichte. Sind Sie aus einem besonderen Grund hier?«

»Um einen Freund zu treffen.«

»Einen Mönch?«

»Nein, einen Besucher. Ehrlich gesagt frage ich mich, wie ich Kontakt zu ihm aufnehmen kann.«

»Wie wär's mit seinem Telefon?«

»Hat man denn hier Empfang?«

»Sollte man.«

George sah nach und stellte zu seiner Überraschung fest, dass der Empfang ausgezeichnet war.

»Ich kann Sie herumführen«, bot Stephanos an. »Wahrscheinlich treffen wir ihn.«

»Sehr gern«, antwortete George.

Sie liefen durch eine Reihe von Innenhöfen, vorbei an der Kapelle, dem Refektorium und den Küchen, der Bibliothek, den Verwaltungs- und Zellentrakten. Alles war solide gebaut, monumental und sehr gepflegt. Hinter den Gebäuden lagen weitläufige, terrassenartig angelegte, fruchtbare Gemüse- und Obstgärten, in denen Mönche arbeiteten, die ihre Gewänder in die Gürtel ihrer Hosen gesteckt hatten. Dazwischen sah George ein Dutzend hagere junge Männer in Zivilkleidung, die sich weniger hingebungsvoll abrackerten und eher an Bettler in den Straßen der Städte erinnerten. Das, erklärte Stephanos, seien die »von Gott geretteten Kinder«.

Sie begannen sich zu unterhalten. In dieser weltfremden mittelalterlichen Atmosphäre hatte George das Gefühl, seinem sonstigen Leben bereits entrückt zu sein. Arbeit, Familie, sein Zuhause – er sprach darüber, als gehörten sie zu jemand anderem. Aber lange durfte er ohnehin nicht erzählen. Ihm wurde bald klar, dass Stephanos darauf brannte, seine eigene Geschichte loszuwerden.

»Ich war Lehrer in Preveza«, begann er. »Für Biologie und Sport. Aber ich habe meine Stelle verloren.«

George schwieg.

»Möchten Sie wissen, wie es dazu kam?«

George wollte es nicht wissen. Er schwieg.

»Wegen sexueller Annäherungsversuche an ein fünfzehnjähriges Mädchen.«

George fügte sich in sein Schicksal.

»Nach einer Verletzung unterstützte ich sie dabei, wieder gesund zu werden. Ich bin nämlich auch ausgebildeter Physiotherapeut. Ich musste ihre Haltung korrigieren, mit ihr üben, Rücken und Nacken wieder gerade aufzurichten ... In Wirklichkeit hat sie mich an der Nase herumgeführt.«

»Tatsächlich?« George konnte sich seinen Einwand nicht verkneifen: »Das klingt wie eine Entschuldigung.«

»Nein, wirklich. Eindeutig. Sie war eine kleine *poutana*. Trotzdem hätte ich die Kontrolle über die Situation behalten müssen. Ich habe versagt und sie geküsst.«

»Das war ein Fehler.«

»Zweifellos. Nicht auf den Mund! Nur einmal, ganz zart, auf den Nacken. Sie hat mich angezeigt, es gab eine Untersuchung, und meine Laufbahn als Lehrer war beendet.«

»Ich hoffe, Sie machen nicht Ihre Schülerin dafür verantwortlich«, sagte George.

»Längst nicht so sehr wie mich selbst. Bei ihr schien einiges durcheinandergeraten zu sein. Körperlich war sie voll entwickelt und sah aus wie eine Erwachsene, gut gebaut und verführerisch auf eine Art und Weise, die man manchmal sogar bei sehr jungen Mädchen findet – aber innerlich war sie noch ein Kind. Ich glaube, sie bekam zu Hause nicht genug Zuwendung. Pech, dass sie mich in einem schwachen Moment erwischte. Ich werde nie wieder arbeiten. Was für eine Verschwendung! Ich bin jetzt fünfundvierzig, habe noch gut zwanzig Berufsjahre vor mir und trotzdem keine Zukunft. Können Sie sich vorstellen, was für ein Gefühl das ist?«

»Viele Menschen in Griechenland haben heutzutage das gleiche Problem. Ohne dass sie irgendetwas dafür können.«

Stephanos schien noch mehr in sich zusammenzusacken, seine Mundwinkel hingen nach unten, seine Wangen fielen ein, in seinen Augen schimmerten Qual und Selbstmitleid.

»Ich fühle mich wie ein Stück Dreck«, sagte er, »das nur darauf wartet, verbrannt zu werden.«

»Kommen Sie deshalb hierher?«

Stephanos nickte. »Auf Athos urteilt man nicht nach weltlichen Maßstäben. Vor Gott sind alle gleich.«

»Suchen Sie Vergebung?«

»Wem wird vergeben, wenn nicht dem Sünder?«

»Ich hoffe, Sie finden sie. Aber solange Sie die Verantwortung für Ihr Tun nicht übernehmen, wird Ihnen selbst die Vergebung auf dem Heiligen Berg nicht helfen.«

Stephanos wand sich vor Unbehagen. Offensichtlich wurde ihm das Gespräch unangenehm.

»Ist Ihr Freund hier?«, fragte er schließlich.

»Ich habe ihn noch nicht gesehen.«

George hatte die ganze Zeit Ausschau gehalten nach Aliveris, dessen Sünde selbst über die äußerste christliche Gnade weit hinausging, doch der Musiker war nirgendwo aufgetaucht. George konnte nur hoffen, dass er die Beichte ablegte, sich der strengen

Weisheit eines Geistlichen anvertraute und sich seiner schrecklichen Tat stellte.

»Sollen wir uns weiter unterhalten?«, fragte Stephanos.

»Ich möchte jetzt gern allein sein«, antwortete George.

Der Lehrer lächelte matt. »Bis später dann.«

George spazierte weiter durch die Gärten und genoss die Farben und Düfte des Herbstes. Das Gelände lag Richtung Westen, und die Nachmittagssonne vergoldete jeden einzelnen Baum und jedes Blatt – ganz so, als wolle sie die Landschaft in einen der Kränze aus dem mazedonischen Altertum verwandeln. George spürte den Frieden dieser seltsamen Halbinsel – dieses Ortes, der Gott geweiht, aber für Frauen verboten war und auf mysteriöse Weise Heilige und Sünder gleichermaßen anzog. Schon jetzt beruhigte er seinen Geist, entleerte ihn von sorgenvollen Gedanken und füllte ihn mit einem tiefen, abgeklärten Gefühl von Akzeptanz.

Da, in dem kurzen Moment, als ihm das Geheimnis zum Greifen nahe schien, schnurrte sein Mobiltelefon. Eine Zeitlang reagierte er nicht, doch dann obsiegte seine Neugier. Er schaltete es an. Eine SMS von Kriminaldirektor Sotiriou: »Hier ist die gewünschte Aufzeichnung.«

George stöpselte die Kopfhörer ein. Er wappnete sich für das, was kommen mochte, und drückte auf ›Play‹.

»Warum verfolgst du mich?« Die vorwurfsvolle Stimme einer Frau.

»Weil du mich betrügst.« Die Antwort des Mannes, drohend und kalt.

»Nein, das tue ich nicht und würde ich niemals tun.«

»Ich glaube dir nicht.«

»Denkst du, ich komme hierher, um meinen Liebhaber zu treffen?«

»Ich weiß es nicht mehr. Du hast dich so sehr verändert.«

»Ich habe mich nicht verändert. Aber du! Du bist misstrauisch, du bist eifersüchtig, du machst mir Angst.«

»Angst hat man nur, wenn man schuldig ist.«

»Sei nicht töricht! Ich habe Angst, weil du vor Eifersucht wahnsinnig bist, weil ... Was soll das?«

»Gib mir einen letzten Kuss.«

»Was meinst du damit? Sieh mich nicht so an! Du bist verrückt.«

»Komm her.«

»Paris, nicht!«

Lautes Keuchen, Kampfgeräusche, ein unterdrückter Schrei, dann Stille.

George zog langsam die Kopfhörer heraus. Er starrte in den lichtdurchfluteten Abgrund, der sich jenseits der Gärten auftat bis hinunter zum Meer. Er fühlte sich beschmutzt. Dieser Dialog war nicht für ihn bestimmt. Für niemanden. Er war intim und erschreckend. Und doch ein einzigartiger Beweis.

Nun war es mit Georges Gefühl von Frieden und Akzeptanz vorbei. Sein Geist war wieder vollkommen aufgewühlt. Die tiefe Stille dieses Ortes erschien ihm wie ein Vakuum, das gefüllt werden wollte, wie eine Frage, die auf Antwort wartete: Wie wirst du den Übeltäter finden?

Sekunden später hatte sich das Vakuum ganz von selbst gefüllt. Paris lief hastig einen Weg entlang, kaum zwanzig Meter unterhalb von George, und eilte auf das Kloster zu, als käme er zu spät zu einer Verabredung. Zwischen ihnen erhob sich eine lange Reihe von Zypressen, die ihn immer wieder verdeckten. Etwa hundert Meter weiter vorn erspähte George eine Abkürzung nach unten. Er steckte sein Telefon in die Tasche und nahm die Verfolgung auf.

Paris lief schnell, ohne sich umzudrehen. George musste rennen, um aufzuholen. Als Paris die Hauptgebäude erreichte, lag George noch ein gutes Stück hinter ihm. Schließlich betrat er den Innenhof. Er war leer. Lange Reihen geschlossener Zellentüren.

Hitze, Totenstille. Nichts, was verriet, wohin Paris entschwunden war.

George zögerte einige Augenblicke und rannte weiter. Der nächste Hof war ebenfalls menschenleer.

Versuchsweise klopfte er an eine der Zellen. Als keine Antwort kam, probierte er es an der nächsten. Sie wurde von einem verschlafenen Mönch geöffnet, der sich über die Störung ärgerte.

»Man klopft nicht an die Türen der Mönche!«, rief er.

George entschuldigte sich und ging langsam zurück zu den Gärten. Er setzte sich und dachte über das Erlebte nach.

24

Das Leben als Mönch

Das Abendessen, das man *trápeza* nannte, war eine hastige Angelegenheit. Mönche und Pilger saßen an langen Tischen, auf denen Teller mit Gemüseeintopf zwischen Körben mit dick geschnittenen Brotstücken standen. Ein Tischgebet wurde angestimmt, eine Glocke geläutet, dann begannen alle zu essen, fieberhaft und gierig, mit gesenktem Blick, ohne Umschweife, ohne Gespräche – während ein Mönch an einem Rednerpult mit lauter, monotoner Stimme aus dem Leben eines Heiligen vorlas. Zehn Minuten später läutete die Glocke erneut. Löffel klapperten auf leere Teller. Die Mahlzeit war vorbei. George fühlte sich wie ein Gefängnisinsasse. Er überflog die Reihen der Gesichter im Refektorium. Paris war nicht hier.

Nach dem Essen schlenderte er durch die Höfe und Gärten und setzte seine Suche fort. Keine Spur von ihm. In George wuchs die Überzeugung, dass Paris ihm aus dem Weg ging; zweifellos hatte sein Vater ihn gewarnt.

Um 21.00 Uhr legte sich George ins Bett – und fühlte sich nach wie vor wie ein Gefangener.

Einige Zeit später erwachte er, weil jemand ihn ungeduldig schüttelte. Verwirrt und schlaftrunken murmelte er: »Wer sind Sie?«

»Ich bin's, Stephanos! Ich gehe zum Frühgottesdienst. Kommen Sie mit?«

»Hatte ich das gesagt?«

»Ich denke schon.«

George rieb sich die Augen. »Ich erinnere mich nicht.«

»Kommen Sie! Das wird Ihnen guttun.«

»Mir gut tun? Wie denn?«

»Kommen Sie einfach!«

»Wie spät ist es?«

»Fast 3.00 Uhr.«

George verstand nicht, wieso es jemandem guttun sollte, auf die Hälfte seines Nachtschlafs zu verzichten, und er sank zurück auf sein Kissen.

»Kommen Sie?«

»Lassen Sie mich darüber nachdenken.«

»Los jetzt«, forderte Stephanos beharrlich wie ein kläffendes Hündchen.

George nahm dunkel wahr, dass andere Schlafende unruhig wurden. Die Situation erinnerte ihn fast an eine militärische Operation, an ein Team, das sich zum Einsatz bereit macht.

Im Halbschlaf murmelte er: »Okay. Ich ziehe mich an.«

Draußen war es noch dunkel, die Sterne tauchten die Steine im Innenhof in sanftes silbriges Licht, und die Silhouetten der Klostergebäude hoben sich gegen den Nachthimmel ab. Vor sich sahen sie durch eine offene Tür eine einzelne Kerze in der Dunkelheit brennen. George und Stephanos wankten stolpernd darauf zu, ihre Schritte hallten durch die nächtliche Stille.

Im Inneren der Kapelle erkannte George undeutlich das hölzerne Chorgestühl entlang der Wände und die bärtigen Gestalten, die bereits dort saßen. Die Kerzenflamme beleuchtete unbeirrt ein Pult, an dem ein junger Mönch stand und aus der Heiligen Schrift Psalmen rezitierte; seine Stimme wurde von den dunklen Gewölben zurückgeworfen. Stephanos führte George zu einem freien Platz. »Setzen Sie sich«, flüsterte er.

George quetschte sich in den engen geschwungenen Holzstuhl mit den schulterhohen Armstützen und der ungemütlich kleinen Sitzfläche. Stephanos nahm auf dem Nachbarsitz Platz und lächelte triumphierend.

George nickte finster. Vier Stunden Singen entsprachen nicht gerade seiner Vorstellung von einer sinnvoll verbrachten Nacht. Dennoch war er bereit, es zu versuchen, und sei es nur, um diesen Aspekt des Lebens der Mönche am eigenen Leib zu erfahren. Er begriff schon jetzt, wie hart ihr Alltag sein musste, sowohl seelisch als auch körperlich, und wie falsch all jene Berichte waren, die ihr Dasein als ›stressfrei‹ darstellten. Bei maximal fünf Stunden Schlaf pro Nacht produzierten Körper und Geist, deren existenzielles Erholungsbedürfnis unbefriedigt blieb, mehr als genug Stress für ein ganzes Leben.

Nachdem sich Georges Augen an die Dunkelheit gewöhnt hatten, erkannte er allmählich die Wandgemälde der Heiligen, deren strenge Gesichter und steife Gewänder von Rauch und Alter geschwärzt waren. Über ihnen, in den Mosaiken des Kuppelgewölbes, schwebte das übergroße Antlitz Christi. George war überwältigt von der Wirkung der einzelnen Kerze. Alles war bühnenreif inszeniert, um den größtmöglichen Effekt zu erzielen: das Licht der Wahrheit, das die Dunkelheit der Ignoranz vertreibt, die heiligen Väter, die in den Schatten schweben, während sich die Kerzenflamme in ihren Gesichtern spiegelt und Christus vom Himmel auf sie herabschaut. Jenseits der Kirchenmauern lag die Welt, die Natur, ein unendliches, unfassbares Universum.

Und doch kam ihm der Gesang endlos vor! *Kyrie eleison, Kyrie eleison, Kyrie eleison …* Wie das langsame Abwickeln einer nicht enden wollenden Garnrolle. Die Zeit schien beinahe stillzustehen.

Etwa eine Stunde später öffnete George, nachdem er eingenickt war, die Augen und erschrak; im Gestühl am anderen Ende der Kirche entdeckte er plötzlich das Gesicht von Paris. Er hatte undeutlich wahrgenommen, dass Mönche und Pilger gelegentlich ein- und ausgingen und Neuankömmlinge eintraten. Und auf einmal saß da der Mann, den er suchte, mit gesenkten Lidern, offensichtlich in tiefe Kontemplation versunken.

Paris schaute nicht auf. George beobachtete ihn scharf.

Der Gesang nahm kein Ende. Auf der anderen Seite des Kirchenschiffs wurde eine zweite Kerze angezündet, ein zweiter Mönch erhob seine Stimme. Die Wirkung war spektakulär. Plötzlich entstand Vielfalt, ein Dialog. Die zwei Melodien lösten einander ab, vereinigten sich, fielen auseinander, umschlangen sich wie die Ranken einer Weinrebe. George wurde schläfrig, eingelullt in einen halluzinatorischen Zustand, in dem jeder seiner Sinne ihm in der Verkleidung eines anderen erschien. Aus Klang wurde Farbe. Der Duft des Weihrauchs, der hier seit Jahrhunderten tagtäglich brannte, nahm die Gestalt seiner Erinnerungen an. Vergangenheit und Gegenwart vereinten sich zu einem Fluss aus geschmolzener Dunkelheit und vergoldeten Flammen ...

Als George erneut aufwachte, steif und in seinem Sitz zusammengesunken, hob er den Kopf und sah, dass Paris verschwunden war. Eine Welle des Zorns vertrieb schlagartig seine Lethargie, er eilte aus der Kirche.

Draußen im Hof war der Tag angebrochen und hatte die Welt in verblüffende Farben getaucht. Vögel sangen. Die ersten Sonnenstrahlen erhellten den Himmel hinter den hohen Klostermauern. George sah auf seine Armbanduhr. 7.00 Uhr. Er war Paris zwar keinen Schritt näher gekommen, aber wenigstens konnte es nicht mehr lange dauern bis zum Frühstück.

Er atmete tief ein und trank die kühle Morgenluft.

Zurück in der Kirche flüsterte er Stephanos zu: »Wie lange geht das hier noch?«

»Bis zum Frühstück.«

»Ich weiß, aber wann ist das?«

»Kommt drauf an. An manchen Tagen um 7.30 Uhr, an anderen um 8.30 Uhr.«

»Und heute?«

»Wir werden sehen.«

»Wovon hängt das ab?«

»Vom Heiligen des Tages. An Festtagen dauert der Gottesdienst länger, und man isst später.«

»Ich habe Hunger«, sagte George.

»Dies ist unsere Nahrung für das ewige Leben«, antwortete Stephanos.

»Natürlich«, erwiderte George. »Ich vergaß.«

Er lehnte sich in seinem Sitz zurück und rollte die Schultern, um seine schmerzenden Gelenke zu entspannen.

Endlich war der Gottesdienst vorbei, und die Mönche strömten durch die Kirchentür wie ein Fluss aus schwarzer Tinte. George beobachtete den Aufbruch der Versammlung, erst die Mönche, dann die Besucher. Paris war nicht dabei.

Auch beim Frühstück tauchte er nicht auf. Wieder vermutete George, dass er ihm aus dem Weg ging und möglicherweise bereits seine Flucht plante. Er fragte einen Mönch, um wie viel Uhr das erste Boot anlegte.

»Sie legen ständig an«, war die Antwort.

George fragte, wie er einen Besucher finden könne.

Der Mönch wirkte verblüfft. »Hier sind viele Besucher.«

»Ich weiß. Es geht um einen speziellen, mit dem ich sprechen muss.«

»Wissen Sie, wie er heißt?«

»Paris Aliveris.«

Der Name schien ihm nichts zu sagen. »Was wollen Sie von ihm?«

»Ich muss ihn etwas fragen.«

Der Mönch sah George nachdrücklich in die Augen. »Hier ist ein Ort des Gebets und nicht weltlicher Angelegenheiten. Wenn Sie mit jemandem sprechen müssen, sollten Sie das auf dem Festland tun.«

»Es geht um seine eigene Sicherheit.«

»Haben Sie eine Botschaft für ihn?«

»Können Sie sie weiterleiten?«

»Falls ich ihn finde, werde ich das tun.«

»Und wenn ich Ihnen sage, dass er von der Polizei gesucht wird?«

»Ich würde erwarten, dass die Polizei ganz offiziell Kontakt mit dem Kloster aufnimmt.«

»Also bieten Sie Kriminellen Unterschlupf?«

»Sie scheinen da einiges durcheinanderzubringen.«

»Vielleicht. Oder vielleicht auch nicht. Wenn ich einen Mörder in meinem Haus beherbergte, wüsste ich schon gern darüber Bescheid.«

Bei diesen Worten wurde der Mönch stutzig. Er überlegte einige Minuten, bevor er weitersprach.

»Das ist eine ernste Angelegenheit.«

»Sie verstehen, warum ich besorgt bin.«

»Ich spreche mit dem Abt, sobald er zurückkehrt.«

»Wo ist er denn?«

»Auf dem Weg von Thessaloniki hierher. Er war im Krankenhaus.«

»Es ist möglich, dass Herr Aliveris zu fliehen versucht.«

»In diesem Fall wird ihn sein Schicksal anderswo ereilen.«

»Dieses Schicksal könnte in der Tat höchst unangenehm werden.«

»Falls er jemandem das Leben genommen hat, wird Gott ihn bestrafen. In gerechter Weise.«

»Möchten Sie das lieber Gott überlassen?«

»Wir alle sind in Seiner Hand.«

George zog ein Notizbuch aus der Tasche, schrieb ›Paris Aliveris‹ auf eine leere Seite und riss sie heraus.

»Was ist das?«, fragte der Mönch.

»Sein Name.«

»Nicht nötig.« Er tippte sich mit dem Zeigefinger an die Stirn. »Den hab ich hier drinnen.«

George bedankte sich bei ihm. Der Mönch erwiderte: »Versuchen Sie, Ihre Angelegenheiten zurückzulassen, wenn Sie hierherkommen.«

»Ich wünschte, das könnte ich«, antwortete George.

»Kommen Sie in einer Stunde zum Tor am Meer.«

»Warum?«

»Wir begrüßen den Abt. Sollte ich Aliveris finden, werde ich ihn ebenfalls dorthin einladen.«

»Vielen Dank«, erwiderte George.

Kurz nach dem Frühstück breitete sich erwartungsvolle Aufregung im Kloster aus. Schwere Holztore wurden geöffnet. Mönche traten aus ihren dämmrigen Zellen hinaus ins Sonnenlicht, in förmliche Gewänder gekleidet und die zylinderähnlichen Kopfbedeckungen mit schwarzen Tüchern behängt. Sie begrüßten sich und sammelten sich in Grüppchen entlang der Allee, die zum Hafen hinunterführte. Sie warteten, sprachen wenig und strahlten gelassenen Enthusiasmus aus. Bald war das ganze Kloster auf den Beinen, ungefähr zweihundert Menschen. Stephanos, der Sportlehrer, stand bei drei älteren Mönchen und redete aufgeregt gestikulierend auf sie ein. Sie lauschten seiner verzweifelten Geschichte mit feierlichen Gesichtern.

Paris Aliveris war nicht unter den Anwesenden. George schritt durch die Menge Richtung Hafen und hielt Ausschau nach seinem Gesicht, das ihm immer wieder entglitt.

Vom unteren Klostertor aus sah er, wie sich ein gepflegtes kleines Küstenschiff näherte und dunklen Rauch aus seinem blau-weißen Schornstein blies. Auf dem Achterdeck parkte ein glänzender schwarzer Jeep. Das Schiff verlangsamte die Fahrt, ging vor Anker, hupte dreimal und fuhr vorsichtig rückwärts auf die Mole zu. Eine Metallrampe auf Rädern wurde vom Heck heruntergelassen, der Geländewagen rumpelte an Land und wandte sich hügelaufwärts. Durch die geöffneten Autofenster erhaschte George einen Blick auf einen betagten, lächelnden Geistlichen mit grauem Vollbart, der vorn auf dem Beifahrersitz saß und winkte. Die Mönche jubelten und bekreuzigten sich, als er im Schritttempo vorbeifuhr. »Willkommen zurück, Vater!«, riefen sie. *I ora kali!*

Ihre Begeisterung überraschte George. Bisher waren sie ihm als gefühllose, rein geistige Wesen erschienen, die höchst effizient ihrer Arbeit nachgingen und sich streng ihren Pflichten unterwarfen. Hier jedoch brachten sie unverhohlen ihre Gefühle zum Ausdruck: Loyalität, Bewunderung, Liebe. Teamwork jeglicher Art ist in Griechenland etwas so Seltenes, dass es fast einem Wunder gleichkommt …

George war so in seine Gedanken vertieft, dass er die zwei Gestalten, die sich ihm näherten, nicht bemerkte. Eine von ihnen berührte ihn am Ellbogen. Er zuckte überrascht zusammen. Es war der Mönch, mit dem er gesprochen hatte.

»Herr Zafiris, ich bin Vater Seraphim. Hier ist der Mann, den Sie suchen.«

»Oh?«

Er drehte sich um und stand direkt vor Paris Aliveris.

George streckte ihm eine Hand entgegen, die der Musiker jedoch nicht nahm.

»Sie wollten mich sehen?«, fragte er kalt.

»Können wir unter vier Augen sprechen?«

Paris warf Vater Seraphim einen Blick zu. »Ich möchte lieber meinen Beichtvater dabeihaben.«

»Wenigstens mal was anderes als ein Rechtsanwalt«, sagte George.

»Gehen wir in mein Büro«, schlug der Geistliche vor.

Er führte sie in den innersten Hof, wo sie eine Treppe in den ersten Stock hinaufstiegen. Vater Seraphim zog einen Schlüsselbund aus der Tasche und führte sie in ein geräumiges Arbeitszimmer, das kleiner wirkte, weil Hunderte von Büchern sich entlang der Wände und auf den Tischen stapelten. In einer Ecke standen ein Schreibtisch und ihm gegenüber, im rechten Winkel zueinander, zwei Holzbänke mit geraden Rückenlehnen.

»Nehmen Sie Platz«, sagte der Mönch. »Ich mache Kaffee.«

Er verschwand durch eine Tür hinter dem Schreibtisch. George und Paris setzten sich angespannt nebeneinander, ohne ein Wort zu wechseln.

Vater Seraphim kam zurück, blieb jedoch stehen. »Sind Sie nur hierhergekommen, um Herrn Aliveris zu treffen?«

»Ja.«

»Sie waren aber auch beim Frühgottesdienst.«

»Ich dachte, ich würde ihm dort begegnen.«

»Sind Sie Christ?«

»Ganz allgemein gesprochen, ja.«

»Was meinen Sie damit?«

»Ich lehne die Behauptungen des Christentums weder ab noch akzeptiere ich sie unkritisch.«

»Zum Beispiel?«

»Die Wunder.«

»Und die Auferstehung, das größte Wunder von allen?«

»Merkwürdigerweise kann ich mir das vorstellen.«

»Ich verstehe.« Er sah ihn missbilligend an. »Immerhin, das ist ein Anfang.«

»Was versuchen Sie mir zu sagen?«

Der Mönch fixierte ihn lange und ausdruckslos. Ein bisschen mitleidig, dachte George. Ein bisschen ironisch.

»Ich hole den Kaffee«, sagte er schließlich.

Er kehrte mit drei Tässchen auf einem Tablett zurück.

»Ich möchte direkt zur Sache kommen«, begann George.

»Gut«, sagte Vater Seraphim.

»Herr Aliveris, ich kam zu Ihnen nach Hause, um Sie über den

Tod Ihrer Frau zu befragen. Sie haben mich feindselig empfangen und sind wenige Stunden später verschwunden. Menschen, die davonlaufen, werden für schuldig gehalten.«

»Ich bin nicht davongelaufen.«

»Sie sind nach Bukarest geflogen.«

»Aus gutem Grund.«

»Bitte erklären Sie das.«

»Ich war erschöpft und völlig am Ende. Ich brauchte eine Pause.«

»Warum Bukarest?«

»Ich habe dort Freunde. Freunde, die nicht aus Athen kommen, gläubige Menschen, die mir beistehen konnten.«

»Haben sie das getan?«

»Sehr.«

»Und nach Bukarest kamen Sie hierher?«

»Wie Sie sehen.«

»Warum?«

»Um mit Vater Seraphim zu sprechen. Um in der Gemeinschaft neue Kraft zu schöpfen.«

»Und Vergebung zu suchen?«

»Immer.«

»Was meinen Sie mit ›immer‹?«

»Ich komme jedes Jahr hierher. Die Beichte ist ein Sakrament.«

»Verspürten Sie ein besonderes Bedürfnis zu beichten?«

»Ja.«

»Warum?«

»Mein Geist war von bösen Gedanken verseucht.«

»Was für Gedanken?«

»Rache, Hass, Reue ...«

»Richten sich die Gedanken gegen jemand Bestimmten?«

»Gegen die Mörder meiner Frau.«

»Und warum Reue?«

Für einige Augenblicke wirkte Paris zu erschüttert, um zu antworten. Dann riss er sich zusammen. »Es ist mir nicht gelungen, sie zu beschützen. Auch nicht, sie so zu lieben, wie sie es verdient hat.«

»Lassen Sie uns das klarstellen. Sie sprechen von Reue, nicht von Schuld?«

»Die Schuld überlasse ich den Übeltätern, die ihr Leben zerstört haben.«

George beobachtete ihn genau, während er sprach. Keine ausweichenden Blicke, keine aalglatten Antworten. Er wirkte ruhig. Das mochte als Unschuld interpretiert werden oder als psychopathische Abspaltung. George zweifelte keinen Augenblick an der Bedeutung. In seiner Tasche steckte ein Telefon mit einer Aufzeichnung. Es lag dort wie eine zusammengerollte Schlange. Er müsste nur auf ›Play‹ drücken. Dann wäre die Sache endlich geklärt.

Doch vorher wollte er sehen, wie weit dieser kaltblütige Lügner mit seiner Verleugnung gehen würde.

»Werden Sie aus Herrn Aliveris' Geschichte schlau?«, fragte er Vater Seraphim.

»Absolut«, antwortete der Mönch.

»Für mich klingt sie verwirrend«, sagte George.

»Sie sind auch kein Beichtvater.«

»Nein, ich bin Detektiv. Ich erkenne schuldhaftes Verhalten, wenn ich es sehe.«

»Ich frage mich, ob das zutrifft, Herr Zafiris.«

George ärgerte sich über den Tonfall des Geistlichen und reagierte scharf. »Tatsächlich? Das ist verwunderlich. Mit wie vielen Kriminellen sprechen Sie denn pro Monat?«

Vater Seraphim antwortete gelassen: »Als Beichtvater gewähren mir die Menschen Einblick in ihre Seelen.«

»Ach ja? Und vermutlich erzählen sie Ihnen auch immer die Wahrheit?«

»Natürlich nicht. Manche Dinge sind zu unerträglich, um sich ihnen zu stellen, oder unmöglich in Worte zu fassen. Und doch gelingt es mir dank Gottes Gnade zu sehen. Manchmal ›wie durch ein dunkles Glas‹, wie der heilige Paulus sagt, aber oft von Angesicht zu Angesicht.«

George ahnte, wohin das führen würde. Zu einer höheren Wahrheit, mystischem Wissen, in einen Sumpf voller Hokuspokus. »Tatsache ist doch, Vater, dass Sie an Ihre priesterliche Schweigepflicht gebunden sind. Selbst wenn Herr Aliveris seine Frau ermordet und es Ihnen gestanden hätte, würden Sie es mir nicht verraten.«

»Das ist richtig. Aber da er seine Frau nicht getötet hat, taucht dieser schmerzliche Widerspruch zwischen irdischer Gerechtigkeit und himmlischer Gnade gar nicht erst auf.«

»Und wenn er sie getötet hätte, würden Sie ihm die Absolution erteilen?«

»Das kann ich unmöglich beantworten. Es kommt auf das Individuum an. Normalerweise ermutige ich einen Menschen, der ein Verbrechen begangen hat, dazu, sich der Polizei zu stellen und seine Strafe auf sich zu nehmen. Ich bin keineswegs dafür, sich der Verantwortung zu entziehen.«

»Unter welchen Umständen würden Sie jemandem hier Zuflucht gewähren?«

Vater Seraphim runzelte die Stirn, seine Augen schimmerten undurchdringlich.

»Unter außergewöhnlichen Umständen«, antwortete er.

»Wie zum Beispiel?«

»Wir können Gottes Absicht nicht erkennen, aber gelegentlich erfordert Sein Auftrag, dass wir einem Sünder gestatten, sich durch Arbeit, Gebet und Fasten selbst zu erlösen.«

»Arbeit für das Kloster? Wie die Drogenabhängigen während der Entziehungskur?«

»Das ist die allgemeine Idee, aber es ginge um einen wesentlich intensiveren und komplizierteren Prozess.«

»Und wie beurteilen Sie, wer sich dafür eignet?«

»Das ist Gottes Sache.«

»Aber Sie müssen entscheiden?«

»Wir würden den Fall gemeinsam mit dem Abt und dem Konzil des Klosters prüfen und um Erleuchtung beten.«

»Selbst gegen das Gesetz des Staates?«

»Nur, wenn ein höheres Gesetz das gestattet.«

»Und welches ist dieses höhere Gesetz?«

»Das Gesetz von Gottes Gnade. Wir alle sind Sünder, Herr Zafiris. Jeder von uns lebt oder stirbt bis in alle Ewigkeit durch dieses Gesetz.«

»Das ist ja äußerst praktisch.«

»Ich versichere Ihnen, es ist alles andere als das. Vor der göttlichen Gerechtigkeit kann sich niemand verstecken.«

»Wie oft gewähren Sie einem Kriminellen Asyl?«

»Sehr selten.«

»Einmal im Jahr? Einmal im Monat?«

»Nein. Das habe ich vielleicht dreimal in dreißig Jahren erlebt.«

George klopfte leicht auf seine Jackentasche. »Ich möchte, dass Sie sich etwas anhören«, sagte er. Er legte das Telefon auf den Schreibtisch vor sie hin, beobachtete Paris aufmerksam und spielte die Aufzeichnung ab.

Warum verfolgst du mich?

Weil du mich betrügst.

Nein, das tue ich nicht und würde ich niemals tun.

Ich glaube dir nicht.

Denkst du, ich komme hierher, um meinen Liebhaber zu treffen?

Ich weiß es nicht mehr. Du hast dich so sehr verändert.

Ich habe mich nicht verändert. Aber du! Du bist misstrauisch, du bist eifersüchtig, du machst mir Angst.

Angst hat man nur, wenn man schuldig ist.

Sei nicht töricht! Ich habe Angst, weil du vor Eifersucht wahnsinnig bist, weil ... Was soll das?

Gib mir einen letzten Kuss.

Was meinst du damit? Sieh mich nicht so an! Du bist verrückt.

Komm her.

Paris, nicht!

George verglich die Reaktionen der beiden Männer. Der Mönch hörte wachsam, gelassen und ausdruckslos zu. Paris dagegen wurde immer aufgeregter.

»Nun?«, fragte George. »Was sagen Sie dazu?«

Paris konnte kaum sprechen. Seine Augen glühten vor Angst und Wut. »Woher ... Woher haben Sie das?«

»Von der Polizei.«

»Und woher haben die es?«

»Sie haben Ketis Telefon gefunden.«

»Wo?«

»Im Gebüsch.«

»So lange nach dem Mord?«

»Das kommt vor.«

Paris war am Boden zerstört. Sein Gesicht fiel in sich zusammen. Tränen strömten aus seinen Augen, Schluchzer schüttelten seinen Körper.

»Zeit für ein Geständnis?«, fragte George.

Vater Seraphims erhobene Hand gebot Zurückhaltung.

Paris hatte den Kopf in die Hände gestützt und zitterte wie in einem Fieberanfall. George wartete geduldig. Er spürte, dass er seinem Ziel ganz nahe war.

Sein Blick wanderte an den Bücherregalen entlang. Sie enthielten, wie erwartet, zahlreiche Bände über das Gebet, die Evangelien, die Leben der Heiligen, die Geschichte der Kirche. Doch es gab auch andere Bücher: Taschenbücher mit französischen und englischen Titeln, Publikationen über Kunst, Psychologie und Philosophie. Normalerweise besaßen orthodoxe Mönche nicht derart säkulare Werke. Sie wurden für eine bestimmte Art des Denkens ausgebildet und hatten sich daran zu halten. Höchst selten traf man auf eine außergewöhnliche Persönlichkeit, jemanden, der eine andere Lebensweise – als Geschäftsmann, Wissenschaftler oder Künstler – hinter sich gelassen hatte: faszinierende Gestalten, die die Welt, der sie abschworen, gekannt und sich im Lichte ihrer Erfahrungen für das Klosterleben entschieden hatten.

George wurde neugierig auf Seraphim, aber jetzt war keine Zeit für Neugier. Paris hatte aufgehört zu zittern. Langsam hob er den Kopf. Er schaute zuerst seinen Beichtvater an und dann George, sein Blick war abwesend und verängstigt. Es lag etwas Kindliches darin, wie bei einem Jungen, der auf einen Baum geklettert ist und nicht weiß, wie er wieder herunterkommen soll.

Seraphim faltete die Hände.

»Kommen Sie schon, Herr Aliveris«, sagte George. »Hier sind Sie in Sicherheit. Nicht einmal die Polizei kann Sie verhaften. Aber Sie müssen uns die Wahrheit gestehen.«

Seraphim nickte.

Paris schien mit sich zu ringen und gegen unsichtbare Schwierigkeiten zu kämpfen. »Ich weiß nicht, was ich sagen soll«, murmelte er. »Eine derart lächerliche Fälschung ...«

»Eine Fälschung?«, rief George. »Wie sollte das gehen?«

»Hören Sie sich die Stimmen an. Weder ich noch Keti ...«

»Jetzt kommen Sie mir nicht damit, Paris! Das Telefon gehörte Ihrer Frau. Es ist ein eindeutiger Beweis, und Sie benutzen irgendwelche ...«

»Hören Sie genau hin!«, wiederholte Paris beharrlich. »Hören Sie genau hin!«

»In Ordnung«, sagte George, »das werde ich.«

Er drückte auf das kleine weiße Dreieck auf dem Display des Telefons, und der Dialog begann von Neuem. Paris zuckte zusammen, während er abgespielt wurde.

»Hört sich das an wie meine Stimme?«

»Stimmen verändern sich unter Stress«, erklärte George.

»Aber nicht dermaßen. Ich sage Ihnen, das sind weder ich noch Keti. Das ist ein schmutziger Trick.«

»Damit überzeugen Sie weder mich noch die Polizei, es sei denn, Sie können es beweisen.«

»Überprüfen Sie die Aufzeichnung! Wann wurde sie gemacht?«

»Das ist doch offensichtlich.«

»Sie müssen das nachprüfen.«

»Ich habe hier nicht die Originaldatei.«

»Dann finden Sie denjenigen, der sie hat. Dort sieht man Datum und Uhrzeit.«

»Ich bin sicher, die Polizei hat das kontrolliert.«

»Sind Sie das? Haben Sie nachgefragt?«

»Nein.«

»Bitte tun Sie das.«

George wählte Sotirious Nummer. Als der Kriminaldirektor sich meldete, gab er die Frage an ihn weiter. Sotiriou bat ihn zu warten, raschelte mit Papieren, stieß murmelnd Beschimpfungen über seine Kollegen aus und sagte schließlich gereizt: »Das muss ich überprüfen.«

»Bitte tun Sie das.«

»Ist es dringend?«

»Extrem dringend.«

»Warum?«

»Ich sitze hier mit Herrn Aliveris.«

»Ach.« Der Kriminaldirektor schwieg eine Weile.

»Wo sind Sie?«, fragte er.

»Auf dem Berg Athos.«

»Sie haben ihn also ausfindig gemacht. Gute Arbeit.«

»Wie lange wird Ihre Überprüfung dauern?«

»Ein paar Stunden.«

»Mir wären Minuten lieber.«

»Uns allen sind Minuten lieber, Herr Zafiris! Aber die sind schwer zu bekommen.«

»Versuchen Sie's trotzdem. Ich schlage vor, Sie kontrollieren sämtliche Einstellungen dieses Telefons und alle Fingerabdrücke.«

»Ich werde noch wesentlich mehr tun, das verspreche ich Ihnen.«

George ließ sein Handy langsam sinken.

»Nun?«, fragte Aliveris.

»Noch keine Antwort«, entgegnete George. »Aber sie arbeiten dran ... Jetzt sagen Sie mir, warum jemand so etwas fälschen sollte?«

»Um mich zu belasten«, erwiderte Aliveris.

»Das kann ich kaum glauben.«

»Ich sage Ihnen, Keti verbrachte ihre Zeit mit durch und durch unangenehmen Leuten.«

»Die sicher nicht dumm sind.«

»Welchen Unterschied macht das schon? Das ist eine Frage der Bösartigkeit, nicht der Intelligenz.«

»Na schön. Immerhin stimmt es mit anderen Beweisen überein.«

»Worauf beziehen Sie sich?«

»Auf Ihre Eifersucht zum Beispiel.«

»Wer hat Ihnen davon erzählt?«

»Wollen Sie das abstreiten?«

»Allerdings!«

»Aber Sie haben sich wie ein eifersüchtiger Ehemann verhalten, haben Keti verfolgt, ihre Telefonate mitgehört ...«

»Aha, es war Anna, nicht wahr? Anna mit ihrem Engelsgesicht! Und dem Herzen einer Schlange!«

George sagte nichts dazu.

»Alles, was ich getan habe«, erklärte Paris, »war, Keti vor Ausbeutung zu schützen.«

»Was meinen Sie damit?«

»Keti war eine seriöse Musikerin, eine großartige Solistin, und sie wollte all das wegwerfen für eine Karriere im Showbusiness.«

»Da wäre sie nicht die Erste.«

»Ich weiß, aber das ist ein Fehler. Ein schrecklicher Fehler.«

»Ob Fehler oder nicht, es war ihre Entscheidung«, entgegnete George.

»Eine Entscheidung, die man sorgfältig abwägen muss!«

»Vermutlich lockte sie das Geld?«

»Und der Ruhm.«

»Daran gibt es nichts auszusetzen.«

»Sie hätte ihren Ruf ruiniert.«

»Also haben Sie versucht, sie davon abzuhalten?«

»So gut ich konnte.«

»Indem Sie ihr nachstellten?«

Paris zuckte zusammen. »Wer hat das behauptet?«

»Ich habe Zeugen.«

»Ich habe ihr nicht nachgestellt. Wie kann man der eigenen Ehefrau ›nachstellen‹?«

»Doch, genau das haben Sie getan.«

»Ich bin ihr ein paarmal gefolgt.«

»Und haben ihr hinterhergeschnüffelt: Telefon, Tagebuch, E-Mails?«

Paris antwortete nicht.

»Wissen Sie, mit wem sie sich in den letzten Tagen ihres Lebens getroffen hat?«, fragte George.

»Selbstverständlich.«

»Können Sie mir Namen nennen?«

Paris stutzte. »Namen?«

»Genau.«

Er wirkte für einen Augenblick irritiert. »Wozu brauchen Sie Namen?«

»Falls Sie, Herr Aliveris, Ihre Frau nicht getötet haben, muss ich herausfinden, wer es sonst getan haben könnte. Mit wem traf sie sich? Wer könnte ein Motiv gehabt haben? Ohne Namen werde ich immer wieder auf den einzigen Verdächtigen zurückkommen, den ich kenne: Sie!«

Paris seufzte und schaute zu Vater Seraphim, der mit gesenktem Blick dasaß.

»Das ist unglaublich quälend«, sagte er schließlich.

»Zweifelsohne«, antwortete George und zog ein Notizbuch aus der Tasche. »Bringen wir's hinter uns, okay?«

Paris begann: drei Nachtklubbesitzer, ein Hairstylist, ein Unternehmensberater, ein Konzertveranstalter, ein Journalist, ein Fotograf, ein Regisseur für Fernsehwerbung. Er sprach jeden einzelnen Namen klar und deutlich und voller Verachtung aus.

Zwei der Genannten erregten Georges besondere Aufmerksamkeit. Wladimir Merkulow, einer der Nachtklubbesitzer, und ›Stelios‹, der Fotograf.

»Erzählen Sie mir, was Sie über Merkulow wissen.«

»Ihm gehören ein großer Nachtklub in Glyfada und ein Hotel auf der Halbinsel Chalkidiki. Außerdem Firmen in Russland.«

»Kennen Sie ihn persönlich?«

»Absolut nicht.«

»Und Stelios?«

»Auch nicht.«

»Hat er auch einen Nachnamen?«

»Ja, aber den habe ich vergessen. Stelios ist sein Künstlername. Das allein zeigt schon, dass er ein Angeber ist.«

»Sie haben offensichtlich eine Abneigung gegen diese Leute.«

»Ich versuche, meine Gefühle zu mäßigen.«

George nahm einen letzten Schluck Kaffee und schloss sein Notizbuch.

»Vielen Dank, Vater«, sagte er. »Ich überlasse Sie jetzt Ihrer Arbeit.«

George schüttelte beiden die Hand und bat Paris: »Bitte gehen Sie in Zukunft ans Telefon.«

Paris antwortete mit einem knappen Nicken. Vater Seraphim öffnete die Tür.

Im Schlafsaal traf George Stephanos, den Sportlehrer, der seine Tasche packte.

»Reisen Sie auch ab?«, fragte er.

»Nein«, antwortete Stephanos. »Ich bleibe noch.«

»Sie scheinen Ihre Sachen zu packen.«

»Ich ziehe in ein Einzelzimmer um.«

»Wieso das?«

»Sie haben mir einen längeren Aufenthalt vorgeschlagen!« In seiner Stimme schwang kindliche Begeisterung mit.

»Wie ist es denn dazu gekommen?«

»Der Abt hat Probleme mit den Knien. Er kann nicht laufen. Sie haben mich gebeten, ihn zu behandeln, damit er wieder gehen lernt.«

»Was für ein Glücksfall.«

»Das hätte ich kaum zu hoffen gewagt. Ein Geschenk Gottes. Der Lohn für meinen Glauben und ein Zeichen Seiner Gnade. Das Zeitalter der Wunder ist noch nicht vorbei!«

George streckte ihm eine Hand entgegen. Stephanos packte seine Schultern und küsste ihn auf beide Wangen. »Mein Freund!«, sagte er mit Tränen in den Augen. »Sie sind Zeuge dieses Wunders. Sie haben Gottes Werk gesehen. Nun gehen Sie hin und verkünden das Wort!«

George runzelte die Stirn. »Und Sie, mein Freund, gehaben Sie sich wohl. Über Gott kann ich nichts sagen, aber die Menschen werden Ihnen kein zweites Mal vergeben.«

»Ich höre Ihre weisen Worte!« Stephanos schlug sich aufs Herz. »Gott segne Sie, lieber Freund!«

25

Kókoras II

Zwei Stunden später spazierte George, noch ganz benommen von der seelischen Umstellung, durch den Grenzort Ouranoupolis. Die Geräusche waren zu schrill, die Dinge zu protzig und aufdringlich. Metzgereien, Motorräder, Regale voller Zeitschriften, Werbetafeln für Eiscreme, Fast Food und Versicherungen. Die Farben so grell! Die Frauen zu sinnlich! Ihr Haar so verschwenderisch! Er fühlte sich wie ein Astronaut nach seiner Rückkehr zur Erde: deplatziert, die Gliedmaßen ungewohnt schwer – noch nicht ganz Herr der Lage.

George brauchte einen Kaffee, um allmählich wieder Bodenhaftung zu gewinnen. An einem ruhigen Ort, abseits der Hauptstraße und der ungeheuren Reizüberflutung. Er bog in eine Gasse, an deren Ende ein steinernes Haus stand. Mit Fensterläden aus Holz und Weinranken über der Tür. Als er eintrat, fielen die ersten dicken Regentropfen.

Er bestellte einen großen schwarzen Kaffee. Er sehnte sich nach Schlaf, doch das würde noch warten müssen. Er zog sein Telefon aus der Tasche und rief Gavrilis in Edessa an.

»Ich weiß, Kókoras möchte in Ruhe gelassen werden«, begann er, »aber sagen Sie ihm, ich muss ihn sprechen.«

Gavrilis antwortete kurz angebunden: »Das wird ihm nicht gefallen.«

»Bestimmt nicht. Sagen Sie ihm einfach, es muss sein.«

»So redet niemand mit ihm.«

»Bald wird es bei ihm nur so wimmeln vor Polizisten.«

»Er hat gute Beziehungen zur Polizei.«

»Hören Sie, ich rede keinen Scheiß. Ich meine die Athener Polizei. Das sind hartgesottene Burschen. Für die gibt es nichts Schöneres, als einen auswärtigen Schurken hochgehen zu lassen.«

»Was haben sie gegen ihn in der Hand?«

»Jede Menge.«

»Dank Ihnen?«

»Nicht dank mir.«

»Ich hoffe, Sie bluffen nicht, Herr Zafiris. Falls doch ...« Den Rest des Satzes durfte George sich selbst ausmalen.

Er sagte: »Ich muss ihn heute Abend sehen.«

»Um wie viel Uhr?«

»Gegen 19.00 Uhr. Nicht früher. Ich habe noch drei Stunden Fahrt vor mir.«

»Ich rufe ihn an.«

Eine Viertelstunde später, als er sich auf den Weg nach Edessa machte, kam der Rückruf. Kókoras würde ihn um 19.30 Uhr im Park bei den Wasserfällen treffen. Er schaute auf seine Armbanduhr. Das konnte er gerade noch schaffen.

Als er in den Park einbog, hatte er sich einen Plan zurechtgelegt. Er hatte Kriminaldirektor Sotiriou angerufen und ihm seine Strategie erläutert. Sotiriou war wie immer sehr geizig, was seine Unterstützung betraf: »Sollten Sie verloren gehen, wissen wir, wo wir suchen müssen.«

»Und bis dahin?«

»Ich habe Ihnen von Anfang an gesagt, dass Sie auf sich allein gestellt sind.«

George dachte kurz darüber nach und wählte Haris Pezas' Nummer. »Gott weiß, worauf ich mich hier einlasse«, sagte er, »aber falls ich mich bis 21.00 Uhr nicht melde, brechen Sie sofort nach Edessa auf und besuchen Gavrilis im Hotel Pindos. Vielleicht weiß er, wo ich stecke. Und informieren Sie Sotiriou über mein Verschwinden.«

»Alles klar«, erwiderte Haris. »Ein gewisses Risiko scheint zu Ihrem Alltag zu gehören.«

»Keine Ahnung, wie man diesen Job sonst ordentlich erledigt.«

Kókoras saß an einem Tisch im Schatten, flankiert von seinen zwei Hilfssheriffs, die mit gelangweilter, arroganter Miene ihre Kombolgia durch die Finger gleiten ließen.

George stellte sich vor.

»Ich erinnere mich an Sie«, sagte Kókoras und ließ den Satz wie eine Drohung klingen.

»Ich erinnere mich auch an Sie«, antwortete George.

Die beiden Männer musterten sich mit kalten Blicken.

Ein Kellner erschien und fragte: »Was darf ich bringen, meine Herren?«

»Nichts«, antwortete Kókoras. »Verschwinden Sie.«

»Einen Moment«, warf George ein. »Ein Bier für mich. Ein Fix. Und eine kleine Portion *Mezé*.« Dabei hatte er auch einen Hintergedanken: Bei Handgreiflichkeiten könnte sich die Flasche als durchaus nützlich erweisen.

Der Kellner nickte und entfernte sich.

Kókoras kam ohne Umschweife zur Sache.

»Worum zum Teufel geht es hier eigentlich?«, fragte er.

»Um meinen Freund Mario Filiotis.«

»Ich kenne ihn nicht.«

»Jetzt ist es zu spät, ihn kennenzulernen. Er ist tot.«

Kókoras schwieg.

»Er wollte hier ein Lehrkrankenhaus aufbauen. Seine Partner waren die London University und Dr. Skouras in Athen.«

Kókoras warf seinen Hilfssheriffs einen kurzen Blick zu. »Hat er Sie hierher geschickt? Skouras?«

»Nein. Skouras hat nichts damit zu tun.«

»Wer dann? Einer der Investoren?«

»Jetzt scheinen Sie auf einmal zu wissen, wovon ich rede«, sagte George.

»Es fällt mir nach und nach wieder ein«, erwiderte Kókoras mit einem schiefen Grinsen, so dass sein schmaler Oberlippenbart aus der Fasson geriet.

»Okay«, fuhr George fort. »Filiotis wurde daran gehindert, seine Universitätsklinik hier in Edessa zu eröffnen, und zwar von Leuten, die ihre eigenen Pläne hatten.«

»Und?«

»Sie gehören zu diesen Leuten.«

»Was ist das Problem?«

»Filiotis wurde ermordet.«

»Nicht von mir.«

»Vielleicht von einem Ihrer Partner.«

»Warum? Er stellte für niemanden eine Bedrohung dar.«

»Da bin ich mir nicht so sicher.«

Kókoras wischte diesen Satz mit einer ungeduldigen Handbewegung beiseite.

»Ich möchte die Namen Ihrer Partner wissen«, sagte George. »Der Sponsoren für das neue Krankenhaus.«

»Was haben Sie gesagt?«

George wiederholte die Frage noch einmal ganz langsam.

Statt einer Antwort sagte Kókoras: »Wer sind denn *Ihre* Partner, Sie Arschloch?«

George hätte am liebsten mit der Faust in diesen schlaffen Mund geschlagen. »Ich stelle hier die Fragen«, erwiderte er schroff.

»Sie verlangen Informationen – ohne Gegenleistung?«

»Nennen Sie mir Ihre Partner, dann nenne ich Ihnen meine.«

»Schwachsinn! Wer schickt Sie? Irgendein Schwanzlutscher von der Athener Polizei?«

»Ich verrate keine Namen«, entgegnete George.

»Ich auch nicht. Sie verschwenden meine Zeit.« Er gab seinen Männern ein Zeichen. »Gehen wir.«

Die zwei Hilfssheriffs machten Anstalten aufzustehen.

»Immer mit der Ruhe«, rief George. »Keine Eile. Ich habe ein Bier bestellt und möchte es gern trinken.« Er drehte sich zu Kókoras um und dämpfte die Stimme: »Warum sagen Sie Ihren Freunden nicht, sie sollen verduften und anderswo Modell sitzen?«

Einer der beiden blaffte: »Steh auf, *pousti!*«

George wandte sich erneut an Kókoras. »Ich möchte unter vier Augen mit Ihnen sprechen.«

Kókoras dachte mit versteinertem Gesicht darüber nach. Dann blitzten die goldenen Ringe an seiner linken Hand auf.

»Geht euch den Wasserfall anschauen, Jungs«, sagte er, und zu George gewandt: »Jetzt sollten Sie aber etwas Lohnendes in petto haben.«

»Das hängt von Ihnen ab.«

»Was soll das denn heißen?«

»Die Leute, für die ich arbeite, wissen ganz genau, wo ich bin und mit wem. Sie haben ein Auge auf Sie. Sie sind bereit, Sie zu vernichten.«

Kókoras wirkte nicht übermäßig beeindruckt.

George erhöhte den Druck. »Zunächst veranlassen sie eine Steuerprüfung, und zwar eine umfassende. Dann geht es weiter mit strafrechtlichen Ermittlungen auf Grundlage einer ganzen Reihe von Klagen wegen Einschüchterung, Erpressung, Wettbewerbsbehinderung und all Ihren anderen hässlichen Angewohnheiten. Angesichts von zwei laufenden Ermittlungsverfahren sowie eingefrorenen Bankkonten dürfte es Ihnen schwerfallen, weiter Geschäfte zu machen. Sie sind ein verwundetes Tier, auf das die Konkurrenz sich stürzen wird. Alles, was Sie aufgebaut haben, droht zusammenzubrechen.«

Kókoras funkelte ihn zornig an.

»Ich hatte noch nie Probleme mit den Steuerbehörden. Oder der Polizei.«

»Ich habe noch etwas vergessen«, erwiderte George. »Bestechung von Staatsbediensteten. Da wird neuerdings härter durchgegriffen. Sie müssen mit zehn Jahren Gefängnis rechnen. Plus Beschlagnahme Ihres Vermögens.«

George bluffte, hatte sich jedoch entschieden, das Risiko einzugehen. Heutzutage fühlt sich kein Mensch in Griechenland gegen Strafverfolgung gefeit. Jeder geht steuerliche Risiken ein. Was heute noch steuerfrei ist, unterliegt vielleicht schon morgen dem Fiskus. Was heute legal ist, kann morgen illegal sein.

Falls Kókoras verletzbar war, ließ er es sich zumindest nicht anmerken. George musste stärkere Geschütze auffahren.

»Ein Wort von mir genügt. Tatsächlich ist nicht einmal das erforderlich. Die Ermittlungen können jederzeit beginnen. Und das werden sie – es sei denn, ich ziehe die Notbremse.«

Kókoras blieb unbeeindruckt. »Lassen Sie den Schwachsinn. Was wollen Sie?«

»Ich wiederhole: die Namen Ihrer Mit-Investoren in das Krankenhaus.«

»Auf keinen Fall.«

»Als Gegenleistung für Schutz. Dieses Wort verstehen Sie doch wohl.«

»Keine Steuerprüfung?«

»Das lässt sich arrangieren.«

»Wenn Sie mir einen Bären aufbinden, Zafiris, sind Sie ein toter Mann.«

»Selbstverständlich.«

»Ich werde dahinterkommen.«

»Das beunruhigt mich nicht.«

Kókoras zog ein Telefon aus der Tasche und wählte eine Nummer.

»Stavro? Überprüf mal kurz was für mich. Ich habe hier einen Privatdetektiv aus Athen, der behauptet, dass ich Ärger mit der Steuer und der Polizei zu erwarten hätte. Kannst du mal für mich nachsehen, ob unter meinem Namen irgendetwas anhängig ist?«

Er lauschte, ohne eine Miene zu verziehen.

»Okay«, sagte er. »Verstanden.«

Er hörte weiter zu.

»Gut, vielen Dank, Stavro. Der Kerl heißt Zafiris. Er behauptet, in Athen Kontakte auf höchster Ebene zu haben. Klingt für mich wie ausgekochter Blödsinn. Sag mir Bescheid, sobald du Genaueres weißt.«

Er verstaute das Telefon und musterte George kalt.

»Er weiß nichts von solchen Vorhaben. Und wenn er nichts weiß, weiß keiner was.«

»Wer ist er?«

»Das spielt keine Rolle. Wer sind Sie?«

»Das habe ich Ihnen gesagt.«

»Das werden wir noch sehen.«

Kókoras winkte seine Hilfssheriffs heran. Dahinter folgte der Kellner.

»Sobald ich Sie hundertprozentig überprüft habe, können wir reden.«

»Wie lange wird das dauern?«

»Wer weiß? Ein paar Stunden? Ein paar Tage? Ich habe es nicht eilig.«

»Aber ich.«

»Eile kann tödlich sein.«

»Was soll ich also tun?«

»Was immer Sie möchten.«

»Ich muss heute Abend zurückfahren nach Athen.«

»Fahren Sie.«

»Ich brauche Resultate – jetzt.«

»Nein, brauchen Sie nicht, Herr Detektiv! Alles, was Sie brauchen, ist eine Lebensversicherung. Und jetzt verziehen Sie sich.«

»Sie haben nicht mal meine Telefonnummer.«

»Ich finde Sie schon.«

Der Kellner, der die Spannungen spürte, hielt sich im Hintergrund. Kókoras erhob sich und warf herablassend einen Zwanzig-Euro-Schein auf den Tisch. »Für das Bier.«

»Das ist zu viel«, sagte der Kellner.

»Dann bringen Sie ihm noch eins! Oder zehn. Soll er darin ersaufen.«

Kókoras verschwand in der Dunkelheit, gefolgt von seinen Hilfssheriffs, die schwerfällig hinterhertrotteten.

26

Unverhofftes Pardon

Als der Kellner die Flasche öffnete, sagte George: »Behalten Sie das Wechselgeld.«

»Vielen Dank«, antwortete er. »Ich geb's einem Bettler.«

»Tatsächlich?«, fragte George überrascht. »Werden Sie hier so gut bezahlt?«

»Es ist schmutziges Geld.«

»Inwiefern?«

Der Kellner trat näher und dämpfte die Stimme.

»Ich weiß nicht, was Sie mit diesem Mann zu schaffen haben, aber seien Sie vorsichtig.«

»Ich bin immer vorsichtig«, erwiderte George.

»Sie sind nicht von hier, nicht wahr?«

»Nein.«

»Darf ich fragen, was Sie von ihm wollen?«

»Ich wüsste nicht, was Sie das angeht.«

»Überhaupt nichts. Aber ich bin stolz auf diese Stadt und möchte nicht, dass Sie denken, hier wäre jeder korrupt.«

»Das denke ich ganz bestimmt nicht.«

»Ich war hier früher Bürgermeister.«

Plötzlich wurde George hellwach. »Wirklich? Bürgermeister? Und jetzt …?«

»Ich weiß«, antwortete der Kellner. »Das ist ein ziemlicher Abstieg. Aber ich habe immerhin Arbeit.«

»Was ist passiert?«

»Das ist eine lange Geschichte.«

»Hat Kókoras etwas damit zu tun?«

»Zum Teil. Das ist alles lange her. Falls Sie hier Geschäfte machen wollen, kann ich Ihnen sagen, an wen Sie sich wenden und wem Sie besser aus dem Weg gehen sollten.«

»Das könnte durchaus nützlich sein.«

»In welcher Branche sind Sie denn tätig?«

»Ich bin Detektiv.«

»Oh.« Das schien ihm nicht zu gefallen. »Was für eine Art von Detektiv?«

»Privat.«

»In welchem Fall ermitteln Sie?«

»Das kann ich Ihnen nicht konkret sagen. Vermutlich gab es gewisse Unregelmäßigkeiten.«

»Darauf möchte ich wetten. Hätte ich mehr Anhaltspunkte, könnte ich Ihnen vielleicht helfen.«

George überlegte einen Augenblick. Das konnte sowohl eine Falle sein als auch eine einmalige Gelegenheit. »Ich interessiere mich für seine Bauprojekte, besonders für das Krankenhaus.«

»Ich verstehe«, antwortete der Kellner. »Da haben Sie eine Menge zu ermitteln.«

»Tatsächlich?«

»Da ist richtig viel Geld geflossen. Aus staatlichen Förderprogrammen, von Wohltätigkeitsorganisationen und von der EU. Und alles verschwand in seiner Tasche.«

»In seiner Tasche? Nicht in anderen?«

»Natürlich kassieren auch andere ab. Politiker, die die Sache einfädeln, Anwälte, die den Schreibkram erledigen, Geschäftsleute, die Schmiergelder auf ausländische Konten transferieren … Kókoras war der Strohmann. Und so was heißt dann Teamwork.«

»Wenn Sie bereit sind, mir die Namen seiner Partner zu nennen, soll es Ihr Schade nicht sein.«

»Ich muss sichergehen, dass die Informationen nicht zu mir zurückverfolgt werden können.«

»Ihr Name wird nirgendwo auftauchen.«

George zog Stift und Notizbuch aus seiner Aktentasche. »Ich bin bereit«, sagte er.

»Okay. Geben Sie mir Ihre Karte. Ich werde nachprüfen, ob Ihre Angaben zutreffen, und melde mich dann bei Ihnen mit den Namen.«

»Ich wünschte, Sie würden sie mir jetzt gleich sagen.«

»Durchaus verständlich, aber ich möchte das Wenige, was ich habe, schützen. Das verstehen Sie sicherlich.«

»Schon, aber ich habe es eilig.«

»Das ist ein Fehler.«

»Das war nicht meine Entscheidung.«

»Dann entscheiden Sie jetzt. Genießen Sie Ihr Bier.«

George versuchte, sich einige Minuten zu entspannen, obwohl in seinem Kopf eine Zeitbombe tickte. Er schloss die Augen und achtete auf die Geräusche ringsum: Jungen beim Fußballspiel, ein Motorrad, das sich mit lautem Dröhnen entfernte, Gesprächsfetzen, Gläserklirren, Verkehrslärm, das Rauschen des Flusses auf dem Weg zu seinem Todessturz über die Klippe. Doch seine Gedanken ließen sich nicht beruhigen, sondern stürmten weiter auf ihn ein. Gedanken an zu Hause, an das Kloster, an den Gesang der Mönche bei Kerzenlicht ... Er musste Sotiriou bitten, eine Polizeiakte über Kókoras anlegen zu lassen. Andernfalls würde sein Bluff auffliegen. Und er musste sich auf den Rückweg nach Athen machen, bevor es zu spät wurde und die Müdigkeit ihn übermannte – er war immerhin seit 3.00 Uhr morgens auf den Beinen.

Zuerst rief er Sotiriou an und stoppte die üblichen Einwände des Kriminaldirektors, indem er ihm mit scharfer Stimme ins Wort fiel: »Regeln Sie das für mich, oder ich kündige den Job.«

Sotiriou versuchte seine Selbstachtung wenigstens teilweise zu wahren und klärte ihn darüber auf, dass eine Anzeige bei der Polizei immer ein gewisses Prozedere auslöste, dass sie überprüft und Zeugen vernommen werden mussten und dass bis zu ihrer Registrierung im System mehrere Wochen vergehen konnten. George unterbrach ihn. »Dann müssen Sie eben eine Abkürzung nehmen. Er hat gedroht, mich umzubringen. Ich glaube, er meint es ernst.«

»Na schön«, sagte Sotiriou. »Wenn es so dringend ist …«

»Jetzt sofort«, forderte George. »Oder Sie und ich haben zum letzten Mal miteinander gesprochen.«

»Was für eine friedliche Vorstellung!«

»Ich stecke mir einen Zettel in die Tasche, auf dem steht, dass Sie mich geschickt haben«, sagte George. »Wenn er mich umbringt, sind Sie der Nächste.«

Sotiriou lachte humorlos.

27

Anna II

George parkte unterwegs auf einem Feldweg in Thessaly, um ein paar Stunden zu schlafen, fand jedoch keine bequeme Position und wurde in regelmäßigen Abständen durch die Schreie von Tieren und das Vorbeidonnern von Lastwagen in der Ferne geweckt. Als er im Morgengrauen endlich Athen erreichte, sehnte er sich nur noch nach seinem Bett.

Gegen Mittag stand er auf, machte sich einen Kaffee, schlich in Unterwäsche durch die Wohnung und versuchte sich zu sammeln. Er goss die Pflanzen, öffnete die Post und hörte den Anrufbeantworter ab. Zoë war in Andros und wollte einen Termin für die Olivenernte festlegen, sein Sohn Nick schrieb, in England begänne der Winter in diesem Jahr ungewöhnlich spät: »Wenn man in Newcastle am 1. Oktober noch keinen Mantel braucht, hat die Erderwärmung definitiv die höchste Gefahrenstufe erreicht.« Haris Pezas hatte angerufen, um zu hören, ob George wohlbehalten zu Hause angekommen war, und Anna Kenteri hatte zweimal seine Nummer gewählt, aber keine Nachricht hinterlassen.

Er meldete sich zuerst bei Anna und berichtete, dass er Paris Aliveris auf dem Berg Athos getroffen habe. Aufgeregt fragte sie, ob er ihm die Aufzeichnung vorgespielt hätte.

George war sprachlos.

»Woher zum Teufel wissen Sie davon?«

»Ich habe sie der Polizei gegeben«, antwortete sie.

»Sie? Woher haben Sie sie überhaupt?«

»Jemand hat Ketis Handy in meinen Briefkasten gelegt.«

»Wann war das?«

»Vor vier oder fünf Tagen.«

»Und Sie wissen nicht, wer?«

»Keine Ahnung.«

»Äußerst merkwürdig«, entgegnete George.

»Vermutlich einer von Ketis Freunden, der sich den ganzen Zirkus mit der Polizei ersparen wollte.«

George dachte darüber nach. Es klang fast plausibel, aber irgendetwas irritierte ihn.

»Laut Angaben der Polizei wurde das Telefon im Gebüsch beim Steinbruch gefunden. In der Nähe ihrer Leiche.«

»Das stimmt.«

»Woher wissen Sie das?«

»Von einem Zettel, der beigefügt war.«

»Ist das der einzige Beweis?«

»Soweit ich weiß.«

»Es könnte also auch anderswo gefunden worden sein?«

»Ach ja?« Sie wirkte verblüfft.

»Selbstverständlich«, sagte George. »Falls es tatsächlich im Gebüsch lag, hätte die Polizei es längst entdeckt.«

»Nicht unbedingt.«

»Ganz sicher. Irgendetwas stimmt da nicht.«

»Aber die Polizei hat es geglaubt.«

»Angeblich.«

»Warum sollte jemand lügen?«

»Gute Frage«, entgegnete George. »Entlarve die Lüge, und sie führt dich zur Wahrheit.«

»Jetzt sprechen Sie in Rätseln«, erwiderte sie gereizt.

»Die Menschen sind nun mal rätselhaft« antwortete er. »Aber alles hat eine Bedeutung. Besonders Lügen. Sie verraten eine Menge.«

Nach kurzem Schweigen fragte sie: »Wie hat Paris reagiert?«

»Er war völlig entsetzt.«

»Das habe ich erwartet! Hat er gestanden?«

»Nein.«

»Was hat er gesagt?«

»Er hat es abgestritten.«

Anna fauchte wütend: »Wie konnte er das wagen? Angesichts eines solchen Beweisstücks!«

»Ich habe ihm jede erdenkliche Brücke gebaut«, sagte George. »Er befand sich an einem sicheren Zufluchtsort. Sein Beichtvater war bei ihm. Und doch behauptete er, unschuldig zu sein.«

»Der hat Nerven.«

»Allerdings. Es sei denn, er sagt die Wahrheit.«

»Tatsächlich? Dann war Ketis Sturz ein Unfall?«

»Er behauptet nicht einmal das.«

»Was denn dann?«

»Er behauptet, er sei gar nicht im Steinbruch gewesen.«

»Wer zum Teufel war dann dort?«

»Das ist die große Frage.«

Ein verbitterter Unterton schwang in Annas Stimme mit. »Herr Zafiris, ich glaube, Sie machen einen Fehler. Paris verfügt über eine außergewöhnliche Überzeugungskraft. Ich fürchte, er hat Sie mit seinem Charme eingewickelt.«

»Ich verspreche Ihnen, das ist nicht der Fall.«

»Seien Sie da nicht so sicher. Er ist gerissen. Er hat Keti mit Argusaugen beobachtet. Vergessen Sie das nicht! Er könnte Ihnen genau sagen, wo sie sich zu jeder Tageszeit aufhielt. Und da behauptet er, nicht zu wissen, wer mit ihr im Steinbruch war! Blödsinn!«

George beschloss, das Gespräch voranzutreiben. »Okay, Anna, das habe ich verstanden. Aber ich muss auch andere Möglichkeiten in Betracht ziehen.«

»Warum denn? Die Fakten sind doch eindeutig!«

»Ich muss mehr über diese neue Karriere wissen, die Ihre Schwester plante. Mit wem sie sich traf, wie oft ...«

Anna konterte erbittert. »Jetzt klingen Sie schon wie Paris!

Warum zum Teufel müssen Sie das wissen? Um sich mehr Arbeit zu verschaffen, mehr Stunden, mehr Geld?«

»Ganz und gar nicht.«

»Ich habe den Dreckskerl gefunden, der diese schreckliche Tat begangen hat, aber für Sie geht das zu schnell, zu mühelos.«

»Gut«, erwiderte George. »Wir können die Ermittlung beenden. Das ist kein Problem für mich.«

»Und was passiert dann?«, fragte Anna empört.

»Das hängt von der Polizei ab.«

»Von der Polizei?« Sie schien einen Augenblick zu überlegen und lenkte dann ein. »Woher rührt Ihr plötzliches Interesse an Ketis Karriere?«

»Weil dort möglicherweise die Antwort liegt.«

»Warum glauben Sie das?«

»Sie traf sich mit Leuten aus der Nachtklub-Szene und aus dem Showbusiness, mit Journalisten ...«

»Und?«

»Diese Leute genießen nicht gerade den besten Ruf.«

»Das ist eine ziemlich gewagte Behauptung!«

»Ich weiß. Aber eine dieser Behauptungen wird sich am Ende als wahr erweisen.«

»Genau das würde Paris auch sagen. Dieser verdammte Snob! Die Künstler, die klassische Musik machen, sind kein bisschen besser, das kann ich Ihnen versichern! Darunter gibt es jede Menge eigennützige Arschlöcher! Glauben Sie bloß nicht, weil sie in eleganter Kleidung ...«

George unterbrach sie. »Hören Sie, Anna, treffen Sie einfach eine Entscheidung. Führe ich die Ermittlung fort oder nicht? Für mich macht das keinen Unterschied.«

»Wie soll ich das so ohne Weiteres entscheiden?«

»Lassen Sie sich Zeit. Sie wissen, wo Sie mich finden.«

George legte auf und schloss die Augen. Der Vorwurf, sich Arbeit zu verschaffen, war ihm nicht neu; bestimmte Klienten griffen regelmäßig darauf zurück: die Ungeduldigen, die Egozentriker und Neurotiker. Er erinnerte sich an Annas erste Nachricht und wie ihre Stimme ihn abgeschreckt und ein verborgener Unterton ihn bereits vor zukünftigen Schwierigkeiten gewarnt hatte. Und dann noch Paris' Worte – welchen Ausdruck hatte er verwendet? »Eine Schlange«?

Oder stimmte ihr Eindruck? War er Paris' Zauber verfallen?

Er dachte zurück an das Kloster und an den bizarren Schwebezustand, in dem er sich befunden hatte, hungrig und schlaflos, abgeschnitten von der Welt, unter Mönchen, die Tag und Nacht mit Fasten und Beten verbrachten, an einem Ort, an dem die Gerechtigkeit womöglich von mysteriösen Vorstellungen wie der Gnade Gottes vernebelt wurde – all das mochte sein Urteilsvermögen durchaus getrübt haben.

Dennoch gab es eine Tatsache, die man nicht beliebig drehen und wenden konnte. Wenn er sie doch nur greifen könnte. Die Aufzeichnung auf Ketis Telefon.

Es war Zeit für ein Treffen mit Kriminaldirektor Sotiriou.

28

Der Tagebuchschreiber

Auf Sotirious Drängen trafen sie sich diesmal an einem anderen Ort, in der Bar im Erdgeschoss des Hilton-Hotels. Großzügig ausgelegt, kühl, hell erleuchtet, ein Raum, in dem der Optimismus der sechziger Jahre erstaunlich unbeschadet überlebt hatte. Man wäre nicht überrascht, wenn plötzlich Audrey Hepburn oder Jacqueline Kennedy hereinspazierte und bei dem Barmann mit der Fliege einen Dry Martini bestellte.

Sotiriou saß bereits an einem Ecktisch und schrieb nachdenklich etwas in ein kleines elegantes Notizbuch, das er wegsteckte, sobald er George erblickte.

»Ihr privates Tagebuch?«, wollte George wissen.

»Privat ja, Tagebuch nein.«

Das war eine ungewöhnlich informative Erklärung.

»Erzählen Sie«, sagte George.

»Nichts Besonderes.« Der Kriminaldirektor zog das Büchlein aus der Innentasche und hielt es George ungeöffnet entgegen. Der Einband bestand aus geblümter Seide und zeigte in der Mitte ein chinesisches Symbol.

»Aus dem Osten?«

»In jeder Hinsicht. Schlagen Sie es auf.«

George blätterte darin. Seite um Seite war mit dreizeiligen Buchstabenfolgen bedeckt, allerdings in einer Schrift, die er nicht erkannte.

»Welche Sprache ist das?«, fragte er.

»Griechisch, auch wenn es vielleicht nicht so aussieht.«

»Absolut nicht.«

»Es ist Linear B.«

»Also das antike Minoisch? Mykenisch?«

»Genau.«

»Und das können Sie schreiben?«

»Wie Sie sehen.«

»Wirklich beeindruckend.«

»Es ist keine große Sache. Nur ein anderes Alphabet.«

»Und was schreiben Sie? Notizen, Ideen, Sinnsprüche?«

»Haikus. Eine kurze japanische Gedichtform, die mir persönlich ganz besonders zusagt.«

George blätterte die Seiten um, die mit dieser stachelig wirkenden, altertümlichen Schrift verziert waren.

»Auf diese Art übe ich, mich kurz und knapp auszudrücken«, erklärte der Kriminaldirektor. »Man muss den gesamten Inhalt konzentrieren – in 3 Zeilen und 17 Silben.«

»Hilft Ihnen das bei der Arbeit?«

»Nicht im Geringsten!«

»Warum tun Sie's dann?«

»Zur Entspannung. Zur Beobachtung. Um nachzudenken. Die letzten fünf Jahre meines Lebens finden Sie in diesem Büchlein. Verschlüsselt, destilliert und in Flaschen gefüllt wie reife Früchte.«

George reichte ihm das Notizbuch zurück. »Ich wünschte, ich könnte es lesen«, sagte er.

»Da steht nichts Interessantes drin. Ich mache das für mich. Vielleicht für meine Enkelkinder. Wie kann ich Ihnen helfen?«

George war wieder einmal sprachlos angesichts des Unterschieds zwischen dem abweisenden Verhalten dieses Mannes am Telefon und seiner weitaus sympathischeren Ausstrahlung im persönlichen Kontakt. Als hätte er es mit zwei verschiedenen Menschen zu tun.

»Zunächst Frau Kenteri«, begann George. »Sie müssen die Uhrzeit- und Datumseinstellungen auf ihrem Telefon überprüfen.«

Sotiriou nickte. »Schon passiert. Stimmt alles überein.«

»Womit?«

»Mit unserem Verdacht: versuchte Fälschung von Beweisen.«

»Tatsächlich? Das vermuteten Sie bereits?«

»Selbstverständlich.«

»Fingerabdrücke?«

»Nichts. Sie wurden abgewischt.«

»Was ebenfalls mit Ihrem Verdacht übereinstimmt.«

»Genau.«

»Was ist mit der Liste der Anrufe?«

»Wir gehen sämtliche Namen der Reihe nach durch.«

»Wurde irgendetwas gelöscht?«

»Wie findet man das heraus?«

»Kontrollieren Sie die Speicherkarte. Falls das nicht klappt, wenden Sie sich an die Telefongesellschaft.«

»Und wozu?«

»Das würde man gleich als Allererstes tun«, erklärte George. »Wenn Sie auf der Liste der Anrufer stünden und das Telefon manipuliert hätten, würden Sie sich doch von der Liste löschen.«

Sotiriou überlegte. »Ich muss gestehen, dass ich daran nicht gedacht habe.«

»Zwei Namen würden mich ganz besonders interessieren.« George zog sein eigenes Notizbuch heraus und fand die Seite, auf die er sie gestern Nachmittag im Zimmer von Vater Seraphim geschrieben hatte.

»Wladimir Merkulow, ein russischer Geschäftsmann, und ein Fotograf namens Stelios.«

»Nachname?«

»Er benutzt keinen.«

»Ha. Typisch Künstler. Warum diese beiden?«

»Sie haben sich häufig mit Keti getroffen und halfen ihr, eine Karriere im Showbusiness aufzubauen.«

»Woher wissen Sie das?«

»Paris Aliveris hat mir ihre Namen genannt.«

»Ich verstehe«, sagte der Kriminaldirektor mit verblüffter Miene. »Möchten Sie das nicht selbst erledigen?«

»Die Schwester hat mir den Fall entzogen.«

»Ach.« Er schwenkte den Kaffee in seiner Tasse. »Also ist es nicht mehr so weit her mit der Dringlichkeit?«

»Vielleicht für sie«, antwortete George, »aber nicht für mich. Ich spüre, dass noch etwas anderes dahintersteckt.«

»Was zum Beispiel?«

»Ich bin mir nicht sicher. Irgendetwas Heimliches. Unsichtbares. Zwischen ihr und Paris herrscht Krieg.«

»Weswegen?«

»Sie befürwortete die Entscheidung ihrer Schwester fürs Showbusiness, Paris war dagegen.«

»Das ist jetzt vorbei. Wie hilft uns das weiter?«

»Das kann ich nicht sagen. Aber ich finde, sie ist extrem abwehrend.«

»Das ist normal im Krieg.«

»Sie will nichts hören, was gegen die Leute aus der Unterhaltungsbranche spricht.«

»Hat sie denn Verbindungen zu ihnen?«

»Das sagt sie nicht. Hier haben wir ein weiteres Problem. Ich bin sicher, es gibt ein verborgenes Motiv.«

»Wir kümmern uns drum. Ich setze unseren rugbyspielenden Freund darauf an.«

»Gut.«

George war hungrig und müde. Er sah sich nach dem Kellner um. »Verzeihung«, rief er zur Bar hinüber. »Bringen Sie mir bitte einen French Press* und einen Käsetoast?« Dann wandte er sich wieder an Sotiriou. »Ich bin letzte Nacht von Edessa hierher zurückgefahren und brauche was Starkes zum Wachwerden.«

* Filterkaffee aus der Pressstempelkanne.

»Keine Frage«, antwortete der und bat: »Erzählen Sie mir von diesem Kókoras. Ist er so lächerlich wie sein Name?«

»Nein. Er ist alles andere als lächerlich. Sie sollten ihn nicht unterschätzen.«

»Ein Mann, der sich selbst Gockel nennt, fordert eine gewisse Erheiterung ja geradezu heraus.«

»Natürlich. Aber er hat in Edessa das Sagen. Und in der gesamten Provinz.«

»Tatsächlich? Das sollte mich wundern.«

»Ich berichte nur, was ich gesehen habe. Direkt vor Ort.«

Sotiriou schien nicht überzeugt. »Da müssen noch andere Kräfte am Werk sein.«

»Vielleicht«, antwortete George. »Aber Kókoras macht die Drecksarbeit.«

»Dann sollte er sich das Schwein nennen.«

George wurde allmählich gereizt. »Lassen wir seinen Namen beiseite. Er ist ein unangenehmer Zeitgenosse.«

»Keine Sorge«, entgegnete Sotiriou. »Ich hab's kapiert. Übrigens habe ich Ihren Wunsch erfüllt. Sein Name steht jetzt in den Polizeiakten. Ihre Story ist abgesichert.«

»Dafür bin ich Ihnen dankbar.«

»Das hoffe ich doch. Irgendwann werde ich den ganzen Aufruhr mit Beweisen untermauern müssen.«

»Die kriegen Sie.«

George berichtete dem Kriminaldirektor, was er von Kókoras wusste: von der Schutzgelderpressung, dem Bauunternehmen, dem Krankenhaus, den Schlägertypen.

Sotiriou sagte: »Für mich hört sich das nach wie vor nach Mittelklasse an. Er hat zweifellos Hintermänner mit Geld.«

»Natürlich«, antwortete George und erwähnte, dass er weitere Informationen aus einer anonymen Quelle erwartete.

»*Damit* werden Sie punkten. Falls Ihr Informant sich wieder meldet. Vielleicht überlegt er es sich anders.«

»Ich habe ihm Geld angeboten.«

Sotiriou nickte. »Das sollte helfen. Wer ist der Mann?«

»Jemand, der sämtliche Fakten kennt.«

»Wie kommt's?«

»Er hat früher einen Posten im Rathaus bekleidet.«

»Eine Führungsposition?«

»Mehr sage ich nicht.«

»Ach, kommen Sie schon!«

»Nein. Ich muss ihn schützen.«

»Vor mir?«, fragte Sotiriou fassungslos.

George runzelte die Stirn. »Ja, sogar vor Ihnen.«

Sotiriou nahm es gelassen. »Er muss in leitender Position gewesen sein, um die Fakten zu kennen. Das könnte ich leicht herausfinden, wenn ich wollte.«

»Mehr verrate ich nicht.«

»Schon gut«, erwiderte der Kriminaldirektor. »Traue niemandem, gib nichts preis. Das ist der richtige Ansatz. Eine Strategie, die mir im Staatsdienst stets zugutekam.« Einen kurzen Moment wirkte er abwesend, dann war er schlagartig wieder bei der Sache. »Edessa war gewiss nützlich. Aber das, wonach Sie suchen, werden Sie dort nicht finden.«

»Sondern wo?«

»In Astypalea.«

»Das hätte ich Ihnen auch sagen können.«

»Na und? Tun Sie, was Sie tun müssen! Fahren Sie hin!«

George schüttelte den Kopf. »Marios Frau hat seine Papiere dem Rathaus übergeben. Ich komme nicht dran, weil ich in dem Fall nicht offiziell ermittle. Wenn wir uns nicht über die Polizei oder andere amtliche Kanäle Zugang verschaffen, stecken wir fest.«

»Vergessen Sie's. Ein behördliches Vorgehen ist ausgeschlossen.«

»Sie haben mir den Grund dafür nie erklärt.«

»Manche Dinge können nun mal nicht gesagt werden.«

»Druck von oben?«

Das Gesicht des Kriminaldirektors verhärtete sich.

»Zu viel, um Widerstand dagegen zu leisten?«

»Ich kann allem widerstehen. Falls ich den Rest meines Lebens mit einer mikroskopisch kleinen Pension bestreiten und Haikus schreiben möchte. Ich habe schon genug Feinde, ohne mir noch neue zu machen.«

»Aber das ist Behinderung der Justiz!«

»Genau.«

»Und Sie unternehmen nichts.«

»Nichts, bis der richtige Moment gekommen ist. Wenn ich genügend Beweise habe, um zum entscheidenden Schlag auszuholen, werde ich sie mir schnappen. Gnadenlos.«

»Und bis dahin?«

»Geduld. Sprechen Sie mit Ihrer anonymen Quelle. Überlegen Sie, wie Sie an Marios Unterlagen herankommen. Seine Frau kann Ihnen nicht behilflich sein?«

»Schwer vorstellbar.«

»Andere nahe Verwandte?«

»Nur Andreas, sein Bruder.«

»Was ist er für ein Typ?«

»Er macht sich jeden zum Feind.«

»Wunderbar! Er kann Einsicht in die Papiere seines Bruders verlangen.«

»Mit welcher Begründung?«

»Finanzielle oder rechtliche Gründe, das spielt keine Rolle. Er kann behaupten, zum Zwecke der Testamentsvollstreckung die Höhe des Vermögens schätzen zu wollen – so was in der Art. Ein Rechtsanwalt kann das für Sie formulieren.«

»Andreas ist Rechtsanwalt.«

»Umso besser! Er soll sich unverzüglich darum kümmern.«

»Ich frage mich, ob ich ihn begleiten sollte.«

»Nein. Schicken Sie Ihren Assistenten.«

»Das alles kostet Geld.«

»Ich weiß.«

»Liegen wir noch innerhalb des Kostenrahmens?«

Der Kriminaldirektor musterte ihn gequält. »Sagen Sie Ihrem Mann, er soll sich ein billiges Hotel suchen.«

»Wir kennen sowieso keine anderen«, antwortete George.

»Genau das wollte ich hören.«

Georges Käsetoast wurde serviert. »Darf ich?«, fragte er.

»Essen Sie ruhig«, erwiderte der Kriminaldirektor verständnisvoll. »Sie müssen schließlich bei Kräften bleiben.«

»Oh. Geben Sie neuerdings Gesundheitsratschläge?«

Ein amüsiertes Lächeln erhellte Sotirious Miene.

29

Unberührbar

George rief Andreas Filiotis an und fragte ihn, ob er zu einer Reise nach Astypalea bereit sei. Er antwortete ohne zu zögern, er habe sich bereits Gründe für einen Besuch überlegt. Er müsse Erkundigungen über das Vermögen seines Bruders einziehen. Allzu leicht verschwänden Dinge oder würden von gierigen Beratern unterschlagen. »Eleni wird irgendetwas Dummes tun. Sie wird auf einen Geisteskranken hören, der ihr ein Investmentprogramm aufschwatzt oder ein wahnwitziges Engagement für eine Wohltätigkeitsorganisation. Ich muss sie davon abhalten.«

»Ich möchte, dass Sie jemanden mitnehmen«, sagte George.

»Wen?«

»Meinen Assistenten, Haris Pezas.«

»Auf keinen Fall.«

»Sie werden Hilfe brauchen.«

»Bestimmt nicht.«

George wies ihn darauf hin, dass er eine große Zahl von Dokumenten sichten musste, viel zu viele für einen Mann, der nur wenige Tage Zeit hatte. Andreas konterte, dass er als Rechtsanwalt daran gewöhnt sei, in Bergen von Papieren rasch das Gewünschte zu finden. George verbürgte sich für Pezas' Intelligenz und die verblüffende Vielzahl seiner Talente. »Ich verspreche Ihnen, er wird sich nützlich machen, auch in mancherlei Hinsicht, an die Sie nicht einmal denken.« Andreas war eher verärgert als überzeugt und stimmte widerwillig zu, nicht ohne anzukündigen, dass er Haris mit dem nächsten Flugzeug nach Athen zurückschicken werde, falls er sich als überflüssig erwies.

George instruierte beide Männer, wonach sie in Marios Unterlagen suchen sollten, und wünschte ihnen eine gute Reise. Er wäre gern selbst mitgefahren, sah jedoch ein, dass Sotirious Einwand wahrscheinlich berechtigt war. Außerdem gab es in Athen eine Menge zu tun. Mit einem Gefühl der Gelassenheit, das er seit Monaten nicht mehr verspürt hatte, ging er hinunter ins Café Agamemnon, wo ihn ein Mittagessen und seine tägliche Dosis an Neuigkeiten und Klatsch und Tratsch erwarteten.

Es war ein strahlender Tag, der unermüdliche Wind hatte die Luft gereinigt, die Sonne schien stechend und grell. Dimitri war gut gelaunt, und die Passanten eilten zielstrebig vorbei, so dass man die Resignation angesichts der politischen Lage und die erdrückende Atmosphäre aus Zynismus und Hoffnungslosigkeit für einen kurzen Moment beinahe vergessen konnte. George bestellte Bier und eine Portion Souvlaki mit Salat, die Dimitri in der Taverne um die Ecke orderte.

Er sah kein bekanntes Gesicht und nahm die Zeitung zur Hand, und schon war es mit der guten Laune vorbei. Bauern blockierten Hauptverkehrsstraßen, Staatsbeamte planten neue Streiks, die Regierung versuchte nach wie vor, die Verpflichtungen aus ihrem Reformprogramm zu umgehen. Inzwischen bombardierten die Russen Syrien, und die Zahl der nicht gerade stabil gebauten Schlauchboote, die vollgepackt mit Flüchtlingen von der Türkei aus die Meerenge überquerten, hatte sich seit Ende des Sommers kaum verringert. Auch schlechtes Wetter hatte sie nicht aufgehalten. Doch die Familien, die diese riskante Reise wagten, wussten kaum noch, wohin sie sich wenden sollten. Deutschland hatte so viele Menschen aufgenommen wie irgend möglich, Mazedonien hatte seine südliche Grenze geschlossen. Also musste Griechenland sich um sie kümmern, bis eine Lösung gefunden war.

Wer waren diese Menschen? Offenbar handelte es sich nicht nur um Opfer des Bürgerkriegs in Syrien. Viele kamen aus dem Irak und Afghanistan. Sie, so behaupteten europäische Experten, seien

»Wirtschaftsflüchtlinge« ohne Anspruch auf Asyl. Manche waren womöglich gar Terroristen, die die humanitäre Notlage nutzten, um eine Gesellschaft zu infiltrieren, deren Zerstörung sie sich auf die Fahnen geschrieben hatten. Die meisten Griechen spürten jedoch, dass es nur eine angemessene Reaktion gab: Man musste sie aufnehmen. Egal, ob ihre Zukunft innerhalb von Sekunden durch eine Bombe zerstört werden konnte oder schrittweise durch einen gescheiterten Staat – die Verzweiflung blieb die gleiche. Der Versuch, das Unglück des Einzelnen nach unterschiedlichen Schweregraden und Geschwindigkeiten einzustufen, erschien ihnen herzlos und konnte nur Bürokraten in den Sinn kommen, die Hunderte von Kilometern entfernt in ihren bequemen Sesseln hockten.

Die Nachrichten auf den Innenseiten der Zeitung waren noch schockierender: ›Ehemaliger Bürgermeister tot im Wasserfall aufgefunden‹.

Gleich unter der Überschrift ein Foto des Kellners aus Edessa. Darauf wirkte er nicht so, wie George ihn kennengelernt hatte – gedemütigt und unsicher –, sondern so, wie er früher gewesen war, auf dem Höhepunkt seiner Karriere – elegant gekleidet, lächelnd und von seinen Anhängern umgeben. George las den kurzen Artikel. Man hatte ihn in dem Becken am Fuße des Wasserfalls gefunden, nachdem er nach Schichtende aus dem Café oberhalb des Steilhangs verschwunden war. Ein Kollege sagte, er habe in letzter Zeit deprimiert gewirkt. Er hinterließ eine Frau und drei Kinder im Teenageralter.

George war skeptisch. Kókoras' Männer konnten ihr Gespräch durchaus mitbekommen haben. Es wäre für sie ein Leichtes gewesen, ihn in der Dunkelheit in den Fluss zu stoßen. Er sah die schreckliche Szene geradezu vor sich: Der Mann fiel in die rasende Strömung, versuchte verzweifelt, sich an den Betonwänden des Kanals festzukrallen und wurde schließlich bei vollem Bewusstsein in den leeren Raum geschleudert, erfüllt von Grauen und Angst vor dem sicheren Tod. George bedauerte sein Schicksal, wünschte jedoch, der Kellner hätte ihn vorher wenigstens noch angerufen.

Dieser Gedanke weckte sofort Schuldgefühle bei ihm, so dass er weiterblätterte, um einen Artikel über den Zustand der Nationalstraßen zu lesen, auf denen sich die Schlaglöcher ebenso schnell vervielfachten wie die Schulden der Regierung. Bald merkte er, dass er auf die Buchstaben starrte, ohne etwas zu begreifen, während seine Gedanken um den jämmerlichen Tod des Kellners kreisten.

Er kehrte im Geiste noch einmal zurück zu dem Tisch unter den Bäumen, zu dem Moment, als Kókoras plötzlich verschwand und seine Untergebenen lässig hinter ihm her schlenderten, bis die Dunkelheit sie verschluckte. Er hatte nicht weiter auf sie geachtet. Sie hätten also problemlos stehen bleiben, sich umdrehen und dabei genug sehen können, was ihr Misstrauen weckte. Dass er dem Kellner beim Abschied seine Visitenkarte überreicht hatte, könnte dessen Schicksal besiegelt haben.

George zog sein Telefon aus der Jacke und rief Sotiriou an. Er bat ihn, einen Blick auf Seite 3 der heutigen Ausgabe der *Kathimeriní* zu werfen. Der Mann, um den es dort ging, erklärte er, hätte einer seiner wichtigsten Informanten sein können. Der Kriminaldirektor entgegnete: »Ich habe keine Zeit zum Zeitunglesen« und legte auf.

George hatte sich inzwischen an Sotirious schlechtes Benehmen am Telefon gewöhnt und verstand es nicht als Abfuhr. Falls der Kriminaldirektor davon Kenntnis nehmen wollte, würde er das tun. Falls nicht – bedauerlich.

Georges Essen wurde serviert, und er vertilgte es hungrig. Dimitri stand daneben und erzählte ihm das Neueste aus der Nachbarschaft. Die Story der Woche drehte sich um die Frau aus dem fünften Stock, die, wie jeder wusste, einen kleinen Dachschaden hatte und an Astrologie und nicht näher definierte ›Energien‹ glaubte und von ihrem eigenen Bruder gewaltsam aus ihrer Wohnung vertrieben worden war. Dieser grausame Kerl war weder auf die

Mieteinnahmen noch auf den Platz angewiesen, sondern machte schlicht und ergreifend von seinen Rechten Gebrauch. Die Frau wusste nicht, wohin. Dimitri versuchte ihr zu helfen. Falls George jemanden kannte, der eine gute Wohnung zu einem vernünftigen Preis vermieten wollte ... Außerdem hatte Olga, die den Kiosk an der Ecke betrieb, von der Stadtverwaltung erfahren, dass ihre Miete sich ab Juni verdoppeln würde. Auch sie konnte einpacken. Dimitri begann eine seiner Predigten über den Zustand der Gesellschaft zu halten: »Was wir brauchen, ist Solidarität, aber was erleben wir stattdessen? Die Menschen versuchen, sich gegenseitig zu vernichten! Niemand hat etwas davon. Doch es entspricht alles dem geltenden Recht, das nicht das Geringste dazu beiträgt, Unschuldige zu schützen!«

George nickte. Dimitri war ein griechischer Durchschnittsbürger, eine ehrliche Haut, den die Desorganisation der Institutionen in seinem Land in heiligen Zorn versetzte. Wenn er von Zeit zu Zeit einen Wutanfall bekam und Dampf ablassen musste, sollte er das tun. Vielleicht würde sich eines Tages eine genügend große Anzahl von Leuten wie er zusammenschließen und sich zu einer politischen Bewegung formieren. Dann könnte sich etwas ändern. Genau das hatte auch Mario angestrebt.

George beendete sein Mittagessen, während Dimitri genau zum richtigen Zeitpunkt zum Abschluss seiner Rede kam und sich wie jedes Mal entschuldigte: »*Se éprixa!* Ich habe Sie zu Tode gelangweilt.«

»Überhaupt nicht«, erwiderte George. »Sie haben vollkommen recht. Mit allem, was Sie sagen. Aber jetzt gehe ich nach oben. Ich war die ganze letzte Nacht mit dem Auto unterwegs und muss unbedingt schlafen.«

George fiel ins Bett und schlief zwei Stunden wie ein Toter, bis das Klingeln des Telefons ihn weckte. Als er durch das abgedunkelte Schlafzimmer wankte, um den Hörer abzunehmen, wirbelte ein

Sturm surrealistischer, kaleidoskopischer Bilder durch sein Gehirn. Die Stimme am anderen Ende der Leitung ließ ihn zusammenzucken. Es war Anna Kenteri.

»Mit wem zum Teufel haben Sie gesprochen?«, fuhr sie ihn an.

»Verzeihung, ich verstehe nicht.«

»Ein Freund von mir wurde von der Polizei vernommen.«

»Und?«

»Woher haben die seinen Namen?«

»Keine Ahnung«, erklärte George. »Fragen Sie sie doch.«

»Ich sagte Ihnen, Sie sollen nicht weiter an diesem Fall arbeiten.«

»Das habe ich auch nicht getan.«

»Aber Sie haben mit der Polizei gesprochen?«

»Von Anfang an.«

»Und seit unserem letzten Gespräch?«

»Ich habe die Polizei davon in Kenntnis gesetzt, dass ich aus dem Fall raus bin.«

»Sie haben Partei für Paris ergriffen.«

»Nein. Ich habe nur die Fakten benannt.«

»Seine ›Fakten‹ sind Lügen.«

»Das sehen Sie so.«

»Was meinen Sie damit? Ich bin Ketis Schwester! Glauben Sie, ich verstehe nicht?«

»Ich glaube gar nichts. Polizei und Gericht werden sich eine eigene Meinung bilden.«

»Deshalb stacheln Sie sie mit diesen Lügen von Paris gegen mich auf.«

»Nein«, erwiderte George müde. »Ich habe ihnen nur die Beweise übergeben.«

»Und was sind das für Beweise?«

»Die Aufzeichnung auf dem Telefon ist ein Teil davon.«

»Das sagt doch schon alles!«

»Falls sie echt ist.«

»Was soll das denn? Sie ist ganz offensichtlich echt.«

»Es gibt gewisse Zweifel daran.«

»Nur aufgrund der Tatsache, dass Paris alles abstreitet?«

»Nein, aufgrund anderer Probleme.«

»Welcher Probleme?«

»Ich möchte nicht darüber diskutieren. Ich arbeite nicht mehr an dem Fall, schon vergessen?«

»Andonis ist sehr verärgert.«

»Wer ist Andonis?«

»Mein Freund.«

»Wenn er nichts damit zu tun hat, muss er sich keine Sorgen machen. Die Befragung war reine Routine.«

»Sagen Sie denen, die sollen ihn in Ruhe lassen.«

»Das kann ich nicht.«

»Natürlich können Sie!«

»Sie würden es als Einmischung betrachten.«

»Sie werden noch viel mehr Einmischung erleben, wenn sie ihn weiterhin belästigen!«

»Wie meinen Sie das?«

»Die Polizei sollte ihn äußerst respektvoll behandeln.«

»Das tut sie ganz bestimmt.«

»Hören Sie doch auf mit diesem Schwachsinn! Man sollte ihn lieber nicht provozieren!«

»Ich verstehe nicht, warum Sie derart besorgt sind.«

»Mein Gott! Sind Sie so dumm?«

»Schon möglich. Wieso erklären Sie's mir nicht einfach?«

»Meine Güte! Das kann man nicht ›erklären‹. Wenn Sie wissen, was Sie tun, halten Sie sich von bestimmten Leuten fern.«

»Warum?«

»Weil sie sind, wer sie sind!«

»Okay, also: Wer sind sie?«

»Lassen Sie das, Herr Zafiris! Sie wissen genau, wovon ich rede, tun Sie doch nicht so!«

George bemühte sich, ruhig zu bleiben.

»Ich kann nicht in Ihren Kopf hineinsehen«, sagte er. »Sonst müsste ich nicht fragen. Drücken Sie sich bitte klar und deutlich aus.«

»Sprechen Sie mit der Polizei«, erwiderte sie abweisend. »Sie werden es noch früh genug herausfinden.«

»Ist er einer der Nachtklub-Besitzer?«

»Ach, Ihr Gehirn arbeitet ja doch noch!«

»Mehr brauchen Sie nicht zu sagen. Hatte Keti etwas mit ihm zu tun?«

»Rein geschäftlich.«

»Ich verstehe ... Ist er gefährlich?«

»Nur für Leute, die ihm Ärger bereiten.«

»Mit anderen Worten: Er ist gefährlich.«

»Wie immer Sie das nennen wollen.«

»Ich möchte nur sichergehen, dass ich Sie richtig verstanden habe.«

»Meinetwegen!«

George rief aufbrausend: »Nein, nicht meinetwegen! Entweder wollen Sie mir etwas erzählen oder nicht. Wenn es wichtig ist, geben Sie sich doch ein bisschen Mühe! Aber verarschen Sie mich nicht mit Ihren blöden Redensarten.«

Anna quasselte in schrillem Tonfall einfach weiter. »Sie wissen doch, wie diese Leute reagieren und in welchen Kreisen sie sich bewegen ... Manch einer fühlt sich gekränkt. Wenn Sie noch bei Verstand sind, halten Sie sich da raus. Und sagen Sie das auch der Polizei.«

George hörte zu und dachte über ihre Worte nach. »Seltsam«, sagte er schließlich, »Sie waren doch so daran interessiert, dass Ihre Schwester sich mit dieser Welt einlässt, die Sie gerade beschreiben. Wie passt das jetzt zusammen?«

Anna Kenteri knallte den Hörer auf.

30

Die Ernte

Da nun beide Ermittlungen nicht mehr in seinen Händen lagen, beschloss George, ein paar Tage auf Andros zu verbringen. Seine Frau hatte ihn gebeten, bei der Olivenernte zu helfen. »Dann sind wir alle zusammen«, hatte sie gesagt.

Er fragte, was sie damit meinte.

»Nick kommt auch«, antwortete sie. »Er hat einen billigen Flug von Newcastle ergattert.«

George warf ein paar Sachen in seine Reisetasche – ein Buch, Rasierzeug, Kleidung zum Wechseln – und rief die Garage an, damit sie ihm den Alfa bereit machten.

Abends war er auf der Insel und stöberte im Schuppen nach den Gerätschaften für die Ernte: Netze, die man unter dem Baum ausbreitete, kleine Harken, mit denen man die Oliven von den Zweigen kämmte, Leiter, Baumsäge, Säcke zum Einsammeln der Früchte. Zoë war in friedlicher Stimmung und kochte eines ihrer Lieblingsrezepte: Kaninchen mit grünen Oliven. George fragte, wie es ihr ginge, obwohl er die Antwort bereits wusste. Ihre Körpersprache war eindeutig. Sie steckte voller Energie.

Früh am nächsten Morgen fuhren sie hinaus zum Olivenhain, der an einem Hang gelegen war, mit Blick aufs Meer. Sie breiteten Netze unter den ersten Bäumen aus und begannen zu arbeiten. Ohne den gewohnten Verkehrslärm nahm George eine Fülle unerwarteter Geräusche wahr: das Pfeifen und Zwitschern der Vögel in den Zweigen, Wellen, die sich tief unten am Strand brachen, das Brummen von Motoren an einem weit entfernten Höhenzug.

Die raue Berührung der Zweige in seiner linken Hand, das Ziehen mit der Rechten, das Strecken und Bücken, das Silbergrün der Blätter aus unterschiedlichen Blickwinkeln, die Farben der Oliven, die von Rot über Blau und Lila bis hin zu Schwarz immer dunkler wurden – all das ließ ihn bald in seiner eigenen kleinen, genügsamen Welt versinken. Sie pflückten meist schweigend vor sich hin und waren ganz vertieft in die befriedigende Arbeit, während die Früchte wie schwere Regentropfen auf sie herunterprasselten.

Sie streiften die Äste ab, bis sie leer waren und ein dichter Oliventeppich den Boden bedeckte. Dann hoben sie die Ecken der Netze an und ließen die Früchte in die Mitte kullern, setzten sich neben den Haufen und klaubten sie von den Blättern und Zweigen, die mit heruntergefallen waren. Damit verbrachten sie eine erholsame halbe Stunde, plauderten und genossen die Sonne.

Sie füllten die Oliven in Säcke, bis diese voll und fast zu schwer zum Tragen wurden.

Am Mittag traf Nick ein. Beim Kaffeetrinken hörten sie zu, was er Neues zu berichten hatte, dann kehrten sie an die Arbeit zurück und breiteten erneut die Netze aus. George spürte die wiedergewonnene Verbindung zu seinem Körper, seiner Familie, ihrem kleinen Stück Land und zu all den Generationen, die darauf gelebt hatten. Er vergaß die Stadt.

Am Abend spülte er die Mühen des Tages in einem heißen Bad ab und dachte mit Behagen an die guten Dinge in seinem Leben; mit einem Behagen, das sich – ganz ohne sein Zutun – noch steigerte: durch die Sinneseindrücke des Tages, die Ermüdung der Muskeln und die genüssliche Auflösung sämtlicher Widersprüche und Schmerzen im dampfenden Badewasser.

Gleichwohl konnte er die hässlichen Gefährten seiner glücklichen Gedanken nicht ganz verdrängen: das Unrecht und das Unerledigte, den Wirrwarr aus Drohungen, Brutalität und Gier, der ihn in Athen erwartete. Zwar kam endlich Bewegung in die

Sache, aber wozu eigentlich? Was ihn zutiefst bedrückte, war die Vorstellung, dass all seine Mühen ihn nur wieder zurück in die Arena führten, in den aussichtslosen Kampf gegen die unsichtbaren Mächtigen, gegen Leute, die durch Geld und Einfluss unangreifbar waren, Leute, die sich nicht für ihre Mitmenschen interessierten und an nichts glaubten außer an ihren eigenen Vorteil. Wozu machte er das alles überhaupt? Wollte er Gerechtigkeit? Wohlstand? Zufriedenheit im Beruf? Von all dem sprang für ihn letztlich nur herzlich wenig dabei heraus.

Abends aßen sie in einer Taverne im Dorf, wo Nick die schlechte Qualität von Fleisch und Wein bemängelte. Zoë sagte, ihr sei das nicht aufgefallen, und soweit sie sich erinnere, sei das Essen in England auch nicht gerade berühmt. Nick stimmte zu. »Außerdem sind Restaurants dort doppelt so teuer wie hier.«

Zoë hakte nach, als ließe ihr das Thema keine Ruhe. »Es gefällt dir doch dort nicht besser, oder?«

Nick antwortete mit einem entschiedenen »Nein«, aber in seiner Stimme schwang Zweifel mit.

»Und warum nicht?«, fragte sie.

»Es ist kalt und grau«, erwiderte er, »und alle sind gestresst. Das Leben ist gar nicht so übel, wenn man Geld hat, aber den Armen geht's ziemlich miserabel, sie ertrinken in Schulden ... Und ich vermisse deine Kochkünste.«

Zoë nahm seine Hand und drückte sie. »Mein Junge! Und ich vermisse dich als Esser. Aber ich hätte Verständnis dafür, wenn du England vorziehst. Wir geraten hier immer tiefer in die Krise. Die Zukunft wird schlimmer als die Vergangenheit, und jeder Schritt vorwärts ist wie ein Schritt zurück, ein Schritt abwärts. Egal, wie sehr dir die Kälte in Newcastle zusetzt und wie sehr du deine Familie vermisst, es gibt dort immerhin Hoffnung und eine Zukunft.«

Nick nickte traurig. »Das ist doch eigentlich abwegig.«

»Was genau?«, fragte George.

»Wie kann denn alles immer mehr zerfallen?«

»Ganz einfach«, erwiderte Zoë. »Es reicht, wenn man Politiker hat, denen das alles egal ist.«

Unwillkürlich musste George an Mario denken: an seine Bemühungen, seine Insel aus dem Sumpf der Gleichgültigkeit herauszuheben, und an die Strafe, die ihn dafür ereilte.

Die nächsten zwei Tage vergingen wie im Flug. Montagmittag waren alle Oliven gepflückt. Nachmittags luden sie sie ins Auto und fuhren zur Ölpresse. Die Luft dort war heiß und erfüllt von beißenden Gerüchen, Maschinenlärm und dem Dunst der dampfenden, zerdrückten Früchte. Nach dem Wiegen der Säcke wurden die Oliven in einen Trichter geschüttet, gewaschen, gesiebt, zu Brei zerhackt, gepresst und zentrifugiert. Unterdessen trank man *tsipouro* und diskutierte über Erträge und Säuregehalt. Schließlich floss das Öl, eine leuchtende grasgrüne Flüssigkeit, aus dem Auslaufrohr in ein Stahlfass. Sie tauchten die Finger hinein. Es war warm und schmeckte nach Sommer.

Sie transportierten ihr Öl in großen viereckigen 17-Liter-Kanistern nach Hause, genossen ihre letzte Erntemahlzeit im Schein des Lagerfeuers und waren glücklich und voller Zuversicht. Am nächsten Morgen brachen sie auf. George und Nick nahmen die Fähre zum Festland und fuhren zum Flughafen. Mit Tränen in den Augen und unguten Vorahnungen im Herzen küsste George seinen Sohn zum Abschied und fuhr zurück ins Stadtzentrum.

TEIL III

DAS PAKET

31

Krankenhausakten

George schaltete seinen Computer an und fand eine E-Mail von Haris mit der Aufforderung, einen Dokumentenordner von einer Online-Transfer-Seite herunterzuladen. Im Begleittext stand: »Wir machen Fortschritte. Sehen Sie sich das an.«

George beobachtete den Download mehrere Minuten lang. Ein umfangreicher Ordner, fünfzehn Gigabyte. Er hatte genügend Zeit, einen Kaffee zuzubereiten und ihn zu trinken, bevor die Datei fertig war. Als er sie mit einem Mausklick öffnete, erschien ein einziger Ordner mit dem Namen »ASK«. Er enthielt acht weitere Ordner mit geographischen Bezeichnungen, darunter Athen und Edessa. Er begann mit »Edessa« und fand sechshundertfünfzig Dokumente. »Athen« umfasste weit über tausend.

Er machte ein paar Stichproben und entdeckte Briefe von Ministerien und Stadtverwaltungen, Fotos, Architektenpläne, E-Mails von Hochschulprofessoren, Banken, Wohltätigkeitsorganisationen, die im Bereich Bildung tätig waren, und Fördermittelgebern aus ganz Europa. Die unüberschaubare Fülle der Themen schien einen typischen Querschnitt durch Marios Interessen darzustellen: Umwelt, Wirtschaft, Sozialwesen, Wissenschaft. Es gab keinerlei Zusammenfassung, keine Orientierungshilfe. Nur eine Fülle von Texten und Bildern. Wie hatte Mario da noch den Überblick behalten können? Oder überhaupt irgendjemand?

Er rief Haris an.

»Was ist das, was Sie mir da geschickt haben?«

»Möglicherweise genau das, wonach Sie suchen.«

»Inwiefern?«

»Es stammt von Marios Laptop und erklärt, womit er sich beschäftigte.«

»Offensichtlich mit jedem Thema unter der Sonne. Das überfordert mich.«

»Letztlich dreht sich alles um ein spezielles Projekt.«

»ASK?«

»Genau.«

»Was ist ASK?«

»Eine medizinische Hochschule.«

»Wo? In Edessa?«

Haris stöhnte. »Und an einigen anderen Orten!«

»Das verstehe ich nicht«, sagte George.

»Filiotis und ein Mann namens Skouras haben jahrelang darüber verhandelt.«

»Skouras? Vom Rot-Kreuz-Krankenhaus in Athen?«

»Genau der.«

»Ich habe ihn kennengelernt. Als ich Mario erwähnte, hat er vollkommen dichtgemacht.«

»Wahrscheinlich hat er Angst.«

»Vermutlich. Was wissen Sie noch über dieses Projekt?«

Haris erwiderte: »Die Idee war, mit Hilfe der London University ein neues Lehrkrankenhaus und eine medizinische Fakultät in Griechenland aufzubauen. Mit hochkarätigem Personal, voll finanziert und offen für jedermann, nicht nur für die Söhne und Töchter der Reichen.«

»Das klingt gefährlich. Ich sehe schon, wie sich die Gegner zusammenscharen. Was ist passiert?«

»Sie versuchten es an unterschiedlichen Standorten: Athen, Ioannina, Edessa, Korfu, Kreta, Kos. Aus irgendeinem Grund ist es überall gescheitert.«

»Was war das Problem?«

»Das wissen wir nicht. Es scheint allerdings keine Frage des Geldes gewesen zu sein.«

»Wie kommen Sie darauf?«

»Davon hatten sie jede Menge.«

»Für Geld bekommt man in Griechenland alles.«

»Normalerweise schon.«

»Wo ist der Zusammenhang mit Marios Tod?«

»Vielleicht gibt es gar keinen, aber mir ist aufgefallen, dass sich in Astypalea offenbar ein Erfolg abzeichnete. Mario wollte Geld beschaffen, um eine alte Fabrik zu kaufen.«

»Wer zum Teufel würde in Astypalea eine medizinische Hochschule bauen wollen? Auf einer unfruchtbaren Felseninsel, zu der man von Athen aus vierzehn Stunden mit der Fähre braucht. Und wer würde sich die Mühe machen, das im Vorfeld zu verhindern? Völlig unnötig. Wegen der klimatischen und geographischen Bedingungen wäre das Projekt nach wenigen Jahren ohnehin mausetot.«

»Mario war da Bürgermeister. Immerhin hat die Insel einen Flughafen, ein akzeptables Städtchen …«

»Und nicht einmal tausendfünfhundert Einwohner. Das ergibt überhaupt keinen Sinn. Weder dort ein Krankenhaus zu bauen, noch deswegen ermordet zu werden. Das ist nicht das, was wir suchen.«

»Warum lesen Sie nicht die Datei?«

»Warum sollte ich sie lesen?«, konterte George.

»Ihre Entscheidung – aber Andreas denkt, sie ist Gold wert. Ich gehe sie noch mal durch, gründlicher.«

»Wo ist Andreas?«

»Er schläft.«

»Dieser Faulenzer! Vor dem Mittagessen.«

»Er ist fix und fertig. Er hat die halbe Nacht lang Papiere durchforstet. Nach sechs Stunden nonstop mit Eleni.«

»Nonstop was?«

»Streit.«

George war bestürzt, aber nicht überrascht. »Worüber?«

»Ich habe nicht zugehört, aber anscheinend über Häuser und Bankkonten.«

»Wurde etwas erwähnt, das eventuell mit Marios Tod in Verbindung stehen könnte?«

»Nein.« Haris besann sich. »Es sei denn …«

»Sprechen Sie weiter«, bat George.

»Ich habe mich in der Tat gefragt, ob Mario womöglich Selbstmord begangen hat.«

»Mit einem Fahrrad? Unwahrscheinlich.«

»Nicht vorsätzlich, sondern eher aufgrund der Art von Leichtfertigkeit, die sich einstellt, wenn es jemandem egal ist, ob er weiterlebt oder nicht.«

»Was bringt Sie denn auf den Gedanken?«

»Ich weiß nicht, ob ich das sagen soll.«

»Nun machen Sie schon!«

»Sind Sie mit Eleni eng befreundet?«

»Nein.«

»Was halten Sie von ihr?«

»Ich finde sie schwierig.«

»Genau.«

»Und?«

»Stellen Sie sich vor, Sie würden mit ihr zusammenleben!«

George versuchte es. Keine angenehme Vorstellung.

»Sie meinen, sie hat ihn dazu getrieben?«

»Schon möglich.«

»In diesem Fall«, sagte George, »wäre unser Auftrag erledigt.«

»Aber war er überhaupt der Typ, der Selbstmord begeht?«, fragte Haris. »Soweit ich weiß, war er ein äußerst dynamischer Mensch. Und total engagiert.«

»Das kann auch eine Schattenseite haben.«

»Litt er häufig unter Stimmungsschwankungen?«

»Eher nicht. Auch wenn man das nicht immer merkt.«

»Es gibt noch ein Thema«, sagte Haris. »Schulden. Haben Sie schon daran gedacht? Auch das kann einen umbringen.«

»Das weiß ich nur zu gut.«

»Das ganze Land ertrinkt in nachdatierten Schecks.«

»Ich habe Eleni gefragt, ob Mario Geldprobleme hatte.«

»Und was hat sie geantwortet?«, fragte Haris.

»Sie sagte, das ginge mich nichts an.«

»Was wahrscheinlich ein ›Ja‹ bedeutet.«

George atmete tief durch. »Unter normalen Umständen würde ich Ihnen zustimmen«, sagte er. »Aber Vermutungen reichen nicht aus. Wir brauchen Beweise.«

»Ich muss seine E-Mails checken«, sagte Haris. »Und mehrere tausend andere Dateien.«

George überlegte. »Warum speichern Sie nicht alles auf eine Festplatte?«

»Das habe ich bereits getan.«

»Also könnten Sie nach Athen zurückkommen?«

»Ich könnte schon. Aber ich dachte, ich bleibe noch einen Tag und schau mir mal diese Fabrik an ...«

»Was meint Andreas dazu?«

»Ich sagte doch bereits, er schläft.«

»Fragen Sie ihn, wenn er aufwacht.«

»Okay. Ich gebe Ihnen Bescheid.«

George öffnete seinen Laptop und klickte auf »Astypalea«. Ebenfalls eine immense Datei, die jede Menge Ordner enthielt. Er sortierte die Dokumente nach Datum, stürzte sich gleich in die allerersten und steckte schon bald tief in den Angelegenheiten seines Freundes. Trotz der Zweifel, die er Haris gegenüber geäußert hatte, war er beeindruckt von dem Projekt und überrascht, wie viel Engagement und guten Willen es bei Dritten weckte. Pensionierte Professoren, die bereit waren, umsonst zu arbeiten, griechische Kapitalgeber in New York und London, Bankiers und Reeder, die es unterstützen wollten, Bürokraten in Brüssel, die Fördergelder verteilten, private Spender, die ungenannt bleiben wollten … Schon allein die Unmöglichkeit, auf einer abgelegenen Insel eine neue medizinische Fakultät zu eröffnen, schien die Phantasie der Menschen zu beflügeln. Falls es funktionierte, würde es die Region vollkommen verändern. Die Ägäis, hatte Mario einmal gesagt, sollte so etwas werden wie ein »lebendes Museum, ein Marktplatz des regen kulturellen und kreativen Austauschs«. Ein wahrhaft kühner Impuls. Hunderte von Menschen könnten davon profitieren, viele Tausende könnten sich davon inspirieren lassen – aber George wusste nur zu gut, wie diese Dinge in Griechenland meist ablaufen. Je schöner der Traum, umso böser das Erwachen.

Eine der antiken griechischen Sagen handelt von Prometheus, dem Titanen. Er stahl das Feuer vom Olymp und brachte es den Menschen, gegen den Willen der Götter. Zur Strafe ließ Zeus ihn bis in alle Ewigkeit an einen Felsen ketten. Tagtäglich kam ein Adler und fraß seine Leber, die Nacht für Nacht nachwuchs. Eine grausame und demoralisierende Geschichte, doch sie verdeutlichte ein Muster, dem man im Alltag immer wieder begegnete.

George hatte genug von diesen düsteren Gedanken, stand vom Schreibtisch auf und streckte sich. Nacken und Schultern waren steif vom langen Sitzen. Er ließ den Kopf kreisen, lockerte seine Gelenke, ging in den Flur, die Küche, ins Schlafzimmer und zurück ins Arbeitszimmer. Er starrte aus dem Fenster, und während seine Augen auf den Garten der gegenüberliegenden Kirche gerichtet waren, schweifte sein Geist ganz woandershin ab. Vergleiche zu den Mythen der Antike zu ziehen ist zwar ganz nett, sagte er sich, brachte den Fall jedoch kein bisschen weiter. Womit hatte Mario die Todesstrafe verdient? Der Bau eines Krankenhauses könnte die Entwicklungspläne eines Rivalen durchkreuzen, aber eine *medizinische Fakultät*? Wer könnte dagegen etwas einzuwenden haben? Und dennoch stieß sein Projekt auf Ablehnung. Wiederholt. Dann tödlich.

Oder hatte Marios Tod gar nichts damit zu tun?

George wandte sich vom Fenster ab und nahm sich vor, noch einmal mit Dr. Skouras zu sprechen. Oder, falls Skouras nach wie vor abgeneigt war, mit einem der englischen Projektpartner. Einer von ihnen musste doch wissen, was da gespielt wurde. Vielleicht hatten sie weniger Angst zu reden.

Auf dem Weg zum Schreibtisch blieb er abrupt stehen. Irgendetwas irritierte ihn, etwas Ungewöhnliches, was er draußen gesehen hatte. Er trat erneut ans Fenster und überprüfte den Kirchgarten und die Straße. Zwischen den parkenden Autos auf der gegenüberliegenden Seite entdeckte er einen schwarzen Mercedes mit getönten Scheiben. Das also war das verstörende Detail: In dieser ganz normalen Athener Wohnstraße parkte ein Fahrzeugtyp, der vorzugsweise von einem ganz anderen Personenkreis benutzt wurde: von Politikern, Unternehmern und Gangstern.

George nahm seine Schlüssel und ging nach unten. Es war noch früh, Dimitri saß in seinem leeren Café und sah fern.

»Tun Sie mir einen Gefallen, Dimitri. Behalten Sie den schwarzen Mercedes dort drüben im Auge. Ich mache einen kurzen Spaziergang. Sagen Sie mir Bescheid, falls jemand aussteigt und mich verfolgt.«

»Okay«, antwortete Dimitri, der derlei ungewöhnliche Ansinnen bereits kannte. »In welche Richtung gehen Sie?«

»Hügelaufwärts. Gegen den Verkehr. Da müssen sie mir schon zu Fuß folgen.«

Dimitri schaltete den Fernseher aus. »Ich bin bereit.«

George lief zügigen Schrittes und drehte sich nicht um. Der Tag war kühl, ein Hauch von Winter lag in der Luft. Er knöpfte seine Jacke zu und stellte den Kragen hoch. Vor Evantheias Blumenladen an der Ecke blieb er stehen, um sich die Auslage anzusehen. Obwohl die Geschäfte seit sechs Jahren immer schlechter gingen und ihr Mann unter einer Depression litt, hielt sie den Laden am Laufen; mit heiterem Lächeln meisterte sie die Krise und offerierte ihren Kunden bezahlbare Blumen: Chrysanthemen, Sonnenblumen oder Hyazinthen, Veilchen und Azaleen in kleinen Töpfen. Die Tage der Lilien, Gardenien und extravaganten Blumensträuße waren längst vorbei. George fragte sich, wie lange ihr Laden in diesen schweren Zeiten noch überleben und wenigstens diesen bescheidenen Luxus absetzen konnte. Er winkte ihr zu, trat jedoch nicht ein.

Er wandte sich nach links in die Smyrna-Straße und kaufte dort im Obst- und Gemüsegeschäft ein Kilo Orangen und Brokkoli fürs Mittagessen. Dann lief er weiter links um den Block, bog in die Filis-, die Epirou- und schließlich wieder in die Aristotelesstraße ein, wo Dimitri inzwischen die Tische auf dem Bürgersteig abwischte und die Stühle aufstellte.

George betrat das Café und setzte sich. Dimitri folgte ihm hinein.

»Sie haben recht«, sagte er. »Ein kleiner Mann mit Lederjacke ist ausgestiegen. Ungefähr vierzig. Glatze. Ein knallharter Bursche. Er wird gleich hier vorbeilaufen.«

»Sitzt noch jemand im Wagen?«

»Ja, aber ich konnte das Gesicht nicht sehen.«

»Nur einer?«

»Ich bin nicht sicher. Normalerweise sind sie zu zweit, nicht wahr? ... Da kommt er!«

George sah den Mann vorbeigehen, ohne einen Blick in das Café zu werfen. Cooler Typ. In seinem Ohr steckte ein Kopfhörer für ein Mobiltelefon. Nur das, vielleicht noch die leichte Vorwölbung seiner Lederjacke und sein geschmeidiger Gang unterschieden ihn von einem gewöhnlichen Passanten.

»Achten Sie darauf, was hinter mir passiert«, bat George. »Ich versuche mit denen zu reden.«

Er überquerte die Fahrbahn, ging zum Mercedes und klopfte ans Fenster des Fahrers. Keine Reaktion. Er klopfte erneut.

Eine Stimme hinter ihm fragte: »Was wollen Sie?«

George drehte sich um und stand dem kleinen Mann direkt gegenüber. Er hatte ein hartes, ernstes Gesicht und ruhige blaue Augen.

»Warum verfolgen Sie mich?«, fragte George.

»Ich verfolge Sie nicht«, antwortete der Mann leise.

»Doch, das tun Sie.«

»Sie begehen einen Fehler.«

»Ich habe Ihr Kennzeichen und ein Foto von Ihnen.«

»Das stört mich nicht.«

»Das wird es aber.«

Der Mann zuckte mit den Achseln. »Darf ich jetzt zu meinem Wagen?«

George rührte sich nicht von der Stelle. Der Mann schob sich an ihm vorbei. George spürte die stahlharten Muskeln seines Arms, der ihn beiseitedrängte. Die Tür wurde geöffnet, und er bekam eine zweite Person zu Gesicht, die unbeweglich auf dem Beifahrersitz saß. Dann wurde die Tür zugezogen und von innen verriegelt.

George hätte ihnen gern Feuer unterm Hintern gemacht und sie aus der Straße vertrieben, doch er erinnerte sich an Haris' Grundregel: ›Kenne deine Zielperson‹. Falls es zum Kampf kam, wären sie zwei gegen einen. Außerdem war er unbewaffnet.

Er ging zurück ins Café Agamemnon und bestellte Kaffee.

»Wieder mal Probleme«, bemerkte Dimitri.

»Sieht so aus«, erwiderte George.

»Wer sind die?«

»Weiß der Kuckuck.«

Als George später am Schreibtisch saß, stieß er auf einen neuen Hinweis in der Krankenhaussache. Im Juli, an einem bestimmten Punkt der Verhandlungen, war der Preis für die leer stehende Fabrik in Astypalea schlagartig auf eine dreiviertel Million Euro hochgeschossen – ein enormer Anstieg, der mit der Einbeziehung eines Nachbargrundstücks gerechtfertigt wurde. Äußerst merkwürdig. Entweder Marios Gegner hatten durch ein übertrieben hohes Angebot den Preis verdorben, oder der Verkäufer war plötzlich gierig geworden.

George las die Korrespondenz dazu. Wahrscheinlich war Gier die Ursache. In diesem Fall außergewöhnlich erfolgreiche Gier, denn Mario hatte sich nicht zurückgezogen, was ratsam gewesen wäre, sondern in aller Ruhe sein Angebot erhöht. Der Grund für seine gelassene Reaktion war eindeutig: Er hatte kürzlich durch erfolgreiches Crowdfunding über eine Million Euro eingesammelt, was den neuen Kaufpreis problemlos deckte. Selbst wenn Marios Feinde ihre Finger im Spiel hatten, war er offensichtlich nicht aufzuhalten.

Dann tauchte jedoch ein weiteres Hindernis auf. Gleichzeitig mit der guten Nachricht bezüglich der Schwarmfinanzierung versetzte ihm einer der Investoren einen Schlag. Wegen der »Unsicherheit auf den globalen Märkten« hatte ein in London ansässiger Investmentfonds mit dem Namen *Worldwide Ethos* den Rückzug angetreten. Plötzlich fehlten zwei Millionen. Also standen dem Projekt nun 1,75 Millionen Euro weniger zur Verfügung als vorher. Das war die Lage am Vortag von Marios Abreise nach Athen.

War er dorthin gefahren, um mehr Geld aufzutreiben? Brauchte er es so dringend, dass er einen Kreditgeber aufsuchte, der keine Fragen stellte?

Mit Schaudern erinnerte sich George an den unangenehmen Kerl bei EAP, der angeblich auch Finanzierungen anbot. Es schien unwahrscheinlich, dass so ein Typ überhaupt jemals die Wahrheit sagte, doch vielleicht hatte er es in diesem Fall getan.

George las die letzten Dokumente im Ordner: ein Schreiben von Marios Finanzberater, der die Situation bedauerte; eine Anfrage an den Fabrikbesitzer bezüglich Teilzahlungen; eine Antwort von dessen Rechtsanwalt mit dem Hinweis, der Kaufpreis sei auf der Grundlage der vollständigen Begleichung zum Datum des Eigentumsübergangs vereinbart worden; und schließlich Marios Bitte um Entgegenkommen, die unbeantwortet blieb.

Während George all diese E-Mails las, konnte er Marios Verzweiflung nachvollziehen. Sein Freund war frustriert und ungeduldig und hatte die Nase voll. Folglich hatte er sich in die Enge treiben lassen. Jeder, der in solchen Zeiten ein Kaufgebot für eine verfallene Fabrik unterbreitete, dürfte eine Monopolstellung innehaben. Angesichts des aktuellen Zusammenbruchs der Volkswirtschaft würde wahrscheinlich in den nächsten fünf, zehn oder sogar zwanzig Jahren kein anderer Käufer auftauchen. Mario hielt sämtliche Trümpfe in der Hand. Warum ließ er sich an die Wand spielen?

George stand auf und lief durchs Zimmer. Irgendetwas stimmte hier nicht. Wenn sich Mario in einer derart schwachen Position befand, warum mussten seine Gegner ihn dann umbringen? Warum nutzten sie seine Schwäche nicht einfach aus?

Vielleicht hatte er sie irgendwie in der Hand? Verfügte er über kompromittierende Informationen? Hatte er gedroht, sie zu enthüllen? Das war in Griechenland durchaus üblich. Jeder Geschäftsmann, jeder, der ein Haus bauen oder beruflich vorankommen wollte, ist angesichts der Komplexität der Gesetze und der Willkür der staatlichen Bürokratie gezwungen, sich außerhalb davon zu bewegen, in einer schnelllebigen, inoffiziellen Schattenwirtschaft von Barzahlungen und Gefälligkeiten. Deshalb ist jeder angreifbar und lässt den anderen in Frieden. Ein Frieden zwischen Feinden, der jederzeit ins Gegenteil umschlagen kann ...

Er kehrte an seinen Schreibtisch zurück und las die letzten E-Mails noch einmal durch. Vielleicht sollte er mit den anderen Beteiligten sprechen? Mit dem Finanzberater, dem Fabrikbesitzer, dem Rechtsanwalt? Vielleicht sollte er außerdem Haris und Andreas bitten, nach weiteren Hinweisen zu suchen.

Er griff zum Telefon.

32

Die zwei Andonis

Bevor George Haris im Adressbuch anwählen konnte, ging ein Anruf bei ihm ein. Von einer »unbekannten Nummer«. Er nahm das Gespräch an, und eine fremde Stimme, eine sanfte, selbstbewusste Stimme, die gewohnt war, Befehle zu erteilen, sagte: »Verärgern Sie meine Männer nicht, Herr Zafiris. Sie sind zu Ihrem Schutz da.«

»Tatsächlich? Es fällt mir schwer, das zu glauben.«

»Das ist Ihr Problem.«

»Wovor beschützen sie mich denn?«

»Vor einer Menge Leute. Und vor sich selbst.«

»Mit anderen Worten: Sie drohen mir.«

»Drohungen sind nicht mein Geschäft, Herr Zafiris. Mein Geschäft ist Selbsterhaltung.«

»Haben Sie Mario Filiotis ebenfalls angerufen und ihm Selbsterhaltung angeboten? Falls ja, gebe ich nicht viel auf Ihre Dienste.«

»Nehmen Sie sich in Acht, Zafiris.« Nun klang die Stimme plötzlich gar nicht mehr sanft. »Sie fangen an zu nerven.«

Dann war die Leitung tot. George schob das Telefon angewidert von sich. Er nahm eine Dose Bier aus dem Kühlschrank, öffnete sie und dachte über das gerade Erlebte nach. Es bedeutete nichts Gutes. Andererseits musste er, wenn er solche Anrufe erhielt, irgendwo einen empfindlichen Punkt getroffen haben.

Er griff erneut zum Hörer und wählte Haris an. Dem würde bestimmt etwas Hilfreiches einfallen.

Er begann mit dem schwarzen Mercedes und wollte gerade auf

den Drohanruf zu sprechen kommen, als Haris ihn abrupt unterbrach.

»Hören Sie, Herr Zafiris, ich kann nicht lange telefonieren, mein Akku ist fast leer.«

»Schließen Sie Ihr Ladegerät an!«

»Geht nicht, ich bin unterwegs.«

»Wo? Bei der Fabrik?«

»Ich rufe Sie später zurück. Auf Wiedersehen.«

George war fassungslos. Das sah Haris gar nicht ähnlich, weder dass sein Akku plötzlich ausfiel – schließlich war er Inhaber eines Elektrogeschäfts, Himmeldonnerwetter! –, noch dass er ein Telefonat so unvermittelt beendete. Da steckte etwas anderes dahinter.

Er trank hastig sein Bier, spürte seine Frustration und wünschte, er hätte eine Zigarette.

Ein Klopfen an der Wohnungstür ließ ihn zusammenzucken. Er zog die oberste Schreibtischschublade auf, nahm seine Beretta heraus, entsicherte sie, schlich behutsam zum Eingang und spähte durchs Schlüsselloch.

Draußen stand weder der Glatzkopf noch sein Kumpan, sondern Dimitri. Er ließ ihn sofort herein.

»Was gibt's?«, fragte George und legte die Beretta auf den Tisch im Flur.

Dimitri zog die Tür hinter sich ins Schloss. »Haris Pezas hat mich gerade angerufen. Er sagt, Ihr Telefon werde überwacht. Deshalb hat er Sie unterbrochen.«

»Woher weiß er das alles?«

»Das hat er nicht erklärt. Er rät Ihnen, mich loszuschicken, um ein neues Telefon für Sie zu kaufen, mit dem Sie unbehelligt sprechen können. Sagen Sie bis dahin nichts Unbedachtes.«

»Ich könnte mir selbst ein neues Handy besorgen.«

»Sicher, aber Sie müssen Namen und Adresse angeben.«

George entfuhr ein halbherziges Lachen. »Er leidet unter Verfolgungswahn!«

»Keine Ahnung. Das können nur Sie beurteilen ...« Dimitri wirkte verlegen. »Verzeihen Sie, es ist niemand unten im Café. Wenn es recht ist, verabschiede ich mich jetzt.«

»Selbstverständlich«, erwiderte George. »Vielen Dank für die Nachricht.«

»Was ist mit dem neuen Telefon?«

»Ich überleg's mir. Sie müssen jetzt gehen.«

Er brachte Dimitri zur Tür.

George wog seine Optionen ab. Falls Haris recht hatte, konnte er nichts unternehmen, ohne verfolgt, abgehört oder beschattet zu werden. Sein Handlungsspielraum wäre drastisch eingeschränkt, jeder seiner Schritte würde seinen sogenannten Beschützern unverzüglich mitgeteilt. Das neue Telefon war eine einfache Lösung für das Problem. Selbst wenn Haris sich irrte, hätte er nur ein paar Euro verschwendet. Er würde Dimitri losschicken.

Inzwischen musste er Kriminaldirektor Sotiriou treffen. Kein Anruf im Voraus. Er würde einfach unangekündigt in seinem Büro auftauchen. George nahm seine Schlüssel und machte sich auf den Weg.

Er trat aus der staubigen braunen Vorhalle und ging kurz ins Café Agamemnon, um Dimitri fünfzig Euro für ein billiges Prepaid-Handy und eine Guthabenkarte zu geben. Dann lief er auf dem Bürgersteig in die dem Verkehr entgegengesetzte Richtung, überquerte nach mehreren hundert Metern die erste Nebenstraße und winkte das nächstbeste Taxi heran, das sich näherte. Er instruierte den Fahrer, sofort rechts abzubiegen und dann erneut rechts auf die Leoforos Alexandras. Der schwarze Mercedes und seine Besatzung konnten ihn unmöglich verfolgen, aber er ging dennoch kein Risiko ein. Etwa einen halben Kilometer hinter dem Polizeipräsidium ließ er sich absetzen – an der Kreuzung Panormou-Straße, von der ein Dutzend Gassen in alle Richtungen abzweigte.

Er bezahlte das Taxi, überquerte den viel befahrenen Boulevard und schlüpfte in eine Passage zwischen zwei Bars. An ihrem Ende mündete die Ambelakionstraße, eine Einbahnstraße. Er bog ein und lief gegen den Verkehr bis zur Kreuzung Dimitsanasstraße. Der Seiteneingang des Polizeipräsidiums lag links von ihm. Niemand hatte ihn verfolgt, weder zu Fuß noch mit dem Auto, was geradezu ein Ding der Unmöglichkeit war. Mit einem Gefühl der Erleichterung betrat er das Gebäude.

Die Polizistin am Empfang, eine junge Blondine mit großen schönen Augen, fragte geschäftsmäßig nach seinem Namen und rief Sotirious Büro an. Während sie auf Antwort wartete, warf George einen Blick nach draußen. Ein schwarzer Mercedes mit getönten Scheiben hielt gerade an der Bordsteinkante. Die Fahrertür öffnete sich, der Glatzkopf in der Lederjacke stieg aus, blickte sich um, stöpselte den Kopfhörer ein und steuerte direkt auf das Portal des Polizeigebäudes zu.

Georges Herz zog sich vor Angst zusammen. Wie hatten sie ihn bloß aufgespürt? Der Gedanke schoss ihm durch den Kopf, während er die kleine Eingangshalle hastig nach einer Fluchtmöglichkeit absuchte. Links befand sich eine geschlossene Tür. Geradeaus ein dunkler Flur. Rechts der Fahrstuhl. Die Polizistin wartete noch immer am Telefon und starrte abwesend auf ihren Schreibtisch. George stürzte Richtung Korridor und verschwand in seinem Schatten, gerade als das Tor zur Straße aufschwang und ein Lichtstrahl über den Fußboden strich. Er presste sich gegen die Wand und lauschte. Er hörte die Polizistin, die den Satz ›Sein Büro antwortet nicht‹ begann, sich unterbrach und vor Verblüffung nach Luft schnappte.

»Gerade kam ein Mann herein«, sagte eine männliche Stimme. »Wohin ist er gegangen?«

»Wer sind Sie?«

»Was hat er zu Ihnen gesagt?«

»Was wollen Sie?«

Mehrere Sekunden hörte George keinen Laut. Dann sprach

der Mann weiter, so leise, dass George kein Wort verstand. Wieder öffnete sich das Tor zur Straße, wieder strich der Lichtstrahl über den Fußboden und streifte Georges Schuhspitzen. Er wartete noch ein Weilchen, bevor er aus dem Schatten trat. Die Polizistin stand am Schreibtisch und starrte ihn mit weit aufgerissenen Augen fassungslos an.

Als George näher kam, bombardierten sie sich gegenseitig mit Fragen.

»Wohin sind Sie verschwunden?«

»Was ist passiert?«

»Wer sind Sie?«

»Was hat der Mann zu Ihnen gesagt?«

»Hören Sie auf, Fragen zu stellen! Sie müssen mir sagen, was Sie hier machen.«

»Ich suche Kriminaldirektor Sotiriou. Ich habe dringende Informationen für ihn. Bitte probieren Sie es noch einmal in seinem Büro.«

Sie presste die Lippen zusammen, schaute nervös zur Seite, dann zurück zu ihrem Schreibtisch und Computer-Bildschirm, und nahm schließlich den Hörer ab.

»Ist Kriminaldirektor Sotiriou im Haus? Hier unten wartet jemand, der ihn sprechen möchte.« Sie sah George an. »Ihr Name?«

»George Zafiris.«

Sie wiederholte ihn. »Warten Sie hier. Er kommt runter.«

George versuchte erneut, sie auszuhorchen. »Der Mann, der eben hier war«, sagte er, »arbeitet für eine kriminelle Organisation. Falls Sie eine Beförderung von Ihrem Posten als Empfangsdame anstreben, wären Sie gut beraten, dem Kriminaldirektor zu verraten, was er zu Ihnen gesagt hat.«

Sie musterte ihn ausgesprochen skeptisch.

»Warten Sie dort«, sagte sie und bedeutete ihm, wo. »Im Hellen, wo ich Sie sehen kann.«

Die Fahrstuhltüren glitten auf, und Kriminaldirektor Sotiriou erschien.

»Lassen Sie uns draußen irgendwo Kaffee trinken«, sagte er kurz angebunden.

George hielt ihn auf. »Jemand hat mich bis hierher verfolgt«, erklärte er. »Keine Ahnung, wie sie das geschafft haben. Haris Pezas behauptet, mein Telefon sei verwanzt, aber sie arbeiten offenbar mit einem Ortungssystem.«

Sotiriou hörte aufmerksam zu. »Wo sind sie jetzt?«

»Draußen, in einem schwarzen Mercedes. Einer der Männer kam herein und sprach mit der jungen Frau am Empfang. Sie will mir nichts erzählen.«

»Warten Sie.« Sotiriou ging hinüber zu der Polizistin und wechselte ein paar Worte mit ihr. Als er zurückkam, sagte er: »Wir nehmen einen anderen Ausgang.«

Sotiriou rief den Fahrstuhl und drückte auf den Knopf zum fünften Stockwerk.

»Merkwürdiger Ort für einen Ausgang«, sagte George.

Der Kriminaldirektor ignorierte die Bemerkung. »Geben Sie mir Ihr Telefon«, forderte er.

George reichte es ihm, sie fuhren schweigend weiter.

Im fünften Stock führte der Kriminaldirektor ihn einen Flur entlang zu einer Tür mit einer Nummer. Er klopfte und trat ein, während er George bedeutete, draußen zu warten. Eine Minute später kehrte er mit einem Autoschlüssel in der Hand zurück.

Sie fuhren mit dem Aufzug ins Untergeschoss, wo ein Polizeimechaniker sie zu einem ungepflegten blauen Citroën begleitete. Der Kriminaldirektor griff ins Handschuhfach, zog eine Baseballkappe heraus und reichte sie George. »Setzen Sie die auf«, sagte er, »und eine Sonnenbrille, falls möglich.«

Er fuhr die Auffahrt hoch, direkt in die Leoforos Alexandras, ohne die Dimitsanasstraße zu überqueren, in der der schwarze Mercedes wahrscheinlich noch immer wartete.

»Falls sie Ihr Telefon orten können«, erklärte Sotiriou, »werden sie Sie im fünften Stock vermuten. Sollten sie uns dennoch folgen, heißt das, sie haben irgendein anderes Gerät bei Ihnen eingeschleust. Dann müssen wir Sie röntgen.«

»Und wenn jemand versucht, mich zu erreichen?«

»Das ist derzeit das Geringste Ihrer Probleme.«

»Was wollen Sie mir damit sagen?«

»Sie haben jede Menge Ärger im Schlepptau«, antwortete Sotiriou. »Und ich demnächst ebenfalls, wenn ich nicht vorsichtig bin. Also werden wir schnell und mit minimalem Aufwand vorgehen.«

Er entdeckte eine Parklücke, schaltete seine Warnblinkanlage an und parkte rückwärts ein.

»Haben Sie ein Notizbuch?«, fragte der Kriminaldirektor und stellte den Motor ab.

George zog es aus der Tasche.

»Machen Sie sich Notizen. Ich habe die gewünschten Nachforschungen über Stelios und Merkulow angestellt.«

»Und?«

»Beides höchst interessante Persönlichkeiten, allerdings nicht ganz meine Abteilung, denn sie haben nichts mit Gewaltverbrechen zu tun.«

»Was ist mit einem Mann namens Andonis? Einem Freund von Anna Kenteri?«

»Den kenne ich nicht.«

»Sie behauptet, die Polizei hätte ihn verhört. Und er könne sehr ungemütlich werden.«

»Ich weiß nur etwas über Stelios und Merkulow.«

»Also wer zum Teufel ist Andonis?«

»Keine Ahnung. Darf ich jetzt fortfahren mit dem, was ich berichten wollte?«

»Bitte schön.«

»Stelios ist Fotograf. Oder sollte ich besser sagen *Pornograf*?«

»Illegale Bilder? Minderjährige?«

»Nein. Einfach nur geschmacklos. Er beutet Mädchen aus und stürzt sie ins Verderben. Außerdem besitzt er eine ganze Reihe von Nachtklubs und Kasinos. Die Polizei wurde bereits unzählige Male dorthin gerufen. Es gibt enge Verflechtungen mit Prostitution, Drogen, Geldwäsche, Hehlerei von Waren und Autos, Versicherungsbetrug ... Wir müssen unsere Mitarbeiter rotieren lassen, damit sie nicht in das System hineingezogen werden. Aber selbst so können wir nie ganz sicher sein.«

»Sie sollten diese Schuppen schließen.«

»Das ist nicht so einfach. Stelios kennt die Gesetze und hält sich daran. Zu den schmutzigen Geschäften bleibt er in gebührendem Abstand. Man kann ihm nichts anhängen. Außerdem verfügt er über erstklassige Verbindungen. Ein-oder zweimal wäre er womöglich verhaftet worden, da kam von ganz oben die Anweisung, ihn in Ruhe zu lassen.«

»Was sind das für Verbindungen? Familiäre?«

»Seine Tochter ist mit dem Sohn des Justizministers verheiratet.«

»Wer ist das?«

»Byron Kakridis.«

»Dieser Schweinehund!«

»Passen Sie auf, was Sie über ihn sagen!«

»Ich dachte, er sei Mitglied der PASOK. Wieso sitzt er jetzt in der SYRIZA-Regierung?«

»Er hat die Partei gewechselt, als er erkannte, wie die Dinge sich entwickelten.«

»Er hat meinen Freund Hektor Pezas auf dem Gewissen, ganz zu schweigen von seiner eigenen Frau.«

»Stopp!«, warnte Sotiriou. »Nichts davon wurde jemals bewiesen. Es ist lediglich Ihre Theorie.«

»Hören Sie doch auf, Sie waren damals dabei! Vielleicht haben seine georgischen Freunde die Schüsse abgegeben, aber er war dafür verantwortlich.«

»Ich werde mit Ihnen nicht darüber streiten. Glauben Sie, was Sie wollen, aber behalten Sie es für sich. Zu Ihrer eigenen Sicherheit.«

George konnte seine Wut nur mühsam unterdrücken. »Sie sind manchmal so verdammt gesetzestreu.«

Sotiriou antwortete gereizt: »Irgendjemand muss das Gesetz schließlich achten!«

»Okay«, erwiderte George, »kommen wir auf Stelios zurück: Pornograf und Zuhälter und überaus gut vernetzt. Was wissen wir sonst noch über ihn?«

»Er ist Ende fünfzig, besitzt einen Bentley Cabrio und eine Yacht. Was noch? Er scheint sich nach dem Vorbild von James Bond ...«

»O je, es kommt noch schlimmer.«

»Trotz seines glamourösen Lebensstils ist er äußerst zurückhaltend. Die Polizeibefragung hat ihm ganz und gar nicht gefallen.«

»Wer hat ihn vernommen?«

»Unser Freund Karás, der Rugbyspieler.«

»Gut. Ich spreche mit ihm. Erzählen Sie von Merkulow.«

»Er ist Investor.«

»In was investiert er?«

»In Hotels, Ferienanlagen, Einkaufszentren. Verschiedene andere Objekte.«

»Verbindungen zur Unterwelt?«

»Sind nicht bekannt. Tatsächlich versucht er sich als Philanthrop, doch das könnte nur Fassade sein: Ist immer gut fürs öffentliche Ansehen. Einer meiner Informanten beschrieb ihn als die Quelle im Untergrund, die die Brunnen versorgt.«

»Was hat das zu bedeuten? Ist er eine Art Bank?«

»Ähnlich wie eine Bank, aber vollkommen unkontrolliert und zu seinen eigenen Bedingungen.«

»Hohe Zinssätze?«

»Oder ein Stück vom Kuchen.«

»Woher kommt sein Geld?«

»Er ist ein russischer Oligarch.«

»Ist er ein Freund von Stelios?«

»Das haben Sie mir erzählt.«

»Wirklich?«, fragte George verblüfft.

»Sie sagten, er und Stelios seien beide enge Bekannte von Keti Kenteri. Das wüssten Sie von ihrem Mann Paris.«

»Daran erinnere ich mich. Aber sie könnten mit ihr befreundet sein, ohne sich zwangsläufig zu kennen.«

»Da ist was dran«, erwiderte Sotiriou und lehnte sich zurück. »Es gibt nichts mehr aufzuschreiben. Das ist alles, was ich in Erfahrung bringen konnte ... Übrigens, ich habe die Straße beobachtet. Uns ist niemand gefolgt.«

»Gut«, sagte George abwesend. Er dachte immer noch über Andonis nach.

»Anna nannte ihn einen Mann, den man nicht provozieren sollte«, sagte er.

»Wen?«

»Andonis.«

»Das trifft auf beide zu, würde ich sagen.«

»Können wir einen Suchauftrag für die zwei erwirken?«

»Das dürfte schwierig werden.«

»Warum?«

Sotirious Telefon klingelte. »Entschuldigen Sie mich.«

Als er den Anruf entgegennahm, veränderte sich sein Verhalten drastisch. Er kniff die Augen zusammen, runzelte die Stirn und presste die Lippen zusammen, die jetzt eine schmale, nach unten gebogene Linie bildeten. Seine selbstsichere Miene war schlagartig verschwunden. Sein Gesprächspartner musste jemand sein, der in der Hierarchie über ihm stand und extrem schlechte Laune hatte. Er redete sehr wenig.

Am Ende sagte er: »Sehr wohl, Chef, ich werde Ihren Anordnungen Folge leisten«, und legte das Telefon beiseite.

Er brauchte ein Weilchen, um seine Fassung wiederzuerlangen.

»Ärger?«, fragte George.

»Ärger«, antwortete der Kriminaldirektor. »Ich habe Ihr Telefon bei der Sekretärin des Polizeichefs hinterlegt.«

»Und?«

»Er hat es mitbekommen.«

»Hat sie's ihm gesagt?«

»Nein. Ich bat sie, es nicht zu erwähnen.«

»Vielleicht hat sie's trotzdem verraten.«

»Nein. Ich vertraue ihr.«

»Wie denn dann?«

Sotiriou seufzte. »Der Zweck des Hinterlegens war, jemandem eine Falle zu stellen.«

»Um die Leute zu schnappen, die mich verfolgen?«

»Genau.«

»Und jetzt sind Sie sich selbst in die Falle gegangen?«

»Das könnte man so sagen ...« Sotiriou vergrub sein Gesicht in den Händen und rieb sich die Augen.

»Also? Was ist passiert?«

Der Kriminaldirektor fixierte ihn mit bedeutungsschwerem, resigniertem Blick.

»Man hat mich in eine unmögliche Position gebracht.«

»Erzählen Sie.«

»Ich habe Anordnung, Sie zu verhaften.«

»Mich verhaften? Weswegen, verdammt noch mal?«

»Belästigung. Zweifellos werden bald schwerere Vergehen dazukommen.«

»Und wer sagt das?«

»Der Polizeichef.«

»Persönlich?«

»Er hatte Besuch von den Männern im Mercedes. Das sind übrigens Sicherheitsbeamte, keine Gangster.«

»Sicherheitsbeamte? Wer hat denn das angeordnet?«

»Das wissen wir nicht. Aber wahrscheinlich jemand von ziemlich weit oben, und zwar im Zusammenhang mit Ihrem Freund Andonis. Wer auch immer das ist.«

»Dann hat Anna also nicht geblufft.«

»Offenbar nicht.«

»Aber wie kam es plötzlich zum Haftbefehl gegen mich?«

»Die Männer aus dem Mercedes wollten Sie sprechen. Der Polizeichef behauptete, Sie nicht zu kennen, und die beiden brachten ihn in eine peinliche Situation, als sie Ihr Telefon im Schreibtisch der Sekretärin entdeckten.«

»Okay. Unangenehm, aber wirkungsvoll.«

»Sie machen bloß ihren Job. Der Polizeichef zwang die Sekretärin, ihm zu verraten, wer das Telefon dort deponiert hatte, und rief mich dann an. Mein offizielle Aufgabe ist nun, wie gesagt, Sie zu verhaften.«

»Aber ich handele doch in Ihrem Auftrag.«

»Richtig. Wenn das rauskommt, bin ich auch erledigt.«

»Was meinen Sie mit *auch* erledigt?«

Sotiriou schwieg. George wusste genau, was er meinte.

»Also was zum Teufel machen wir jetzt?«

»In genau sechzig Sekunden steigen Sie aus diesem Auto aus und laufen los. Sie gehen nach Hause, packen das Nötigste ein und verschwinden.«

»Einfach so? Mein Leben einfach so hinter mir lassen?«

»Nicht für immer. Ein bis zwei Wochen für den Anfang. Geben Sie mir Zeit, mich darum zu kümmern und die Aufhebung des Haftbefehls zu erwirken.«

»Und was soll aus der Ermittlung werden? Aus der ganzen Arbeit?«

»Wir werden darauf zurückkommen.«

»Und wann?«

»Wenn wir mehr Beweismaterial haben.«

»Sie vernichten es, jetzt, während wir sprechen!«

»Sie können nicht alles vernichten. Etwas wird übrigbleiben. Irgendeine Spur. Das ist immer so.«

George fühlte Frustration und Wut in sich hochkochen.

»Je länger wir warten, Herr Kriminaldirektor, desto weniger bleibt erhalten! Und jetzt wissen sie, dass wir ihnen auf den Fersen sind.«

Sotiriou legte George eine Hand auf die Schulter. »Wir haben keine Zeit für Diskussionen. Sie müssen gehen.«

»Und wohin?«, rief George. »Ich kann nicht einfach mit den Fingern schnipsen und mir ein neues Leben basteln!«

»Gehen Sie, wohin Sie wollen. Fahren Sie ins Ausland. Aber verraten Sie mir Ihre Pläne nicht.«

»Das fällt mir nicht schwer! Ich habe nämlich keine.«

»Schön«, sagte Sotiriou beiläufig und streckte ihm seine Hand entgegen. »Bleiben Sie in Kontakt.«

»Geht nicht«, murrte George. »Sie haben mein Telefon.«

»Kaufen Sie ein neues. Wir verständigen uns über Ihren Mitarbeiter.«

»Haris Pezas.«

Sotiriou wiederholte den Namen. »Pezas«, murmelte er. »Ist er mit Ihrem letzten Mitarbeiter verwandt?«

»Das war Hektor. Sein Bruder.«

»Ist er gut?«, fragte der Kriminaldirektor sanft.

»Wie bitte?«, entfuhr es George. »Gerade haben Sie mein Leben völlig auf den Kopf gestellt, und jetzt wollen Sie sich über meinen Mitarbeiter unterhalten? Ist das Ihr Ernst?«

»Entspannen Sie sich«, sagte Sotiriou ruhig. »Ich gehe davon aus, dass Sie ihm vertrauen?«

»Selbstverständlich vertraue ich ihm!«

»Ausgezeichnet ... Jetzt hauen Sie ab. Ich gebe Ihnen eine Stunde.«

»Und dann?«

»Dann wird Ihre Wohnung unter Beobachtung gestellt.«

»Ihnen ist schon klar, dass das unter Missachtung meiner Rechte geschieht und eine absurde Verschwendung polizeilicher Ressourcen darstellt?«

»Ich bin ganz Ihrer Meinung«, erwiderte der Kriminaldirektor. »Es ist ein notwendiges Übel.« Er streckte ihm erneut die Hand entgegen. »Auf Wiedersehen.«

George eilte durch die Straßen von Kolonaki. Er hatte eine Menge zu ordnen, in erster Linie seine Gedanken, die wie ein reißender Strom durch seinen Kopf tosten, chaotisch und aufgewühlt, voller Ängste und Rachegelüste. Er brauchte einige unerlässliche Dinge von zu Hause – Laptop, Kamera, Reisepass, Bankkarten, Kleidung zum Wechseln. Er musste ein Telefon kaufen, ohne das er nicht handlungsfähig war. Und er musste eine Bleibe finden.

Das war das größte Problem. Er konnte zu Zoë nach Andros fahren oder irgendwo in Athen untertauchen. Andros wäre sicherer, aber viel zu weit vom Geschehen entfernt. Er hatte nicht die Absicht, die Hände in den Schoß zu legen, denn er wusste, dass er den Druck auf Andonis erhöhen musste, damit der weiter rätselte und in der Defensive blieb. In Andros könnte er der Versuchung erliegen, einfach abzuschalten. Und er könnte Zoë in Gefahr bringen.

Dann also Athen. Aber wohin? Nicht in ein Hotel, das seinen Namen innerhalb von vierundzwanzig Stunden an die Polizei weiterleiten würde. Er musste bei einem Freund unterschlüpfen, irgendwo außerhalb seines Viertels. Vielleicht Kifissia. Oder Piräus. Oder Maroussi, wo Petros Karagounis ein Haus hatte. Vielleicht war Maroussi die beste Lösung.

Als er sich der Aristotelesstraße näherte, wurde er nervös und überaus wachsam. Sotiriou hatte ihm zwar eine Stunde zugesagt, aber bekanntermaßen ist Zeit in Griechenland ein dehnbarer Begriff. Eine Stunde konnte bedeuten, den ganzen Nachmittag – oder maximal fünfzehn Minuten. Möglicherweise wartete der Polizeichef ungeduldig auf Ergebnisse. Er könnte seine Beamten sofort vorbeischicken und so dem Kriminaldirektor zuvorkommen.

Die Straße wirkte jedoch unverdächtig, und er huschte ungesehen ins Café Agamemnon.

»Dimitri, ich muss dringend mit Ihnen sprechen.«

»Nehmen Sie Platz. Ich mache gerade Kaffee für die Damen.«

George warf einen kurzen Blick auf zwei gut betuchte Hausfrauen aus Kolonaki. Die eine ließ sich soeben mit lauter, selbstbewusster Stimme über ihre Probleme beim Haarefärben aus. Als die andere protestierte, dass ihr Haar noch wie das einer Zwanzigjährigen aussehe, wies sie das Kompliment energisch zurück. »Nein, *agapi mou*, achte mal auf den Scheitel! Dort liegt die Schwachstelle. Der Farbton sollte dunkles Kastanienbraun sein. Siehst du dunkles Kastanienbraun? Nein, er ist rot. Noch dazu bordeauxrot. Bordeaux! Wie viele Zwanzigjährige mit bordeauxroten Haarwurzeln kennst du? Ich kann Bordeaux nicht mehr ertragen! Ich sagte zu Michalis, jedes Mittel sei mir recht – Kerastase, Clairol –, koste es, was es wolle. Er hat alle ausprobiert! Jedes einzelne! Er hätte genauso gut Wasser nehmen können!«

Zu jedem anderen Zeitpunkt hätte George sich über ihr egozentrisches Gequassel aufgeregt. Aber als Einblick ins ganz normale Alltagsleben, das ihm so unerwartet abhanden gekommen war, fand er es sogar seltsam berührend. Wenn Frauen den ganzen Nachmittag im Café sitzen und voller Leidenschaft über gefärbte Haare sprechen konnten, war vielleicht doch noch nicht alles verloren.

Eine Minute später war Dimitri bei ihm. »Was gibt's?«

George erklärte ihm die Situation. »Ich muss auf Tauchstation gehen«, sagte er.

»Wohin denn?«

»Das weiß ich noch nicht. Die Polizei wird Sie bestimmt befragen. Erzählen Sie nichts. Aber lügen Sie auch nicht.«

»Lassen Sie mich wissen, falls ich irgendetwas tun kann.«

»Sie haben nicht zufällig ein Telefon für mich gekauft?«

»Ich hatte noch keine Zeit. Nehmen Sie Ihr Geld zurück.«

»Behalten Sie es. Vielleicht muss ich Sie um einen Gefallen bitten.«

»Was immer Sie wollen.«

George dankte ihm und verließ das Café. Er stieg die Treppe zu seiner Wohnung hinauf. Innerhalb von zehn Minuten hatte er die nötigsten Besitztümer in eine Reisetasche gepackt. Er wollte gerade gehen, als er das Lämpchen am Anrufbeantworter blinken sah.

Es gab zwei Nachrichten. Eine von Zoë, die um Rückruf bat, die andere von Evantheia aus dem Blumenladen, die erklärte, ein Blumenstrauß zum Namenstag seiner Frau sei bei ihr abzuholen.

Merkwürdig. Zoës Namenstag war im Frühling. Also erst in einigen Monaten. Es musste sich um einen Irrtum handeln. Oder um etwas Schlimmeres ... Er wunderte sich noch darüber, als das Telefon läutete. »Unbekannte Nummer« stand auf dem Display. Er ließ es klingeln, bis der Anrufbeantworter ansprang und seine eigene Ansage abspulte: »Bitte hinterlassen Sie eine Nachricht.« Dann hörte er die sanfte, selbstbewusste, drohende Stimme: »Herr Zafiris, ich habe Sie gewarnt.«

Ohne nachzudenken riss er den Hörer ans Ohr. »Andonis?«, brüllte er hinein.

»Wer spricht?« Er meinte, im Tonfall eine Spur Besorgnis zu erkennen.

»Hier spricht Zafiris. Sie sind derjenige, der jetzt zu weit gegangen ist. Ihr Geheimnis ist keines mehr.«

»Bleiben Sie, wo Sie sind, Herr Zafiris. Wenn Sie Ihre Wohnung verlassen, begeben Sie sich in Lebensgefahr.«

»Vielen Dank für die Warnung«, erwiderte George. »Aber ich sage Ihnen, Sie haben das Spiel verloren.«

»Schwachsinn.«

»Das werden wir sehen.« Ohne eine Antwort abzuwarten zog er den Telefonstecker heraus und die Wohnungstür hinter sich zu.

33

Verfolgung

Das Wort »Schwachsinn« klang ihm noch in den Ohren, während er die Treppe hinunterstieg. Warum hatte Andonis ihm geraten, in der Wohnung zu bleiben? Ihm sogar mit dem Tod gedroht, falls er hinausging? Dafür konnte es nur einen Grund geben. Weil er ihn genau dort haben wollte. In der Falle. Wie ein Fisch im Glas.

Selbst schwachsinnig, Andonis.

Auf der Straße war niemand zu sehen, auch wenn George annahm, dass der schwarze Mercedes bereits auf dem Weg zu ihm war. Er hastete zu Evantheias Laden, um nach dem Blumenstrauß zu fragen.

Evantheia holte ein verpacktes Gebinde aus dem hinteren Regal und legte es auf den Ladentisch.

»Merkwürdiger Strauß«, murmelte George misstrauisch.

»Er ist von Ihrem Freund, Herrn Pezas«, sagte sie. »Ich sollte Ihnen sagen, dass die Blumen da sind.«

George lächelte. »Danke, Evantheia. Verzeihen Sie, ich habe es gerade sehr eilig, aber ich schaue bald wieder rein.«

Er verließ hastig das Geschäft, spähte besorgt die Straße hinauf und beobachtete den entgegenkommenden Verkehr. Als er ein Taxi sah, winkte er es heran.

»Wohin fahren wir?«, fragte der Fahrer, ein großer, träge wirkender Mann, der eine elektrische Zigarette rauchte.

»Maroussi.«

»Adresse?«

»Die sage ich Ihnen später.«

»Ich kann sie in mein GPS eingeben.«

»Bitte fahren Sie einfach!«

Der Fahrer schien unwillig oder vielleicht auch nur begriffsstutzig. George warf einen Blick über seine Schulter; jeder schwarze Wagen sah für ihn aus wie ein Mercedes.

»Fahren Sie schon!«, rief er ärgerlich. »Ich habe es eilig.«

Der Taxifahrer nahm einen letzten Zug aus seiner E-Zigarette und legte sie auf den Beifahrersitz. Seufzend schaltete er in den ersten Gang und fuhr endlich los. In diesem Moment sah George, der sich fast den Hals verrenkte, ein schwarzes Fahrzeug anhalten. Diesmal war es wirklich ein Mercedes. Mit getönten Scheiben. Eine der Türen öffnete sich. Der kleine Glatzkopf mit der Lederjacke stieg aus, nahm die Sonnenbrille ab und schaute suchend die Straße auf und ab. Beim Anblick des Taxis spannte er seine Muskeln wie eine Wildkatze.

»Scheiße«, fluchte George, als er erkannte, dass der Mercedes startete und sich hinter ihnen in den Verkehr einfädelte.

Jetzt wurde er wieder beschattet, und Maroussi war vielleicht doch keine gute Idee. Er wollte seine Verfolger nicht dorthin führen. Aber was war die Alternative? Kifissia, Piräus – wo er hinfuhr, würden sie auch hinfahren. Möglicherweise sogar nach Andros? Während er überlegte, was sie mit ihm vorhaben mochten, erstarrte er vor Angst. Was konnte er tun? Wohin konnte er sich wenden? Er saß eine Minute reglos da, hielt sich krampfhaft an seiner Tasche fest und zwang sich zur Ruhe. »Konzentriere dich auf deinen Atem« – ein Satz, den er vor Jahren in einem Yogakurs gehört hatte. In Momenten wie diesem half ihm das. Langsam einatmen, bis acht zählen, langsam ausatmen. Noch mal. Ein und aus. Noch vier- oder fünfmal. Konzentrier dich. Lass alle Gedanken los. Er wurde sich seines Körpers bewusst, seines Abdrucks auf dem Autositz, seiner hängenden Schultern. Seines Kopfes, durch den verschiedene Möglichkeiten schossen. Seiner Hände, eine auf dem linken Knie, die andere, die das Paket von Pezas umklammerte …

Plötzlich fiel ihm ein, dass es Zeit war, es zu öffnen. Noch ein paar Atemzüge, das tat ihm gut … In dem Paket fand er ein Telefon mit einem Zettel, auf dem stand: Geladen. Einsatzbereit. PIN 0951.

George schaltete das Telefon an und gab die PIN ein. Eine SMS erwartete ihn bereits. »Ich hoffe, Sie können es gebrauchen. Ankunft heute 15.30 Uhr Elefthterios Venizelos. Treffpunkt dort. Haris.«

George schaute auf seine Uhr. Es war 15.15 Uhr.

»Planänderung«, sagte er zum Fahrer. »Bringen Sie mich zum Flughafen.«

Fünfundzwanzig Minuten später, während sie die Attiki Odos entlangrasten und der Mercedes ihnen in fünfzig Metern Abstand folgte, versuchte George, Haris anzurufen.

»Bin gerade gelandet«, sagte der. »Wo sind Sie?«

George erklärte ihm die Situation.

»Wie viele Personen sind im Mercedes?«, fragte Haris.

»Zwei, glaube ich.«

»Gut. Geben Sie mir ein paar Minuten. Ich rufe zurück.«

George entspannte sich in seinem Sitz und beobachtete die vorbeiziehende Landschaft. Nach dem Gespräch fühlte er sich besser. Er war nicht mehr allein.

Drei Minuten später klingelte sein Telefon. Er hörte Haris zu: »Weisen Sie den Fahrer an, in den Kurzzeit-Parkplatz auf der Ankunftsebene reinzufahren. Das wird ihm nicht gefallen, weil man an der Ausfahrt zahlen muss, aber für uns ist das von Vorteil. Sagen Sie ihm, Sie übernehmen die Parkgebühr. Ist das klar?«

»Absolut.«

»Steigen Sie dort aus. Lassen Sie die Verpackung auf dem Rücksitz liegen, bezahlen Sie den bisherigen Fahrpreis und bitten Sie ihn zu warten. Sagen Sie ihm, Sie sind in zwanzig Minuten zurück.«

»Bin ich das?«

»Nein.«

»Warum lasse ich die Verpackung da?«

»Damit es aussieht, als kämen Sie wieder.«

»Das wird ihn nicht täuschen.«

»Es wird ihm egal sein. Schließlich hat er sein Geld bekommen. Gehen Sie über die Straße zum Terminal, fahren Sie rauf zur Abflugebene und erkundigen Sie sich nach einem Ticket irgendwohin, nach New York, Dubai, Frankfurt, wohin Sie wollen. Sagen Sie, Sie überlegen sich's. Machen Sie Einkäufe, trinken Sie einen Kaffee, verbringen Sie damit etwa zwanzig Minuten. Vielleicht mehr, aber nicht weniger. Dann gehen Sie zum Taxistand und fahren nach Markopoulo. Zu einer Fleischerei, Margaritis, Trikoupistraße 24. Margaritis ist ein Freund. Er erwartet Sie. Fragen Sie nach mir. Er bringt Sie durch die Hintertür in sein Haus. Wir treffen uns dort.«

»Man wird mich verfolgen.«

»Natürlich. Einer der Agenten wird Ihnen zu Fuß in den Flughafen folgen. Der andere wird auf dem Parkplatz festsitzen. Nach zwanzig Minuten muss er für die Ausfahrt bezahlen. Das sollte ihn lange genug beschäftigen, um uns den Rücken freizuhalten.«

»Was ist mit dem, der zu Fuß hinter mir her ist?«

»Um den kümmere ich mich.«

»Seien Sie vorsichtig.«

»Selbstverständlich.«

»Er ist vom Sicherheitsdienst, nicht irgendein Rowdy.«

»Schon gut. Ich weiß, was ich zu tun habe. Spielen Sie einfach Ihre Rolle. Und bleiben Sie ruhig.«

»Es liegt ein Haftbefehl gegen mich vor. Wird mich die Flughafenpolizei nicht erkennen?«

»Das ist meine einzige Sorge. Aber dort laufen Hunderte von Leuten rum. Bleiben Sie im Gedränge und erregen Sie keine Aufmerksamkeit.«

»Haris, ich habe Angst. Wird es denn funktionieren?«

»Aber sicher.«

»Und wenn der Mercedes nicht auf den Parkplatz fährt?«

»Dann rufen Sie mich an.«

»Oder wenn der kleine Glatzkopf die Polizei anspricht?«

»Das wird er nicht tun.«

»Wieso nicht?«

»Weil der Sicherheitsdienst die Polizei nicht mag.«

»Vielleicht macht er es trotzdem.«

»Ich beobachte ihn. Falls er sich den Polizisten nähert, gebe ich Ihnen Bescheid, und Sie gehen direkt zum Taxistand.«

George schwieg einen Moment und überdachte den Plan. Er war keineswegs idiotensicher. Vieles konnte schiefgehen. Aber er war besser als alles, was ihm einfiel.

»In Ordnung«, sagte er schließlich. »Dann mal los. Ich bin in zehn Minuten da.«

Am Flughafen dirigierte George den Fahrer zur Ankunft. Beim Hinweisschild für den Kurzzeit-Parkplatz sagte er: »Hier abbiegen.« Der Taxifahrer scherte auf eine Busspur aus und hielt an. »Dort fahre ich nicht rein«, sagte er.

»Ich übernehme die Parkgebühr.«

»Nein.«

»Ich zahle Ihnen zehn Euro extra.«

»Ich darf dort nicht parken.«

Mistkerl, dachte George.

»Ich möchte, dass Sie auf mich warten.«

»Ich warte hier.«

»Hier dürfen Sie nicht warten. Das ist eine Busspur.«

»Kein Problem.«

»Okay«, sagte George. »Wie viel bin ich Ihnen schuldig?«

»Fünfunddreißig Euro.«

George zahlte.

»Soll ich auf Sie warten?«

»Nein.«

Er öffnete die Tür und stieg aus.

»Ihre Tasche?«, fragte der Fahrer.

»Das ist Müll.«

»Nehmen Sie ihn mit.«

George griff nach der leeren Verpackung. Als er sich wieder aufrichtete, sah er links von sich den Mercedes parken. Ebenfalls auf der Busspur. Nichts lief nach Plan.

Wieder wählte er Haris' Nummer.

»Bis jetzt läuft alles schief. Ich fühle mich sehr unsicher.«

Haris fragte, was nicht stimmte. George erklärte ihm die Lage. »In Ordnung, bleiben Sie ruhig. Gehen Sie ins Flughafengebäude und befolgen Sie meine Anweisungen.«

»Auskunft bei einer Fluggesellschaft, Einkaufen …?«

»Die zwanzig Minuten spielen jetzt keine Rolle mehr. Fragen Sie einfach bei einer Fluglinie nach und bestellen Sie einen Kaffee. Ich brauche Sichtkontakt zu Ihnen und dem Glatzkopf. Wir kriegen das schon hin.«

»Ich sehe nicht, wie.«

»Machen Sie sich keine Sorgen.«

»Ich wiederhole: Seien Sie vorsichtig, Haris! Ich möchte Sie nicht genauso verlieren wie Ihren Bruder.«

»Botschaft verstanden. Wir sehen uns in Markopoulo.«

George atmete tief durch und überquerte die Straße. In den Glastüren des Flughafeneingangs erspähte er den Glatzkopf, der ihm dicht auf den Fersen war. Er betete, dass Haris wusste, was er tat.

Er nahm den Fahrstuhl zur Abflughalle und sah sich nach den Flugschaltern um. Der von Air France lag am nächsten, war jedoch nicht besetzt. Bleib im Gedränge, sagte er sich. Er reihte sich in einen Strom von Menschen mit Rollkoffern ein, die durch die riesige Halle spazierten. Aus der Lautsprecheranlage erklang seichter Jazz. Ein Losverkäufer versperrte ihm den Weg. George scheuchte ihn beiseite und erblickte den Schalter der Aeroflot. Davor wartete eine Flugzeugbesatzung mit asiatischen Gesichtszügen. Ein Kunde stand am Tresen. George stellte sich hinter ihn, direkt neben die Asiaten.

Der Kunde sprach Russisch. George hörte die ungewohnten flüssigen Silben, die zwischen ihm und einer ausgesprochen unhöflichen jungen Airline-Mitarbeiterin hin und her schwappten. Sie stritten über irgendetwas, der Mann redete mit einer überraschend hohen, melodiösen Stimme auf sie ein, die Frau wiederholte in regelmäßigen Abständen »Njet!«. Der Mann fluchte auf Griechisch und drehte sich um. Als er George hinter sich warten sah, sagte er: »Bitte! Sie sind dran. Vielleicht können Sie vernünftig mit ihr reden.«

George wurde bewusst, dass er den Mann schon irgendwo gesehen hatte. Fünfundvierzig oder fünfzig, kräftig gebaut, gut gekleidet – er trug einen Anzug und eine einfarbige Seidenkrawatte. Ein rundes, wohlgenährtes, angenehmes Gesicht. Wo waren sie sich begegnet? Erkannte er George wieder?

»Ja bitte?«, fragte die junge Frau auf Griechisch mit einem deutlichen Akzent.

George wandte sich zu ihr um. »Können Sie einen Flug nach Moskau für mich buchen?«

»Economy- oder Business-Klasse?«

»Economy.«

»Nächster Flug um 18.40 Uhr.«

»Preis?«

»Dreihundertfünfundvierzig Euro, nur Hinflug.«

»Und mit Rückflug?«

»Sechshundertfünfzig Euro.«

»Versuchen Sie's bei Aegean Airlines«, warf der Mann ein. »Die sind preiswerter.«

»Herr Merkulow!«, empörte sich die Angestellte. »Wo bleibt denn Ihr Patriotismus?«

George zuckte zusammen, als er den Namen hörte. Merkulow. Die Untergrundquelle, die die Brunnen versorgt, der Bankier der Wirtschaftsverbrecher …

»Vielen Dank«, sagte er. »Das mache ich.«

»Es ist mir ein Vergnügen«, antwortete Merkulow. Dann wandte er sich auf Griechisch an die Frau: »Sobald Sie lernen, Ihren Kunden behilflich zu sein, statt sie wie Störenfriede zu behandeln, werde ich wieder patriotischer.«

Sie warf ihm einen bösen Blick zu und sagte etwas auf Russisch, worüber Merkulow lachen musste.

George beschloss, die Gelegenheit beim Schopf zu packen. »Wladimir Antonowitsch Merkulow?«

»Kennen wir uns?«

»George Zafiris.«

»Woher wissen Sie meinen Namen?«

»Dank Aeroflot …«

»Ach ja.«

George nutzte die Gunst der Stunde. »Sie kannten Keti Kenteri?«

Merkulow antwortete mit feierlicher Miene: »Dort habe ich Sie also gesehen«, sagte er. »Ich konnte mich nicht genau erinnern. Bei Ketis Beerdigung.«

»Richtig.«

»Was für ein schrecklicher Tag!«, sagte der Russe. »Ich werde ihn nie vergessen.«

»Nein …«

»Nur ein winziger Schritt trennt das Leben vom Tod. Und dann bleibt die Tür für immer geschlossen. Sie müssen sie auch gekannt haben?«

»Nur die Familie. Ihren Mann Paris, ihre Schwester Anna …«

»Keti hat sie alle in den Schatten gestellt. Eine begnadete Musikerin, ein Genie. Sie war so entzückend, ihre Gedanken, ihre Gefühle, ihre Art, sich zu bewegen …«

»Wie haben Sie sie kennengelernt?«

»Sie ist auf einer meiner Partys aufgetreten. Ehrlich gesagt, auf mehreren. Wir wurden Freunde.«

»Habe ich richtig gehört, dass jemand Sie Andonis nannte?«, fragte George.

»Mich? Nein!«

»Ich war sicher, das gehört zu haben.«

»Nein. Sie verwechseln mich mit jemand anderem.«

»Und wer ist Andonis?«

»Viele heißen so. Ein sehr gebräuchlicher Name.«

Georges Telefon klingelte. »Entschuldigen Sie.«

»Was zum Teufel machen Sie da?«, fragte Haris.

»Ich unterhalte mich gerade.«

»Das sehe ich. Das war nicht geplant.«

»Ich weiß.«

»Sie müssen in die Gänge kommen.«

»Warum?«

»Glatzi wird allmählich unruhig. Er spricht gerade in sein Funkgerät. Da liegt was in der Luft.«

»Okay. Ich setze mich in Bewegung.«

George wandte sich wieder an Merkulow, der mit seinem Telefon beschäftigt war.

»Reisen Sie geschäftlich nach Moskau?«, fragte er George.

»Schon möglich.«

»Falls ja, rufen Sie mich an.« Merkulow gab ihm seine Visitenkarte. »Dort braucht man Verbündete. Ein knallhartes Pflaster. Noch härter als Athen.«

»Vielen Dank«, erwiderte George.

Er war von Merkulows Verhalten überrascht. Der Mann wirkte gutmütig und äußerst zuvorkommend. Normalerweise traten diese Leute ausgesprochen bedrohlich auf. Dennoch zögerte George, ihm seine Karte mit dem Aufdruck »Privatdetektiv« zu überreichen.

»In welcher Branche sind Sie tätig?«, fragte Merkulow.

»Forschung«, antwortete George. »Bedauerlicherweise habe ich keine Karte bei mir.«

»Kein Problem. Ich merke mir Ihren Namen. George Zafiris.«

Sie schüttelten sich die Hände.

»Wir sehen uns in Moskau!«, sagte der Russe.

Als er sich umdrehte, gesellte sich ein Mann zu ihm, dessen Ringkämpferfigur in einen schlecht geschnittenen schwarzen Anzug gezwängt war.

Der Leibwächter.

Das passte schon besser.

George konzentrierte sich auf Haris' Plan. Er nahm den Fahrstuhl hinunter in die Ankunftshalle und verließ das Flughafengebäude Richtung Taxistand. Vor ihm warteten vier Personen in der Schlange, aber die Wagen rückten stetig vor. Den Mann mit der Glatze sah er nicht, doch etwa dreißig Meter entfernt, auf der gegenüberliegenden Fahrbahn direkt neben der Einfahrt zum Parkplatz, entdeckte er den schwarzen Mercedes. Ein Wort von Glatzi, das Taxi-Kennzeichen – und der Mercedes wäre ihm wieder auf den Fersen.

Er schaute sich nach Haris um. Keine Spur von ihm. Sollte er nun fahren oder nicht?

Er kam als Nächster an die Reihe. Ein Taxi rollte heran, der Fahrer stieg aus und fragte: »Wohin?«

George, der nicht wusste, ob er sich an den Plan halten sollte, brummte: »Markopolou.«

»Adresse?«

»Die sage ich Ihnen noch.«

Der Fahrer hielt ihm die Tür auf.

Während der Fahrt sah George mehrmals nach, ob der schwarze Mercedes hinter ihnen war, konnte ihn zu seiner Überraschung jedoch nirgendwo entdecken. Haris musste etwas unternommen haben – er fragte sich, was. Als das Taxi ihn vor der Fleischerei in der

Trikoupistraße absetzte, fühlte er sich nach wie vor sehr unbehaglich. Hastig betrat er den Laden, damit ihn niemand draußen sah.

Der jungen Frau hinter der Theke sagte George, er wolle Haris Pezas sprechen.

»Herrn Pezas?« Sie warf ihm einen wissenden Blick zu. »Selbstverständlich.«

Sie öffnete eine dunkle Tür im Hintergrund des Verkaufsraums und wechselte ein paar Worte. Ein junger Mann mit einem auffallend eckigen Kopf kam heraus und begrüßte ihn. »Ich bin Margaritis. Haris hat Ihren Besuch angekündigt. Es ist alles vorbereitet. Kommen Sie.«

Margaritis hatte einen Körperbau wie ein Stier, seine hervortretenden Muskelmassen schienen seine blutbefleckte weiße Jacke fast zu sprengen. Er führte ihn durchs Hinterzimmer und an riesigen Kühlschränken vorbei in einen Hof, in dem ein Nissan Pickup parkte. Er hatte schwere verchromte Überrollbügel und einen Kühlergrill, der aussah, als könne er Granit zermalmen. Er wölbte sich in alle Richtungen – wie sein Besitzer.

»Steigen Sie ein«, sagte Margaritis.

George öffnete die Autotür. Im Fahrzeuginneren stank es intensiv nach Blut.

»Wir reinigen es täglich«, erklärte Margaritis, »aber der Geruch setzt sich fest. Den wird man nicht mehr los.«

»Irgendeine Spur bleibt immer zurück …«, sagte George.

Seine Bemerkung wurde vom Dröhnen des startenden Motors übertönt.

»Haris hat mir erzählt, dass Sie ihn eingestellt haben«, sagte der Metzger beim Losfahren. »Das ist sehr freundlich von Ihnen.«

»Tatsächlich? Warum sagen Sie das?«

»Das Geschäft geht schlecht, die Ehefrau macht ihm Vorhaltungen. Er brauchte dringend eine Pause. Die haben Sie ihm verschafft.«

»Er ist ein anständiger Mensch«, sagte George unbestimmt.

Während der Unterhaltung behielt er die Straße im Auge, denn er fürchtete, jeden Moment könnte der schwarze Mercedes wieder auftauchen.

»Er ist mehr als nur ein anständiger Mensch. Einen wie ihn findet man sehr selten.«

Der Mercedes war nirgendwo zu sehen, doch George begann sich zu fragen, wo Haris sein mochte. Sollte er ihn anrufen? Er beschloss, noch ein paar Minuten zu warten.

»Woher kennen Sie Haris?«, fragte er.

»Von der Marine.«

»Sondereinsatztruppe?«

»Korrekt. Wir haben gemeinsam angefangen und gemeinsam aufgehört.« Er hielt zwei überkreuzte Finger in die Luft. »Wir sind so.«

»So war es zwischen mir und seinem Bruder Hektor.«

»So was ist eine Seltenheit. Nicht nur in Griechenland. Überall. Ich bin sicher, auch Sie helfen Ihren Freunden oder Verwandten, wenn sie in Schwierigkeiten sind, aber zwischen uns beiden gibt es etwas weitaus Größeres. Etwas, worüber man nicht einmal sprechen kann. Im Herzen.«

»Ich frage mich manchmal, wie das Training in Ihrer Einheit wohl aussieht.«

»Das Training ist gut. Aber Haris' Fähigkeiten gehen weit darüber hinaus. Er denkt schnell. Denkt voraus.«

Er verlangsamte das Tempo. »Wir sind da.«

George sah, dass am Straßenrand vor ihnen ein Taxi parkte. »Würde es Ihnen etwas ausmachen weiterzufahren?«

»Was ist das Problem?«, fragte der Metzger.

»Fahren Sie langsam am Taxi vorbei und um den Block.«

»Okay.«

Margaritis beschleunigte. Auf gleicher Höhe mit dem Taxi überprüfte George das Wageninnere und erkannte Haris auf dem Rücksitz. »Alles in Ordnung. Wir können anhalten.«

Margaritis parkte den Pick-up und trat auf die Straße. Gleichzeitig stieg Haris aus. Die zwei Männer umarmten sich. Margaritis machte George ein Zeichen, dann eilten alle zusammen ins Haus.

Drinnen führte er sie in die Küche und sagte: »Du kennst dich hier aus, Haris. Fühlt euch wie zu Hause. Benutzt alles, was ihr findet. Ich muss zurück ins Geschäft, aber ich sehe euch heute Abend.«

George dankte ihm für seine Hilfe. Margaritis winkte ab.

Sie blieben allein und hörten das Brummen des Nissan, das sich immer weiter entfernte. Als es still wurde, sagte Haris: »Ich brauche einen Kaffee. Sie auch?«

»Ich hätte lieber ein Bier«, antwortete George. »Ich muss mich beruhigen.«

Haris öffnete den Kühlschrank. »Entspannen Sie sich. Hier sind Sie in Sicherheit.«

»Das hoffe ich. Ich bin ganz schön in Panik geraten und konnte keinen klaren Gedanken mehr fassen.«

Haris schob eine Flasche Amstel zu ihm hinüber. »Ist schon okay. Dafür bin ich ja da.«

»Wie sind Sie denn Glatzi losgeworden?«

»Ich habe ihn abgelenkt.«

»Und wie?«

»Geldschein.«

»Wie bitte?«

»Ich habe hinter ihm einen 50-Euro-Schein auf den Boden fallen lassen. Dann fragte ich ihn, ob er ihm gehört.«

»Ist er darauf reingefallen?«

»Er war ganz auf Sie konzentriert und hatte nicht erwartet, dass jemand ihn anspricht. Bis er mit mir fertig wurde, waren Sie auf und davon. Er konnte nicht einmal das Nummernschild Ihres Taxis lesen.«

»Woher wissen Sie das?«

»Er drehte durch. Rannte über die Straße zum Mercedes. Sie

rasten los, hielten an der ersten Kreuzung an und begannen zu streiten.«

»Und woher wissen Sie das?«

»Ich bin ihnen in einem Taxi gefolgt. Sie standen an der Abzweigung, wo die Straße sich teilt: eine nach Markopoulo, die andere nach Athen. Sie wussten nicht wohin.«

»Sind sie Ihnen nicht gefolgt?«

»Nein. Warum sollten sie?«

»Wohin fuhren sie dann?«

»Wer weiß? Wahrscheinlich zurück nach Athen. Jedenfalls haben wir sie abgeschüttelt, und Sie sind aus dem Schneider. Zumindest für ein paar Tage. Danach … Möchten Sie ein Glas für Ihr Bier?«

»Bitte.«

34

Gleichziehen

Die nächsten zwei Stunden verbrachten sie damit, ihre Notizen zu vergleichen. Haris hatte in Astypalea neues Material über die medizinische Fakultät entdeckt. Ein langer Brief von Dr. Skouras an einen gewissen Professor Harrison in London war besonders aufschlussreich: »Aus irgendeinem Grund missfällt die geplante medizinische Fakultät einer Gruppe von mächtigen Leuten, die wir in einem unserer Nachbarländer ohne Weiteres als ›Mafia‹ bezeichnen würden. Hier in Griechenland liegt ihre Identität etwas mehr im Dunkeln, obwohl ich vermute, dass es sich um einen Zusammenschluss von Ärzten, Immobilienspekulanten und Kapitalgebern handelt, die mit privaten Krankenhäusern ein Vermögen verdient haben. Für sie ist Sozialmedizin ein Reizwort. Sie haben natürlich recht mit Ihrer Frage, ob wir eine wirkliche Bedrohung für sie darstellen. Schließlich wird es Jahre dauern, eine neue Generation von Ärzten auszubilden, und die meisten von ihnen – von einigen besonders engagierten einmal abgesehen – werden durch unser staatliches Gesundheitssystem ohnehin nach kürzester Zeit demoralisiert sein. Aber die Mafia, falls es sich um diese Organisation handelt, neigt offensichtlich nicht zu allzu differenzierten Gedankengängen. Für sie sind wir Konkurrenten. Wir stehen ihnen im Weg.«

»Wenn er so denkt, hätte er mit uns reden sollen«, warf George ein.

»Er hat Angst.«

»Zweifelsohne. Was er sagt, ist von großer Bedeutung.«

»Aber wie führt das zu einem Mord?«

»Das verstehe ich auch nicht. Fakt ist, dass Mario seinem Ziel allmählich näher kam. Auf Astypalea, seiner Heimatinsel, sieht es so aus, als ob er sich endlich durchsetzen kann. Seine Gegner müssen ihn aufhalten. Sie haben alles andere versucht. Deshalb beschließen sie, ihn umzubringen.«

»Das ist schon etwas extrem, oder nicht?«

»Auf jeden Fall. Es muss noch einen anderen Grund geben. Etwas, das sie um den Verstand gebracht hat.«

Sie schwiegen und hingen ihren Gedanken nach.

»Wir wissen immer noch nicht, *mit wem* wir es zu tun haben!«, sagte Haris schließlich.

»Beginnen wir bei dem Fotografen namens Stelios. Auch bekannt als Andonis.«

»Was hat ein Fotograf mit einer medizinischen Fakultät zu schaffen?«

»Keine Ahnung«, sagte George. »Aber die Spur führt zu ihm.«

»Welche Spur?«

»Die Blutspur. Und die Spur des Goldes.«

»Kenteri oder Filiotis?«

»Das ist die große Frage! Beide Spuren kreuzen sich. Nach einem gewissen Punkt kann man sie nicht mehr voneinander unterscheiden.«

»Aber wer ist er? Wie finden wir ihn? Alles, was wir haben, sind zwei Vornamen. Und beide könnten falsch sein.«

»Zwei Vornamen sind besser als keiner. Wir sollten mit Karás sprechen.«

George öffnete seinen Laptop und suchte nach der Telefonnummer des jungen Polizisten. Er fand eine Notiz, die er vor einigen Wochen nach dem Rugbytraining eingetragen hatte. »Wohnung der Mutter. Besucht sie zweimal täglich.«

Am anderen Ende der Leitung antwortete eine weibliche Stimme. Er fragte nach Nikos. Sie erkundigte sich vorsichtig, wer er sei. Als er seinen Namen nannte, sagte sie: »Er ist da.«

Nach einem kurzen Austausch von Neuigkeiten fragte George Karás, was er über Andonis und Stelios wusste.

»Es handelt sich um ein und dieselbe Person.«

»Okay. Darauf bin ich inzwischen auch gekommen. Sind Sie sicher?«

»Vollkommen sicher. Stelios ist sein Künstlername als Filmregisseur und Fotograf.«

»Haben Sie herausgefunden, wo er wohnt? Wo er arbeitet?«

»Nein. Wir trafen uns in einem seiner Nachtklubs.«

»Name?«

»*Black Velvet Privé.*«

»Schon allein der Name …«

»Genau. Es kommt noch schlimmer.«

»Adresse?«

»Leoforos Poseidonos 180. In Glyfada.«

»Ist das sein Hauptbüro?«

»Das ist kein Büro. Es ist ein Hangar. Ein riesiger schwarzer Raum, in dem es nach Schweiß und abgestandenem Bier stinkt.«

»Okay. Ich kann's mir vorstellen.«

Haris fragte: »Darf ich mit ihm reden?«

George schaltete den Lautsprecher ein.

»Wie sind die dort organisiert?«, fragte Haris. »Viel Sicherheitspersonal?«

»Zwei Mann am Eingang«, antwortete Karás. »Zusätzlich persönliche Leibwächter.«

»Wie viele?«

»Drei.«

»Bewaffnet?«

»Definitiv.«

»Beschreiben Sie sie mir.«

»Ex-Soldaten. Kräftige Burschen, jede Menge Muskeln.«

»Nationalität?«

»Russen.«

»Interessant«, sagte Haris. »Aber er selbst ist Grieche, kein Russe.«

»Absolut.«

»Woher kommt er? Irgendeine Idee?«

»Aus dem Norden.«

»Woher wissen Sie das?«, fragte George.

»Ich stamme selbst von dort. Es gibt bestimmte Wörter, und die Aussprache ...«

»Haben Sie irgendwas über ihn in Erfahrung gebracht?«

»Er ist Pornokönig und Zuhälter und zieht sich auch so an. Leder von Kopf bis Fuß. Er stinkt nach Eau de Cologne. Trägt Schmuck. Und macht ekelerregende Filme.«

»Familie?«

»Darüber haben wir nicht gesprochen.«

»Nicht der kleinste Hinweis?«

»Er hat einen Bruder. Mehrere Brüder.«

»Wie haben Sie das aufgeschnappt?«

»Er bekam einen Anruf, während ich dort war. Ein Mädchen brachte ihm das Telefon und sagte: ›Es ist Ihr Bruder.‹ Er fragte: ›Welcher?‹«

»Wie lautete die Antwort?«

»Herr Efstathios. Oder Efthimios. Habe ich vergessen.«

»Gibt's Anzeichen für eine Frau in seinem Leben?«

»Jede Menge! Alles Sexobjekte.«

»Ich rede nicht von Stripperinnen und Prostituierten. Ich meine eine Ehefrau oder Freundin.«

»Keine Anzeichen.«

»Sie erwähnten seine Filme«, sagte Haris. »Woher wissen Sie, dass sie ekelerregend sind?«

»Ich hab mir einen angeschaut. Auf seiner Website.«

»Kostenlos?«

»Nein. Man muss bezahlen.«

»Und Sie haben bezahlt!?«

»Habe ich.«

Haris lachte anzüglich. »Scharfer Stoff, hey?«

Karás klang beleidigt. »Das war rein berufliches Interesse. Ist nicht mein Geschmack. Osteuropäische Mädchen, die von einem Typ mit einer Maske wahllos gefickt werden – höchstwahrscheinlich von ihm selbst. So was törnt mich total ab.«

»Können Sie ein zweites Treffen mit ihm arrangieren?«

»Eher nicht.«

»Wieso nicht?«

»Er hat schon wegen meines ersten Besuchs eine Beschwerde wegen Belästigung eingereicht. Er steckt auch hinter dem Haftbefehl gegen Sie, Herr Zafiris, von dem Sie sicherlich wissen.«

»Nur zu gut«, erwiderte George. »Ich bin ein Vertriebener – in meiner eigenen Heimatstadt.«

»Kriminaldirektor Sotiriou kümmert sich darum.«

»Das sagte er mir. Ich darf nicht nach Hause, bis alles vorbei ist. Aber vielleicht können wir die Situation zu unserem Vorteil nutzen.«

»Wie denn?«

»Sagen Sie ihm, dass Sie meinen Aufenthaltsort kennen.«

»Ich soll ihn zu einer Verabredung verleiten?«

»Genau.«

»Und was hätte er davon?«

»Schweigen. Diskretion.«

»Das hat er bereits.«

»Nur bis zu einem gewissen Punkt. Wir ermitteln gegen ihn. Das weiß er. Vielleicht hält ein Minister seine schützende Hand über ihn – aber die Regierung könnte jeden Tag stürzen. Machen Sie ihm deutlich, dass wir käuflich sind.«

»Ich verstehe nicht, warum Sie den Kerl treffen wollen«, sagte Karás. »Er ist ein Schwein. Und paranoid.«

»Vermutlich hat er etwas mit dem Tod von Mario Filiotis zu tun.«

»Wirklich?«, fragte Karás erstaunt.

»Eigentlich bin ich mir ganz sicher.«

»Können Sie das beweisen?«

»Nur, wenn ich Zugang zu seinem Atelier, seinem Computer und seinem Telefon bekomme.«

»Das ist nicht sehr wahrscheinlich.«

»Vielleicht im Augenblick nicht. Aber eines Tages.«

»Ich glaube nicht, dass Ihnen bewusst ist, Herr Zafiris, unter welchem hochkarätigen Schutz dieser Mann steht.«

»Das macht keinen Unterschied. Sie ermitteln gegen ihn. Sotiriou ermittelt gegen ihn. Sein Leben wird noch in einer Katastrophe enden …«

»Davon bin ich noch nicht überzeugt«, sagte Karás.

»Würden Sie es auf einen Versuch ankommen lassen?«

»Wenn Sie das wünschen.«

»Vereinbaren Sie eine Zusammenkunft. An einem öffentlichen Ort. Nicht in einem seiner Nachtklubs!«

»Ich werde mein Bestes tun.«

»Okay. Vielen Dank für Ihre Hilfe. Lassen Sie mich wissen, was er dazu sagt.«

George beendete das Gespräch.

»Was haben Sie jetzt vor?«, fragte Haris.

»Jetzt sofort? Noch ein Bier öffnen. Es genüsslich trinken und dabei die Füße aufs Sofa legen. In einer Viertelstunde erklären Sie mir bitte, wie ich in die Festung auf der Leoforos Kymis eindringen kann, in der man Sie verschnürt hat wie ein Paket. Dort werde ich die Beweise finden, die ich suche.«

»Ich kann Ihnen nicht ganz folgen. Was hat das eine mit dem anderen zu tun?«

»EAP. Efthimios ist E. Andonis ist A. Pavlos, der Geistesgestörte, ist P. Erinnern Sie sich?«

»Der Autohändler?«

»Genau.«

»Sie wollen, dass ich noch mal dorthin zurückkehre?«

»Wir beide zusammen.«

»Nein.«

»Warum nicht?«

Haris antwortete: »Es ist eine tödliche Falle.«

»Für den Ahnungslosen. Aber Sie sagten, Sie wüssten, wie man mit solchen Situationen umgeht.«

»Stimmt. Allerdings braucht man dafür ein stärkeres Team, als wir es sind.«

George sah ihm direkt in die Augen. »Sagen Sie mir bitte, wie man das anstellt«, bat er. »Koste es, was es wolle.«

Haris holte noch ein Bier für George und eines für sich. Dann setzte er sich mit Papier und Bleistift an den Tisch. George schloss die Augen und versuchte sich zu entspannen.

Nach einer Weile tippte Haris ihm auf die Schulter. Sein Bier stand unberührt auf dem Fußboden. Er war eingenickt.

»Hier ist ein Plan des Firmengeländes. Soweit ich mich erinnere.«

George studierte ihn. Der Ausstellungsraum, die Gasse, der Seiteneingang, der L-förmige Korridor sowie das Büro von Pavlos Marangós. Zudem waren im Hintergrund zwei Räume und eine Tür eingezeichnet, die er nicht gesehen hatte.

»Wohin führt die Gasse?«, fragte George.

»Zu einem Parkplatz hinter dem Gebäude«, antwortete Haris. »Der wiederum hat einen Zugang zur Holzhandlung. Genau wie die Büros.«

»Kommen wir da rein?«

»Ja. Die Frage ist, ob wir wieder rauskommen.«

»Okay. Sagen Sie mir, wie viele Leute wir brauchen.«

»Das kommt drauf an. Falls wir lediglich Festplatten, Computer und Unterlagen suchen, sollten wir nachts reingehen, um möglichst wenige Mitarbeiter anzutreffen. Trotzdem benötigen wir einen Tresorknacker und einen Computertechniker. Außerdem ein Fahrzeug mit einsatzbereitem Fahrer, einen Mann, der Wache schiebt, drei bis vier Männer zum Tragen und weitere drei bis vier, die sich um die Sicherheitsleute kümmern. Macht zusammen zwölf. Sollten Sie aber während der Bürozeiten reingehen und mit diesen Leuten sprechen oder in irgendeiner Form Druck ausüben wollen, brauchen wir mehr. Sagen wir, fünfzehn.«

George tat diese Zahlen mit einer Handbewegung ab. »Das ist ja eine Razzia in großem Stil. Ich denke an eine diskretere Vorgehensweise. Nachts. Um 3.00 Uhr oder 4.00 Uhr morgens. Das Wachpersonal ausschalten, in die Geschäftsräume eindringen, zwei Stunden dort verbringen, alles mitnehmen, was vielversprechend aussieht, und weg.«

Haris musterte ihn skeptisch. »Das heißt, Sie und wie viele andere?«

»Zwei? Vielleicht sogar nur einer.«

»Keine Chance.«

»Warum nicht?«

»Man verbringt dort keine zwei Stunden. Das wäre Selbstmord. Und die haben mehr Sicherheitsvorkehrungen, als Sie glauben. Die Russen sind nur die Spitze des Eisbergs.«

»Sie meinen elektronische Sicherheitsüberwachung? Die kann man lahmlegen. Oder die Stromversorgung abschalten.«

Haris fragte mitleidig: »Schon mal was von Notstromsystemen gehört?«

»Selbstverständlich. Aber Sie sind hier der Elektro-Spezialist. Sie wissen, wie so was funktioniert, und können das System deaktivieren.«

»Mit einem Installationsplan, Zugang zu den elektrischen Leitungen und einer Menge Zeit kann ich das. Aber das werden sie uns wohl kaum zur Verfügung stellen, oder?«

»Und wenn wir direkt die Halsschlagader treffen? Wenn wir

die Hauptstromversorgung finden und sie kappen – wäre das nicht möglich?«

»Mein lieber Mann, ich wundere mich, dass Sie noch am Leben sind.«

»Ehrlich gesagt habe ich so was noch nie ausprobiert.«

»Ach ja? Da haben Sie mich ja ganz schön reingelegt!!«

»Sie brauchen jetzt nicht sarkastisch zu werden.«

»Okay, ich möchte Ihnen ja nur klarmachen, dass Anfänger hier nichts zu suchen haben. Falls Sie einbrechen wollen, probieren Sie's doch zunächst mal in einem Altersheim. Ich sage Ihnen, wenn wir die Stromversorgung unterbrechen, werden Sie in diesem Büro einen Vulkanausbruch erleben! Ein Stromausfall wird über einen getrennten Stromkreislauf sofort Alarm auslösen. Sie sind erledigt, noch bevor Sie die Hintertür erreicht haben.«

»Was brauchen wir dann? Eine Razzia im großen Stil?«

»Damit würden wir das zweite Hauptproblem umgehen.«

»Welches denn?«

»Den rechtlichen Aspekt. Wir planen hier einen Einbruch, gelinde gesagt. Selbst wenn Sie dort die tollsten Beweise der Welt finden, machen Sie sich strafbar. Und damit angreifbar.«

»Das könnte ein Argument sein.«

»Ich habe mehrere Argumente. Das Ganze ist eine ausgesprochen schlechte Idee, Herr Zafiris. Es ist Unsinn, von vorne bis hinten. Vergessen Sie's!«

»Ich kann es aber nicht vergessen«, entgegnete George. »Wir sind so nah dran. Jetzt nur wegen einer Alarmanlage aufzugeben wäre erbärmlich. Geradezu defätistisch.«

»Die Wahrheit ist«, wandte Haris ein, »dass wir uns glücklich schätzen können. Schon allein durch dieses Gespräch haben Sie und ich unser Leben um mehrere Jahrzehnte verlängert.«

»Dann muss ich wohl einfach hingehen und selbst mit dem Mistkerl sprechen«, sagte George.

»Bitte nicht!«

»Warum nicht? Ich will nur reden. Was kann er mir schon tun?«

»Er hat eine ziemlich breite Auswahl. Ihnen die Beine brechen. Sie aus dem Fenster werfen. Sie gefesselt ins Meer schmeißen ... Hören wir auf damit. Wir gehen das völlig falsch an. Sie machen aber auch dermaßen verrückte Vorschläge ...«

»Seit wann ist denn eine vernünftige Diskussion etwas Verrücktes?«

»Diese Typen haben keinen Respekt vor dem Leben. Mario kam ihnen in die Quere, also brachten sie ihn um. Kommen Sie ihnen in die Quere, ergeht es Ihnen genauso. Es gibt keine ›vernünftige Diskussion‹. Wer ihr Gegner ist, muss sterben.«

George dachte darüber nach. Haris hatte recht, aber es fiel ihm schwer, das zuzugeben. Sein Lehrling hatte das Kommando übernommen. George verspürte das Bedürfnis, seine angeschlagene Autorität wiederherzustellen.

»Hören Sie, Haris, ich weiß Ihre Meinung und Ihre Besorgnis zu schätzen. Aber was schlagen Sie vor? Ich kann weder nach Hause gehen noch ermitteln, sondern bin zur Untätigkeit verdammt, bis diese Mistkerle erledigt sind!«

»Natürlich«, stimmte Haris zu. »Es ist wirklich verzwickt. Aber Kriminalkommissar Sotiriou hat versprochen, den Haftbefehl aufheben zu lassen.«

»In ein bis zwei Wochen. Was wahrscheinlich ein bis zwei Monate bedeutet, vielleicht auch ein Jahr, wenn man bedenkt, in welchem Tempo diese Leute arbeiten. Aber was mache ich unterdessen? Herumsitzen und in die Röhre gucken? Ihrem Freund die Würstchen wegfuttern?«

»Nein«, antwortete Haris ruhig. »Fahren Sie nach Andros. Dort haben Sie ein Haus. Ihre Frau kann Sie versorgen. Ruhen Sie sich aus. Nach ein paar Tagen setzen Sie Ihre Ermittlungen gegen Andonis und seine Brüder fort. Ordnen Sie Ihre Beweise. Sobald Sotiriou Entwarnung gibt, tauchen Sie wieder auf. Reichen Ihren

Bericht ein. Lassen die Polizei ihre Arbeit tun. Auf diese Weise bleiben wir alle am Leben.«

»Das klingt ja alles schön und gut, Haris, aber es gibt ein Problem. Ein großes Problem. Die Beweise – falls überhaupt welche existieren – befinden sich in den Händen von EAP. Sie werden Sie uns nicht freiwillig geben. Sie werden sie vernichten. Sobald sie können. Die Uhr tickt.«

»Was sollten wir also *Ihrer* Meinung nach tun?«

»Reingehen und alles auf den Kopf stellen.«

»Trotz der Risiken?«

»Entweder das oder aufgeben. Und aufgeben werde ich auf keinen Fall.«

Haris schien seinen Gedanken nachzuhängen.

Georges Telefon klingelte.

»Hier ist Nikos Karás. Ich habe mit Andonis gesprochen.«

»Was hat er gesagt?«

»Ich möchte ihn gern wörtlich zitieren: ›Zafiris soll zur Hölle fahren‹.«

»Schön formuliert.«

»Er fügte noch hinzu: ›Falls Sie wirklich wissen, wo er sich aufhält, Leutnant Karás, und mich nicht auf den Arm nehmen, dann verhaften Sie ihn. Das ist Ihre Pflicht. Er befindet sich auf der Flucht vor dem Gesetz‹.«

»Ich hoffe, Sie haben ihm gesagt, wohin er sich seine werte Meinung stecken kann.«

»Ich hielt es für das Beste, ihn nicht weiter zu provozieren«, erwiderte Karás ernst.

Haris wirkte niedergeschlagen. »Das wird ja immer schlimmer«, sagte er. »Über kurz oder lang findet er sie.«

»Und wie?«

»Über Ihr Handy.«

»Er hat die Nummer nicht.«

»Nein, aber er hat die Nummer von Karás und damit ganz automatisch eine Verbindung zu Ihnen.«

»Wie lange braucht er dafür?«

»Nicht lange. Ein paar Minuten.«

»Also ist dieser geheime Unterschlupf …?«

»Nicht mehr geheim. Gehen wir. Wir entsorgen das Telefon und bringen Sie nach Andros.«

»Jetzt?«

»Jetzt sofort!«

»Ich würde mir den Kerl lieber schnappen, jetzt sofort.«

Haris antwortete mit einem Nein, das keinen Widerspruch duldete.

»Wer zum Teufel hat hier eigentlich das Sagen?«, schrie George.

Haris erhob sich. »Kommen Sie, Herr Zafiris. Holen Sie Ihre Tasche. Wir gehen.«

35

Endspiel

George fragte sich, was als Nächstes passieren würde.

Es fiel ihm nicht leicht, Zoë zu erklären, warum er nach Andros gekommen war. Zuerst behauptete er, er müsse sich ausruhen. Das stimmte zwar, aber er ruhte sich nicht aus. Sie begegnete ihm in den frühen Morgenstunden, wenn er entweder aufgewühlt hin- und hertigerte oder trübsinnig an die Decke starrte.

»Du machst dir Sorgen«, sagte sie.

»Es ist nichts Wichtiges.«

»Warum erzählst du mir nicht, worum es geht?«

»Du kannst mir sowieso nicht helfen«, sagte er.

Sie ließ ihn gewähren – mochte er reden oder schweigen, ganz wie er wollte.

Wenn er allein war, ging er die beiden Fälle, Filiotis und Kenteri, noch einmal durch, manchmal schriftlich, manchmal im Geiste. Es schien eine Gemeinsamkeit zwischen ihnen zu geben, irgendeine Verbindung. Der mysteriöse Pornograf ›Stelios‹ war Teil dieser Verbindung und der Schlüssel zu allem anderen, doch er war unerreichbar. Wie Haris gesagt hatte, war es sinnlos, bei einer schlecht geplanten Durchsuchung ihr Leben zu riskieren, aber ein besserer Plan war auch nicht in Sicht. Haris hüllte sich in absolutes Schweigen. George fragte sich, was er gerade machte. Er war es gewohnt, Probleme aktiv zu lösen; dieses Zuschauen aus der Ferne und die erzwungene Untätigkeit frustrierten ihn.

Eines Nachmittags, als ihm wieder Karás' Worte durch den Kopf gingen, beschloss er, die Website von *Black Velvet Privé* genauer unter die Lupe zu nehmen. Neben unzähligen Fotos von nackten Mädchen fand er überraschenderweise eine »Hommage an die großartige Musikerin Keti Kenteri«. Per Mausklick wurde ein Kurzfilm abgespielt. Zu einem Soundtrack von Bach sah man Sonnenuntergänge vor verschiedenen Hintergründen – vor der Akropolis in Athen, dem Amphitheater in Epidauros, dem Stadion in Olympia –, die immer wieder überblendet wurden von Filmausschnitten, in denen Keti auf einem Hügel mit Rundblick über Athen stand und Geige spielte.

Merkulow hatte Recht: Sie spielte hervorragend. Wenn man bedachte, dass der Film von einem Pornoregisseur stammte, war er doch keineswegs abstoßend. Ketis langes, rückenfreies Kleid betonte ihre Figur, wirkte allerdings eher elegant als erotisch. Die abgedroschenen Griechenland-Bilder hatten wenig Effekt, offenbarten allenfalls die mangelnde Phantasie des Regisseurs und konnten dem Film dennoch nichts anhaben. Er war sogar ziemlich bewegend. Erst am Schluss bekam er eine kitschige Note: In gestochen scharfer Goldschrift kreisten Ketis Geburtsjahr, 1980, ihr Todesjahr, 2015, und die traditionelle Beileidsformel *zoe se mas* (Ein langes Leben) über den Bildschirm.

George sah sich den Streifen zweimal an. Ein Detail ließ ihm keine Ruhe. Der Panoramablick auf Athen von hoch oben. Aber von wo? Beim dritten Anschauen entdeckte er, als Ketis Haar für eine Sekunde zur Seite schwang, hinter ihrem Kopf einen unverwechselbaren Umriss: den Felsen über dem Steinbruch in Psychikó, der aussah wie ein Fez. Jetzt wusste er, wo die Szene gedreht worden war: auf dem Tourkovounia, genau dort, wo Keti starb.

Eine Vorstellung tauchte auf, die er sich weiter ausmalte. Keti bei Sonnenuntergang, wie sie am Rand der Klippe entlangspazierte und Geige spielte. Der große Pornograf, der Regieanweisungen gab. George wurde übel, wenn er daran dachte, was als Nächstes geschah. Ein einziger falscher Schritt …

Genau das hatte jemand gesagt.

Aber wer?

Er zermarterte sich das Hirn.

Mit wem hatte er vor Kurzem gesprochen? Sotiriou? Haris? Dimitri?

Plötzlich fiel es ihm ein. Wladimir Merkulow ... Genau diese Worte hatte er am Flughafen gebraucht.

George griff zum Telefon und rief Anna Kenteri an.

»Ich möchte nichts von Ihnen hören«, sagte sie.

»Zu schade. Ich habe Ihnen etwas mitzuteilen.«

»Wenn Sie mit mir sprechen wollen, dann über einen Rechtsanwalt.«

»Dafür brauchen Sie keinen Anwalt«, entgegnete er. »Ich sage Ihnen das in Ihrem eigenen Interesse. Ich weiß, wie Keti gestorben ist. Gehen Sie zu Ihrem Freund Andonis und fragen Sie ihn. Er war dabei. Auch Wladimir Merkulow weiß, was passiert ist. Fragen Sie. Lassen Sie sich von Andonis nicht mit Lügen abspeisen.«

»Paris hat sie umgebracht«, beharrte sie missmutig.

»Anna, das ist nicht wahr. Andonis hat die Aufzeichnung gefälscht.«

»Warum sollte er das tun?«

»Weil er ein Scheißkerl ist. Ein Scheißkerl und ein Idiot. Das ist die einzige Erklärung, die ich dafür habe.«

»Das ist unmöglich«, erwiderte sie.

»Fragen Sie ihn einfach! Hören Sie, was er zu sagen hat.« Sie legte auf.

Danach rief er Haris an und trug ihm auf, Kriminaldirektor Sotiriou zu kontaktieren. »Bitten Sie ihn, mich unter dieser Nummer anzurufen. Auf einer sicheren Leitung. Ich habe wichtige Neuigkeiten.«

Der Kriminaldirektor meldete sich nach fünf Minuten.

»Was gibt's?«

»Können wir offen reden?«, fragte George.

»Klar. Ich rufe von einem privaten Anschluss an.«

George beschrieb ihm den Film und seine Erinnerung an Merkulows Worte.

»Das ist noch kein Beweis«, sagte der Kriminaldirektor. »Nach Lage der Dinge ist es nur Ihre Vermutung.«

»Vielleicht werden wir nie Beweise finden«, antwortete George. »Aber eine Aussage von Merkulow würde dem schon nahekommen.«

»Wir müssen ihn sprechen. Können Sie das arrangieren?«

»Ich kann's versuchen. Aber wer soll mit ihm reden? Sie oder ich? Oder Nikos Karás?«

»Zunächst einmal Sie. Kein Polizeibeamter. Sonst wäre er bereits vorgewarnt.«

»Dazu müsste ich vielleicht nach Athen kommen.«

»Kommen Sie.«

»Ich möchte nicht verhaftet werden.«

»Sie überschätzen unsere Fähigkeiten. Solange Sie nicht in Ihrer Wohnung auftauchen, passiert Ihnen nichts.«

»Wie lange soll dieses Exil eigentlich noch dauern?«

»Das kann ich nicht sagen. Seien Sie geduldig. Treiben Sie Merkulow auf und lassen Sie mich wissen, was er erzählt.«

George fand die Visitenkarte des Russen zwischen seinen Unterlagen und rief die Handy-Nummer an, die unter seinem Namen stand.

»Hallo?«, antwortete eine Frauenstimme.

»Wladimir Merkulow bitte.«

»Herr Merkulow ist nicht hier.«

»Wie kann ich ihn erreichen? Es ist sehr wichtig. Dringend. Mein Name ist George Zafiris.«

»Warten Sie bitte.«

Einen Augenblick später war Merkulow am Apparat.

»Herr Zafiris, was ist das Problem? Sind Sie in Moskau?«

»Nein, immer noch in Griechenland.«

»Wie kann ich Ihnen behilflich sein?«

»Sind Sie in Russland oder hier?«

»Ich bin in Athen.«

»Können wir uns treffen?«

»Möchten Sie etwas Geschäftliches besprechen?«

»Ja. Etwas extrem Dringendes. Geht's heute Abend?«

»Können Sie mir sagen, in welcher Angelegenheit?«

»Keti Kenteri.«

»Ich verstehe. Also. Um 19.00 Uhr habe ich eine Stunde Zeit. Ich schlage vor, in der Lobby des Hilton.«

Merkulow saß mit einer Hornbrille auf der Nase in einem Polstersessel und las die *Financial Times*. Während der Fahrt ins Hilton hatte George hin und her überlegt, ob er ihm die Wahrheit sagen sollte. In seinem Kopf stritten zwei Stimmen. Die eine riet zur Ehrlichkeit, die andere zur Vorsicht. Als er die Empfangshalle betrat, war er noch immer nicht sicher, welche Option er wählen würde.

Sie setzten sich an einen Tisch in der Bar, und Merkulow fragte, wie er ihm helfen könne.

»Bevor wir über Geschäfte reden, muss ich mehr über Ihr Unternehmen erfahren«, begann George.

Merkulow schien überrascht. »Sie sind in der Forschung tätig, Herr Zafiris. Da erwarte ich, dass Sie sich gründlich informieren – vorher.«

»Selbstverständlich.« George war für einen Moment sprachlos. »Ich weiß von Ihren Hotels, Ferienanlagen und Einkaufszentren.«

»Und von den karitativen Projekten?«

»Nein. Erzählen Sie mir etwas darüber.«

»Ich konzentriere mich auf drei Bereiche. Grüne Energie, Bildung und Gesundheit.«

»Gehörte Keti auch zu Ihren karitativen Projekten?«

»Nein. Sie war einfach …« Er hob beide Hände. »Einfach Keti.« Der Kellner trat an ihren Tisch.

Merkulow sagte: »Um diese Tageszeit bevorzuge ich ein Glas Champagner. Möchten Sie auch eins, Herr Zafiris?«

»Ich nehme lieber ein Bier. Ein Fix bitte.«

»Selbstverständlich. Die Rechnung geht auf mich, Herr Ober. Und bringen Sie uns frische Pistazien. Worüber sprachen wir gerade? Sie fragten nach Keti.«

»Haben Sie versucht, ihr zu helfen?«

»Inwiefern?«

»Bei ihrer Karriere.«

»Ich habe sie ein paarmal engagiert, sie dem einen oder anderen vorgestellt und ihr geraten, endlich etwas kommerzieller zu denken.«

»Ihr Ehemann war dagegen«, warf George ein.

»Offensichtlich.«

»Hat sie mit Ihnen darüber gesprochen?«

»Nur ein einziges Mal. Darüber herrschte offenbar Uneinigkeit zwischen ihnen. Und in der gesamten Familie.«

»Ich habe mich gefragt, ob auch Eifersucht im Spiel war.«

»Und ob! Jeder begehrte Keti!«, erklärte der Russe.

»Sie auch?«

Merkulow antwortete leicht gereizt: »Ich habe sie als Freundin geschätzt. Und als Künstlerin. Haben Sie jemals einen ihrer Auftritte erlebt?«

»Ich habe nur einen Film über sie gesehen.«

»Welchen denn?«

»Sie spielt Geige, auf dem Gipfel eines Hügels.«

Merkulows Blick verfinsterte sich. »Ausgerechnet diesen Streifen!«

»Was ist damit? Ich fand ihn ziemlich gut.«

»Nicht, wenn man weiß …« Merkulow unterbrach sich.

»Wenn man was weiß?«, hakte George nach.

Merkulow stieß einen tiefen Seufzer aus. »Es lohnt nicht, weiter darauf einzugehen.«

»Andonis Marangós hat ihn gedreht.«

»Richtig. Und?«

»Ich dachte, Sie hätten vielleicht geschäftlich mit ihm und seinen Brüdern zu tun?«

In Sekundenschnelle war Merkulow vorsichtiger geworden. »Warum fragen Sie?«

»Ich hatte auch schon das Vergnügen.«

»Und?«

George merkte, dass es zunehmend schwieriger wurde, seine behutsame Strategie weiterzuverfolgen.

»Mir gefällt nicht, was ich sehe«, sagte er auf gut Glück.

Merkulow reagierte neutral. »Okay«, erwiderte er. »Wir können darüber reden, wenn Sie wünschen.«

»Ein Freund von mir hat die Brüder aufgesucht«, erklärte George. »Auf dem Rückweg von ihrem Büro ist er gestorben. Unter mysteriösen Umständen.«

»Wieso mysteriös?«

»Er wurde von einem Lastwagen überfahren. Einem Lkw, der Feuerholz transportierte. Falls Sie jemals bei EAP auf der Leoforos Kymis waren, werden Sie wissen, dass sich gleich neben ihrem Autosalon eine Holzhandlung befindet.«

»Was hatte Ihr Freund mit EAP zu tun?«

»Keine Ahnung. Pavlos Marangós behauptet, er sei wegen einer Finanzierung gekommen. Ich bezweifle das.«

»Was genau bezweifeln Sie?«

»Marangós ist nicht der Typ Mensch, an den sich mein Freund wegen eines Darlehens wenden würde.«

»Warum nicht?«

»Weil er ein Hai ist. Ein Hai, der die Zähne zeigt.«

»Vielleicht war Ihr Freund von Verzweiflung getrieben.«

»Vielleicht war er das. Aber würden Sie einen Mann umbringen, der zu Ihnen kommt, um sich Geld zu leihen?«

»Das wäre nicht mein erster Impuls.«

»Genau. Also muss er etwas gegen Marangós in der Hand gehabt haben, womit er ihm gefährlich werden konnte.«

Merkulow schwieg.

»Und jetzt?«, fragte George. »Verstehen Sie jetzt, warum ich denen nicht traue?«

»Wie war der Name Ihres Freundes?«

»Mario Filiotis.«

Merkulow nickte. »Bürgermeister von Astypalea. Der große Umwelt-Aktivist.«

»Sie sind gut informiert.«

»Das ist für Investoren unerlässlich.«

»Haben Sie ihn gekannt?«

»Ich bin ihm ein paarmal begegnet«, sagte Merkulow.

»Geschäftlich?«

»Geschäftlich.«

»Und, wie ist es gelaufen?«

»Ich mochte ihn. Am Anfang.«

»Und dann?«

»Ich kam zu dem Schluss, dass auch er kein Engel ist.«

»Was meinen Sie damit?«

Merkulow runzelte die Stirn. »Er war einfach zu extrem. Bekämpfte jegliche Entwicklung.«

»Das stimmt so nicht. Er baute den Flughafen, Straßen, Schulen, ein Krankenhaus ...«

»Herr Zafiris, mit Politik kenne ich mich nicht aus. Ich glaube an die freie Marktwirtschaft. Filiotis war ein typischer Sozialist. Er konnte nur eins: Geld ausgeben! Wo bleibt da die Kapitalrendite? Davon verstand er nicht das Geringste.«

»Ich bin sicher, dass die medizinische Fakultät Geld eingespielt hätte.«

»Aber nur sehr indirekt, sehr langsam. Die Ausgaben wären immer höher gewesen als die Einnahmen.«

»Wenn Sie ein Philanthrop sein möchten, Herr Merkulow, müssen Sie sich eine weniger gewinnorientierte Philosophie zulegen.«

»Sind Sie gekommen, um mich über das Finanzwesen zu belehren, Herr Zafiris?«

»Nein.«

»Gut. Dann schlage ich vor, das Thema zu wechseln.«

»Hat Filiotis Sie wegen eines Darlehens aufgesucht?«

Merkulow reagierte sichtlich angespannt. »Darüber möchte ich mit Ihnen nicht sprechen.«

»Ich gehe davon aus, dass er bei Ihnen war.«

»Wir schweifen vom Wesentlichen ab!«, rief Merkulow ungeduldig.

»Ich habe das Gefühl«, erwiderte George, »dass wir uns dem gerade nähern. Ich glaube, dass Sie bereit waren, die Finanzierung der medizinischen Fakultät zu übernehmen, und dass EAP Sie gegen ihn aufgestachelt hat.«

»Warum sollten sie das tun?«

»Aus zwei guten Gründen. Erstens, sie und ihre Freunde hatten jahrelang versucht, ihn aufzuhalten. Zweitens, sie wollten, dass Sie bei Ihnen investieren und nicht bei Mario. Was Sie, wie ich fürchte, dann auch getan haben.«

»Das geht Sie überhaupt nichts an!«

»Mein Freund wurde ermordet, Herr Merkulow!«

»Das bedaure ich außerordentlich. Es hatte nichts mit mir zu tun.«

»Ich spüre, dass es eine Verbindung gibt.«

»Es gibt nicht die geringste Verbindung! Und warum zum Teufel reden wir überhaupt darüber? Sie wollten mit mir über Keti sprechen.«

»Ich halte nicht viel von Ihrer Philanthropie, Herr Merkulow.

Tatsache ist, dass Sie sich mit der griechischen Mafia eingelassen haben.«

Merkulow antwortete nicht. Überrascht starrte er über Georges Schulter zur gegenüberliegenden Seite des Raumes. George drehte sich um, sah jedoch nur Gäste, die an ihren Tischen etwas tranken.

»Was ist los?«

»Wenn man vom Teufel spricht«, sagte Merkulow. »Schauen Sie mal, wer da ist.«

»Jemand, den Sie kennen?«

»Jemand, den wir beide kennen. Anna Kenteri.«

George drehte sich erneut um. Anna saß mit dem Rücken zu ihm, in Gesellschaft eines Mannes in mittleren Jahren; er trug einen exakt gestutzten Bart, langes Haar und einen hellbraunen Lederanzug.

»Wer ist denn dieser Zuhälter?«, fragte George.

»Andonis Marangós.«

George betrachtete ihn genauer. Ein Mann, der alles gesehen hatte oder das zumindest glaubte. Der mit zynischer Miene die Schimpftirade einer Frau über sich ergehen ließ und zwischendurch die beleidigte Unschuld mimte.

»Man weiß nie, wem man im Athener Hilton zufällig über den Weg läuft«, bemerkte George.

Merkulow nickte und erhob sein Glas.

»Was haben die beiden miteinander zu tun?«

Merkulow runzelte die Stirn.

»Sie stellen viele Fragen, aber Sie lernen zu langsam.«

»Jeder hat seine eigene Geschwindigkeit.«

»Okay. Jetzt möchte ich Ihnen eine Frage stellen.«

»Nur zu«, erwiderte George.

»Sie gaben an, in der Forschung tätig zu sein. Welche Art von Forschung?«

»Ganz allgemein.«

Merkulow wiederholte: »Ganz allgemein?«

»Richtig.«

»Was genau meinen Sie damit?«

»Alles, wofür ich bezahlt werde.«

»Ich verstehe. Und wer bezahlt Sie?«

»Private Klienten.«

Merkulow zog sein Mobiltelefon aus der Tasche und gab etwas ein. »Ich empfinde Sie als sehr ausweichend, Herr Zafiris. Mal sehen, ob ich mehr zustande bringe als Sie. Sie wohnen in der Aristotelesstraße 43 in Exarchia. Sie sind am 28. Oktober 1969 geboren. Sie haben in Athen studiert sowie an der London School of Economics. Sie haben eine Frau, Zoë, und einen Sohn namens Nick, der momentan an der Universität in Newcastle studiert. Sie haben zwölf Jahre lang für die griechische Nationalbank gearbeitet, bevor Sie Ihren derzeitigen Beruf ergriffen ...« Er legte eine Kunstpause ein. »Privatdetektiv! Sieh an, sieh an! Das haben Sie mir gar nicht erzählt!«

»Ich habe Sie nicht belogen.«

»Es gibt Lügen, und es gibt Ausflüchte. Beides liegt nah beieinander. Ich schätze weder das eine noch das andere.«

»Ich bin nicht sicher, ob das noch eine Rolle spielt«, erwiderte George.

»Es spielt immer eine Rolle. Kommen wir noch mal auf eine Ihrer Bemerkungen zurück. Sie sagten, ich hätte mich mit der Mafia eingelassen.«

»Richtig.«

»Wollen Sie das etwa auf sich beruhen lassen?«

»Haben Sie dem etwas hinzuzufügen?«

»Das ist eine schwerwiegende Bezichtigung!«

»Das ist keine Bezichtigung. Es ist eine Warnung.«

»Ich nenne es Schwachsinn. Ich hatte nie etwas mit diesem Dreckskerl oder seinem wahnsinnigen Bruder Pavlos zu tun. Der Einzige, den ich kenne, ist Efthimios. Er ist mehr wert als seine beiden Brüder zusammen multipliziert mit tausend. Ich hatte tatsächlich vor, in das Projekt Ihres Freundes Filiotis zu investieren, aber Efthimios hat mir die Schwachstellen aufgezeigt.«

»Für seine eigenen Zwecke!«

»Mag sein. Nichtsdestotrotz bleiben es Schwachstellen.«

»Das war kein Grund, ihn umzubringen.«

»Efthimios hätte so etwas nie getan.«

»Pavlos?«

»Schon möglich«, antwortete Merkulow. »Aber ich sehe kein Motiv.«

»Vielleicht hat Filiotis mit Enthüllungen gedroht?«

»Das hätte sie nicht beunruhigt.«

»O doch, falls dadurch das Geschäft mit Ihnen geplatzt wäre.«

Merkulow ließ sich das Argument durch den Kopf gehen.

»Wie viel steht auf dem Spiel?«, fragte George.

»Das werde ich Ihnen nicht erzählen.«

»Es muss um einige Millionen gehen.«

»Kein Kommentar.«

»Ich kann nur hoffen, dass Ihre Position Ihnen gestattet, wieder auszusteigen.«

Merkulow war bemüht, sich nichts anmerken zu lassen, aber ein leichtes Flackern in seinen Augen verriet George, dass die Botschaft angekommen war.

Im nächsten Augenblick veränderte sich die Atmosphäre im Raum. Schlagartig erstarben sämtliche Gespräche. »Du lügst!«, schrie Anna Kenteri.

»Du hast völlig die Orientierung verloren!«, entgegnete Marangós verächtlich.

Anna packte ihr Cocktailglas und schüttete ihm den Inhalt ins Gesicht.

Im ersten Moment reagierte er nicht. Langsam nahm er eine Serviette vom Tisch und wischte sich in aller Ruhe das Gesicht ab, während er sie die ganze Zeit über drohend fixierte. Er ließ die

Serviette in das leere Glas fallen. Dann verpasste er ihr blitzschnell und unerwartet zwei gewaltige Ohrfeigen, so dass ihr Kopf unter der Wucht der Schläge nach links und rechts flog. Sie wich zurück, um sich einem dritten Schlag zu entziehen, doch er lehnte sich lässig in seinem Stuhl zurück, gab eine Nummer in sein Mobiltelefon ein und sagte: »Komm in die Eingangshalle, Iwan. Wir können fahren. Fräulein Kenteri wird uns nicht begleiten.«

Anna griff nach ihrer Handtasche.

»Eine Sekunde noch«, sagte sie, während ihre Hand in der Tasche verschwand und mit einer kleinen Pistole darin wieder auftauchte. Andonis stieß ein nervöses Lachen aus. Sie hob die Waffe, zielte auf seine Brust und drückte zweimal ab. Andonis' Augen weiteten sich vor Überraschung, sein Körper zuckte. Sie schoss erneut. Er versuchte aufzustehen, aber George sah, wie ihn seine Kraft verließ. Er versteifte sich, schwankte, griff ziellos in die Luft, um sich festzuhalten, und stürzte zu Boden. Anna sah auf ihn herab. »Das war für Keti«, sagte sie kalt. Andonis stieß ein krächzendes Gurgeln aus. Wieder hob sie die Pistole und schoss. »Und das ist für mich!«

Sie ließ die Waffe in ihre Handtasche fallen, stieg über Andonis' Körper hinweg und lief erhobenen Hauptes zur Tür.

Der Barmann griff unverzüglich zum Telefon.

Bevor sie den Ausgang erreichte, kamen zwei Wachmänner mit gezogenen Pistolen und suchenden Blicken angerannt. Nach einer schnellen Einschätzung der Lage richtete der eine seine Waffe auf Anna, während der andere sich neben Andonis kniete und seinen Puls fühlte.

»Schnell, einen Krankenwagen«, sagte er zum Barmann. »Wie ist das passiert?«

»Ich habe auf ihn geschossen«, verkündete Anna.

»Wo ist die Waffe?«

Sie hielt ihm ihre Handtasche hin. Er nahm sie vorsichtig, schaute hinein und stellte sie neben sich auf den Tisch.

»Okay. Hören Sie bitte alle mal her: Keiner verlässt den Raum, bis die Polizei eintrifft.«

Sogleich begannen die Leute, Einwände zu erheben. Sie hatten Verabredungen zum Dinner, Besprechungstermine, Verpflichtungen. Der Wachmann erhob die Stimme: »Das können Sie alles vergessen! Es wird dauern, also haben Sie bitte Geduld.«

George fiel der Haftbefehl gegen ihn ein. Sobald die Polizei seinen Namen notierte, bekäme er Schwierigkeiten. »Darf ich telefonieren?«, fragte er einen der Sicherheitsleute.

Er blickte fragend zu seinem Kollegen. Der nickte.

George rief Kriminaldirektor Sotiriou an.

»Kommen Sie bitte in die Bar im Hilton«, sagte er. »Es gab eine Schießerei.«

»Ich kann nicht bei jeder Schießerei in Athen zugegen sein!«

»Diese hier ist aber wichtig.«

»Sind das nicht alle?«

»Andonis Marangós.«

»Bin schon unterwegs«, erwiderte der Kriminaldirektor.

George setzte sich wieder zu Merkulow an den Tisch.

»Was für eine Schweinerei«, sagte der Russe. »Was für eine verfluchte Schweinerei! Ich konnte den Mann nicht ausstehen, aber trotzdem! Das ist doch keine Art.«

»Er hätte sie nicht schlagen sollen.«

»Ach was! Das hätte auch nichts geändert. Sie hatte es bereits geplant und die Waffe schon in der Handtasche.« Merkulow imitierte mit der Hand eine Pistole, zielte auf George und tat so, als würde er abdrücken. Dann ließ er die Hand auf die Tischplatte fallen. »Ich habe in meinem Leben schon einige Streitereien unter Liebespaaren erlebt, aber das heute, das war etwas anderes.«

Verblüfft fragte George: »Was meinen Sie mit Streitereien unter Liebespaaren?«

Merkulow sah ihn ungläubig an. »Das wissen Sie nicht?«

»Warum zum Teufel sollte ich sonst fragen?«

Merkulow schüttelte den Kopf. »Sie wissen vieles nicht, nicht wahr?«

»Wer war das Liebespaar?«, hakte George nach. »Keti und Andonis? Anna und Andonis? Alle drei?«

»Nicht alle drei.«

»Wer denn nun?«

Der Russe winkte abschätzig. »Die beiden hier.«

»Anna und Andonis?«

Merkulow nickte.

Sie saßen schweigend einige Minuten da, jeder in seine Gedanken versunken, bis das Heulen der Martinshörner und die blauen Blinklichter sie unversehens in die Gegenwart zurückholten. Autotüren wurden geöffnet und zugeknallt. Ein Trupp Polizisten in schwarzen Uniformen stürmte herein, gefolgt von Kriminaldirektor Sotiriou in seinem grauen Anzug. Hinter ihm tauchten zwei Sanitäter mit einem Reanimationsgerät auf.

Während sie sich an die Arbeit machten, sprach Sotiriou mit den Wachmännern des Hotels und ließ den Blick aufmerksam über jede Einzelheit am Tatort schweifen. Einige Gäste begannen nach vorn zu drängen. Sotiriou hob beide Hände.

»Meine Damen und Herren, setzen Sie sich! Wir müssen ein bestimmtes Prozedere einhalten. Unterbrechungen Ihrerseits verzögern die Dinge nur. Meine Kollegen werden Ihre Zeugenaussagen aufnehmen und bei denen beginnen, die der Schießerei am nächsten saßen. Niemand kann sich vordrängen. Es ist mir egal, wer Sie sind. Wenn Sie sich geduldig und kooperativ verhalten, sind wir in weniger als einer Stunde fertig. Wenn Sie allerdings Theater machen, werden wir Sie die ganze Nacht über festhalten.«

Ein Polizeifotograf betrat zusammen mit anderen Kriminaltechnikern den Raum. Anna Kenteri wurde abgeführt – ihre Handtasche, das Cocktailglas und die feuchte Serviette wurden in getrennten Plastikbeuteln versiegelt.

»In weniger als einer Stunde!«, murrte Merkulow. »Das glaube ich nicht.«

Sotiriou dirigierte die Polizisten zu den ersten vier Tischen, wo sie mit der Zeugenbefragung begannen. Er kniete sich neben Andonis, öffnete dessen Jacke und betrachtete den feuchten dunklen Fleck, der sich auf seinem Hemd gebildet hatte. Dann warf er den Sanitätern, die Sauerstoff in ihn hineinpumpten und nach Lebenszeichen suchten, fragende Blicke zu. Ihre Gesichter wirkten versteinert, ihre Handlungen automatisch.

Sotiriou richtete sich auf. Er näherte sich dem Tisch, an dem George und Merkulow saßen. Ohne das geringste Anzeichen für ein Wiedererkennen setzte er sich neben George, nahm Stift und Notizbuch heraus und sagte: »Na schön, meine Herren, bitte erzählen Sie mir von Anfang an, was Sie gesehen haben.«

36

Nachrichten

Um 20.30 Uhr waren die Befragungen, wie Sotiriou versprochen hatte, abgeschlossen. Merkulow gab seine Version der Ereignisse zu Protokoll und durfte gehen. George blieb noch. Es gab keine Abendfähre zurück nach Andros, und außerdem musste er mit Sotiriou sprechen.

Der sagte kurz angebunden: »Sie werden warten müssen, bis ich fertig bin.«

»Wie lange wird das dauern?«

»Noch einige Stunden. Morgen wäre besser.«

»Und wo soll ich heute Nacht schlafen?«, fragte George. »Ich nehme an, ich kann noch immer nicht nach Hause?«

»Bleiben Sie hier.«

»Wissen Sie, was das kostet?«

»Nein. Aber Ihre Wohnung wird nach wie vor überwacht. Ich kann das innerhalb von 24 Stunden aufheben lassen.«

»Ich wäre dankbar, wenn Sie es beschleunigen würden.«

»Fordern Sie Ihr Glück nicht heraus«, erwiderte Sotiriou.

George nahm das billigste Zimmer und bestellte einen Klub-Sandwich und eine Flasche Bier. Während er auf den Zimmerservice wartete, rief er Zoë an, um ihr zu sagen, dass alles in Ordnung sei.

»Warum sollte nicht alles in Ordnung sein?«, fragte sie mit einem misstrauischen Unterton.

»Kein besonderer Grund«, antwortete er. »Ich war gerade Zeuge einer Schießerei in der Bar im Hilton. Wegen der Polizei-Befragung habe ich die letzte Fähre verpasst.«

»Wurde jemand verletzt?«

»Ein Filmregisseur wurde erschossen. Du wirst es gleich in den Nachrichten sehen.«

»Warum sollte jemand einen Regisseur erschießen?«

»Offensichtlich war es ein Beziehungsstreit.«

»Sei vorsichtig, George!«

»Es hatte nichts mit mir zu tun.«

»Warum warst du denn dort?«

»Reiner Zufall.«

»Kommst du morgen früh zurück?«

»Ich muss ein paar Tage hierbleiben.«

»Okay«, sagte sie mit schläfriger Stimme. »Gute Nacht. Pass auf dich auf.«

»Du auch«, sagte George. »Ich küsse dich.«

»Das ist nett«, erwiderte sie.

Es klopfte an der Tür. George öffnete. Draußen stand ein Kellner mit seiner Bestellung.

George unterschrieb die Rechnung, nahm das Tablett und schloss die Tür. Er musste über vieles nachdenken, aber zuerst wollte er sich ausruhen. Er schenkte sich Bier ein, zog die Cocktailspieße aus dem Klub-Sandwich, stapelte sie ordentlich am Tellerrand und nahm einen herzhaften Bissen. Es schmeckte köstlich. Dann bin ich wohl hungrig, dachte er und schaltete den Fernseher an.

Ein Nachrichtenkanal zeigte Bilder von Polizeifahrzeugen vor dem Hilton. Das war jetzt wirklich das Letzte, was er sehen wollte, doch dann erregte ein Foto des Wasserfalls in Edessa seine Aufmerksamkeit. »Es ist der zweite verdächtige Todesfall in dieser Stadt innerhalb von zehn Tagen«, sagte der Berichterstatter. »Bisher hat die Polizei lediglich die Namen der Opfer bestätigt, doch inoffiziell vermutet man eine Verbindung zwischen den beiden. Das aktuelle Opfer heißt Dimitrios Hatzifilippou, besser bekannt als ›Kókoras‹, ein renommierter Geschäftsmann aus Edessa. Ihm gehörten Bauunternehmen, Restaurants, Bars und Hotels, doch er war auch in dunkle Geschäfte verstrickt: Schutzgeld, Erpressung, Menschen- und Warenschmuggel. ›Er brachte Mädchen aus Osteuropa nach Griechenland, angeblich, damit sie als Hausmädchen arbeiteten‹, so ein Informant, ›aber letztendlich ging es um Prostitution.‹ Außerdem tauchte sein Name im Zusammenhang mit dem illegalen Export von Antiquitäten auf. Es wird behauptet, er sei verantwortlich für den kürzlichen Einbruch in das Haus einer Archäologin in Thessaloniki. Unzählige Gerüchte kursieren über ihn, aber eines ist klar: Selbst ein so reicher und skrupelloser Mann wie ›Kókoras‹ hatte in der gegenwärtigen Wirtschaftskrise zu kämpfen. Angesichts der rückläufigen Konjunktur und des Stillstands im Baugewerbe wurde es immer schwieriger für ihn, sein mafiöses Geschäftsmodell aufrechtzuerhalten. Ob der Finger, der den Abzug seines Revolvers betätigte, sein eigener war oder der eines Mörders – auf diese Frage möchte die Polizei, genau wie alle Einwohner dieser Stadt, so schnell wie möglich eine Antwort haben.«

George hörte höchst verwundert zu. Kókoras würde sich doch gewiss nicht selbst umbringen. Er war der klassische böse Hund, der einem griechischen Sprichwort zufolge »niemals stirbt«. Und was war mit seinen Leibwächtern passiert? Warum hatten sie ihn nicht beschützt?

Er war versucht, Gavrilis anzurufen, der zweifellos mehr wissen würde, überlegte es sich jedoch anders. Die Jagd nach dem Mörder musste in vollem Gange sein. Es wäre unklug, Gavrilis ausgerechnet jetzt daran zu erinnern, dass es ihn auch noch gab. Da Kókoras George gedroht hatte und Gavrilis davon wusste, könnte er leicht in Verdacht geraten.

Als George nach seinem Sandwich griff, klingelte sein Telefon. Es war Haris.

»Verzeihen Sie, wenn ich während des Gesprächs weiteresse. Ich habe Hunger.«

»Kein Problem«, entgegnete Haris. »Ich rufe nur an, um zu sagen, dass ich versucht habe, einen Plan zu entwickeln, wie man in dieses verdammte Gebäude rein- und lebendig wieder rauskommt.«

»Ist es Ihnen geglückt?«

»Möglicherweise.«

»Möchten Sie mir mehr darüber erzählen?«

»Nicht am Telefon. Wo sind Sie?«

»Im Stadtzentrum.«

»Okay, dann sehen wir uns morgen.«

»Haben Sie von Kókoras und Andonis gehört?«

»Nein …«

George berichtete über die jüngsten Ereignisse und über das, was er von Merkulow erfahren hatte. »Anna Kenteri und Andonis Marangós waren ein Paar. Ich begreife noch nicht ganz, was das zu bedeuten hat, aber es könnte eine Menge erklären. Außerdem hatte Mario Filiotis gute Aussichten, den Russen als Investor zu gewinnen. EAP hat dieses Geschäft verhindert, vermutlich, weil sie selbst an Merkulows Geld interessiert waren. Mario erkannte, was da gespielt wurde, und wehrte sich. Da beschlossen sie zu handeln.«

»Indem sie ihn umbrachten?«

»Offensichtlich.«

»Können Sie das beweisen?«

»Nur, wenn ich mir Zugang zu ihren Geschäftsräumen verschaffe.«

»Haben Sie das immer noch vor?«

»Wenn wir da lebend wieder rauskommen.«

»Okay. Ich arbeite dran und treffe Sie morgen früh.«

37

Tödliche Falle

Früh am nächsten Morgen wurde George durch einen Anruf von Kriminaldirektor Sotiriou geweckt.

»Es ist mir endlich gelungen, die Aufhebung Ihres Haftbefehls zu erwirken«, sagte er. »Sie können jetzt wieder nach Hause gehen.«

George fragte ihn, wie er das geschafft hatte, doch dazu wollte der Kriminaldirektor sich nicht äußern.

»Was ist mit dem Mord an Kókoras? Gibt's schon Vermutungen?«

»Professionelle Arbeit.«

»Wieso?«

»Äußerst schnell und akkurat.«

»Und seine Leibwächter?«

»Die spielten keine Rolle.«

»Was meinen Sie damit?«

»Niemand hat sie gesehen oder erwähnt.«

»Mir kamen sie auch ziemlich nutzlos vor.«

»Eine gerechte Einschätzung, würde ich sagen.«

»Wer könnte der Täter sein?«

»Gute Frage!«

»Im Fernsehen wurde ein Einbruch im Haus einer Archäologin erwähnt.«

»Das war Dr. Mylona.«

»Ich habe sie kennengelernt! Eine grässliche Frau.«

»Warum sagen Sie das?«

»Eine typische Bürokratin. Sie sitzt wie eine Spinne im Netz ihrer Vorschriften und wartet darauf, ahnungslose Opfer zu schnappen.«

»Was wollten Sie von ihr?«

»Unterstützung wegen der goldenen Kränze in Marios Sarg.«

»Das haben Sie mir gegenüber nie erwähnt.«

»Sie haben sich nie dafür interessiert.«

»Was hatte sie damit zu tun?«, fragte Sotiriou.

»Ich wünschte, ich wüsste das. Ich dachte, sie hätte vielleicht ein paar Ideen, woher das Zeug stammte, wohin es gebracht wurde und wer die Händler sind ... Sie war noch wesentlich geiziger mit Informationen als Sie.«

»Haben Sie noch mehr herausgefunden?«

»Die Spur schien nach New York zu führen. Aber ich habe sie nicht bis zum Ende verfolgt.«

»Warum nicht?«

»Dafür hat der Tag nicht genug Stunden.«

»Warum New York?«

»Mario Filiotis landete schließlich in einem Krematorium in Brooklyn. Der Name auf dem Frachtbrief des Leichenbestatters lautete Medouris. Einer der größten dortigen Händler, der sich auf Gegenstände aus der antiken Welt spezialisiert hat, heißt ganz ähnlich: Ventouris.«

»Das ist alles höchst interessant«, erwiderte Sotiriou.

»Warum?«

»Das werden Sie noch sehen.«

»Können Sie mir nicht wenigstens einen Tipp geben?«

»Jetzt nicht«, antwortete der Kriminaldirektor. »Sie waren ausgesprochen hilfreich, wie immer.«

George bezahlte seine Hotelrechnung und machte sich auf den Heimweg. Er lief zu Fuß durch Kolonaki, vorbei am Evangelismós-Krankenhaus, vor dem Patienten in Bademänteln zwischen den Mülltonnen auf dem Bürgersteig beschaulich ihre Zigarette genossen, vorbei an der Maraslion-Schule, deren neoklassizistische Eleganz an eine längst vergangene Welt erinnerte, vorbei an Boutiquen und Cafés, die sich noch an die Lebensweise der guten alten Zeit klammerten, auch wenn sie zusehends im Verschwinden begriffen war. Unterwegs rief er Haris an und bat ihn so schnell wie möglich zu sich. Er wollte um 11.00 Uhr da sein.

Im Café Agamemnon bestellte George frisch gepressten Orangensaft, Kaffee, Toast und zwei Spiegeleier.

»Heute mal auf amerikanische Art?«, fragte Dimitri.

»Ich habe zwar Hunger«, antwortete George, »aber wo bleibt da der Patriotismus? Braten Sie die Eier in Olivenöl.«

»Sehr gut. Möchten Sie die Neuigkeiten jetzt oder später?«

»Jetzt.«

Dimitri berichtete ihm von den jüngsten Ereignissen in der Aristotelesstraße.

»Die Polizisten gaben sich praktisch die Klinke in die Hand«, sagte er. »In Uniform, in Zivil, sie stellten Fragen und warteten in ihren Autos, so dass man denken musste, Sie wären ein gefährlicher Krimineller.«

»Es ist schon verrückt: Entweder sie tun gar nichts, oder sie übertreiben gleich maßlos. Ist der Glatzkopf nicht mehr hier aufgetaucht?«

»O doch, er war da. Ein widerlicher Typ. Er hat mir nicht eine Sekunde geglaubt, dass ich Sie nicht gesehen habe.«

»Wann war er zuletzt hier?«

»Vor ein paar Tagen.«

»Und die anderen Männer in Zivil? Wer waren die?«

Dimitri starrte ihn ungläubig an. »Glauben Sie, ich habe sie gefragt?«

»Schon in Ordnung. Ich bin nur etwas überrascht, dass sie mehrere Teams geschickt haben. Selbst nach unseren wahnwitzigen Standards ist das zu viel des Guten.«

»Ich habe getan, was ich konnte«, sagte Dimitri.

»Sie haben alles richtig gemacht«, antwortete George.

Dimitri ging die Eier zubereiten, und George nahm die Zeitung zur Hand. Ein kurzer Artikel bestätigte alle Einzelheiten im Fall Kókoras und fügte die Aussage eines Nachbarn hinzu, der am Tag des Mordes zwei Männer beim Betreten seines Hauses beobachtet hatte. Sie waren in einem schwarzen Mercedes gekommen und nach ungefähr einer Viertelstunde wieder abgefahren.

Um 10.30 Uhr ging George nach oben in seine Wohnung und fand ein Stück Pappe, das jemand unter der Tür durchgeschoben hatte, mit einer Nachricht darauf. Während er versuchte, sie zu entziffern, hörte er hinter sich ein Geräusch und drehte sich um. Zu spät begriff er, dass ihm jemand in die Wohnung gefolgt war. Jemand mit Lederjacke, Glatze und Maschinenpistole.

»Legen Sie die Hände auf den Kopf und gehen Sie langsam nach rechts.«

George gehorchte. Die Tür fiel ins Schloss.

»Gehen Sie weiter. Dort rein. Stopp. Knien Sie sich auf den Fußboden.«

»Knien?«

»Sie haben mich verstanden.«

George ging auf die Knie und blickte aus dem Fenster seines Arbeitszimmers. Er spürte den Lauf der Waffe in seinem Nacken.

»Was wollen Sie?«, fragte er.

»Schweigen Sie. Hände auf den Rücken!«

George wartete, den Kopf zum Fenster gewandt. Er hörte, wie Schubladen in seinem Schreibtisch geöffnet und Unterlagen durchwühlt und beiseitegeschoben wurden. Falls Glatzi die Pistole hielt, musste er einen Komplizen haben.

»Wie lautet das Passwort für Ihren Laptop?«

»Sagen Sie mir, was Sie suchen«, sagte George, »das geht viel schneller.«

Die Mündung der Waffe wurde ihm in den Nacken gerammt. »Passwort!«

»Karpenisi. Alles Kleinbuchstaben.«

Ein Finger tippte die Zeichen einzeln in die Tastatur.

»Bist du drin?«, fragte Glatzi.

»Ja«, antwortete der andere.

»Okay. Sieh mal nach.«

Während George wartete, hörte er die Geräusche von Fingern, die ungeduldig auf die Tasten hämmerten. Draußen holperte der Verkehr durch die sonnige Straße. Er fragte sich, wie lange die Männer ihn hier festhalten würden und was sie sonst noch vorhatten.

Nach wenigen Minuten erklärte der Mann am Laptop: »Hier ist nichts.«

»Geben Sie mir Ihr Handy«, befahl Glatzi.

George reichte es ihm.

»Öffnen Sie die Kontaktliste.«

George tat wie geheißen und gab es zurück.

»Was soll das?«, fragte der Komplize. »Nur drei Namen?«

»Ich habe es erst seit ein paar Tagen.«

»Wo ist Ihr altes?«

»Bei der Polizei.«

»Warum?«

»Jemand hat es benutzt, um mich zu orten.«

»Oh, sind wir nicht clever? Haben Sie ein Tablet?«

»Tabletten? Gegen Kopfschmerzen?«

»Ich verpasse Ihnen gleich Kopfschmerzen, Arschloch! Ein Tablet! Ein iPad?«

»Nein.«

»Wo notieren Sie Namen, Adressen und Angaben über die Leute, die Sie treffen?«

»Im Handy«, log George. Er hatte ja noch sein kostbares Notizbuch, das sie todsicher finden würden, wenn er seine Taschen leeren musste.

»Hören Sie, ich weiß nicht, wonach Sie suchen, aber wenn Sie mir einfach sagen, was Sie wollen, kann ich vielleicht helfen.«

»Wir kennen Ihre Art von Hilfe schon, *maláka*. Sie sind nicht mal die Luft wert, die Sie atmen.«

»Na schön, ganz wie Sie wollen.«

»Sowieso. Womit kochen Sie, mit Gas oder Strom?«

»Strom.«

»Sie Versager!« Er wandte sich an seinen Komplizen. »Stopf Papier unters Sofa.«

George fühlte, wie seine Hände gepackt und mit Kabelbinder verschnürt wurden.

»Sagen Sie mir doch, was Sie wollen!«, schrie er.

»Maul halten, *maláka*!«

Als Nächstes wurden seine Füße hochgezogen und die Fußgelenke zusammengebunden.

Aus dem Augenwinkel sah er, wie der zweite Mann Papier zerknüllte und es unter dem Sofa aufschichtete.

Dann hörte er ein Geräusch, das er ganz besonders verabscheute. Paketklebeband wurde von einer Rolle abgezogen. Jemand riss seinen Kopf nach hinten und wickelte ihm Streifen davon um die Augen, bis er nichts mehr sah.

»Okay«, sagte Glatzi. »Kleb ihm den Mund zu. Zünde das Feuer an. Dann hauen wir ab.«

»Warten Sie«, rief George. »Das ist doch Wahnsinn. Sie wollen etwas, aber Sie sagen mir nicht, was. Sie werden die Wohnung abfackeln und mich und andere Hausbewohner umbringen. Warum? Was haben wir getan? Wonach suchen Sie? Sagen Sie mir doch in Gottes Namen ...«

Die Pistole krachte seitlich an seinen Kopf, ein gelber Lichtball explodierte in seinem Gehirn. Er kippte Richtung Schreibtisch und knallte dagegen, bevor er zu Boden stürzte. Wieder wurde sein Kopf grob gepackt und Mund und Nase zugeklebt. Blind, geknebelt und fast erstickt versuchte er, sich zu befreien.

»Gehen wir«, sagte Glatzi.

George hörte ihre Schritte, die sich entfernten, bis die Wohnungstür hinter ihnen ins Schloss fiel. Dann Stille.

Das Klebeband ließ ihm keine Luft zum Atmen. In zunehmender Panik verzog er den Mund nach links und rechts, oben und unten, riss ihn in alle Richtungen, rümpfte die Nase und zerrte an dem Band, um wenigstens eine Andeutung von Luft abzubekommen, einen Hauch, um einen winzigen Spalt zu erzeugen in der unendlichen, luftlosen Dunkelheit, die ihn wie eine Woge überflutete. Er schürzte die Lippen, stieß mit der Zunge dagegen, betätigte seinen Kiefer als Hebel, kaute, spuckte und prustete.

Mit den ersten Luftmolekülen, die er einatmete, erreichte ihn auch ein unheilvoller Geruch: Es stank nach Hitze, Gummi und beißenden Chemikalien. Sein Sofa hatte Feuer gefangen. Er spürte, wie es immer heißer wurde, und wusste, dass er jetzt handeln musste – oder sterben. Sein altes Schaumgummisofa gab giftigen schwarzen Rauch ab. Während seine Lungen zu bersten drohten und in seinem Gehirn ein Feuerwerk von Warnblinkanlagen aufleuchtete, straffte er seinen Körper und rollte zur Seite, rollte gegen all seine Instinkte direkt auf die Hitze zu. Er trat mit den Füßen um sich, um das Feuer unter dem Sofa zu verteilen. Doch die Temperatur stieg weiter. Er musste sich auf das Sofa werfen, musste die Flammen irgendwie ersticken. Aber wie er sich auch drehte und wendete, er kam nicht auf die Füße. Er rollte auf die Seite, auf den Rücken, wieder auf die Seite, rammte die Fäuste in den Boden, um sich hochzudrücken. Er schaffte es gerade mal, sich aufzusetzen.

Dann fiel ihm ein, dass er seine Beine auch anders benutzen konnte. Er lehnte sich nach hinten und schob sich so nah wie möglich ans Feuer, bis Schienbeine und Knie von den Flammen versengt wurden. Er hob die Beine und ließ sie auf das Sofa herunterkrachen, mitten in die brennenden Polster, und trotzte den glühenden Schmerzen. Er spürte, wie schmelzende Schaumgummistücke an seinen Beinen klebten, und fühlte mit stechend scharfer Deutlichkeit, wie die Flammen seine Haut versengten. Und dieser entsetzliche Gestank, der giftige Rauch, der ihn, wie er ganz genau wusste, schneller töten würde als die Flammen.

Er merkte, wie ihn die Kräfte verließen, während das Feuer weiter wütete. Plötzlich fielen ihm die Balkontüren ein. Wenn er die Scheiben zerbrechen konnte, würde Luft ins Zimmer strömen. Sie würde zwar die Flammen anfachen, aber zumindest bekäme er frischen Sauerstoff, und vielleicht würde jemand auf der Straße den Rauch bemerken. Er rollte sich vom Sofa hinüber zum Balkon. Vier oder fünf Runden: Gesicht zum Boden, auf die Seite, den Rücken, die andere Seite, dann wieder Gesicht zum Boden. Als er die Balkontür erreichte, hob er erneut die Füße und trat gegen die Glasscheiben, doch sie prallten ab. Wahrscheinlich hatte er das Holz zwischen den Türflügeln erwischt. Er wuchtete seinen Körper nach rechts und trat erneut zu, doch seine Füße trafen das Glas im falschen Winkel, zu hoch und zu schräg, und rutschten nach unten.

Bevor ihn seine Kräfte endgültig verließen, sagte er sich: noch ein Mal, ein letztes Mal, und zwar richtig. Tritt gerade nach vorn, waagrecht und so fest du kannst. Er zog beide Beine weit zurück, so dass sein Körpergewicht schmerzhaft auf die Hände drückte und seine geballten Fäuste fast zerquetschte, und schleuderte sie mit so viel Schwung, wie er unter Aufbietung all seiner Willenskraft aufbringen konnte, gegen das Glas. Er nahm wahr, wie die Füße gegen die Scheibe schlugen, für den Bruchteil einer Sekunde ins Stocken gerieten und sie schließlich durchbrachen, so dass sich ein Scherbenregen auf den Balkon ergoss und ein köstlicher Luftzug von draußen über sein in Schweiß gebadetes Gesicht strömte.

Wie gut das tat! Doch das Feuer hinter ihm saugte den Sauerstoff gierig ein, verschlang ihn mit seinem heißen Atem. Während George fürchtete, er habe einen Fehler gemacht, sog er die Luft tief in sich hinein. Nichts kümmerte ihn mehr, und er empfing die Schwärze, die ihn so lange bedrückt hatte, wie einen Freund und ließ sich von ihr umarmen.

38

Die andere Seite

George erwachte im Krankenhaus mit einer Sauerstoffmaske auf dem Gesicht, seine Hand- und Fußgelenke waren wund, Kehle und Brustkasten brannten, als hätte sie jemand mit glühenden Messern zerfetzt. Seine Gedanken waren verworren und nebelhaft, es kam kein scharfes Bild zustande. Er versuchte, die Finger zu bewegen. Das klappte offenbar. Immerhin etwas. Noch besser fand er, dass seine Hände nicht mehr hinter dem Rücken gefesselt waren, sondern neben ihm lagen. Auch die Füße konnte er einzeln anheben. Das war gut. Nur die Maske war furchtbar. Sie musste unbedingt weg.

Er hob eine Hand, um sie zu entfernen. Eine Frauenstimme sagte: »Nein.«

Er drehte den Kopf und erblickte Zoë, die auf einem Stuhl neben dem Bett saß. Ihre linke Hand packte seine, um ihn zurückzuhalten.

Er wollte etwas sagen, doch die Maske erstickte seine Stimme. Zoë streichelte ihm die Stirn.

»Alles ist gut, George. Wir sind im Rot-Kreuz-Krankenhaus. Du hast Giftstoffe im Blut, deine Lungen wurden in Mitleidenschaft gezogen. Du musst die Maske aufbehalten.«

Er nickte, so dass die Schläuche quietschten.

George fragte sich, wie Zoë hierhergekommen war, welcher Tag heute war, ob die Wohnung abgebrannt war … In seinem Kopf sammelten sich Fragen wie Wolken am Horizont, zwar bereits sichtbar, aber noch seltsam weit entfernt. Er begriff, dass seine Benommenheit und Gleichgültigkeit auf die Wirkung von Medikamenten zurückzuführen waren, ebenso wie sein Eindruck, irgendwo in der Luft zu schweben.

Zoë schien seine Gedanken zu lesen. »Keine Sorge, George, alles in Ordnung. Das alte Sofa ist hinüber, aber das hat auch sein Gutes. Ich wollte es schon seit Jahren ersetzen.«

George versuchte zu schmunzeln, doch seine Wangen stießen sofort auf Gummi. Stattdessen hob er die Augenbrauen.

Zoë lächelte und nahm seine Hand. »Das Wichtigste ist doch, dass du noch da bist.«

Er schloss die Augen und schlief wieder ein.

Das zweite Erwachen war weniger sanft. Ein Arzt stand neben dem Bett und schob mit dem Daumen seine Augenlieder nach oben. Er spürte, wie ein Stethoskop gegen seine Brust gepresst wurde. »Atmen Sie normal. Strengen Sie sich nicht an. Ich möchte Sie abhören.«

George versuchte erneut, die Maske zu entfernen. Der Arzt unterband das. »Lassen Sie die in Ruhe. Sie hält Sie am Leben.«

Neben dem Arzt stand eine Schwester. Sie überreichte ihm ein Klemmbrett, auf das er ein Weilchen starrte, bevor er einige Bemerkungen niederschrieb und es zurückgab. Ohne ein weiteres Wort verließ er den Raum, die Krankenschwester im Schlepptau. George fragte sich, ob sein Zustand wohl lebensgefährlich war.

Wenig später sprang die Tür auf und Haris trat ein. Hinter ihm tauchte Kriminaldirektor Sotiriou auf. Haris wirkte besorgt, angespannt und aufgeregt, Sotiriou dagegen kühl und gleichgültig wie immer. Er registrierte das Zimmer, den Patienten und sämtliche Apparaturen in allen Einzelheiten, als wäre er ein Techniker, der das einwandfreie Funktionieren der Geräte überprüft.

Sotiriou sprach als Erster.

»Sie verdanken Ihr Leben diesem Mann hier«, erklärte er und legte eine Hand auf Haris' Schulter.

Haris schaute verlegen drein. »Sagen Sie das nicht.«

Sotiriou bestand darauf. »Er hat den Rauch aus Ihrem Fenster dringen sehen und die Feuerwehr angerufen. In der Viertelstunde, die sie bis zu ihrem Eintreffen brauchte, kletterte er vom Balkon Ihres Nachbarn zu Ihnen hinüber und zog Sie nach draußen an die frische Luft. Dann löschte er den Brand. Bis unsere geschätzten Kollegen von der Feuerwehr da waren, hatte er die Situation mustergültig unter Kontrolle gebracht. Und so kommt es, dass wir Sie im Krankenhaus besuchen dürfen statt im Leichenschauhaus. Sie haben unverschämtes Glück gehabt.«

George nickte.

»Herr Pezas, bitte sagen Sie etwas.«

Haris räusperte sich. »Ich kam etwas früher als verabredet«, begann er. »Gott sei Dank. Dimitri ließ mich in seine Wohnung ... Haben Sie die Glasscheibe in der Balkontür zerbrochen?«

George nickte erneut.

»Das hat Sie gerettet.«

»Unsinn«, unterbrach ihn Sotiriou. »Wenige Minuten später wären Sie bei lebendigem Leib verbrannt und obendrein noch erstickt. Pezas hat Sie gerettet. Keine Frage!«

George hob zustimmend einen Daumen Richtung Haris.

Der sagte: »Sie wissen doch sicher, wer das getan hat?«

Der Kriminaldirektor gebot mit erhobener Hand Einhalt. »Er muss sich erst erholen.«

George schüttelte wütend den Kopf und riss die Maske vom Gesicht.

»Das waren diese ...«, stieß er krächzend hervor. Das Sprechen fühlte sich an, als würde er scharfkantige Steine auskotzen.

Er deutete zur Wasserkaraffe auf dem Nachttisch. Haris goss ein Glas ein und hielt es ihm vorsichtig an die Lippen. George nahm einen Schluck. Das Wasser brannte in seiner Kehle wie Cognac.

»Reden Sie nicht weiter«, sagte Haris. »Setzen Sie die Maske wieder auf.«

»Das waren diese Kerle im schwarzen Mercedes«, sagte George. »Sie gehören nicht zum Sicherheitsdienst, sie gehören ...«

»Ich weiß«, sagte Sotiriou. »Seien Sie still, Zafiris.«

Haris fragte verblüfft: »Sie *wissen Bescheid*? Wieso?«

»Es wurde klar ersichtlich«, erwiderte Sotiriou.

»Wer sind sie dann?«

»Private Spezialisten.«

»Sie meinen Auftragsmörder.«

»Möglicherweise.«

»Was heißt möglicherweise? Hier geht es um versuchten Mord. Das liegt doch auf der Hand.«

»Ich wiederhole: Möglicherweise! Noch ist nichts bewiesen.«

»Zwei Männer dringen in seine Wohnung ein, fesseln ihn, zünden die Möbel an, und nichts ist bewiesen? Sie machen wohl Witze!«

»Ich erziele Fortschritte, indem ich eine Tatsache nach der anderen prüfe, Herr Pezas.«

»Sie kennen doch die Tatsachen, Herr Kriminaldirektor. Wo bleiben Ihre Fortschritte?«

»Alles zu seiner Zeit. Ich werde Aussagen von Herrn Zafiris aufnehmen, von Ihnen, von anderen potenziellen Zeugen ...«

Haris machte eine wütende Handbewegung. »Wer bezahlt diese Männer?«, fragte er schroff.

Sotirious Stirn verfinsterte sich. »Das wäre äußerst interessant zu erfahren.«

»Hören Sie doch auf, Herr Kriminaldirektor! Wir sind hier nicht vor Gericht. Wir sind Kollegen. Wir müssen solche Informationen miteinander teilen.«

Sotiriou dachte ein Weilchen darüber nach.

»Zunächst nahm ich an, dass Ihre Freunde von EAP dahinterstecken«, sagte er schließlich, »aber allmählich kommen mir Zweifel.«

»Wieso?«

»Kókoras war mit EAP verbandelt. Er hat eng mit ihnen zusammengearbeitet und war ihr Vertreter in Edessa. Trotzdem sind die zwei Kerle vor zwei Tagen dorthin gefahren, um ihn zu erschießen. Das ist doch merkwürdig.«

»Also hat Kókoras sich mit EAP zerstritten?«

»Vielleicht. Aber worüber? Er war ihr getreuer Handlanger. Es gab keine Anzeichen für Probleme. Unsere Informanten sind genauso überrascht wie wir. Eine andere Erklärung könnte sein, dass Kókoras im Auftrag von Dritten ermordet wurde, um EAP zu schwächen. In mancherlei Hinsicht favorisiere ich dieses Szenario.«

»Warum?«

»Weil es chaotischer ist. Bizarrer. Griechischer, wenn Sie so wollen.«

»Sie reden darüber, als ginge es um irgendeine Show.«

»Wenn Gesetz und Ordnung zusammenbrechen, wird der Mensch wieder zum Barbaren.«

»Es ist Ihre Aufgabe, dafür zu sorgen, dass genau das nicht passiert.«

»Ich tue mein Bestes. Aber mit einer Regierung aus Kommunisten und Sympathisanten des Anarchismus sind meine Befugnisse begrenzt.«

George konnte sich einfach nicht mehr zurückhalten. Er zog die Sauerstoffmaske vom Gesicht und krächzte: »Sie wissen ganz genau, was da gespielt wird, Sotiriou! Warum schenken Sie uns nicht reinen Wein ein?«

Haris wollte ihm die Maske wieder aufsetzen, doch George schob seine Hand beiseite.

»Klären Sie uns auf, Herr Kriminaldirektor! Diese Mistkerle haben mich beinahe umgebracht! Sie haben nach etwas gesucht, nach einem Namen oder einer Adresse, sie wollten nicht damit herausrücken. Als sie nichts fanden, haben sie die Wohnung angezündet. Vermutlich, um Beweise zu vernichten. Oder mich. Ich möchte wissen, warum!«

George hustete, glühende Messer stachen in seine Brust.

Sotiriou antwortete: »Setzen Sie Ihre Maske wieder auf, Mensch, sonst sind die Killer am Ende doch noch erfolgreich.«

»Das werde ich tun, sobald Sie mir sagen, was hier gespielt wird!«

»Na schön! Aber setzen Sie die verdammte Maske auf!«

George schob sie ungeschickt wieder zurück und atmete tief durch.

Sotiriou verschränkte die Arme vor der Brust. »Sind wir jetzt ruhiger?«

George funkelte ihn wütend an.

»Also gut«, sagte der Kriminaldirektor. »Eines sollten wir gleich klarstellen. Was ich Ihnen jetzt sagen werde, ist vertraulich. Absolut vertraulich! Ist das angekommen?«

Haris nickte. Georges Augen veränderten sich nicht.

»Ich nehme Ihren grimmigen Blick mal als Zustimmung«, bemerkte der Kriminaldirektor. »Nun, lassen Sie mich mit Mario Filiotis beginnen. Sie haben ihn als Ihren Freund bezeichnet, Zafiris. Er war auch mein Freund.«

Georges Zorn verwandelte sich in Überraschung.

»Mein Freund und Seelenverwandter. Ein Mann, der bereit war, seinen Seelenfrieden aufs Spiel zu setzen, die Beziehung zu seiner Frau, seiner Familie und Freunden, sogar sein Leben, wie sich am Ende herausstellte, um seiner Gemeinde und seinem Land zu dienen und der himmelschreienden Seuche aus Selbstsucht und Unehrlichkeit, die unsere Gesellschaft zerfrisst, entgegenzuwirken. Es gibt kaum mehr als eine Handvoll von Bürgermeistern, Lehrern, Ärzten, Journalisten und anderen Persönlichkeiten, die dazu bereit sind. Bewundernswürdige Menschen, aber leider nur erbärmlich wenige. Sie, Zafiris, Ihr Freund, Herr Pezas, sein Freund, der Metzger aus Markopoulo, Sie alle sind aus demselben Holz geschnitzt. Womöglich gibt es noch viele Tausende, die nicht die Macht haben, entsprechend ihren Überzeugungen zu handeln. Ganz normale Menschen, die eine einfache Wahrheit anerkennen:

Respekt vor dem Gesetz, Selbstdisziplin, Rücksichtnahme auf unsere Mitmenschen, Verantwortung für die Zukunft – das sind die Fundamente unserer Zivilisation. Unsere Ideen sind vernünftig und unanfechtbar, aber wir sind nicht organisiert und verfügen kaum über politische Macht. Wir sind zersplittert, schwach und demoralisiert. Sie können uns fertigmachen, einen nach dem anderen.«

Sotiriou hielt inne. »Können Sie mir noch folgen, Herr Pezas?«

»Absolut«, antwortete Haris.

»Schauen wir uns nun das entgegengesetzte Ende des moralischen Spektrums an. Herr Kókoras, die Brüder Marangós, die Männer im schwarzen Mercedes. Sie sind extrem gut organisiert und verfügen über ein politisches Netzwerk und Geld. Sie sind offensichtlich unaufhaltsam. Aber irgendetwas ist schiefgelaufen. Irgendein Teil in ihrer teuflischen Maschinerie hat sich gelöst und begonnen, Schaden anzurichten. Wer oder was ist dieser Irrläufer? Wir wissen es nicht. Ich persönlich glaube, dass die nationale Wirtschaftskrise eine Rolle dabei spielt. Überall gehen Firmen bankrott, das Geld ist knapp, und selbst die Parasiten haben Probleme damit. Und dann taucht Herr Merkulow auf. Er ist die Antwort auf all ihre Gebete.«

»Wo würden Sie ihn in Ihrem moralischen Spektrum verorten?«, wollte Haris wissen.

»Gute Frage! Schwer zu beantworten. Er scheint durchaus die besten Absichten zu hegen. Aber er kennt Griechenland nicht, und sein Wohlwollen kann leicht ausgenutzt werden. Mario Filiotis wollte sein Geld für soziale Projekte, EAP wollte es für Nachtklubs. Faktisch haben EAP und Mario Krieg gegeneinander geführt, Krieg um die Seele von Herrn Merkulow. Können Sie mir immer noch folgen?«

»Bestimmt kennt selbst ein Russe den Unterschied zwischen einem Nachtklub und einer medizinischen Fakultät?«, bemerkte Haris.

»Selbstverständlich«, erwiderte Sotiriou. »Aber wer weiß, wie EAP sich ihm präsentiert hat. Efthimios, der Kluge, ist ein ausgesprochen fähiger Mann. Er wird Merkulow sofort richtig eingeschätzt und ihm genau das erzählt haben, was er hören wollte. Und vergessen Sie nicht, Merkulow ist Geschäftsmann. Für ihn ist alles gut, womit man Geld verdient, sogar ein Nachtklub. Womit man Geld verliert, das ist schlecht, selbst, wenn es sich um eine medizinische Fakultät handelt. Aber kommen wir auf Mario Filiotis zurück. Nach seinem Tod ist seine Leiche verschwunden, wie Sie wissen. Herr Zafiris hat herausgefunden, dass sie nach New York geflogen und eingeäschert wurde. Das klingt nach einem Versehen, aber ich bin mir da nicht so sicher. Die Leute in New York, die sogenannte Familie dieses ›Herrn Medouris‹, erwarteten einen Sarg voll mit antiken goldenen Kränzen. Sie dürften kaum erfreut darüber gewesen sein, stattdessen einen Toten vorzufinden. Auch nicht über die Tatsache, dass der Goldschmuck, den sie bereits bezahlt hatten, von der Polizei in Astypalea beschlagnahmt wurde. Also kamen sie hierher, um Schadenersatz zu fordern. Ihre Vertreter, EAP, sagten: »Das ist nicht unsere Schuld.« Die Amerikaner stellten ein paar Fragen, statteten der Archäologin in Thessaloniki, die Sie nicht leiden konnten, einen Besuch ab, ließen sie schwer verletzt zurück und fuhren zu ihrem Stellvertreter Kókoras. Er erwies ihnen offensichtlich nicht den gebührenden Respekt und zahlte den Preis dafür. Jetzt sind sie wieder in Athen und werden, falls meine Theorie stimmt, sehr bald in der Leoforos Kymis auftauchen, zu einer Unterredung mit E und P von EAP.«

George entfernte erneut seine Maske. »Wer sind diese Amerikaner?«

»Sauerstoff, Herr Zafiris! Ich werde es Ihnen sagen. Obwohl Sie die Antwort bereits kennen, weil Sie selbst mir den Namen nannten. Philip Ventouris.«

»Er ist hier, in Athen?«, fragte Haris.

»Ja.«

»Und er trifft sich mit EAP?«

»Er und die zwei Männer, die Zafiris' Wohnung in Brand gesetzt haben.«

»Für wen arbeiten die, für EAP oder für Ventouris?«

»Das ist die Frage! Möglicherweise gehörten sie zu EAP und sind jetzt zu Ventouris übergelaufen. Oder sie haben für beide gearbeitet und sich nun, da einiges zwischen Ventouris und EAP schiefgelaufen ist, für den Amerikaner entschieden. Aber ich wiederhole: Das sind alles nur Hypothesen. Es ist mir unangenehm, auch nur darüber zu sprechen. Ich ziehe handfestes Beweismaterial vor. Aber das werden wir ziemlich bald haben.«

»Wieso?«

»Irgendjemand wird dieses Gebäude auf der Leoforos Kymis verlassen. Entweder er wird zu Fuß gehen oder in einem Müllsack herausgetragen werden. So oder so, dann bin ich am Zug. Dank des Ablebens von Andonis Marangós hat der Minister seine schützende Hand zurückgezogen. Meine Männer warten nur darauf, denjenigen zu verhaften, der aus dieser widerlichen Schlacht der einen Schlange gegen die andere als Sieger hervorgeht.«

»Wie können Sie sie verhaften? Wegen welcher Vergehen?«

Sotiriou klopfte auf seine Aktentasche. »Alles hier drin.«

George spürte erneut tiefe Erschöpfung. Er schloss die Augen, während die beiden Männer weiterredeten, und ließ sich von ihren Stimmen in den Schlaf wiegen. Er war froh, dass sie gekommen waren, aber jetzt brauchte er Ruhe.

Das Klingeln eines Handys ließ ihn unsanft erwachen.

»Verzeihung«, sagte Kriminaldirektor Sotiriou. »Ich muss rangehen.« Er erhob sich und verließ das Zimmer.

George warf Haris einen schläfrigen Blick zu.

»Ruhen Sie sich aus«, sagte Haris. »Ich hole mir einen Kaffee.«

George döste wieder ein, fand jedoch keine Ruhe. Er konnte weder richtig schlafen noch richtig wach sein, sein Geist wechselte zwischen verschiedenen Bewusstseinsebenen und ließ immer wieder Szenen aus den letzten Monaten ablaufen wie alte Filme in einem verstaubten Provinzkino.

Da war Kókoras mit seinem verzwirbelten Schnurrbart. Eleni Filiotis als vergiftetes Gespenst. Paris Aliveris, der durch die Klostergärten huschte. Die ruhige Stimme von Vater Seraphim. Andonis Marangós mit Lederanzug und blutdurchtränktem Hemd. Und Mario Filiotis mit seinem Fahrrad auf einer Reise ins Nirgendwo …

Als George erwachte, war es draußen dunkel. Neben dem Bett brannte eine Lampe. Zuerst dachte er, er sei allein, doch dann überraschte ihn die Stimme eines jungen Mannes.

»Papa?«

Er versuchte zu sprechen, aber die Sauerstoffmaske behinderte ihn nach wie vor. Er zog sie beiseite.

»Nick! Was machst du denn hier?«

Seine Wiedersehensfreude wich fast augenblicklich dem Schrecken, als er begriff, wie die Antwort lauten würde.

»Mama hat gesagt, ich sollte …« Nick unterbrach sich verlegen.

»Ich verstehe«, murmelte George. »Das ist lieb von dir.«

»Ich musste einfach kommen«, antwortete Nick.

»Ich hoffe, dass ich nicht sterben werde«, sagte George.

»Ganz bestimmt wirst du das nicht.«

»Das ist gut. Es hilft.« Ein schmerzhafter Husten schüttelte ihn. »Positiv denken.«

»Wie fühlst du dich, Papa?«

»So, als hätte ich eine Million Zigaretten geraucht.«

»Zigaretten aus Schaumstoff!«

»Ich würde diese Marke nicht weiterempfehlen. Und du, mein Junge, wie geht es dir?«

»Ich bin gut in Form. Aber du sollst nicht reden. Und du musst die Maske aufbehalten.«

»Scheiß auf die Maske.«

»Nein, Papa. Setz sie auf. Sonst gehe ich.«

George hustete erneut, kraftlos und krächzend.

»Siehst du!«

Nick trat ans Bett und platzierte die Maske wieder über Mund und Nase seines Vaters.

»Mutter war vorhin hier, aber du hast geschlafen. Sie lässt dich herzlich grüßen.«

George nickte. Er versuchte, einen Blick auf seine Armbanduhr zu werfen, doch jemand hatte sie abgemacht.

»Es ist 21.30 Uhr«, sagte Nick.

George betrachtete Nick lange und wunderte sich über sein hübsches Gesicht, sein dichtes dunkles Haar, seine lebhaften Bewegungen. So ist es, dachte er, wenn man sich alt fühlt.

Nick sagte: »Du hattest noch andere Besucher. Dimitri aus dem Café. Er hat Blumen von Evantheia mitgebracht.«

George sah den Topf mit den cremefarben blühenden Gardenien. Er wünschte, er könnte ihren herrlichen Duft riechen.

Nick nahm eine Nachricht vom Nachttisch.

»Hier noch ein Zettel von einem Mann, den ich nicht kenne. G. Z. von C. S.«

George streckte die Hand aus und faltete das Blatt auseinander.

»Zafiris«, stand da, »ich wollte Sie nicht wecken, deshalb hinterlasse ich diese Nachricht bei Ihrem Sohn. Die Mercedes-Männer verließen eiligst das EAP-Gebäude, nachdem sie es in Brand gesetzt hatten – ihre Spezialität, wie es scheint. Sie legten Feuer in der Holzhandlung, von wo es sich rasch ausbreitete: Autos, Benzin, Feuerholz – ein Inferno. E und P saßen in der Falle. Ohne Aussicht auf Rettung. Das ist bedauerlich, aber das Walten von

Nemesis* ist selten feinfühlig. Wir haben die Mercedes-Männer festgenommen, allerdings ohne Ventouris, der uns entwischen konnte. Ich besuche Sie morgen wieder. Vergessen Sie nicht, Ihre Maske aufzubehalten, sonst werden Sie sterben. Das wollen wir nicht. Constantine Sotiriou.«

George ließ den Zettel aufs Bett fallen.

»Gute Nachrichten?«, fragte Nick.

George nickte. Er schob das Blatt zu Nick hinüber, der es kurz überflog und fassungslos reagierte: »Wenn das gute Nachrichten sind, wie sehen dann wohl schlechte Nachrichten aus? Das ist ja grauenvoll.«

George hob die Maske an. »In meiner Branche sind das positive Neuigkeiten«, sagte er.

Nick wirkte ehrlich erschüttert. »Ich wünschte, du würdest dir eine sicherere Arbeit suchen. Fang wieder bei der Bank an! Mach einen Bürojob! Das ist doch vollkommen irrsinnig. Kranke, verzweifelte, grausame Verrückte, die Menschen bei lebendigem Leib verbrennen. Du hast es nicht nötig, mit solchen Leuten zu arbeiten! Ich mache mir wirklich Sorgen um dich. Mutter übrigens auch.«

»Du hast recht«, antwortete George. »Vollkommen recht. Ich muss nur noch den einen oder anderen bösartigen Schweinehund dingfest machen, dann ist das erledigt.«

Er setzte die Maske wieder auf und schloss die Augen. Die Neuigkeiten waren gut, auch wenn nichts davon Mario zurückbringen würde. Jetzt musste er all seine Energie zusammennehmen, um zu überleben, sein Blut von den Giftstoffen zu reinigen und seinen lädierten Atmungsorganen Erholung zu gönnen. Er spürte die Freude, seinen Sohn zu sehen, eine reale physische Freude, die ihm Kraft gab und seinen Körper durchströmte wie die Wärme des Frühlings. Was wollte er mehr?

* Göttin der Vergeltung und Gerechtigkeit.

Er beschloss, sich genau darauf zu konzentrieren und alle anderen Gedanken zu verdrängen. Dann atmete er in tiefen Zügen ein – kühle, saubere, heilsame Luft.

Leo Kanaris
Inseltod
Ein Fall für Detektiv Zafiris
Aus dem Englischen von
Bela Wohl
288 Seiten
ISBN 978-3-7466-3125-7
Auch als E-Book erhältlich

Zafiris auf den Spuren von Mord und Korruption

Auf der Insel Ägina wird ein international anerkannter Professor für die Antike erschossen. Seine berühmte Familie will den Mord einem alten Offizier in die Schuhe schieben. Ein nicht gerade ehrenwerter Minister wird tot aufgefunden, ein Journalist ermordet. George Zafiris, Privatdetektiv aus Athen, ist gefragt. Er ermittelt oft dort, wo die Polizei das Interesse verliert.
Ein Griechenlandkrimi voller Sonne und schöner Landschaft, aber auch voller Korruption und Vetternwirtschaft.

»Leo Kanaris führt uns in das Athen nach dem Finanzcrash mit schmerzlichen Sparmaßnahmen und rasant wachsender Korruption.«
Tribune

Regelmäßige Informationen erhalten Sie über unseren Newsletter. Jetzt anmelden unter: www.aufbau-verlag.de/newsletter

atb aufbau taschenbuch